KB276097

헌책방 기담 수집가

두 번째 상자

헌책방 기담 수집가

두 번째 상자

윤성근 지음

프시케의숲

"이보게 왓슨, 인생이란 인간의 머리로는 도저히 생각할 수
없을 만큼 이상한 것이야. (…) 그것에 비하면 소설 따위는 평
범한 줄거리에 결과 또한 뻔히 보여 진부하고 무의미하기 짝
이 없지."

_코난 도일
* 출처:《셜록 홈즈의 모험》

일러두기

1. 한글맞춤법이나 외래어표기법과 충돌되더라도, 발간 당시의 책 제목과 인명, 본문 문장 등을 고스란히 취하여 표기했다.
2. 어떤 사람을 높이거나 대접하여 이르는 말인 '씨'나 '님' 등은 맞춤법상 앞말과 띄어쓰는 것이 원칙이지만, 앞말이 영문 이니셜일 경우에는 붙여썼다.
3. 관형사 '새'와 명사 '책'으로 이루어진 '새 책'은 맞춤법상 띄어쓰는 것이 맞지만, '헌책'이라는 한 단어 명사와 본문에서 대비되어 쓰이는 것을 감안해 '새책'으로 붙여썼다.

들어가며

모든 책은 저마다의 이야기를 가지고 태어난다. 그런데 그 책이 한 번 더 특별해지는 순간이 있다. 누군가 책을 읽어주었을 때다. 책은 다 같은 책이지만 어떤 사람의 손에 닿아 책장이 넘겨지면 새로운 이야기를 품은 책이 된다. 독자와 책이 만나면 세상 무엇과도 같지 않은 멋진 삶의 이야기가 만들어진다. 나는 이 순간이야말로 책이 우리에게 선사하는 최고의 마법이라고 생각한다.

그러니까 이 마법 같은 장면은 공장에서 방금 나와 서점에 진열된 책에서는 발견할 수 없다. 누군가 읽었던 책, 손길이 자주 닿아 표지가 반질반질해진 책, 그리고 삶의 어느 한 시절에 따뜻한 사랑을 받았던 책만이 아름다운 이야기를 품는다. 그런 이야기에 마음이 이끌려 나는 십수 년 동안 헌책방에서 일하고 있다.

헌책방에 쌓인 책들은 저마다 비밀스러운 이야기를 가지고 조용히 또 다른 누군가를 기다린다. 자신의 이야기를 들려주고 싶어서 애타는 마음으로 우리의 손길을 끌어당긴다. 책을 좋아하는 사람이라면 아무런 목적도 없이 들른 헌책방에서 이상할 만큼 어떤 책에 이끌렸던 경험이 있을 것이다. 여태 전혀 관심이 없던 책인데 유달리 그날 왜 그렇게 신경이 쓰였던 것일까? 그건 분명 책이 우리를 끌어당겼기 때문이다. 아주 오래전부터, 거기 그 자리에서 당신이 오기만을 간절히 기다린 것이다.

지금은 살 수 없는 책을 찾기 위해 헌책방에 오는 손님이 많다. 대개는 오래전에 출판되어 이미 절판된 책을 구하기 위해서지만, 때로 특별한 사연이 있어서 어떤 책 한 권을 찾아다니는 경우도 적지 않다. 몇 달, 혹은 몇 년씩 책을 찾아다니는 사람에겐 그만한 이유가 있기 마련이다.

나는 지금의 헌책방에서 일하기 전 다른 헌책방의 직원이었을 때 오래된 책을 찾기 위해 부산에서 서울까지 오신 한 어르신과 만난 것을 계기로 책과 사람에 얽힌 이야기에 흥미를 느끼기 시작했다. 그 어르신은 젊은 시절 첫사랑에게 연애편지를 쓸 때 참고했던 책을 찾고 있었다. 아쉽게도 첫사랑은 이루어지지 않았지만, 그때의 애틋한 마음만큼은 평생토록 남아 노인이 된 한 사람의 가슴을 따뜻하게 만져주었다. 찾아드린 책을 받아 들고 가만히 쓰다듬던 그 노인은 소년처럼 곱게 웃었다.

몇 년 뒤, 나는 서울 시내의 한 주택가 골목에 작은 헌책방을 만들었다. 거기서 책을 사고파는 일을 하는 한편으로 손님들에게 책 찾는 사연을 수집했다. 책에 얽힌 이야기가 별것 있겠는가 싶었지만, 들어보니 귀를 의심할 정도로 놀랍고 기묘한 내용이 쏟아져나왔다.

나는 손님들에게 책을 찾아주는 대신 수수료로 이야기를 받아 책으로 쓰고 싶다며 양해를 구했다. 의뢰자의 이름이나 중요한 지명

등은 알파벳 이니셜로 숨긴다는 약속을 한 다음 손님이 들려주는 이
야기를 녹음하고 수첩에 적었다. 이 책은 그렇게 해서 세상에 나오
게 되었다.

책과 사람에 얽힌 감동적인 이야기는 언제나 내 마음을 가만히 어
루만지며 위로의 말을 건넸다. 시트콤처럼 우스운 이야기도 있었다.
황당한 이야기, 무서운 이야기, 기묘한 이야기, 그리고 추리소설처럼
미스터리한 이야기도 있다. 이번에는 2부에 중편 분량의 사연이 포
함되었고, 이어지는 3부의 '심야책방 기담회' 시리즈도 새로 시도한
구성이라 전작과 완전히 다른 독립된 책이라고 봐도 좋다. 그러니
이 책부터 먼저 읽고 이어서 전작을 살펴봐도 괜찮다.

우리는 모두 서로 다른 내용을 담고 살아가는 각각의 책이다. 비
록 유명 연예인이나 특별한 업적을 이룬 위인들은 아니지만, 평범한
이웃들의 이야기를 들으며 나는 무엇과도 비교할 수 없는 큰 삶의
지혜를 덤으로 얻었다.

이를테면, 자기가 좋아하고 즐기는 일을 꾸준히 해나가고 있는 사
람들의 아름다운 모습이 그 하나다. 나 역시 돈벌이라고 하면 별로
내보일 게 없는 변변찮은 헌책방 일을 하지만 나름대로 여기서 즐거
운 부분을 찾으려고 애쓴다. 산다는 건 이렇듯 무언가를 이루기보다
는 찾아내려 고민하는 과정이 아닐까. 책을 찾는 손님들은 내게 그
고민의 과정이 소중하다는 걸 깨닫게 했다.

부모님의 삶과 직업을 이해하려는 한 단역 배우의 마음속 이야기
를 통해 나는 어릴 적 돌아가신 아버지의 모습을 떠올렸다. 외모 때
문에 늘 건달로 오해받는 남자의 꿈은 사랑을 노래하는 서정 시인이
다. 장애가 있었지만 평생 야구 선수의 꿈을 꾸었던 사람이 있다. 매

번 같은 책을 헌책방에서 찾아 주변에 선물하던 손님도 잊을 수 없다. 활짝 웃던 그의 얼굴을 떠올리면 진짜로 살아 있는 삶을 산다는 게 어떤 의미인지 곰곰이 생각해보게 된다.

또 한 가지 내가 배운 것은 '결핍'과 '틈'이다. 우리는 모두 완전하지 않은 삶을 산다. 모든 게 만족스러운 사람이라면 책을 읽을 필요가 없고 절판된 책을 찾아다니는 수고를 하지 않아도 된다. 삶의 어느 부분에 채워지지 않는 틈이 있고 마음 한구석에 중요한 무언가가 결핍되었다는 걸 아는 이들만이 책의 소중함을 안다.

피터 팬에 집착한 늙지 않는 사나이에 관한 이야기, 집도 없이 트럭 짐칸에서 생활하는 L씨의 사연, 학창시절 천재라고 불렸던 조각가가 삶의 밑바닥에서 발견한 새로운 가능성― 이 모든 것은 특별한 누군가에게 일어난 사건이 아니라 조금만 주변에 관심을 돌리면 발견할 수 있는 우리 이웃들의 일상이다. 어울려 산다는 건 이해관계를 따지지 않은 채로 자기 곁을 내어주고 서로의 결핍과 틈을 이해하며 가만히 보듬어주는 일이 아닐까.

내가 들은 모든 이야기가 다 소중하지만 아쉽게도 여러 이유로 이번 책에는 싣지 못한 사연이 많다. 글쓰기를 포기했던 신문기자가 오래 찾아다닌 헤밍웨이 책에 관한 이야기, 우리 헌책방에 가끔 들르는 작가 H씨가 대학생 때 연하 남학생에게 선물로 받았다가 비에 젖어 망가진 김수영 시집, 그리고 꿈에서 겪은 사건을 언젠가 읽은 소설의 줄거리라 굳게 믿고 그 책을 찾아 달라던 K씨의 기묘한 사연 등등. 언젠가 기회가 된다면 이런 이야기들도 다시 풀어놓을 수 있기를 기대한다.

책과 우리의 삶은 서로 닮았다. 둘 다 이야기를 품고 있으며 가끔은 뜻하지 않게 마음을 울리는 빛나는 순간을 만나기도 한다. 그래서 우리는 책을 읽으며 삶의 소중한 시절을 책갈피처럼 마음에 담아두려 하는 것인지도 모른다. 이 책에 나온 우리 이웃들의 이야기는 바로 그런 찬란한 삶의 한 조각이다. 마지막으로 가장 중요한 말을 덧붙인다. 이전 권에 이어 다시,

이제부터 여러분이 보게 될 이야기는 소설이 아니다.

1부
좋아하는 것을 좋아하기

아,
살아 있다

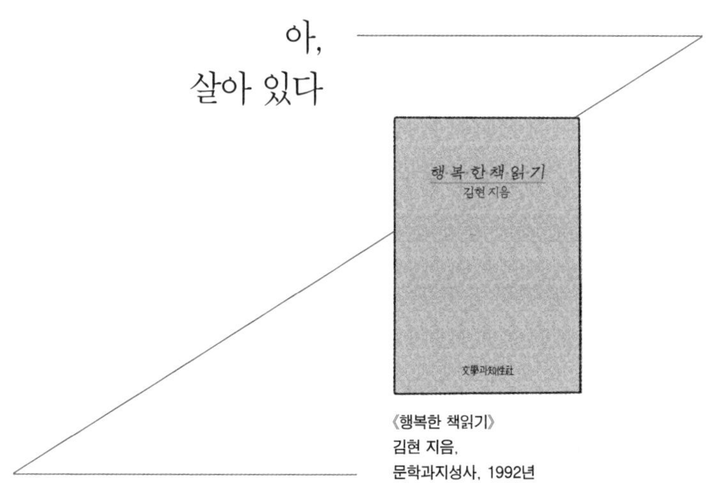

《행복한 책읽기》
김현 지음,
문학과지성사, 1992년

책을 수집하는 사람은 많다. 그러나 남모르게 서점을 돌아다니며 어떤 책 한 권만을 계속 사들이는 사람은 분명 둘 중 하나다. 그 책을 쓴 사람이거나, 혹은 쓰고 싶었던 사람. 전자를 실없는 행동이라 한다면, 뒤쪽의 경우 실은 뭔가 있지 않을까 싶은 궁금증을 불러일으킨다.

하지만 서점도 서점 나름이다. 똑같은 책을 사려고 신간 서점에 가는 사람과 굳이 헌책방을 찾아다니는 것에는 확실히 목적에서부터 차이가 있다. 헌책방에서 일하다 보면 가끔 그런 손님을 만나지만 왜 똑같은 책을 자주 사느냐고 물어본 적은 거의 없다. 그저 뭔가 이유가 있겠지, 하면서 짐작할 뿐이다. 그런데 그 이유가 상당히 충격적인 경우도 더러 있다.

M씨가 우리 책방에 처음 온 것은 아마 1년쯤 전일 거다. 기억이 뚜렷하지 않은 건 전적으로 내 탓이다. 나는 가게를 한답시고 자리

에 앉아 있지만 손님 얼굴을 잘 기억하지 못한다. 이래서야 장사라는 걸 할 수 있나 싶기도 한데 어쨌든 하고 있다. 더구나 책을 안 사고 그냥 가는 사람이라면 손님이 문밖으로 나가고 10초만 지나도 가차 없이 머릿속 메모리가 깨끗해진다. M씨가 바로 그런 사람이었다.

그녀는 30대 중반 정도 나이로 보였는데 피부가 백지장처럼 하얗고 매번 야구모자를 눌러쓰고 책방에 왔다. 안경은 평범한 뿔테 디자인에 노란색을 조금 섞은 렌즈가 끼워진 것으로, 선글라스 용도가 아니라 눈을 보호하려고 일부러 그렇게 주문한 것 같았다. M씨는 몇 달 사이 두세 번 정도 와서 말없이 책장을 구경하다가 언제 사라졌나 싶게 조용히 돌아가곤 했다.

혹시 이 동네에 새로 이사 온 분인가 싶어서 M씨에게 말을 걸었다. 그녀는 이 동네 사람이 아니라고 했다. 그런 대답을 들으니 딱히 할 말도 없어서 대화는 계속 이어지지 않았다. 분위기가 오히려 어색해졌다. 차라리 아무 말도 하지 말걸. 자리에 앉아서 그렇게 사책하고 있을 때 속삭이듯 작은 목소리가 들렸다.

"혹시, 여기 없는 책은 찾아주시기도 하나요?"

"네네. 가끔 그런 부탁을 하시는 손님이 있어서 찾아드리고 있습니다."

나는 최대한 밝은 표정으로 대답했다.

"수수료는 얼마나 받으세요?"

매너가 있는 분인 것 같다. 어떤 손님은 나한테 절판된 책을 맡겨놓은 것처럼 다음에 올 때까지 찾아놓으라고 명령조로 말하기도 한다. 수수료 얘기를 꺼내는 사람은 드물다.

"수수료까지는 아니고요, 왜 책을 찾으시는지 이유를 말씀해주시면 그 이야기를 수고비 대신으로 받습니다.”

“재밌으시네요.” 색안경 너머로 눈가가 살짝 떨리듯 움직였다. 눈매가 길고 끝이 조금 위를 향하고 있어서 인상이 날카로웠으나 렌즈 색깔 때문인지 동시에 슬픈 기색이 엿보였다.

“그런데 딱히 사연이라고 할 만한 건 아니어서요.”

M씨는 일부러 그리는 것처럼, 조금은 어색할 만큼 감정이 드러나지 않는 건조한 목소리로 말하곤 그날도 책을 사지 않은 채 빈손으로 돌아갔다. 그런 그녀가 다시 책방에 온 것은 2주 정도 뒤였다. 이번에도 역시 똑같은 모자와 안경을 썼으므로 손님을 알아보고 내가 먼저 인사했다.

“《행복한 책읽기》라는 책, 구할 수 있을까요?”

간단하게 인사를 하고 난 다음 그녀는 곧장 본론으로 들어갔다. 그런데 이상하게도 손에는 이미 그 책이 들려 있었다.

“평론가 김현 선생 책 말씀이시죠?” 그렇게 말하고 나서 나는 눈으로 M씨 손에 있는 책을 가리켰다. “혹시 갖고 오신 게 그 책 아닌가요?”

그녀는 찾는 책이 이미 자기 손에 있는 걸 몰랐다는 듯 놀라며 책을 내게 보여줬다.

“네, 맞아요. 바로 이 책. 이걸 찾고 있어요. 바로 아시네요?”

“그럼요. 그런 책은 표지만 봐도 압니다. 헌책방에서는 워낙 인기가 많은 책이니까요. 전국의 헌책방을 대상으로 베스트셀러를 집계한다면《행복한 책읽기》는 톱10 안에 반드시 들어갈 겁니다. 물량으로 밀어붙이는 대형 신간 서점의 시시한 베스트셀러 순위하고는 완전히 양상이 다르죠.”

일단 나오는 대로 말은 내뱉었지만, 너무 헌책방 편에 기울어진 얘기를 한 게 아닌가 싶어서 급히 속으로 반성했다.

"그런 책인 줄은 몰랐네요. 하지만 다른 헌책방에도 이 책은 거의 없던걸요?"

"그럴 만도 하죠. 헌책방의 책들이란, 다시 말해 누군가 팔고 간 책이니까요. 인기 있는 책인데 헌책방에 없다는 건 사람들이 그 책을 팔지 않고 소장한다는 뜻이겠죠."

"아, 듣고 보니 정말 그렇네요." 여자는 이가 살짝 보일 만큼 엷게 미소를 지었다. 그렇게라도 웃은 게 내 기억으론 이때가 처음이었다.

"그런데 왜 이미 갖고 계신 책을 또 찾으시는 건가요?"

"그야 이유가 있으니까 그렇죠. 이야기를 들려주면 책을 찾아주신다면서요? 지난번엔 선뜻 용기가 나질 않았는데, 생각해보니 말하지 못할 이유도 아닌 것 같아서요."

"맞습니다. 정작 말하고 나면 별것 아니었다 싶을 때가 있잖아요. 우선 이쪽으로 앉으시죠. 따뜻한 보이차 한 잔 드시겠어요?"

나는 M씨를 탁자로 안내했다. 그녀는 자리에 앉아 찻잔을 손바닥으로 감싸고서 차를 마신 뒤, 내가 먼저 물은 것도 아닌데 자기 이름부터 말했다.

"혹시 예전에 제 이름을 들어본 적이 있으신가요?"

이름을 들어본 적이 없다고 했더니 그녀는 천천히 고개를 끄덕이며 "차라리 잘됐네요. 마음이 한결 편해졌어요."라고 말했다.

M씨는 2002년에 여성 의류를 판매하는 인터넷 쇼핑몰을 작게 시작했는데 여러 가지 운이 맞물려서 돈을 많이 벌었다. 가난한 집에서 나고 자란 그녀는 고등학교를 졸업하고 동대문 의류 상가에서 몇

년 동안 일했다. 처음엔 거기서 몸으로 배운 영업 전략을 인터넷 판매에 활용해보자는 작은 아이디어로 출발했다. 거의 반쯤은 재미로 시작한 일이었다. 그런데 그게 대박이 터졌다.

"그때 제 이름이 여기저기 많이 나왔어요. 인터뷰도 하고. 심지어 외국에서도 '성공한 밀레니엄 시대의 젊은 사업가'라는 거창한 타이틀로 소개됐을 정도였으니까요. 뭣도 모르고 시작한 사업으로 뜻하지 않게 유명인이 된 거죠. 몇 년 후엔 직원이 스무 명까지 늘었어요."

"직원이 스무 명이라! 웬만한 중소기업 규모인걸요?"

M씨는 나의 놀란 태도에도 아랑곳하지 않고 계속 담담한 목소리로 말을 이었다. 그녀는 돈을 많이 벌어 부자가 됐다는 걸 자랑할 의도가 전혀 없었다. 가끔은 그런 사람도 있는 게 사실이지만, 내 경험상 돈 많은 걸 자랑하는 사람치고 진짜로 돈이 많은 이들은 없다. 부자는 자기 입으로 부자라는 걸 굳이 말하고 다니지 않아도 사람들이 그가 부자인 걸 안다.

사실 그녀가 들려준 이야기의 핵심은 돈이 아니라 그보다 더 중요한 것, 하지만 우리가 평소에 잘 살피지 않는 부분에 관한 것이었다. M씨는 돈 버는 재미에 푹 빠져 지내는 동안 몸이 무너져내리고 있는 걸 알아차리지 못했다. 아니, 정말로 눈치채지 못했다기보다는 몸이 아픈 걸 열심히 일하고 있다는 증거로 받아들였다.

"한 10년 정도 그렇게 살았으니 몸이 망가지지 않았다면 더 이상한 거겠죠. 하지만 그 정도일 줄은 꿈에도 몰랐어요."

나는 아무 말도 대꾸할 수 없어서 가만히 듣기만 했다. 어느 아침, 그날도 집에 가지 않고 사무실에서 자고 일어나 간단히 씻은 다음 바로 의자에 앉았다. 문득 속이 안 좋은 기분이 드는가 싶어서 일어나 화장실로 갔다. 변기에 앉은 그녀는 위아래로 동시에 피를 쏟아내고는 정신을 잃었다.

얼마나 그러고 있었을까. 천만다행으로 정신을 차린 M씨는 사무실이 있는 건물에 내과가 있다는 걸 기억해냈다. 수건으로 얼굴과 옷에 묻은 피만 대충 닦은 다음 휘청거리면서 비상계단으로 걸어갔다. 그때까지도 왜 엘리베이터가 작동하지 않는지 생각할 겨를이 없었다.

힘겹게 병원에 도착한 그녀는 유리문 안쪽에 있는 벽시계를 보고는 또다시 무너져내렸다. 시곗바늘은 5시를 조금 넘긴 시각을 가리키고 있었다. 건물 청소 용역회사 직원이 복도에 쓰러져 있는 M씨를 발견한 건 그로부터 30분이 지난 후였다.

"의사 말로는 암 덩어리가 이미 너무 많은 장기에 퍼져서 처음에 어디서부터 어떻게 시작됐는지도 알아내기 힘든 상태라고 하더군요. 죄송하지만 차 한 잔 더 주실 수 있나요? 보이차라고 하셨죠? 맛이 좋네요. 따뜻하고요."

"힘드시겠네요. 치료는 계속 받고 계신 건가요?"

새로 우려낸 보이차가 담긴 잔을 받아든 M씨는 가볍게 고개를 저었다. 수술 시기를 이미 한참 전에 놓쳤다는 게 의사의 판단이었다. 무슨 방법이든 써보겠지만 마음의 준비를 하는 게 좋을 거란 말을 마지막으로 듣고 병원 문을 나섰다.

M씨는 지푸라기라도 잡고 싶은 심정으로 소문난 점집을 찾았다. 무당은 놀랍게도 그녀가 암에 걸렸고 살날이 길지 않다는 사실을 정확히 알아맞혔다. 바로 그 순간 M씨는 홀린 듯 무당에게 사로잡혔

다. 무당은 그녀에게 굿을 해야 한다며 돈을 요구했다. 부적을 써주겠다면서 또 큰돈을 내놓으라고 했다. 적지 않은 금액이었지만 무당의 말대로 하니 정말로 몸이 조금은 괜찮아지는 느낌이 들어서 계속 점집에 다녔다.

"믿으실지 모르겠지만, 반년 사이에 10억 가까운 돈을 무당한테 줬습니다. 그즈음엔 회사도 다른 사람한테 넘기고 저는 그야말로 무당의 꼭두각시처럼 시키는 대로만 했죠. 그런데 얼마 못 가 무당의 비밀을 알고는 경악했어요. 그런 유명한 무당은 회사처럼 조직이 있더라고요. 점집에 찾아가기 전, 내부에서 벌써 철저하게 제 뒷조사를 해놓은 거죠. 그러니 무당이 뭐든 척척 알아맞힌 거였어요."

아니나 다를까. 병원에서 검사해보니 암세포는 전보다 더 크고 넓게 퍼져 있었다. 의사는 이제 정말 아무 방법이 없다고 솔직하게 말했다. 의사의 조언은 하나뿐이었다.

"마음을 편하게 갖고 그동안 해보지 못했던 일을 찾아서 경험해보라더군요."

"돈도 많이 버셨으니까 제 생각엔 못해본 일이 별로 없으셨을 것 같은데요."

내 물음에 M씨는 또다시 고개를 저었다.

"전혀요. 처음엔 저도 돈 많이 벌어서 이것저것 많이 해봐야겠다고 생각했어요. 멋진 자동차를 타고 외국으로 여행도 다니면서요. 그런데 돈이 오히려 족쇄가 될 줄 어찌 알았겠어요? 놀라지 마세요. 의사가 상상하던 일을 해보라고 그랬을 때 가장 먼저 떠오른 게 뭐였게요?"

"글쎄요. 설마 마라톤 풀코스 완주 같은 건 아니겠죠?"

"아뇨. 책을 읽고 싶었어요." 안경 너머로 M씨의 눈가가 또 살짝 움직였다. "고등학생 때 이후로 책을 전혀 읽지 않았거든요. 그때도 많이 읽은 건 아니지만요."

그녀가 책 읽기를 선택한 이유는 간단했다. 다른 사람이 어떻게 사는지 들여다보고 싶었기 때문이다. 모든 사람은 다 태어나서 살다가 죽을 텐데 자신의 운명만 이렇게 가혹하다는 건 너무 불공평하다는 생각이 들었다. 그래서 처음 몇 주 동안은 소설을 많이 사서 읽었다. 무슨 이유 때문인지 정확히 알 수 없지만, 서점에 갈 때면 마음이 가볍고 즐거웠다.

전에는 다른 사람의 삶이나 세계에 아무런 관심이 없었다. 하지만 책은 주변에 다른 사람이 있다는 걸 보여줬다. 당연하게도 그들 역시 자신과 별로 다를 바 없이 살고 고통받는다는 걸 알았다. 소설 속 주인공들은 절망 속에 몸부림치면서도 어떻게든 삶을 이해하고 자신만의 방식으로 받아들이기 위해 고민했다. M씨는 서점에 갔을 때 편해지는 이유가 바로 이것 때문이라고 이해했다. 아무리 외로운 사람이라도 끝내 혼자만 살아가는 게 아니라는 사실 말이다.

"그러다 제가 정말 멋진 책을 발견했는데 바로 그게 《행복한 책읽기》랍니다. 제목부터 정말 멋지지 않나요?"

"훌륭한 책이죠. 하지만 아이러니합니다. 그 책을 쓸 무렵 김현 선생은 그리 행복한 상태가 아니었으니까요."

《행복한 책읽기》는 평론가인 김현이 쓴 일기를 모은 것으로, 1986년부터 1989년까지의 내용이 단행본으로 엮여 나왔다. 일기는 1989년 12월 12일에 쓴 것을 마지막으로 더는 이어지지 못했다. 이듬해 6월 27일 김현은 48세의 나이로 세상을 떠났다. 그러니까 이 일기는 그가 스스로 죽음을 직감하던 그즈음부터 기록한 내용이라고 할 수 있다. 그런 원고에 직접 달아놓은 제목이 '행복한 책읽기'라니 아이러니하다.

"저하고 똑같을 순 없겠지만, 실제로 죽음을 앞둔 사람이 쓴 책이라는 점에 무엇보다 마음이 끌렸어요."

"그런데 갖고 계신 책은 표지를 보니 초판인 것 같은데요. 아시다시피 이 책은 스테디셀러라서 언제든 서점에 가면 살 수 있는데 왜 굳이 오래된 책을 찾으시는 건가요?"

M씨는 놀랍게도 이 책 초판이 자신의 병을 낫게 해준다고 믿고 있었다. 아니, 그것은 사실이었다. 믿기 힘들겠지만, 책 얘기를 할 때마다 반짝이는 M씨의 눈을 보면 누구라도 수긍할 수밖에 없었을 것이다.

"초판이 1992년에 나온 걸 알고는 재미 삼아 헌책방에 그 책이 있는지 찾아봤죠. 여러 곳을 돌아다니다가 두어 달 만에 한 권을 발견한 거예요. 어찌나 기쁘던지! 이미 읽은 책이지만 처음부터 다시 읽어봤어요. 글자 하나 안 바뀌고 똑같은 내용인데 이상하게도 전혀 다르게 느껴지더라고요."

여기까지 말한 다음 M씨는 가져온 책을 펼쳐 내게 보여줬다. "여기예요." 그녀는 손가락으로 한 문장을 짚었다. 죽기 전 마지막으로 남긴 12월 12일 일기의 맨 끝자락에, 김현은 이렇게 썼다.

아, 살아 있다.

"당연히 이 문장은 전에 읽은 책에서도 봤던 건데 왜 그런지 모르게 기뻤어요. 마치 누군가 큰 소리로 살아 있다고 외치는 음성이 귀에 들리는 것처럼 생생했어요. 저는 기뻐서 몸이 들썩일 정도로 웃었어요. 그러고 한참 있었는데 실은 웃는 게 아니라 울고 있었더라고요. 묘한 경험이었어요. 분명 기뻤는데 그렇게나 눈물이 흐르다니.”

이런 경험을 한 뒤로 M씨는《행복한 책읽기》초판을 찾으려고 헌책방을 순례하고 있다는 것이었다. 그렇다. 그녀는 확실히 ‘순례’라는 말을 썼다.

“저는 이 책을 통해서 치유받았다는 걸 믿어요. 초판 대여섯 권을 찾은 다음 병원에 다시 갔는데 의사도 제 몸에 생긴 변화가 믿기지 않는다고 하더라고요. 기적이라고 할 수 있는 수준은 물론 아니지만, 암세포가 조금씩 줄고 있어요. 그러니 바로 이 책이 저의 성물이 아니겠어요? 성물을 찾아 돌아다니는 거니까 순렛길이죠.”

점집에 10억을 내주고도 전혀 변하지 않았던 증상이 5,000원짜리 낡은 책으로 나아졌다는 건 대체 어떻게 설명해야 할까. 기분 탓만은 아니리라. 분명한 건 그녀가 ‘살아 있다’라는 감정의 진짜 의미를 깨달았다는 거다. 그것은 그저 죽지 않은 상태를 뜻하는 게 아니다. 언젠가 M씨가 또 우리 책방에 들렀을 때 이런 말을 한 적이 있다.

“‘살아 있음’은, ‘삶이 있음’을 두고 하는 말일 거예요. 돈이 아무리 많아도, 최고의 권력을 잡은 사람이라고 해도 자기 삶이 없으면 살아 있는 게 아니잖아요.”

그녀는 이제 아주 드물게, 1년에 한두 번 정도 책방에 온다. 최근에 만난 M씨 얼굴은 도저히 암 환자라고는 할 수 없을 만큼 건강해 보였다. 그녀는 여전히 같은 책을 찾는다. 내가 찾아준 것만 해도 세 권이나 된다.

"그런데 책을 다 어떻게 하시나요?"

똑같은 책이 열을 맞춰 책장에 가지런히 늘어서 있는 장면을 상상하니 이상한 기분이 들었다.

"저는 한 권만 가지고 있어요. 책을 찾으면 모두 선물하거든요. 병원에 갈 때마다 저하고 비슷한 처지에 계신 분들을 찾아뵙고 책을 드려요. 다들 책을 받으면 좋아하세요."

세상엔 책을 찾아다니는 사람이 많다. M씨처럼 같은 책을 찾는 이들도 적지 않다. 이유는 저마다 다르다. 나 역시 일본 작가 시마다 마사히코의 소설 《미확인 미행 물체》를 한동안 찾으러 다녔었다. 그 책에는 나와 함께 헌책방에서 일했던 J형에 관한 삶의 이야기가 얽혀 있다.

책은 보통 한 사람이 쓰지만, 그 책은 읽은 사람에게 저마다 다른 삶의 이야기를 흔적처럼 남긴다. 나는 M씨의 병이 완전하게 회복되는 기적을 기다리는 건 아니다. 어쩌면 그녀는 과거 어느 때보다도 더 건강한 삶의 의미를 알게 된 것인지도 모른다.

"저는 언젠가 죽겠지만, 마지막 소망이 있다면 '아, 살아 있다.'라는 말을 할 수 있을 때 비로소 죽음을 맞이하고 싶어요."

최근에 헌책방을 찾은 M씨가 내게 한 말이다.

살아 있는 삶— 이처럼 귀한 깨달음을 우리는 자주 잊고 산다. 혹은 그 대답이 돈이나 인기, 돌처럼 단단한 권위에서 비롯된다고 잘못 안 채로 끊임없이 자기 인생을 허비하고 괴롭힌다. 때로 작고 초라한 책 한 권으로부터 배울 수도 있는 인생의 답이지만, 바로 그런 이유로 우리는 책 속의 작은 문장을 쉽게 지나쳐버리곤 한다.

에티오피아의 달팽이

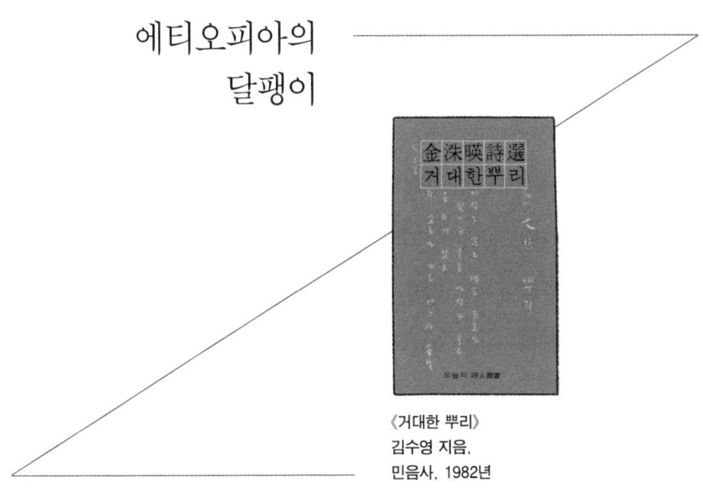

《거대한 뿌리》
김수영 지음,
민음사, 1982년

헌책방은 책을 사러 가는 곳이 아니라 책을 찾으러 가는 곳이다. 혹은 책을 만나기 위해 사람들은 헌책방에 간다. 이상한 말처럼 들릴지 모르겠지만, 헌책방을 자주 다녀본 사람들은 이해한다. 헌책방의 책은 사는 게 아니라 만나는 거다. 그리고 만나기 위해서는 찾아야 한다. 그건 책이든 사람이든 똑같다.

만나고 싶어서, 찾고 싶어서 헌책방에 오는 손님들은 다양한 단서로 자기가 아는 책을 설명한다. 하지만 어떤 경우, 제목조차 모르는 책을 다시 보고 싶다며 사연을 풀어놓기도 한다. 제목이나 작가 이름을 잊어버렸을 수도 있다. 그보다 심각한 건 책의 내용마저도 전혀 알지 못할 때다. 이런 식이라면 하는 수 없이 스무고개 놀이를 하듯 손님과 대화하며 조그만 가능성이라도 나타나주길 바랄 뿐이다.

여기서 한 가지 의문이 생긴다. 왜 어떤 사람은 제목이나 저자 이름, 심지어 무슨 내용인지도 모르는 책을 찾으려고 애쓰는 걸까? 그 이유는 간단하다. 찾는 건 책이지만 그 너머엔 책과 사람에 관한 소중한 추억이 엮여 있기 때문이다. 이럴 때 오래된 책 한 권은 사람과 사람을 이어주는 보이지 않는 인연의 끈이 된다.

몇 해 전, 헌책방에 방문했던 H씨는 외국인이었다. 작고 마른 체격에 피부가 검은 그는 에티오피아인으로 아직 서른이 되지 않은 나이이고 5년 전쯤 우리나라에 일하러 왔다고 했다. 그러나 첫인상은 그가 말한 나이보다 훨씬 많아 보였고 한 20년쯤은 일한 사람처럼 지쳐 보였다. 에티오피아에서 전기 기술을 배운 H씨는 가족과 형제들을 위해 이주노동자의 길을 선택했다. 한국에 가면 돈을 많이 벌 수 있다는 취업 브로커의 말에 앞뒤 사정 볼 것 없이 한국행 비행기를 탔다.

H씨는 아직 우리말을 능숙하게 하지 못했다. 그런 그가 내게 찾아달라며 부탁한 책은 시집이었다. 한국 작가가 쓴 책이며 시집이라는 것만 알 뿐, 그 외의 단서는 무엇도 없었기에 난감했다. 이 사람은 대체 한국에 시인이 몇 명이고 그들이 펴낸 시집은 또 얼마나 많은지 짐작은 하는 걸까?

"달팽이."

그는 어눌한 발음으로 내게 인사를 건넸는데 '달팽이'라는 단어만큼은 매우 정확해서 의외였다.

"시집 제목이 달팽이라는 말씀이신가요?" 조금 느릿한 발음으로 내가 물었다.

"아니요. 달팽이. 달팽이가 있어요."

H씨는 오른손을 탁자 위에 올려서 달팽이가 기어가는 모양을 흉내 냈다. 자세히 보니 그는 새끼손가락 한 마디와 그 옆의 약지 두

마디가 없었다. 언젠가 사고를 당해 손가락을 잃은 모양이다.

"책 제목이 아니라 달팽이라는 시를 찾으시는 건가요?" 나는 다시 물었다.

"그거 아니고. 달팽이. 그 단어가 아주 예뻐서, 나는 기억했어요."

정리하자면 이렇다. '달팽이'라는 건 시집이나 시 제목이 아니다. 어떤 시 안에 '달팽이'라는 단어가 나온다는 뜻이다. H씨가 이 시를 알았을 때는 한국어를 거의 알지 못했기에 누군가 들려준 시에서 그저 발음이 맘에 들었던 단어 '달팽이'만 기억하는 것이다.

시에 대한 단서가 별로 없을 뿐, 당시의 상황을 설명하는 그의 기억력은 꽤 정확하고 디테일이 풍성했다. 도저히 잊을 수 없는 시절이었기 때문이리라. H씨는 "한국 와서 죽도록 일할 때였어요."라며 이야기를 시작했다.

부푼 꿈을 안고 한국에 도착한 순간, H씨는 깨끗한 거리와 화창한 날씨에 감동했다. 그는 2~3년 정도 이곳에서 일한 다음 에티오피아로 돌아가 가족이 함께 지낼 수 있는 소담한 집을 사고 싶었다. 그러고도 여유가 된다면 아내와 함께 작은 가게를 하나 꾸리는 게 그의 소망이었다.

그러나 이 소망이 완전히 결딴나기까지는 긴 시간이 걸리지 않았다. 사방이 허허벌판인 곳에 덩그러니 세워진 창고 같은 공장에 취업한 그날, H씨는 사장에게 신분증을 압수당하고 흡사 감방을 떠올리게 하는 누추한 공동숙소로 내몰렸다.

쉬는 날도 거의 없이 하루 12시간 이상 중노동에 시달리던 H씨는 공장에서 일한 지 반년 만에 기계에 손가락이 끼이는 사고를 당했다. 사장은 안전장치도 제대로 갖추지 않은 낡은 기계에는 관심이 없어 보였다. 그보다 H씨가 졸면서 일한 게 원인이라며 화를 냈다.

지옥 같은 생활이었지만 작게라도 기쁨이 없지는 않았다. 공동숙소에서 함께 생활하던 한국인 선배가 H씨를 살갑게 챙겨준 것이다. H씨는 그 선배의 나이를 50대 정도라고 기억했다. 선배는 한국말을 잘 모르는 외국인 후배를 위해 매일 잠들기 전 기본적인 회화와 단어 몇 개를 알려줬다.

불을 끄고 잠자리에 들 때면 선배는 자주 혼자서 웅얼거렸다. H씨는 무얼 하는 거냐고 물었다. 선배는 시를 암송한다고 했다. 가족도 친구도 없는 떠돌이 신세인 그는 힘들고 지칠 때마다 시를 가만히 읊조리면 기운이 난다는 거였다. 무슨 시인지, 누가 쓴 시인지도 알 수 없었지만 선배가 시를 중얼거릴 때면 그 소리가 마치 자장가처럼 편안한 기분을 들게 했다. 그때 들어 기억에 남은 한 단어가 바로 '달팽이'다.

그렇게 1년 정도 공장 생활을 하던 즈음, 어느 날 새벽 갑자기 선배가 H씨를 흔들어 깨웠다. 영문도 모른 채 흐릿하게 눈을 떴을 때 그의 앞엔 압수당한 신분증이 보였다. 선배가 사장실에 몰래 숨어 들어가 신분증을 훔쳤다는 거였다. 선배는 그의 손에 빼앗겼던 신분증을 쥐여주며 당장 짐을 챙겨 도망가라고 했다.

H씨는 어디로 가는지도 모른 채 캄캄한 벌판을 뛰고 또 뛰었다. 주머니에는 선배가 고무줄로 묶어서 넣어준 현금 20만 원이 들어 있었다. 그가 한국에 와서 1년 동안 일하며 만진 돈은 그게 전부였다. 공장에서는 월급을 통장에 넣어준다고 했지만 그런 통장이 실제로 존재하는지조차 알 수 없었다. 그 일을 겪은 후, 선배는 공장에서 해고당했다는 소식을 듣긴 했는데 그가 어디로 갔는지는 영영 알지 못

했다.

다행히 H씨는 얼마간 방랑 생활을 하던 끝에 맘씨 좋은 사람이 운영하는 작은 공장에 취직하게 됐다. 회사는 그에게 먹고 자는 데 불편함이 없는 작은 숙소를 마련해주었고 주말엔 한국어를 배울 수 있도록 학원에도 다니게 해주었다. 물론 월급도 꼬박꼬박 나왔다. 그는 자신이 이렇게 잘 풀린 게 모두 그때의 선배 덕분이라고 했다.

Y라는 성만 알뿐 이름도 모르는 선배에게 평생 감사하는 마음으로 살 거라고 말했다. 그 이야기를 할 때 H씨의 목소리는 가볍게 떨렸다. 할 수만 있다면 그 선배를 다시 만나고 싶지만, 소식을 전혀 알 수 없으니 지금은 시를 찾는 것이다. 시는 선배를 추억할 수 있는 유일한 끈이다.

하지만 '달팽이'라는 한 단어만을 가지고 어떻게 시집을 찾을까. 그나마 다행인 것은 이제 H씨의 한국어 실력도 전보다 많이 늘었기 때문에 시를 들으면 그때 선배가 읊조렸던 작품이 맞는지 알 수 있다는 것 정도가 작은 희망이었다. 불가능에 가까운 일처럼 느껴졌지만, 힘겨운 공장 생활 가운데 H씨의 마음을 편안하게 만들어준 그 시를 꼭 찾아주고 싶었다.

이제부터 어떻게 시를 찾아야 할지 머리가 복잡했다. 그런데 이야기를 마치고 자리에서 일어서려고 할 때 H씨는 꽤 유용한 힌트를 내놓았다. 선배가 훔친 신분증을 주며 도망가라고 했던 그날 새벽, 가방에서 낡은 책 한 권을 꺼내 그에게 주려고 했다는 것이다. 밤마다 누워서 읊조렸던 시가 그 책에 있으니 원한다면 선물로 주겠다고 했다.

"그런데 그거, 선배가 아끼는 책이니까 나는 받지 않았어요. 지금은 후회가 돼요."

불도 켜지지 않은 방에서 잠깐 본 책이라 정확히 기억하지 못하지만, 표지에 흘려 쓴 손글씨 그림이 있다고 말했다. 당시엔 그게 뭘 뜻하는지 전혀 몰랐는데 한국어를 배우면서 손글씨라는 걸 짐작하게 됐다는 거다. 단서가 아예 없는 것보다는 낫지만, 시집 표지에 작가의 육필 원고를 디자인으로 넣는 일은 흔하기에 책 탐색 범위를 많이 줄일 수는 없을 듯했다.

그날부터 짬이 날 때면 여러 도서관을 돌며 시를 읽기 시작했다. 달팽이가 나오는 시라면 뭐든 수첩에 적었다. 전에는 몰랐는데 찾아보니 달팽이에 관한 시가 의외로 많아 놀랐다. 어릴 적 시골에 살 때는 무심코 지나쳤던 작고 말랑한 생명체다. 시인이란 이런 가냘픈 존재에게서도 우주의 의미를 찾는 것인가. 새삼 시인들이 존경스러웠다. 어쩌면 그런 시를 마음에 담아두고 여기저기 찾으러 다니는 H씨 역시 시인이 아닐는지. 책과 글을 좋아해서 서점까지 차렸다고는 하지만 정작 나는 날이 갈수록 작고 여린 존재를 잊어버린 채 마음이 건조해지는 것 같아 부끄러웠다.

그렇게 몇 달이 지난 다음, 헌책방에서 만난 H씨에게 달팽이라는 단어가 왜 그토록 기억에 남았는지 다시 물었다. 그는 달팽이가 아름다운 단어라서 잊히지 않았다고 대답했다. 한국어를 배워보니 에티오피아 언어보다 훨씬 둥글고 부드러운 느낌이 들어서 정情이 간다며 웃으며 말했다.

"그런데 '정'이라는 단어를 아주 자연스럽게 발음하시네요. 뜻도 조금은 어려운 말인데요."

나는 김이 모락모락 피어오르는 따뜻한 보이차를 그의 앞에 내어주었다.

"정이라는 단어도 발음하면 예뻐요. 한국어에는 그런 말이 많아요. '사랑', '아름다움', '우리', '소나무', '호랑이', '하늘', '바람', '강물', '봉우리'. 이런 말로 서로 대화하면 마음도 예뻐지지 않을까요?"

듣고 보니 정말로 우리말엔 동글동글하고 부드러운 발음이 많다는 걸 새삼스럽게 알았다. 늘 쓰는 말이라 별로 의식하지 못했는데 외국인의 입을 통해 들으니 자주 다니던 산책길에서 새로 피어난 풀을 발견한 듯 신선한 감각이 느껴졌다.

나는 그동안 수집한 달팽이 시와 표지에 손글씨 그림이 있는 시집들을 탁자 위에 늘어놓고 하나하나 천천히 H씨에게 읽어줬다. 그러는 사이 오래전 깜깜한 방 안에서 선배가 읊조렸던 시가 자연스럽게 떠오르길 바랐다. 시를 읽기 시작하자 H씨는 두 손을 가지런히 모으고는 눈을 감았다. 둘만의 시 낭송회가 시작되었다.

"'달팽이는 왜 날아오르지 못할까.' 이건 나희덕 시인의 작품입니다. 먹이의 색깔에 따라 배설물의 색도 달라지는 정직한 달팽이인데 왜 날개가 돋아나지 않는지 궁금하다는 내용이죠. '내 마음은 연약하나 껍질은 단단하다.' 정호승 시인의 시입니다. '사람들이 외롭지 않으면 길을 떠나지 않듯이 달팽이도 외롭지 않으면 길을 떠나지 않는다.'라는 문장으로 유명한 작품이죠. 도종환 시인이 달팽이를 보며 지은 시 중에는 '새순이 푸른 이파리까지 가기 위해 하루에 몇 리를 가는지 보라.'라는 대목도 있습니다. 수녀 시인으로 우리나라에서 아주 유명한 이해인 님은 '비 오는 날은 나를 설레게 해요.'라고 시작하는 달팽이 시를 지었습니다."

이렇게 한 시간 가까이 여러 시를 살펴봤지만 H씨가 그때 선배에게서 들었던 시를 발견하지는 못했다. 현실적으로 가능성이 별로 없다는 건 알면서도 아주 살짝 기대는 하고 있었는데 찾는 시가 없으니 기운이 빠졌다. H씨도 아쉬운 마음이 드는지 괜스레 앞에 놓인 시집들을 이것저것 들춰보기만 했다.

어색한 시간이 흐르던 그때, 책을 살피던 H씨가 문득 "아!" 하는 소리를 냈다. 그가 손에 든 책은 김수영 시인의 《거대한 뿌리》로 달팽이에 관한 시는 없었지만 표지를 장식한 손글씨 그림이 멋있어서 가져왔던 것이다.

"소리 없이 회색빛으로 도는 것이, 오래 보지 못한 달나라의 장난 같다……." H씨는 천천히, 침착하게 시를 소리 내어 읽었다. "나는 결코 울어야 할 사람은 아니며……."

거기까지 읽은 다음 H씨는 손을 입에 가져다 댔다. 기억이 되살아난 모양이다. 깜깜한 밤, 누추한 방에서 조용히 울려 퍼지던 선배의 따뜻한 목소리가 시와 함께 그에게 찾아왔다.

"김수영 시인의 〈달나라의 장난〉이군요. 그 시가 맞나요? 하지만 거기엔 달팽이가 나오지 않는데요? 달팽이가―. 달. 팽이. 달…… 팽이……. 아, 잠깐 시집 이리 줘보세요!"

눈시울이 붉어진 H씨의 얼굴을 바라보며 머릿속으로 달팽이를 되뇌던 나는 시집을 받아들고 그가 읽던 페이지를 확인했다. 〈달나라의 장난〉. 그 시는 '팽이가 돈다'라는 첫 행으로 시작한다. H씨가 기억하는 달팽이는 실은 이 시에 나오는 두 단어 '달'과 '팽이'가 합쳐진 거였다! 한국어를 잘 모르던 시절, 힘든 노동에 지쳐 잠자리에 누운 그의 귀에 들린 아름다운 단어 '달'과 '팽이'가 시간이 지나면서 '달팽이'라는 기억이 된 것이다.

"무슨 뜻인지도 몰랐지만, 그 시를 들으면 위로받는 느낌이 들었어요. 이제는 알겠어요. 조금이지만, 알 것 같고, 더 알고 싶어요." H씨는 팔뚝으로 눈물을 닦았다. "사장님, 고맙습니다. 선배님을 다시 만난 것같이 기뻐요."

기뻐하는 그의 표정을 보니 나도 마음 한편이 찌릿해졌다.

"책을 가지고 계시면 언젠가 선배도 다시 만날 수 있을 겁니다. 책 다루는 일을 오래 해보니 알겠더라고요. 책과 사람은 분명히 이어져 있어요."

책을 건네주며 나는 그에게 힘차게 손을 내밀었다. H씨는 두 손으로 내 손을 감쌌다. 그의 손바닥은 거칠었지만 매우 따뜻했다. '달'과 '팽이'를 '달팽이'로 오해한 것에서 비롯된 작은 해프닝이었지만, 나는 H씨가 정말로 달팽이 같다고 생각했다. 자기 집을 지고 다니는 달팽이— 손가락으로 만지기만 해도 부스러질 것처럼 연약한 달팽이지만 이 얼마나 당차고 강한 몸짓인가. 나는 그의 삶을, 그와 비슷한 삶을 사는 세상 모든 달팽이를 사랑한다. 김수영의 시처럼, 우리는 결코 울어야 할 사람이 아니다.

ABC
마니또 수수께끼

《ABC 살인사건》
애거서 크리스티 지음, 유명우 옮김
해문출판사, 1985년

어릴 적 읽었던 책을 찾으러 헌책방에 오는 손님을 보면 반갑다. 스무 해 가까이 헌책 다루는 일을 하면서도 나 역시 학창시절에 읽은 책을 발견하면 그때의 아기자기한 추억이 함께 떠올라 들뜬 기분이 된다.

어른이 된다는 건 뭘까? 나이를 먹는다거나 몸이 커지는 단순한 변화로 어른의 기준을 가름하는 건 어쩐지 너무 쉽다는 생각이 요즘 자주 든다. 나는 사람마다 어른이 되는 시기가 다르다고 믿는다. 어른의 기준 역시 사람에 따라 다르지 않을까.

책방에 온 어떤 손님은 아침에 세수하면서 팔꿈치로 물이 흘러내리지 않게 됐을 때 자신은 어른이 됐다고 느꼈다고 한다. 치과에 갈 때 아플까 봐 무서워하는 게 아니라 치료비가 얼마나 나올까 두려우면 비로소 어른이라고 하는 말도 들었다. 내 경우, 살면서 궁금한 것이 점점 줄어드는 걸 느낄 때 어른이 된 걸 실감한다. 그럴 때의 어른은 아는 게 많아졌다는 느낌보다는 순수함을 잃어버린 한 인간이기에 애처로운 감정이 앞선다.

그래서일까. 어릴 적 아름다운 추억이 깃든 책을 찾는 손님의 이야기를 듣는 건 언제나 기분 좋은 일이다. 헌책방에서 일하며 그런 사연을 많이 들어왔지만, 단연 기억에 남는 건 D씨의 이야기다. 그건 그냥 이야기가 아니라 몇십 년 동안 풀리지 않고 남아 있던 책과 함께한 수수께끼였다.

찾는 책이 있다며 헌책방에 온 사람은 D씨를 포함해서 세 명이었다. 셋은 같은 초등학교를 졸업한 사이로 오랫동안 동창회 친구로 지내고 있다. D씨는 여전히 소녀 같은 느낌이 전해지는 키가 아담한 중년 여성으로 지금은 의류 편집숍을 운영하며 자신만의 브랜드를 론칭하기 위해 준비 중이다. 그녀와 같이 온 둘 중 S씨는 호리호리한 체격의 남성이고 중소기업에 다니는 평범함 비즈니스맨이다. 그 옆에 앉은 O씨는 다른 두 사람과 같은 나이가 맞나 싶을 정도의 상당한 동안으로 S씨의 아내다. 그녀는 대학에서 미술을 전공한 후 우연한 기회에 헤어디자이너 일을 배우게 되어 지금은 작은 헤어숍을 직접 경영하고 있다.

D씨가 찾는 책은 영국 추리소설의 여왕이라 불리는 애거서 크리스티의 소설 《ABC 살인사건》이다. 이 책은 크리스티의 작품 중에서도 명작에 들어가기에 지금도 계속 나오는 스테디셀러지만, D씨가 찾기를 원하는 건 1985년에 펴낸 해문출판사판 문고본이다. 그 당시에도 크리스티는 유명해서 해문출판사에서는 80권짜리 시리즈를 펴냈다. 빨간색 표지에 제목 아래로는 책마다 다른 멋진 그림이 들어간 이 책을 나도 초등학생 때 즐겨 읽은 기억이 있어서 반가웠다.

"저희가 초등학교 5학년이었을 때 그 소설과 똑같은 일이 벌어졌거든요. 끝내 그 수수께끼를 밝혀내지 못하고 졸업했던 아쉬움이 남았어요. 여전히 그 일은 수수께끼지만 제가 그 사건에 연루된 사람이기도 해서 그때의 책을 다시 한번 보고 싶었어요."

D씨가 차분한 목소리로 말했고 함께 방문한 두 사람 역시 고개를 끄덕이며 이야기를 들었다. 그런데, 학교에서 《ABC 살인사건》과 똑같은 일이 벌어졌다니? 그 소설은 광기에 휩싸인 살인마가 명탐정 포와로 앞으로 도전장을 보내는 것으로 시작된다. 런던 경찰은 너무 수준이 낮으니 자신이 낸 연쇄살인 수수께끼를 명탐정으로 소문난 포와로 당신이 직접 풀어보라는 당돌한 제안이다.

편지의 발신자는 'ABC'다. 곧 첫 번째 살인사건이 앤도버Andover라는 동네에서 일어난다. 피해자는 애셔Ascher 부인이다. 이제 독자는 책 제목이 왜 'ABC 살인사건'인지 알아차린다. A라는 동네에서 이니셜이 A인 사람이 죽는다. 다음은 B라는 동네에서 이니셜이 B인 사람이 살해당한다. 그다음은……. 사이코패스 같은 도전자는 이렇게 놀이하듯 ABC 순서대로 끔찍한 범행을 일으키며 포와로를 도발한다. 이런 연쇄살인이 학교에서 일어났다는 말인가?

"살인사건은 아니고요." S씨가 머리를 긁적이더니 너털웃음을 터뜨리며 말했다. "'마니또'라고 들어보셨죠? 무작위로 짝을 정해 상대방 모르게 편지나 선물을 챙겨주면서 우정을 쌓는, 그런 놀이요. 그걸 우리 반에서 했거든요. 그런데 짝이 정해진 다음 날 교탁 밑에 누군가 편지를 놓고 간 겁니다. 마니또는 너무 유치해서 자신이 엉망으로 만들어버리겠다나요? 아무튼, 그런 내용이었어요."

마니또. 오랜만에 들어보는 추억의 단어다. 1980년대에 초등학생이던 나도 반에서 마니또 놀이를 했던 기억이 있다. 마니또manito가 스페인어라는 건 전혀 모른 채로 그게 예부터 전해지는 우리나라 전통놀이라고만 생각했다.

"고약한 취미네요. 즐거운 마니또 놀이를 엉망으로 만들겠다니. 어떤 일이 벌어졌나요?"

"마니또 짝꿍과 상관없이 아무한테나 선물을 줘서 놀이를 재미없게 하겠다는 거였죠. 아시다시피 마니또는 상대방이 눈치채지 못하게 일을 돕거나 책상 밑에 몰래 선물을 넣어야 재밌는 거잖아요." S씨의 아내인 O씨가 대답했다.

사건의 개요는 이렇다. 당시 학교에선 해문출판사의 애거서 크리스티 추리소설을 읽는 게 유행이었다. 몇몇 아이들이 학교에 가져와서 읽기 시작하면서 그 책을 다른 친구가 돌려 읽고, 또 다른 아이가 새로운 책을 사서 학교에 가져오는 식으로 삽시간에 크리스티 붐이 일었다.

그즈음 세 친구의 반에서 마니또 놀이를 했고 누군가가 담임 선생님이 볼 수 있도록 교탁 밑에 도전장을 넣어둔 것이다. 그 내용은 《ABC 살인사건》에서 포와로가 받은 것과 비슷했다. 다만, 무작위로 선물을 받을 사람은 알파벳이 아닌 한글 자음 순으로 'ㄱ'부터 시작한다는 거였다. 이 사건은 'ABC 마니또 수수께끼'라고 불리며 한 달 동안 네 명이 선물을 받은 다음 막을 내렸다. 그사이에 선생님과 아이들이 장난친 사람을 밝혀내려고 했으나 끝내 누가 이런 일을 벌였는지는 알 수 없었다.

세 친구가 우리 헌책방에 오기 한 달 전, 그때 담임을 맡았던 선생님이 오래 앓던 지병으로 돌아가셔서 같은 반이었던 동창들이 장례

식장에 모였다. 그중 여러 명이 밤을 새우며 초등학생 시절의 추억을 애깃거리로 삼았는데 역시나 그《ABC 살인사건》소설을 모티브로 했던 마니또 수수께끼를 다들 기억하고 있었다.

"처음엔 당연히 장난인 줄 알았는데 다음 날 진짜로 'ㄱ'으로 시작되는 이름인 '김○○'라는 여자애 책상 서랍에 선물이 들어 있었어요. 마침 그달에 제가 학급 당번이어서 누가 그랬든지 그 녀석을 꼭 잡고 싶었죠."

S씨가 자기 손바닥에 주먹을 탁 내리치면서 말했다. 그날 아침 '김○○'의 책상 서랍엔 연필 세트 선물과 함께 또 다른 편지도 들어 있었다. 내용은 역시 소설과 비슷했다. 다음 주에는 'ㄴ'에게 선물을 줄 거라는 예고였다. 당시 초등학교는 지금과 달리 한 반에 학생이 70~80명 정도나 됐다. 'ㄴ'이라면 '나', '노', '남'씨, 혹은 '남궁'씨일 가능성이 있었지만, 그런 성씨를 가진 아이는 대여섯 명이나 되어서 누가 선물을 받게 될지 특정하기는 힘들었다. 한 주 뒤, 예고대로 '남○○'라는 여학생이 선물과 함께 편지를 받았다. 마니또 놀이가 유치하다며 비꼬는 말과 함께 다음 주는 'ㄷ' 차례라는 게 그 내용이었다.

"그런데 'ㄷ'으로 시작되는 이름은 흔치 않아서 반에선 '도○○', 저 혼자였어요. 당연히 선생님과 아이들의 관심이 집중될 수밖에 없었죠."D씨가 말했다.

"다음 주 월요일 아침에 모두의 기대 속에 D의 책상 속을 봤는데 선물이 없더라고요. 역시 장난이었나 싶어서 한편으론 김이 샜습니다."S씨는 팔짱을 끼면서 몸을 뒤로 젖혔다.

그런데 그날 점심시간이 끝날 무렵, 다음 수업을 준비하려고 D씨가 책상에서 교과서를 꺼내는데 뭔가 다른 게 손에 걸려 나왔다. 선물과 편지였다. 범인을 잡아내겠다던 S씨가 편지를 낚아채 펼쳐봤다. 그는 탐정이라도 된 듯 몰려든 아이들을 향해 편지를 흔들면서 누가 이런 짓을 했는지 꼭 밝히겠다며 큰소리를 쳤다.

"어떤 녀석이 어수선한 점심시간을 틈타 D의 책상에 그걸 넣은 게 분명했습니다." S씨는 마치 초등학교 시절로 돌아간 듯 표정에 호기심이 가득 차올랐다.

ABC 마니또 사건은 한 주 뒤, '라○○'이라는 여학생이 선물을 받으면서 막을 내렸다. 범인은 잡히지 않았지만 매번 선물과 함께 있던 편지가 없었기에 다들 이번에 마지막인 걸 알았다. 한 달 동안 벌어진 이 사건은 그로부터 몇 년 동안이나 학교의 전설로 남아 입에서 입으로 전해졌다.

"그렇다면, 제가 궁금한 건—" 이야기를 다 들은 다음 나는 수첩에 몇 가지 확인할 사항을 적었다. "네 분이 각각 어떤 선물을 받았는가 입니다."

"그야 뭐, 다들 간단한 학용품 따위였죠." O씨가 손가락을 하나씩 접으며 기억을 떠올렸다. "'김○○'는 연필 세 자루, '남○○'는 지우개 하나, '도○○'는 종이학 만들기 색종이 세트, 마지막으로 '라○○'는 만화 캐릭터가 그려진 10센티 자였어요. 저는 이름이 '오○○'라 순서대로 선물을 받는다면 몇 번이나 더 기다려야 했지만 'ㄹ'에서 끝나서 사실 좀 아쉽기도 했어요."

"그때도 비슷한 말을 했지, 아마? 하지만 'ㅇ'으로 시작하는 이름이 얼마나 많은데. 순서가 돌아온다고 해도 당신이 선물을 받을 확률은 높지 않았을걸? 하하."

S씨가 그렇게 말하자 아내 O씨는 '흥' 하며 콧방귀를 끼면서 고개

를 돌렸다. 영락없이 초등학생 짝꿍의 사랑싸움이다.

지금까지의 이야기를 바탕으로 추리를 한다면 단서는 많지 않다. 아무래도 그래서 미제사건으로 남은 거겠지만 말이다. 네 사람이 받은 선물의 종류가 모두 다르다는 게 한 가지 단서이고, 반면에 선물을 받은 사람이 전부 여학생이라는 공통점이 또 하나의 힌트가 될 수 있다.

"연필, 지우개, 색종이, 10센티 자. 그리고 여학생 네 명……. 이건 정말로《ABC 살인사건》내용과 비슷한 게 아닐까요? 그렇다면 범인도 혹시 소설 내용을 그대로 따라 한 것일지도 모릅니다. 그때 학생들 사이에서 크리스티 추리소설 읽는 게 유행이었으니 그 책을 읽고 아이디어를 얻은 것일 수도 있죠."

"그런 부분은 저희도 당시에 어느 정도는 짐작했어요. 하지만《ABC 살인사건》을 읽은 사람이 한두 명이어야지요. 모르긴 해도 그걸 안 읽은 애들이 오히려 손에 꼽을 정도였죠. 뭐, 오늘은 범인을 찾는 게 목적이 아니라 책 때문에 왔으니까요. 추억 얘기는 이쯤에서 마무리하죠. 바쁘실 텐데 오랜 시간 뺏어서 죄송합니다."

웃는 얼굴로 말을 마친 O씨는 나머지 두 사람에게 그만 일어나자는 눈짓을 보냈다. 나는 어쩐지 신경 쓰이는 부분이 있긴 했지만 더는 묻지 않고 자리에서 일어났다. D씨가 책방 문을 열면서 말했다.

"이런 경우엔 굳이 범인을 찾지 않고 그대로 두는 것도 괜찮겠죠. 재미있는 추억이잖아요."

그 말에 우리는 모두 가볍게 웃으면서 동의했다. 마지막으로 S씨가 나가려고 할 때 나는 이 말을 꼭 해야 할 것 같아서 세 사람을 불러세웠다.

《ABC 살인사건》 내용은 여러분도 아시다시피 연쇄살인 자체가 범인의 트릭이었죠. 탐정에게 도전장을 보내는 도발도 역시 그 트릭을 완성하기 위한 절차였습니다. 정말 완벽한 범죄계획이었지만 동시에 가장 큰 실수를 범한 것이기도 합니다. 그게 뭔지 아시나요?”

느닷없는 내 질문에 모두 멈춰서서 서로의 얼굴만 쳐다봤다.

“그게ㅡ, 뭔가요?” S씨가 물었다.

“영국에 탐정은 많습니다. 그런데 하필 그중에서 포와로에게 도전장을 보낸 게 실수입니다. 그 정도로 뛰어난 두뇌를 가졌을 줄은 몰랐던 거죠.”

해문출판사의 문고판 크리스티 전집은 인기가 많았기 때문에 어렵지 않게 구할 수 있는 책이다. 하지만 정확히 1985년에 출판된 것을 찾는 건 또 다른 문제다. 쉽게 찾을 수 있을 줄 알았는데 그해에 펴낸 책은 좀처럼 나타나지 않았다.

그렇게 한 달쯤 지났을 무렵, 드디어 기다렸던 손님이 책방에 나타났다. 문을 열고 들어온 사람은 S씨였다. 그는 멋쩍게 미소를 지으며 내게 다가왔다.

“기다리고 있었습니다.” 내가 말했다.

“그때 이미 알고 계셨군요? 소문대로 탐정 같으시네요.”

“아뇨, 그냥 짐작만 했을 뿐입니다. 그래서 마지막에 나가실 때 제가 그런 질문으로 슬쩍 미끼를 던져본 거죠. 그때 마음이 움직이는 분이 있을 거라고 생각했습니다.”

나는 나머지 이야기를 듣기 위해 따뜻한 차를 준비했다. S씨는 그 사건을 자기가 꾸민 일이라고 솔직하게 털어놨다. 당시에 학급 당번이었던 점을 이용해서 몰래 선물과 편지를 책상 서랍에 숨길 수 있었던 사람, 그리고 누구보다 먼저 나서서 범인을 잡는다는 핑계로 사건을 더 혼란스럽게 만들었던 것도 S씨 본인이었다.

"사실 제가 뽑은 마니또는 지금의 아내인 O였습니다. 하지만 그때는 D를 남몰래 좋아했죠. D한테 꼭 선물을 주고 싶은데 마니또가 아니어서 어떻게 할까 고민하다가 그런 방법을 생각해냈습니다. 저희 반에 'ㄷ'으로 시작하는 이름을 가진 친구는 '도○○' 그 여학생한 명뿐이라 한글 자음 순서대로 선물을 주면 어색하지 않을 거라고 판단했죠. 그런데 어떻게 제가 그랬다는 걸 아셨죠?"

"확실한 증거는 없었지만, 그날 말씀하실 때 좀 의심스러운 부분이 있었거든요."

"의심스러운 부분요?" S씨는 눈을 크게 뜨고 나를 봤다.

"사건이 일어났을 때 범인이 어떤 녀석인지 꼭 밝혀내겠다고 하셨잖아요? 그 말은 범인이 남학생이라는 걸 이미 알고 있다는 의미가 아닐까요?《ABC 살인사건》은 대부분 학생이 그 내용을 알고 있으니 남학생만 그런 일을 했다고 단정할 수는 없는데 말이죠. 그리고 D님이 받은 종이학 색종이 세트 말인데요, 그건 확실히 다른 세 명이 받은 선물과 성격이 다른 겁니다. 연필, 지우개, 캐릭터 자— 이건 학용품이죠. 하지만 종이학은, 요즘엔 별로 그렇게 생각하지 않을지 몰라도 1980년대라면 그건 상대방을 좋아한다는 의미니까요. 그리고 이건 꽤 중요한 건데요—."

아무 말 없이 내 추리를 듣고 있던 S씨는 중요한 게 뭔지 궁금하다는 듯 몸을 살짝 내 쪽으로 기울여 앉았다. 사실 나는 추리소설에 나오는 명탐정이 마지막에 늘 그렇게 하듯 약간 극적인 효과를 노려서 말을 잠시 끊은 것이다.

"혹시 그때 마니또 놀이에서 S님 이름을 뽑은 게 지금의 사모님인 O님 아니었나요?"

"아니, 그걸 어떻게 아셨나요? 우연하게도 저희는 서로의 이름을 뽑아서 '더블 마니또'가 됐거든요."

나는 놀란 얼굴을 한 S씨의 반응을 즐기면서 말을 이었다.

"역시 그랬군요. 저는 당시에 O님이 범인을 알고 있지 않았을까 짐작했습니다. D님에게 선물을 줄 때는 일부러 주변이 어수선한 점심시간을 이용하셨죠? 어쩌면 그때 우연히 O님이 S님의 행동을 보았던 게 아닐까, 하는 게 제 생각입니다."

"그럼 왜 말을 안 했을까요?"

"마니또니까요."

S씨의 표정이 조금 굳어진 게 느껴졌다. 그는 할 말을 잃은 듯 가만히 있었다. 마시던 잔이 비어서 나는 주전자에 남은 차를 그의 컵에 따라주었다.

"O님은 S님의 마니또니까 다른 학생들 앞에서 창피를 당하지 않게 도와주었던 게 아닐까요? 마니또는 그런 거잖아요. 남몰래 상대방을 도와주는. 헌책방에 오셨을 때도 O님은 마니또 범인 찾기 얘기를 더 하고 싶지 않아 하는 눈치였습니다. 그런 모습을 보고 짐작을 했던 거죠."

"결혼하고 나서는 한 번쯤 말할 만도 한데 여태 아무 소리도 없었어요. 동창회에 갈 때마다 그 사건은 늘 화제가 됐는데, 제가 무안할까 봐 얘길 안 했던 거군요."

"초등학생 때 뽑은 마니또가 수십 년째 이어지고 있는 거네요. 언제가 됐든 기회를 봐서 S님이 먼저 말씀해보세요. 시간이 많이 지났으니 그 또한 즐거운 추억이지 않겠어요?”

1985년판 《ABC 살인사건》을 찾은 건 그보다 좀 더 시간이 흐른 뒤였다. 표지도 똑같은 책이지만 서지면에 있는 ‘1985’라는 숫자가 어찌나 반갑던지. 그 책이 ‘ABC 마니또 수수께끼’를 겪은 손님의 손에 닿는 걸 생각하면 나도 함께 그 추억에 동참하는 것 같아 기분이 좋았다.

시간은 되돌릴 수 없기에 여러 모양으로 흔적을 남긴다. 사람은 많은 기억을 지나치며 나이를 먹지만 그 기억들을 아름다운 흔적으로 간직하는 이들은 많지 않다. 어른이 된다는 건 그저 나이를 쌓는 게 아니라 지나온 기억을 겹쳐 고운 추억으로 간직하는 일이다.

어릴 적 읽은 책과 함께한 추억은 또 얼마나 마음을 풍요롭게 하는지! 나는 자주 그런 생각을 하면서 헌책방에 새로 들어온 오래된 책을 정리하기 전에 가만히 어루만지곤 한다. 여기에도 분명 누군가의 애틋한 추억이 스며 있겠지. 지금은 어른이 된 누군가의 사랑스러운 추억이.

채플린과 함께한 여름방학

《나의 아버지 채플린》
찰스 채플린 주니어 지음, 이신복 옮김
중앙일보, 1978년

내가 어릴 적엔 아이들의 장래 희망이란 대개 허무맹랑한 것들뿐이었다. 대통령이나 육군 대장, 뭐 그런 식이다. 그에 비해 요즘 어린 친구들은 꿈이 꽤나 구체적이라서 놀랐다. 꿈은 말 그대로 그저 꿈꿔보는 것이라 아름다운 면도 있는 걸 텐데 그 정도로까지 자세하게 자기가 하고 싶은 일을 미리 정해놓아도 괜찮은 걸까 싶어서 살짝 걱정스럽기까지 하다.

하긴 그건 나 따위가 걱정할 만한 것도 아니겠지만. 나로 말하자면 어릴 적 장래 희망이 실내야구장 주인이었으니까. 부모님 두 분이 모두 일을 하셨기에 꼬맹이 시절의 나는 혼자 노는 시간이 많았다. 늦은 밤이 되어서야 만나는 부모님은 표정에 지친 기색이 역력했다. 그래서 나는 어른이 되면 힘들이지 않고 돈 벌 수 있는 직업을 가져야겠다고 다짐했다.

실내야구장은 어린이였던 내가 보기에 가장 편하게 돈을 버는 일이었다. 사람들이 초록색 그물로 둘러쳐진 곳으로 들어가서 동전을 넣으면 반대편에서 자동으로 공이 날아온다. 손님은 방망이로 공을 친다. 어린이도 이해할 정도로 간단하다. 공 열 개가 나오면 게임은 끝난다. 계속하고 싶으면 동전을 더 넣으면 되고 그만하고 싶을 때 문을 열고 나오면 끝이다.

이때 주인은 과연 뭘 하는지 유심히 관찰한 적이 있다. 놀랍게도 주인이 하는 일은 아무것도 없었다! 손님이 문 열고 들어가서 동전을 넣고 방망이로 공을 쳐내는 동안 주인은 옆에 조그맣게 딸린 작은 방에 앉아서 언제나 프로야구 중계방송을 보고 있을 뿐이었다.

우리 동네에 있는 실내야구장은 주인이 잠깐씩 일어나서 바닥에 떨어진 공을 주워 담아 자동으로 공을 던지는 투수 기계 안에 넣는 일 정도는 했다. 그런데 시내의 큰 실내야구장은 그 일마저도 자동화 설비가 되어 있어서 사실상 주인이 할 일은 아무것도 없었다. 이 것이야말로 말로만 듣던 '앉아만 있어도 돈 버는 직업' 아닌가!

가진 돈이 없어서 나는 실내야구장에 들어가지는 못했지만, 학교 수업을 마치면 그곳에 가서 오후 내내 사람들이 방망이 휘두르는 걸 구경했다. 물론 구경만 한 것은 아니다. 나도 어른이 되면 이런 직업 을 갖게 될 수도 있으니까 주인장이 무얼 하는지 꼼꼼하게 살피는 것도 잊지 않았다. 그러나 살피고 할 것도 없이 주인은 온종일 앉아 서 텔레비전이나 보는 게 가장 중요한 일처럼 보였다.

초등학교 5학년 때였나, 학교에서 학생들 장래 희망을 조사하는 시간이 있었다. 나는 선생님이 나눠준 종이에 당당하게 '실내야구장 주인'이라고 썼다. 다른 친구들은 당연히 장관, 판사처럼 애매한 직 업을 썼다. 어떤 녀석은 '에디슨'이라고 쓰기도 했다. 과학자라는 단어가 얼른 떠오르지 않아서 그렇게 썼다니까 선생님은 그 녀석 머리에 장난스럽게 꿀밤을 주는 시늉을 하면서 웃었다. 다른 아이들도 따라 웃었다.

그런데 선생님은 내가 쓴 '실내야구장 주인'을 보고는 웃지도 않았다. 장난이라고 판단했던 건지 지우고 제대로 다시 쓰라고까지 했다. 나는 잔뜩 겁을 먹고는 글자를 지우개로 지워 없앴지만, 거기에 또 뭘 써야 할지 몰라 고개를 숙인 채로 가만히 있었다. 선생님은 "시간 없으니까 아무거나 써. 대통령 같은 거 쓰면 되잖아!" 하면서 목소리를 높였다.

한참 망설이다가 나는 종이에 대통령이라고 써서 선생님께 드렸다. '대통령 같은 거'라니. 어린 나이였지만 나는 세상이 뭔가 잘못 돌아가고 있는 것 같다는 느낌을 받았다. 실내야구장 주인이 대통령보다 훨씬 많은 사람을 행복하게 해줄 수 있을지도 모르는데.

절판된 책을 찾아달라는 부탁을 하러 온 K씨에게 이런 내 이야기를 들려줬더니 몸이 뒤로 젖혀질 정도로 크게 웃었다. 그는 나보다 나이가 조금 많은 것 같았는데 웃을 때의 표정만큼은 천진난만해 보였다.

"실내야구장에서 공 줍는 아르바이트라도 해보지 그러셨어요? 일단 해보면 의외로 힘든 일일 수도 있잖아요." K씨는 여전히 웃음을 참으면서 말했다.

"안 힘든 일이 어디 있겠습니까? 실은 헌책방도 어렸을 땐 쉬울 것 같아서 저의 장래 희망 중에 늘 들어 있었는걸요. 하하."

"어릴 적 꿈을 이루신 거군요. 축하드립니다!"

"그러는 K님의 꿈은 어떤 거였나요?"

내 물음에 K씨는 금방 얼굴에서 웃음기가 사라졌다.

"아빠처럼 되고 싶었죠."

"그런 말씀을 하시는 걸 보니 찾으시는 책과도 관련이 있는 거군요. 이야기를 들어볼 수 있을까요?"

K씨가 찾는 책은 《나의 아버지 채플린》이다. 제목처럼 찰리 채플린의 아들이 아버지에 관해서 쓴 평전이다. 채플린은 워낙 유명한 사람이기에 관련된 책이 많다. 채플린 자신도 자서전을 남겼고 전문 학자가 쓴 평전이나 그가 만든 영화를 분석한 연구서도 꽤 있다.

그중에서도 채플린의 아들이 쓴 이 책은 특별하다. 누구보다도 가까운 곳에서 위대한 코디미디언이자 영화감독인 채플린을 지켜본 사람이 기록한 글이기에 그렇다. 우리나라에서도 채플린의 인기는 대단해서 《나의 아버지 채플린》이 출판된 이듬해인 1978년에 곧바로 번역서가 나왔다. K씨가 찾고 있는 건 바로 그 책, 중앙일보 출판사에서 펴낸 초판이다.

인기 있는 책이라 1978년 이후로도 몇 번 더 번역서가 출간됐지만 굳이 초판을 찾는 이유는 분명하다. K씨가 들려준 이야기의 중심에 그 책이 연결되어 있기 때문이다. 이야기의 시작은 수십 년 전으로 거슬러 올라간다.

"아버지는 체격이 아담하고 밝은 성격이라 언제나 장난스러운 소년 같았습니다. 반대로 어머니는 키가 커서 같이 다니면 동생으로 오해를 사기도 했다는군요. 저는 그런 아버지가 좋았습니다. 늘 저하고 재미있게 놀아주셨거든요. 평소엔 일하느라 바쁘시고 아버지와 놀 수 있는 시간은 일요일 하루뿐인 경우가 많았지만, 그래도 저는 좋았습니다. 아버지하고 노는 게 너무 재미있었거든요."

"아드님을 무척이나 아끼셨던 모양이군요."

내가 그렇게 말하자 K씨는 또 입을 크게 벌리고 웃었다.

"그게 아닙니다. 알고 보니 아버지 직업이 남을 재미있게 해주는, 그런 쪽이었습니다. 연예인이라고 할까요?"

"그랬군요. 직업이 영화배우나 탤런트였나요?"

"저는 그렇게 믿었습니다." K씨는 묘한 표정을 짓더니 똑같은 말을 반복했다. "그렇게 믿었습니다. 아버지는 늘 화려한 옷을 입으셨고 웃지 않고는 견딜 수 없는 재밌는 표정도 자주 보여주셨거든요. 저는 분명 아버지가 텔레비전에 나오는 연예인이라고 믿었습니다. 제가 학교에 들어가기도 전의 일인데요, 한번은 아버지께 '아빠는 텔레비전에 나와?'라고 물었죠. 아버지는 '텔레비전은 아니고 영화에 나온단다. 시내에 있는 큰 극장 알지? 거기에.' 저는 아버지가 영화에 나오는 모습을 보고 싶다고 했죠. 하지만 아버지는 제가 극장에 가기에는 너무 어리다며 나중에 크면 데려가준다고 하셨습니다. 초등학생이 된 저는 친구들한테 아버지가 영화배우라며 자랑했습니다. 나도 크면 아버지처럼 멋진 연예인이 될 거라고 으스댔죠."

K씨가 초등학교 3학년이 되던 해 여름방학 때의 일이다. 저녁을 먹으면서 아버지는 열흘 정도 집을 비운다고 말했다. 먼 곳에 있는 도시에서 공연 일정이 잡혔다는 게 이유였다. K씨는 아버지를 따라가고 싶다고 졸랐다. 어머니도 함께 말렸지만 떼를 쓰는 아이에겐 역부족이었다.

"언제나 일 때문에 바쁜 아버지라 여행 한번 같이 한 적이 없었어요. 울면서 그렇게 말했더니 결국은 허락해주셨죠. 뛸 듯이 기뻤습니다. 연예인이라는 화려한 직업을 바로 눈앞에서 볼 수 있는 거잖아요? 저는 떠나기도 전부터 개학하면 친구들한테 연예인 아빠와 함께 여행한 걸 자랑하고 싶어서 가슴이 한껏 들떴습니다.”

그런데 여행 떠나는 날 아침, 아버지는 기차 안에서 아들에게 “한 가지만 약속해줄래?”라고 하면서 K씨의 손을 가만히 어루만졌다. 그 약속이 무엇이냐면, 아버지가 무대에 오를 때 객석이 아닌 무대 뒤편의 공연자 대기실에서 기다려달라는 거였다. 아들은 왜 그래야 하는지 의아했다.

“거기가 더 특별한 곳이라서 그래.” 아버지는 그렇게만 말했다.

해가 기울어질 무렵 열차에서 내린 두 사람은 국밥집에 들어가 늦은 점심인지 이른 저녁인지 모를 식사를 했다. 아버지는 극장이 근처에 있다고 했는데 어린 K씨가 보기에도 그곳은 멋진 극장이 있을 만큼 번화한 도시는 아닌 것 같아서 이상한 기분이 들었다.

커다란 가방을 든 아버지의 손에 이끌려 극장이라는 곳에 다다랐을 때 K씨는 다시 한번 실망했다. 허름한 건물에 입구는 조명도 흐릿해서 모르는 사람이 보면 극장이 아니라 창고라고 부를 만한 곳이었다.

아버지는 아들을 데리고 건물 뒤로 돌아갔다. 그곳엔 입구보다 더 허름한 작은 철문이 있었다. 아버지는 익숙한 손놀림으로 철문을 당겨 열고 안으로 들어갔다. 계단을 딛고 지하로 내려가자 화장실처럼 생긴 또 다른 문이 나왔다. 아버지는 거기가 공연자 대기실이라고 했다.

아버지가 했던 말과 달리 그곳은 전혀 특별해 보이지 않았다. 긍정적인 의미에서 특별한 곳이 아니라 특별히 더 누추하다는 뜻이었을까? K씨는 혼란스러웠다. 아버지는 아들을 구석에 있는 낡은 소파에 앉힌 다음 가방을 열고 갈아입을 옷과 화장품 따위를 꺼내 거울이 붙은 탁자 위에 올려놨다. K씨는 물끄러미 그 모습을 지켜봤다.

얼마쯤 시간이 지나니 아까 들어온 곳이 아닌 반대쪽에 있는 문 너머로 음악 소리가 들렸다. 얼굴에 화장을 마친 아버지는 입고 온 옷보다 더 낡은 검은 양복 차림에 중절모를 눌러썼다. 그는 뒤쪽에 앉은 아들을 바라보며 씨익 웃었다. 그 표정이 재미있어서 K씨도 어색하게 따라 웃었다.

곧이어 아버지가 공연이라고 부르는 무언가가 시작됐다. 음악 소리가 나던 문이 벌컥 열리더니 머릿기름을 잔뜩 바른 한 남자가 머리만 쏙 내밀고 "이봐, 시작이야. 준비해!"라고 소리쳤다. 아버지는 일어나 K씨 쪽으로 다가와서 두 손으로 아들의 얼굴을 감싸며 "아빠 곧 올 테니까 기다려." 하고는 문밖으로 나갔다. 곧이어 재미있는 음악과 함께 사람들이 웃으면서 손뼉을 치는 소리가 들렸다.

혼자 남은 K씨는 머리가 복잡했다. 아버지는 정말로 연예인이 맞나? 이런 곳이 극장이라고? 카메라나 커다란 조명 같은 건 다 어디 있지? 그런 생각을 하며 주눅 든 강아지처럼 대기실 안을 걸어 다니던 K씨는 문득 아버지의 가방 속에 작은 책이 있는 걸 보았다.

제목은 '나의 아버지 채플린'. 채플린? 처음 들어보는 이름이다. 아마도 채플린이라는 외국 사람에 관한 책인 것 같다. K씨는 아무 곳이나 펼쳐서 책을 읽기 시작했다. 조금 읽어보니 채플린이 유명한 코미디언이고 미국에서 영화도 만들었다는 걸 알았다. 작은 책이었지만 본문 중간중간에 흑백 사진도 들어 있어서 재미있었다.

그런데 사진을 볼수록 그 장면을 어디선가 본 것 같은 느낌이 들었다. 아니, 확실했다. 사진 속 채플린은 바로 K씨의 아버지였다. 허름한 양복에 중절모, 게다가 오리발처럼 큰 구두와 약간 휘어진 지팡이까지. 조금 전 공연을 준비하던 아버지는, 그러니까 바로 이 사람을 흉내 내고 있었던 거다.

K씨는 책을 원래대로 가방에 넣고 조심스럽게 아버지가 나간 쪽 문손잡이를 돌렸다. 작게 열린 문틈으로 무대가 보였다. 거기 아버지가 있었다. 상상했던 것과는 너무도 다른 아버지였다. 그는 무대 위에서 장난스러운 표정으로 뛰어다니다가 뒤로 자빠지고 일어나기를 반복했다. 그럴 때마다 관객들은 낄낄거리며 요란하게 웃었다. 관객은 채 열 명이 안 됐다. 아버지는 2시간 가까이 바닥에서 뒹굴고 네 발로 엎드려 개 짖는 시늉을 했다. 사람들이 자지러지게 웃었다. 재미있어서 웃는 건지 비웃는 것인지 혹은 야유인지 알 수 없는 소리였다.

공연을 마치고 돌아온 아버지의 얼굴은 소나기를 맞은 듯 땀으로 젖어 있었다. 그날 아버지는 근처에 있는 다른 곳에서 같은 공연을 한 번 더 했다. K씨는 이번에는 공연을 몰래 보지 않고 기다렸다. 더는 보고 싶은 마음도 들지 않았다.

다음 날부터 열흘 동안 두 사람은 근처의 고만고만한 동네를 돌아다녔다. 아버지는 주로 밤에 공연을 하기에 낮에는 아들과 놀아주었다. 그러나 K씨는 전처럼 즐겁지가 않았다. 사람들 앞에서 그런 멍청한 모습을 보여주는 게 공연이었다니. 심지어 그게 직업이었다니. 친구들에게 아버지가 연예인이라며 자랑한 것이 너무도 부끄럽고 속상했다.

"자, 여기까지가 그 책에 관한 이야깁니다."

K씨는 말을 마치고 난 뒤, 머릿속으로는 여전히 어린 시절을 회상

하는 듯 천천히 눈을 감았다가 떴다.

"흥미로운 이야기네요. 그러니까 아버지께서는 영화배우 같은 연예인이 아니라 술집 밤무대에서 찰리 채플린 같은 슬랩스틱 코미디를 연기하는, 그런 분이셨군요."

"바로 그렇습니다. 채플린에 대해서는 고등학생 때 영화를 보고서야 제대로 알 수 있었습니다. 대단한 사람이었더군요. 하지만 그 이후 오히려 아버지를 향한 반감은 더 커졌습니다. 연예인은커녕 그저 유명 배우를 흉내나 내는 사람이었으니까요. 저는 완전히 실망했고 아버지와의 관계도 점점 느슨해졌습니다."

그런 마음을 가지는 것도 이해가 간다. 어릴 때 아버지가 대단한 사람인 줄 알았는데 사실은 전혀 그렇지 않다는 걸 알았을 때의 배신감이란 쉽게 벗어나기 힘든 상처가 아닌가. 그렇다고 하면 왜 굳이 그때 아버지 가방에서 꺼내 몰래 봤던 채플린 책을 찾는 걸까?

"그건 따로 이유가 있습니다." K씨는 한 손으로 머리카락을 쓸어 넘긴 다음 말을 이었다. "그래도 피는 속이지 못하는 것인지 제가 한 20년 전 즈음부터 배우로 일하고 있습니다. 매번 잠깐 나오고 마는 단역이긴 하지만요."

K씨가 배우로 활동하게 된 시기는 아버지가 몸이 아파서 공연을 못 하게 된 때와 비슷하게 맞물린다. 더 젊었을 때는 모델로도 활동했는데 어느 날 잡지 촬영 스튜디오에서 만난 단편영화 카메라 감독의 권유로 영화 쪽에 발을 들였다.

영화배우라고는 해도 단역이다 보니 촬영장에선 주연배우의 시간에 맞춰 하염없이 기다리는 게 일이다. 10시간을 기다렸다가 5분 촬영하고 마치는 날도 허다했다. 1년 전 즈음 그날도 단역배우들은 여느 날과 똑같이 몇 시간째 촬영 스태프의 호출을 기다리며 골목 계단에 앉아 있었다. K씨는 촬영장에서 처음 본 비슷한 또래의 남자와 이런저런 이야기를 하면서 시간을 보냈다. 그때 깜짝 놀랄 만한 사실을 알게 됐다.

"어쩌다 보니 서로의 부모님 얘기를 하게 됐는데, 그분 아버지도 예전에 밤무대 공연을 하셨다고 그러더라고요. 누더기를 걸치고 나와 입담 하나로 무대를 웃음바다로 만든 '각설이 박씨'를 모르면 간첩이라는 소릴 들을 정도였다는군요. 그런데 그 각설이 박씨가 언제나 입에 침이 마르도록 칭찬한 사람이 바로 채플린, 저희 아버지였던 겁니다."

"이야, 정말 우연이네요. 그런 곳에서 아버지를 아는 분을 만나다니요."

내가 그렇게 말하자 K씨는 미소를 띠며 "우연일까요?" 하며 내 눈을 지긋이 쳐다봤다.

"저는 세상에 우연이란 건 없다고 봅니다. 우연처럼 보여도 일어나야 할 일이니까 일어난 것일 뿐, 그걸 겪은 사람이 끝내 이해할 수 없어도 그건 일어날 수밖에 없는 일입니다. 그때 저는 깨달았습니다. 제가 누군가에게는 하찮아 보일지도 모르는 이 일을 하는 것도 우연은 아니구나, 하는 걸 말입니다. 이건 아버지를 이해하라고 저에게 마련된 기회가 아니었을까요?"

촬영장에서 만난 동료는 그의 아버지를 통해 전해 들은 위대한 채플린의 이야기를 끝도 없이 풀어냈다. 어릴 적부터 워낙 채플린 이야기를 많이 들어서 도대체 그가 어떤 사람인지 궁금해 한때는 밤무대 업소를 돌아다니며 자료조사를 한 적도 있다는 거다. 아쉽게도 그때는 채플린이 이미 은퇴하고 난 다음이라 소문만 가득했다.

"그때 제가 업소 사장님들한테 들은 얘기 중 최고는 뭔 줄 압니까?" 동료가 여전히 흥분이 가시지 않은 목소리로 K씨에게 물었다. 표정으로 봐서 대답을 원하고 물은 것 같지는 않았다. 그는 곧 스스로 답을 말했다.

"언젠가 채플린이 어린 아들을 데리고 지방 공연을 다녔다는군요. 그때 한 업소에서 우연히 이주일 씨를 만난 거예요. 우리나라 최고의 코미디언이며 연예계의 신이나 마찬가지인 바로 그 이주일 말입니다. 그분이 채플린의 공연을 보고는 감동해서 당장 같이 일하자고 제안했답니다. 영화 출연 제의도 했다는군요. 그런데 채플린은 단박에 거절했습니다. 왜일까요?"

그도 역시 자기 아버지의 피를 물려받은 것인지 말솜씨가 예사롭지 않았다. K씨는 동료가 하는 말을 듣고 그게 바로 자신이 초등학생 때 겪은 일이라는 걸 직감했다. 하지만 아버지가 이주일 씨를 만났다니. 그런 일이 있었나? 분명 여러 사람을 만나긴 했지만 어린 K씨가 그들이 누군지 알 턱이 없었다.

"제안은 고맙지만 이 이상으로 바빠지면 아들과 놀아줄 시간이 없어서 곤란하다고 그랬다는군요. 자신은 아들과 재미있게 놀 때가 가장 행복하다고 말했답니다. 과연 채플린다워요! 이것 봐요. 제가 말하면서도 팔에 소름이 돋잖아요."

동료는 웃으면서 말했지만 K씨의 눈가는 어느 사이엔가 젖어 있었다. 혹시라도 들킬까 봐 K씨는 얼른 손바닥으로 얼굴을 문질렀다. "네, 기억이 납니다. 아버지는 정말 대단하셨죠!" 그는 움츠렸던 어깨를 펴고 큰 소리로 동료에게 말했다. 갑작스러운 반응에 그는 아무런 말도 못 한 채 멍하니 K씨를 보고만 있었다.

"전설의 코미디언 채플린의 아드님을 이렇게 실제로 뵙다니, 정말 영광입니다!"

두 사람은 손이 아플 정도로 힘을 주어 악수를 했다. 때마침 단역 배우를 부르는 촬영 스태프의 목소리가 멀리서 들렸다.

"말씀을 듣고 보니 아버지께서 왜 채플린의 자서전이 아닌 그의 아들이 쓴 책을 갖고 다녔는지 조금은 알 것 같군요."

"네, 그래서 저도 그 책을 다시 읽어보려고요. 아버지께는 너무 죄송하게도 그 여름방학 때 이후로 책을 잊고 살았지만, 이제라도 읽어보고자 이렇게 찾고 있습니다. 부탁드립니다."

K씨는 내게 고개를 숙였다. 나는 책을 찾아드리겠다고 약속했다. 약속한다고 해서 책을 금방 찾을 수 있다는 보장은 할 수 없지만, 꼭 찾아주고 싶었다.

"책을 찾아드리면 아버지를 만나서 그해 여름방학 때 있었던 일을 함께 이야기해보는 것도 좋겠네요."

"그야 물론이죠. 그리고 또 한 가지." K씨는 잠시 주저하다가 결심이 선 듯 내 쪽으로 몸을 돌리며 말했다. "그날 촬영장에서 동료에게 아버지가 정말 대단하신 분이라고 말했었죠. 하지만 정작 아버지 앞에서 그런 말을 한 적은 여태 한 번도 없습니다. 이번엔 제대로 말하고 싶어요. 아버지는 저에게 최고의 연예인이라고."

세상엔 책이 많다. 갖고 싶은 책, 읽고 싶은 책, 사고 싶은 책. 그러나 찾고 싶은 책만큼 마음을 움직이는 책이 또 어디 있을까.

책이 그의 마음을 움직일 수 있기를, 아버지에게 진심을 고백할

수 있는 용기가 함께하기를 나도 마음속으로 응원했다. 그런 생각을
하고 있는데 환하게 웃던 K씨가 문득 두 손으로 얼굴을 문질렀다.
그의 애틋한 감정이 나에게도 그대로 전해졌다. 나는 "곧 연락드리
겠습니다."라고 하며 책방 문을 열어주었다.

두 번의 가출

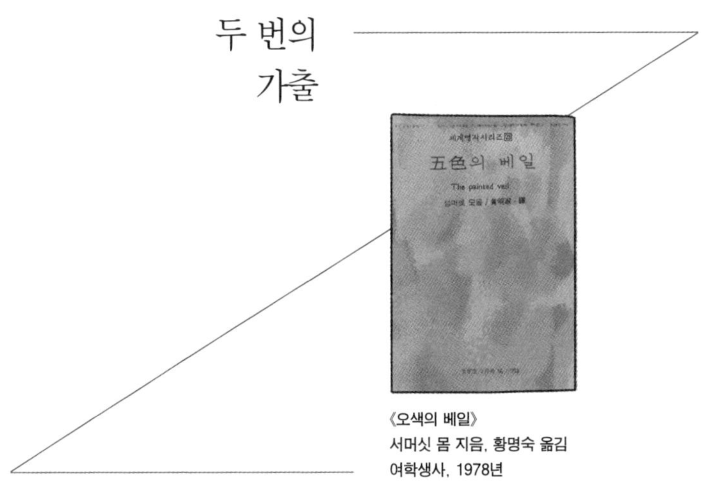

《오색의 베일》
서머싯 몸 지음, 황명숙 옮김
여학생사, 1978년

이렇게 말하면 다들 장난으로 받아들이는데, 나의 중고등학생 시절 로망 가운데 하나가 가출이었다. 정말이다. 외국영화에 나오는 터프한 남자 주인공처럼 사회를 향한 반항아적인 모습! 그런 게 멋있어 보였다. 제임스 딘 같은 사람 말이다. 그런 사람이 학교에서 선생님이 내주는 숙제를 잊지 않고 잘해 가거나 반찬을 골고루 먹으라는 엄마의 말에 방긋 웃으면서 "네!"라고 대답했을 것 같지는 않다.

애석하게도 나는 매우 그런 쪽에 가까운 청소년이었다. 태생적으로 겁이 많은 타입이라 반항이라거나 거친 태도는 나와 전혀 어울리지 않았다. 그래서 숙제를 안 했을 때 은근히 더 느긋한 태도를 보이는 녀석들, 시험 시간이 코앞인데도 점심시간에 교탁 위에 올라가 앉아 "이번 여름방학 땐 무전여행을 갈 거야!" 따위의 말을 웃으면서 하는 녀석들을 보면 내심 부러웠다.

반항기 있는 학생으로서 할 수 있는 여러 일탈 행위 중 단연 으뜸은 가출이라고 생각했다. 더러는 이유도 없이 학교에 며칠 동안 안 나오다가 갑자기 나타나는 애들을 보면 혼자 여러 가지 상상을 하곤 했다. 무전여행을 갔다 온 것일까? 잠은 어디서 잤을까? 뭘 먹고 지냈을까 등등. 어쩌면 돈키호테처럼 갖가지 무모한 모험에 휘말렸을지도 모른다.

중학교 2학년 여름방학 때, 우리 반 학생 두 명이 무작정 자전거를 타고 서울에서 강릉 경포대까지 다녀온 사건이 있었다. 중학생 둘이 무전여행을 한다고 하면 당연히 부모님이 허락해주지 않을 거라고 판단해서 새벽에 몰래 집을 나왔다는 거다. 말 그대로 가출이다!

방학이 끝난 다음, 이 두 명은 선생님과 부모님에게 엄청나게 혼이 난 것과는 별개로 학교에서 연예인급의 대스타가 됐다. 쉬는 시간마다 녀석들의 무용담을 듣기 위해 다른 반 학생들까지 몰려왔을 정도였다. 그중 하나는 잘생긴 편이라고 할 수 없는 외모였음에도 여학생에게 러브레터를 받기까지 했다.

나 역시 두 가출 소년의 활극을 듣기 위해 귀를 기울인 학생 중 하나였다. 나 같았으면 무전여행은커녕 돈을 두둑하게 지갑에 넣어주면서 다녀오라고 해도 쉽게 발이 떨어지지 않았을 거다. 아무튼, 이유를 정확히 설명할 수는 없어도 가출은 꽤 멋있어 보였다.

모르긴 해도 내가 중학생이었던 때 이후 수십 년이 흘렀지만, 청소년 가출은 여전히 중요한 사회 문제 중 하나다. 나도 이젠 나이가 드니 성격이 더 둥글둥글해진 것일까. 주변에서 청소년이 가출했다는 얘길 들으면 전처럼 마냥 멋있다는 생각만 들지 않고 먼저 걱정이 앞선다.

헌책방에 절판된 책을 찾으러 오는 손님의 나이대는 보통 중년이다. 나는 책을 찾아주는 대신 그 책과 관련된 삶의 이야기를 듣는데, 얘기를 나누다 보면 딱히 책과 관계 있지 않더라도 가출에 관한 추억이 자주 나온다. 본인이 어렸을 때 가출한 적이 있거나, 혹은 친구의 가출 경험담은 (과장을 조금 보태자면) 흔하게 듣는 이야기 중 하나다. 그렇게 흔한 가출 이야기 중에서도 P씨의 경우는 독보적이라고 하겠는데, 왜냐면 가족 2대에 걸쳐 연속 가출이라는 대기록을 달성했기 때문이다.

"그러니까, 지금 따님이 가출한 지 일주일이 지났는데 책을 찾으러 여기 오셨다는 말씀이신 거죠?"

내가 놀라서 묻자 P씨는 대수롭지 않다는 듯 "네 뭐, 그런 거죠." 하며 어깨를 가볍게 으쓱거렸다. P씨는 50대 여성이고 가출한 딸은 고등학생이다. 둘이 자주 투덕거리며 말싸움을 한 건 사실인데 정말로 집을 나가버리리라고는 생각하지 못했다고 한다.

"경찰에 신고는 하셨나요?" 내가 다시 물었다.

"집 나가고 바로 다음 날 딸아이의 선배라는 분에게 전화를 받았어요. 거기 있다고 하더라고요. 여대생인데 몇 년 전 인터넷 동호회에서 만나 친해졌다는군요. 애니메이션 코스프레 동호회인가 뭐, 그런 거래요. 맘씨 좋은 분이라 딸을 달래서 제 전화번호를 얻었대요. 천만다행이죠."

선배는 딸이 아직 집으로 돌아갈 생각이 없는 것 같다며 한동안 자기 집에서 지내도록 해도 괜찮은지 양해를 구했다. P씨는 폐를 끼쳐서 미안하다고 사과했다. 방학 기간도 아니라 학교는 결석으로 처리되겠지만 당분간 스스로 마음을 정리할 수 있도록 두는 것도 나쁘지 않겠다고 판단했다. 그녀는 선배의 전화를 받은 다음 곧 딸의 담임교사에게 연락해 사정을 이야기했다.

"꽤나 당찬 따님이시네요. 학기 중에 가출이라니."

"아마도 절 닮았나 보죠? 후후." 딸의 일은 전혀 걱정하고 있지 않은지 P씨는 계속 즐거운 표정이었다.

"그래도 너무 태평하신 것 같은데요?"

"그럴 리가 있겠어요. 자주 속을 썩이긴 하지만 제가 낳은 딸인걸요. 그래서 오늘 이렇게 사장님께 부탁을 드리러 온 거예요. 딸이 집을 나가고 나서 문득 그 책이 다시 떠올랐거든요. 제가 딸하고 비슷한 나이였을 적에 가출했을 때 처음 읽은 책이랍니다."

P씨가 말한 책은 《달과 6펜스》, 《인간의 굴레》 등으로 이름이 잘 알려진 서머싯 몸의 소설 《오색의 베일》이다. 이 책의 원제목은 'The Painted Veil'로 지금은 보통 《인생의 베일》이라는 제목으로 번역되어 나오고 있다. 《오색의 베일》은 P씨가 가출했던 1978년, 《여고생》이라는 하이틴 잡지에서 부록으로 펴낸 것이다.

"여름방학 때였는데 부모님하고 크게 싸우고서 무작정 집을 뛰쳐나왔어요. 나오고 보니 주머니엔 돈도 한 푼 없고 여고생이 어딜 갈 수 있겠어요? 조금 돌아다니다가 학교 담임 선생님께 전화를 드렸죠. 감사하게도 저를 선생님 댁에서 지내게 해주셨어요. 그날 밤 제가 잘 때 선생님께서 몰래 부모님과 통화했다는 건 나중에 알았죠."

"가출 이유는 뭐였나요?"

"제가 하고 싶은 걸 부모님이 반대하셨거든요. 중학생 때부터 내 꿈은 소설가라고 말씀드렸는데, 부모님은 장난으로 받아들이셨나 봐요. 고등학생이 되어서도 소설가 얘기를 하니까 드디어 화를 내기 시작하셨어요. 소설가가 되려면 대학 졸업하고 직장 생활 좀 하다가 시집가서 아이도 낳은 다음에 하라더군요. 소설 따위는 취미로 하라는 말이었어요. 그럴 만도 했던 게, 당시엔 김승옥이나 최인호 같은 남성 작가들이 인기였으니까요. 여성 작가 중에 유명한 소설가는 별로 없었어요. '소설가는 남자'라는 인식이 딱 정해져 있었죠."

어릴 적부터 상상력과 호기심이 많고 자연스럽게 그런 관심이 책으로 이어졌던 P씨였다. 책 읽기를 좋아하는 딸을 부모님은 기특하게 여겼다. 분명 좋은 대학을 졸업해서 이름만 들어도 알 만한 은행이나 주식회사 같은 데 취직할 거라고 믿었다. 하지만 애초에 P씨의 학교 성적은 상위권 대학에 들어갈 만한 실력이 아니었다. 학교 공부와 상관없는 소설책만 붙잡고 있으니 그럴 수밖에 없었다. 이때부터 부모님과 P씨 사이에 불화의 조짐이 생기기 시작했다.

그리고 고등학교 3학년 여름방학 때, 드디어 일이 터졌다. 곧 대학 입시를 치러야 할 중요한 시기인데 P씨는 몰래 신춘문예 소설 원고를 쓰고 있었다. 그걸 부모님에게 들킨 것이다. 신춘문예에 보낼 원고지를 빼앗긴 다음 날 새벽, 잘게 찢어진 채로 쓰레기통 안에 처박힌 소설 원고를 보고는 그대로 집을 나와버렸다.

"속이 상할 만도 했네요."

"그걸 신문사에 보냈다고 해도 당선은 안 됐을 거예요. 지나고 생각해보니 정말 유치한 소설이더라고요. 하지만 제 딴에는 정말 열심히 쓴 거라, 그걸 뺏겼을 때는 너무 분통이 났어요. 다시는 집에 가고 싶지 않았고 부모님 얼굴도 보기 싫었죠. 그때 선생님이 저를 받아주지 않으셨다면 그 상태로 완전히 삐뚤어져버렸을 거예요. 그리고 선생님 댁에서 지내며 그 책을 발견한 게 두 번째 행운이었죠."

며칠 동안 선생님의 집에서 지내며 마음이 많이 풀린 P씨는 다시

집에 돌아가고 싶다는 생각이 들었다. 하지만 이렇게 일을 벌여놓고선 부모님에게 뭐라 말씀드리고 집에 간단 말인가. 더구나 앞으로 뭘 하면서 살아야 할지 생각하면 머릿속은 점점 막막해졌다. 지금까지 너무도 바보같이 살아온 것 같아 한심하다는 자책만 쌓여갔다.

그렇게 하루하루를 보내던 중 선생님 방의 책장에서 발견한 책이 바로 《오색의 베일》이다. 서머싯 몸은 알고 있었지만 '오색의 베일'이란 제목은 처음 들어봤기에 호기심이 생겨 꺼내 읽었다. 시작 부분부터 상당히 자극적인 내용이었다.

"듣고 보니 그렇네요. 《오색의 베일》. 요즘 번역서 제목은 '인생의 베일'로 나오는데, 그 소설은 말하자면 불륜 소설이잖아요? 제 기억으로 첫 시작이 주인공 키티와 유부남 찰스가 몰래 만나 사랑을 나누는 장면이죠? 여학생들이 주로 읽는 하이틴 잡지의 부록으로 불륜 소설이라니 상당히 아이러니한걸요? 하하."

"저도 그렇게 생각했어요. 나중에 알고 보니 그 소설은 세계 3대 불륜 소설로 불린다고 하더라고요. 톨스토이의 《안나 카레니나》, 플로베르의 《보바리 부인》, 마지막이 이 책 《오색의 베일》이죠. 맘도 복잡한데 잘됐다 싶어서 계속 읽었어요. 어찌나 재밌던지 아침부터 저녁까지 밥도 먹지 않고 소설에 빠져들었어요. 그리고 그 안에서 거울에 비춘 것처럼 제 모습을 본 거죠."

소설의 배경은 1920년대. 들끓는 욕망에 사로잡혀 살던 키티는 믿었던 찰스에게서도 배신당하고 남편인 월터에게 이끌려 마지못해 콜레라가 창궐한 중국 오지로 떠나게 된다. 하지만 그곳에서 삶과 죽음이 처절하게 뒤섞인 인생의 현실을 알게 되고 수녀들의 헌신적인 의료 봉사활동을 보며 키티는 새로운 깨달음을 얻는다. 월터마저

전염병에 걸려 세상을 떠났을 때 키티는 다시 찰스와 만나지만, 이미 키티는 한 걸음 성장한 상태였다. 그녀는 찰스와 헤어져 아버지가 계신 곳으로 향한다. 먼 길을 돌아 다시 집에 도착한 것이다.

"그때 키티의 배 속에는 아이가 있었죠. 아버지를 만난 키티는 딸을 낳고 싶다면서, 그 아이는 자신과 다르게 자유롭고 당당한 여성으로 키우고 싶다고 말해요. 아버지는 딸의 말을 듣더니 너는 아직 젊은데 왜 50이나 된 사람처럼 말하냐고 그래요. 고등학생 때 선생님 댁에서 책을 읽었을 때는 그 부분에 아무런 감정이 생기지 않았어요. 그런데 제가 지금 50대 나이가 되니까 조금 알겠더라고요. 참 이상하죠. 딸이 집을 나가고 나서야 그 책 생각이 나다니. 그래서 책을 다시 읽으면서 반성을 해보려고요. 되도록 1978년, 제가 여고생이었던 그때 읽었던 책이면 좋겠다 싶어서 사장님께 부탁드리는 거예요."

"P님께서 학창시절에 소설가가 되겠다는 말을 받아들이지 않았던 부모님처럼, 지금도 그 비슷한 상황이 아닐까요?"

"아마도, 그렇다고 봐야겠죠. 저는 처음에 이렇게 생각했어요. 소설가 정도는 괜찮잖아? 하지만 코스프레 전문 사진작가는 대체 뭐지. 그런 걸 해서 뭘 어쩌겠다는 건지 모르겠더라고요."

P씨는 귀 뒤로 머리를 쓸어넘겼다. 오른손 손목과 손가락에 밴드가 몇 개 붙여져 있는 게 보였다. 다치셨냐고 물었더니 세라믹 펜으로 글씨를 쓰다 보니 조금 무리가 생겼다고 한다.

"아직 포기하지 않았거든요. 소설가의 꿈요."

그녀는 컴퓨터도 다룰 줄 알지만 어릴 적부터 펜으로 쓰는 게 익숙해서 계속 손글씨로 소설을 쓴다고 했다.

"따님이 하고 싶은 게 코스프레 사진작가라고 하셨죠? 혹시 동호회 모임에 같이 가본 적이 있으신가요?" 내가 물었다.

"아뇨. 전혀요." P씨는 의외라는 듯 눈을 크게 뜨며 대답했다.

"제가 책 찾아드리면 나중에 한번 가보세요. 따님이 사진 찍는 것도 보시고요. 꽤 멋있어요."

"그, 그럴까요?"

P씨는 주저하는 목소리로 말했다. 하지만 책 속에 길이 있다고 하지 않던가.《오색의 베일》을 찾아 건네주고 나서 얼마 지나지 않았을 때, 이번에는 모녀가 함께 작은 선물을 들고 우리 헌책방에 찾아왔다. 당연한 거겠지만 두 사람은 생김새는 물론 키도 비슷했다.

"정말 놀랐던 게 뭔 줄 아세요?" P씨가 장난스러운 표정으로 내게 물었다.

"글쎄요. 뭘까요? 어쨌든 지금 두 분은 아주 사이가 좋아 보이시는데요? 이제 싸우시지는 않나요?"

"엄마가 먼저 시비만 안 걸면 싸울 일 없어요." P씨의 딸이 새초롬한 표정으로 대답한 다음 곧 눈웃음을 지었다.

"제 딸도 선배 집에서 저하고 똑같은 책을 봤대요. 물론 얘가 읽은 건《오색의 베일》이 아니라 요즘 나오는《인생의 베일》이지만요. 우연이라고 해야 할지, 제가 그랬던 것처럼 그 책을 읽은 다음 다시 집에 오고 싶은 마음이 생겼다고 하더라고요."

"정말 묘한 우연이네요. 어머니께서 평소에 서머싯 몸 소설 이야기를 한 적이 있으신가요?"

내가 물었더니 여학생은 고개를 가로저었다. 평소에 책 읽기를 많이 즐기는 편이 아니어서 그런 소설이 있다는 것도 선배 집에서 처음 알았다는 거다.

"마지막 부분에 키티가 자신의 딸을 겁 없고 솔직하고 자아가 강하고 독립된 인간으로 키우고 싶다며 당차게 말하는 장면이 있어요." P씨의 딸이 말했다. "그게 바로 제가 되고 싶은 거예요. 살면서 무슨 일을 하느냐보다 어떤 사람이 그 일을 하는가가 중요하다고 생각했어요. 엄마한테 그 말을 하고 싶어서 집에 갔어요."

"잘하셨네요. 무엇보다 우연이지만 수십 년을 사이에 두고 두 책을 함께 읽으셨다는 게 저는 참 멋있다고 생각합니다!"

내가 그렇게 말하자 P씨는 갑자기 생각난 듯 휴대전화를 꺼내 사진을 한 장 보여줬다. 전문 사진관에서 작업한 듯 멋지게 나온 P씨의 사진이었다. 메이크업을 조금 진하게 한 게 아닌가 싶었지만 제법 자연스럽게 나왔다.

"얼마 전에 딸이 찍어줬답니다. 나중에 소설가 데뷔해서 책 나오면 작가 소개 사진은 꼭 이걸로 쓰라면서—."

"오오, 잘 나왔네요! 이미지 보정도 좀 한 것 같은데, 솜씨가 보통이 아닌데요?"

"미용실에서 메이크업 받으시면 좋았을 텐데. 굳이 엄마가 직접 화장하신다고 해서요. 덕분에 코스프레 사진 전문인 저는 더 즐겁게 촬영했어요. 히힛."

"뭐야? 요 녀석. 그럼 엄마 화장이 코스프레 같다는 거니?" P씨가 딸을 향해 눈을 흘겼다.

"제 생각엔 엄마가 소설보단 코스프레에 더 재능이 있는 것 같던걸요? 이쪽 세계도 나름 치열하니까 굳이 강요는 안 할게요. 하하하!"

고즈넉한 저녁, 책으로 둘러싸인 헌책방은 우리 세 사람의 왁자한 웃음으로 가득해졌다. 탁자 위에는 1978년에 P씨가 읽은《오색의 베일》과 요즘 번역된 책《인생의 베일》이 나란히 놓여 있다. 원인은 모두 부모님과의 불화였지만, 어쨌든 대를 이은 두 번의 가출로 인해 모녀의 관계가 더없이 따뜻해진 것 같아 기분이 좋았다.

모든 사람의 앞엔 각자의 베일이 있어서 인생의 길이 선명하게 보이지 않는다. 게다가 베일에 색도 칠해져 있다면 안개 낀 숲길을 헤매는 것처럼 답답하게 느껴지기도 한다. 책은 인생의 베일을 걷어주지 않는다. 다만 모든 인생에 저마다의 베일이 있다는 사실을 정직하게 알려줄 뿐이다.

당당하게 베일을 걷어 올릴 사람은 다른 누구도 아닌 우리 자신이다. 그리고 베일이 걷어지는 계기는 실수나 오해, 부끄러움처럼 고통스러운 일인 경우가 많다. 가출도 어쩌면 비슷한 경험일 테다. 아픔을 통해 배우고 성장하기를 원하는 사람에게 책은 베일 너머에 있는 작은 희망을 보여준다.

할머니를 위한 즉흥곡

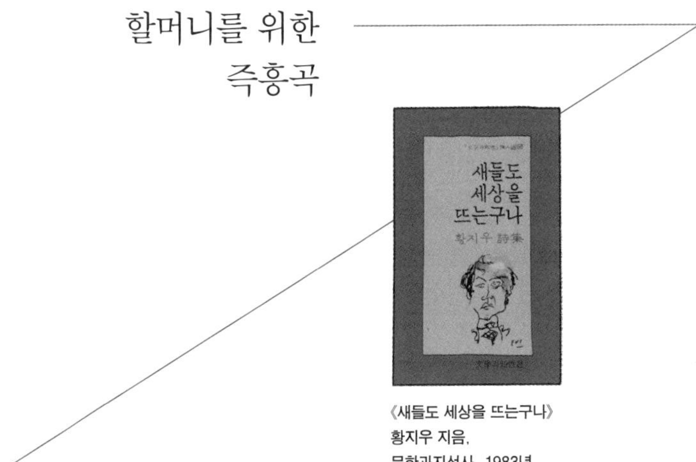

《새들도 세상을 뜨는구나》
황지우 지음,
문학과지성사, 1983년

일할 때 틀어놓는 음악을 요즘 말로 '노동요'라고 부른다. 그 옛날 농부들이 힘든 밭일을 하며 고통을 잊기 위해 불렀다는 노래가 노동요인데 일의 내용은 그때와 달라졌지만 사람이 느끼는 고통의 감정은 여전한지 노동요 전통은 계속 이어지고 있다. 변한 게 있다면 지금은 노동요를 일하는 사람이 직접 부르는 게 아니라 스피커로 듣는다는 것 정도다.

즐겁게 일하려고 매번 마음을 다잡고 있기는 해도 헌책방 역시 육체노동 강도가 제법 높은 편이라 여기서도 노동요는 필수다. 현대의 노동요는 취향에 따라 골라 들을 수 있도록 다양성이 늘어난 것도 하나의 특징이다. 나는 클래식 기악곡을 좋아한다. 모차르트나 베토벤은 시끄럽게 느껴져서 일할 때 듣기에는 별로다. 쇼팽과 리스트는 연주가 너무 현란해서 듣다 보면 멀미가 날 것 같다. 역시 바흐나 브람스, 하이든처럼 조금은 고전적인 스타일이 내 취향에 맞는다.

요즘에는 바흐가 죽기 전 미완성으로 남겨놓은 '푸가의 기법'을 주로 듣는다. 같은 멜로디가 반복되는 듯하면서 조금씩 변하니까 무심하게 들으면서 일하기에 딱 좋다. 비나 눈이 오는 날처럼 뭔가 새로운 기분이 필요하면 재즈를 듣기도 한다. 이건 내 나름으로 공식이 있다. 비가 오면 빌 에반스, 눈이 오면 에디 히긴스의 음반을 듣는 것이다.

멜로디가 멋진 연주는 오히려 일하는 데 방해가 되는 것 같아 프리재즈도 듣지만 역시 그런 음악을 들으면 내 머릿속도 똑같이 복잡해지는 느낌이라 자주 듣게 되지는 않는다. 서울 신촌에 있는 헌책방 '숨어있는 책'에 가면 주인장이 늘 프리재즈 앨범을 틀어놓는데 처음엔 정말이지 적응이 안 됐다. 가게에 자주 가다 보니 지금이야 익숙해졌지만, 도대체 저런 곡을 누가, 왜 연주하는지 도통 이해할 수 없었다. 하긴 즐겨 듣는 사람이 있으니까 앨범도 내고 그런 것이겠지만.

그건 아무래도 좋다. '숨어있는 책'에는 프리재즈가 어울릴지 몰라도 우리 헌책방은 추구하는 방향이 다르다. 헌책방은 모름지기 브람스의 실내악처럼 손님에게 편안한 기분을 전해주어야 한다는 나만의 철학이 있는 것이다. 그러한 주인장의 노력에 응답하듯 우리 헌책방엔 유독 편안한 인상의 손님이 주로…… 오는 건 아니지만, 어쨌든 나는 헌책방에 클래식을 틀어놓고 일하는 게 좋다.

하지만 모든 일이 늘 바라던 대로 흘러가는 건 아니어서 가게에 잔잔한 클래식 음악이 흘러도 갖가지 이유로 내게 시비를 거는 이상한 손님이 있기 마련이다. 특히 비가 오는 날엔 주의해야 한다. 왜 그런지 잘 모르겠지만 비 오는 날에 희한한 손님이 오는 경우가 많다.

기억을 떠올려보면 S씨도 비가 주룩주룩 내리던 장마철에 처음 우리 가게에 왔다. 그러니 내가 이 손님을 이상한 눈으로 보지 않을 수 있었겠나.

그날은 하필 내 기분도 좀 어수선해서 재즈 음반을 듣고 있었다. 딸랑거리는 도어벨 소리와 함께 등장한 S씨는 가게를 둘러볼 생각도 없이 성큼성큼 내게 다가왔다.

"이거 빌 에반스 트리오 연주네요. 1961년 빌리지뱅가드 실황 앨범, 맞죠?"

큰 키에 머리부터 발끝까지 검은색으로 맞춰 입은 그녀를 보는 순간, 나는 이 근처 어디에서 코스프레 행사라도 하는 건가 싶어서 깜짝 놀랐다. 레이스가 달린 검은 모자에 나이를 가늠할 수 없는 짙은 화장, 고딕풍 드레스, 그리고 굽이 10센티는 되어 보이는 20홀짜리 닥터마틴 롱부츠를 신은 S씨는 마치 저세상에서 나를 데리러 온 사신 같았다.

"아, 네, 그렇네요. 빌 에반스 맞아요……." 그녀는 방금 환하게 웃으면서 말했건만 내 대답은 한껏 주눅 들어 우물쭈물할 뿐이었다.

"명반이니까요. 저는 분명 시대를 잘못 태어난 거예요. 저 당시에 살았다면 빌 에반스와 같이 연주도 했을 텐데요. 후훗."

차라리 이 시대에 태어난 게 다행이지 않을까? 점잖게 양복을 차려입고 뿔테 안경에 머리에는 포마드까지 발라 곱게 가르마를 탄 빌 에반스와 애니메이션 코스프레 느낌의 손님은 비주얼에서부터 무조건 엇박자거든요. 머릿속으로 그런 생각을 주절거리고 있는데 그녀가 다시 말했다.

"책 찾아주는 일을 하신다기에 들렀어요. 빌 에반스의 연주가 흐르는 가게에 책장마다 들어찬 오래된 책이라니. 정말 분위기가 좋네요! 자주 오고 싶어요.”

“책을 찾으러 오신 거군요. 일단 그쪽 의자에 잠깐 앉아 계세요. 차를 한 잔 내오겠습니다.” 일부러 더 친절한 티를 내려고 했지만 여전히 마음속으로는 혹시 비 오는 날에 나타나는 이상한 손님이 아닐까 싶어서 은근히 걱정이 들었다.

“좀 더 일찍 오고 싶었는데 일이 생겨서 늦었어요. 저희 할머니께서 지금 요양원 입원해 계시는데 그곳 로비에서 매달 한 번씩 연주 봉사하는 클래식 밴드가 있거든요. 제가 전공자인 걸 알고부터 계속 밴드에 들어오라고 그래서요. 오늘도 총무님한테 붙잡혀서 한참 얘기 들었네요. 저는 그런 말랑말랑한 음악은 정말 싫은데. 아무튼, 본론부터 말씀드리면 시집을 한 권 찾고 있어요.”

이야기를 들어보니 다행히 이상한 손님은 아니었다. S씨가 찾고 싶어 하는 책은 황지우 시인의 《새들도 세상을 뜨는구나》 초판이다. 황지우의 책은 시집 중에서도 인기가 많은 편이라 오래전에 나온 책이긴 해도 아무 서점에서나 새책으로 살 수 있는데 1983년에 펴낸 초판을 찾는 이유는 뭘까? 책 찾는 데엔 찾고 싶은 책의 종류만큼이나 다양한 이유가 있지만, 절판된 책도 아닌데 굳이 초판을 찾는 손님의 이야기는 특히 흥미로운 사연이 많다. 더구나 고딕풍 코스프레 차림으로 1980년대 출판된 포스트모던 시집을 찾는다면 손님과 책의 조합만으로도 벌써 훌륭한 이야기가 준비된 것이나 마찬가지다.

S씨는 2년 전 우리나라에서 클래식으로 유명한 음악대학을 졸업하고 지금은 첫 번째 앨범을 녹음하기 위해 준비 중이라고 했다. 그런데 연주하는 곡은 클래식 레퍼토리가 아니라 재즈라고 한다. 게다

가 프리재즈다. 그런 설명을 들으니 오늘 입고 온 옷이며 화장이 조금은 이해가 됐다.

"재즈 연주자 중에 빌 에반스 안 좋아하는 사람이 있을까 싶지만, 제겐 더 특별하답니다. 저도 이분처럼 클래식을 배웠으니까요. 아무것도 모르던 어릴 때부터 피아노 교습을 받았고 당연한 순리처럼 대학에서 피아노를 전공했어요. 하지만 정해진 음표를 보고 그대로 건반을 눌러야 하는 클래식에 점점 싫증이 났어요. 싫증이라기보다 그런 건 가짜 음악 같아서 내 길이 아니라는 결심이 선 거에요. 재즈는 달랐죠. 같은 곡이라도 그날그날 기분에 따라서 다르게 연주할 수 있고 악보에 얽매일 필요도 없이 자유로웠어요. 음악은 자유로워야 한다는 평소 제 생각에 딱 들어맞는 게 재즈였죠. 프리재즈는 더 말해 뭣하겠어요? 자유 그 자체니까요."

답답한 클래식 연주의 세계를 벗어나 자유로운 재즈 피아니스트가 되기로 한 S씨는 많지 않은 돈을 받고 작은 재즈바 무대에 올랐다. 단독 공연 자리가 있으면 10분이든 20분이든 무대에 올랐고, 메인 뮤지션이 공연하기 전에 시간 때우기 식으로 요청받은 연주도 군말 없이 했다. 그런 자리도 없으면 거리에서 버스킹을 하며 앨범 만들 돈을 모았다.

기본적으로 S씨의 연주는 그날의 기분이나 무대 분위기에 따라 멜로디와 화음이 달라지는 즉흥곡이었다. 그녀는 자신의 연주라면서 스마트폰에 녹음한 곡을 들려줬다. 상당히 아방가르드한 연주였다. 이게 과연 피아노로 연주한 게 맞나 싶을 정도로 기괴한 소리가 스피커를 통해 쏟아져나왔다.

"재밌는 곡이네요. 저는 들어도 잘 모르겠어요." 내가 말했다.

"바로 그 점이 저는 좋은 거예요. 이건 굳이 몰라도 되거든요. 클래식은 알고 들어야 더 깊이를 느낄 수 있다는데 재즈는 반대예요." S씨가 눈웃음을 지었다.

그녀는 첫 번째 앨범으로 센세이션을 일으키고 싶다는 욕심이 있었다. 프리재즈라는 장르가 1960년대에 붐이 일었고 지금은 그리 신선하다는 대접을 받고 있지 않은 게 사실이었지만, 완전히 새로운 음악으로 다시 한번 프리재즈의 역사를 만드는 주인공이 되겠다는 당찬 포부를 아무렇지도 않게 말했다.

역사가 될 첫 번째 앨범 녹음을 준비하면서 S씨에게 큰 자극을 준 게 바로 황지우의 시집이다. 그녀는 우연히 인터넷에서 그 시집에 수록된 작품 중 하나인 〈도대체 시란 무엇인가〉를 읽고 전율을 일으킬 정도로 들뜬 기분이 되었던 당시 상황을 마치 연극배우가 독백하듯 감정에 북받쳐서 내게 들려줬다.

듣고 보니 시집 《새들도 세상을 뜨는구나》에는 프리재즈처럼 전위적인 작품이 많이 수록되어 있다는 사실이 기억났다. 우리는 인터넷에서 〈도대체 시란 무엇인가〉를 검색해서 함께 읽었다. 그 시의 첫 행은 이렇게 시작한다. '나는 시를, 당대에 대한, 당대를 위한, 당대의 유언으로 쓴다.'

"정말 멋진 말이잖아요?" 그녀가 말했다. "여기서 '시'라는 말을 '재즈'로 바꿔서 제 앨범 속지에 넣고 싶어요. 앨범 제목은 말씀 안 드려도 알겠죠?"

"그럼, 제목은 '도대체 재즈란 무엇인가'인가요? 신인 연주자의 첫 앨범치곤 아주 당돌한 느낌이 드는데요? 하하."

설마 정말로 그런 문장을 앨범 타이틀로 쓰지는 않겠지, 라고 생각하며 가볍게 웃어넘기려 했는데 S씨는 진심이었다. 나는 황급히 표정을 가다듬고 그 시의 어떤 부분에서 연주의 영감을 받았는지 물었다.

"여길 보면 첫 행 바로 다음부터 '상기 진술은 너무 오만하다', '위풍 당당하다', '위험천만하다', '천진난만하다'— 이렇게 몇 가지 의견이 나오고 그 옆에 괄호가 있어서 시인은 독자들이 거기에 직접 동그라미로 표시를 하라고 말해요. 획기적이면서도 확실한 방법 아닌가요? 시를 읽고 독자가 직접 그 의견에 참여하다니. 제 앨범도 그렇게 만들 거예요. 음악을 듣기만 하는 게 아니라 누구든 참여할 수 있도록 하는 거죠. 그 방법에 대해선 좀 더 고민을 해봐야겠지만요. 그러니까 상징적인 의미에서 저는 시집 초판을 꼭 구해서 읽고 싶은 거예요. 어쩐지 더 원초적인 영감이 떠오르지 않을까 해서요."

"흥미롭네요. 포스트모던 기법의 시와 프리재즈의 결합이라니. 분명 멋진 앨범이 나올 것 같습니다. 그런 작업에 제가 도움을 드릴 수 있는 것도 즐거운 일인걸요."

책은 그리 어렵지 않게 구할 수 있었다. 책 찾는 일에 딱히 공식 같은 게 있는 건 아니지만, 황지우의 시에 영감을 받은 재즈 앨범을 얼른 보고 싶다는 내 개인적인 바람도 덧입혀져서인지 책을 더 열심히 찾아다녔던 것 같다.

S씨는 지난번과 비슷한 고딕풍 옷을 입고 다시 헌책방에 와서 시집을 받아갔다. 나는 그녀에게 책장을 넘기면서 손으로 본문을 쓰다듬어보라고 했다. 1980년대는 책을 지금처럼 디지털이 아닌 활판인쇄 기술로 만들었다. 그러니 본문의 글자를 만져보면 마치 판화처럼 오돌토돌한 질감이 느껴진다. 책을 그렇게 만들던 때에는 아직 태어

나지도 않았던 S씨에게는 재미있는 경험이리라.

"이때는 책을 읽기만 한 게 아니라 만질 수도 있었네요. 촉감이 정말 좋아요. 제 음악도 이럴 수 있다면—."

과연 몇십 년 전에는 사람들이 지금보다 더 많은 감각으로 책을 느꼈다. 그저 읽고 끝나는 게 아니라 만지고 냄새 맡고 가끔은 일기장이나 편지지가 되어 그 안에 자기 생각을 빼곡하게 적어놓기도 했으니, 깨끗하게 보고 프랜차이즈 중고서점에 되파는 일이 흔해진 지금은 상상하기도 쉽지 않은 아름다운 감성이다.

시집을 받아 간 뒤로도 S씨는 몇 번 더 우리 헌책방에 와서 작업 중인 곡을 내게 들려주곤 했다. 나는 여전히 그런 음악을 제대로 이해하지 못했지만, 그때마다 S씨는 이해하려고 하지 말고 그냥 듣는 것만으로도 괜찮다고 말했다.

언젠가 S씨는 내게 고민이 있다며 들어줄 수 있겠냐고 연락을 해왔다. 그건 다름 아닌 음악에 관한 문제였다.

"요양원에 계신 할머니는 건강이 많이 안 좋으세요. 제가 어릴 때 연주하는 모습을 보면서 칭찬을 자주 해주셨는데. 저는 지금 만들고 있는 첫 앨범을 제일 먼저 할머니께 들려드리고 싶어요. 그런데 이런 음악을 좋아해주실까요?"

할머니는 S씨가 연주하는 프리재즈를 한 번도 들어본 적이 없다. 요양원에 들어가기 전에는 S씨가 아직 클래식을 공부하던 때라 이렇게 전위적인 음악을 하는 줄은 전혀 모를 것이다. 더구나 할머니는 지금 사람을 거의 알아보지 못할 만큼 알츠하이머 증상이 심해져 병실에서는 종일 잔잔한 성가곡만 들으며 지낼 뿐이다.

"손녀딸이 연주하는 곡이라면 뭐든 다 좋아하실 거예요. 걱정하지 말고 연주해봐요. 저도 기대하고 있으니까요."

내 말에 조금은 힘을 얻었는지 S씨는 조금씩 작업 속도를 올리기 시작했다. 몇 달 후에는 휴대전화 속 파일이 아니라 스튜디오에서 연주한 데모 녹음 CD를 가져와서 들려줬다. 그다음에는 음반 표지 그림과 속지 디자인 시안도 볼 수 있었다. 말했던 대로 '도대체 재즈란 무엇인가'라는 문장도 들어갔는데 생각했던 것보다 더 당당한 느낌이라 멋있었다.

하지만 S씨의 할머니는 끝내 손녀딸의 연주를 들을 수 없었다. 녹음을 마치고 최종 마스터링 작업이 한창이던 가을 어느 날 밤, 할머니는 고요히 잠든 채로 세상을 떠났다.

요양원에서는 유가족이 원할 경우, 환자가 사망하면 그다음 날 로비에서 추모 연주를 신청할 수 있다. 달마다 자원봉사를 하는 그 밴드에서 연주를 맡는다. 그런데 이번에는 밴드 대신 S씨가 연주를 하겠다고 먼저 제안했다고 한다. S씨는 첫 앨범에 들어갈 곡 중에서 황지우의 시 제목을 빌린 〈새들도 세상을 뜨는구나〉를 연주할 테니 나에게도 꼭 오라고 휴대전화 문자메시지를 보냈다.

요양원으로 가면서도 나는 조금 걱정스럽긴 했다. 전에 그 곡의 데모 음원을 책방에서 들어본 적이 있었기 때문이다. 굉장히 빠르고 전위적인 음악이었다. 그런 걸 요양원 로비에서 연주하면 민폐가 되지는 않을까.

단정한 옷을 차려입은 S씨는 요양원 관계자 몇 명만 나와서 지켜보고 있는 가운데 로비 한쪽에 자리한 피아노로 걸어가 앉았다. 나는 간호사 무리와 섞여 입구에서 조금 떨어진 곳에 자리를 잡았다.

S씨는 사람들에게 가볍게 묵례를 한 뒤 연주를 시작했다. 피아노

소리는 진중한 마음이 담겨서 느리게 로비 전체로 퍼져나갔다. 처음엔 내가 전에 들었던 그 곡이 맞나 의심했다. 자세히 들어보니 단순하게 되풀이되는 음의 진행이 확실히 내게 들려줬던 곡과 같았다. S씨는 원래 곡의 일부를 테마로 삼아 즉흥적으로 느리게 연주하고 있었다. 휘몰아치던 프리재즈 원곡과 달리 지금 연주하는 것은 흡사 바흐의 미사곡처럼 느껴졌다.

얼마쯤 시간이 지났을까, 환자들 몇 명이 보호자가 미는 휠체어에 앉아 로비로 나오는 모습이 보였다. 연주가 계속 이어지자 환자들도 많아졌다. S씨가 건반에서 손을 떼고 일어나 인사를 했을 땐 십수 명의 사람들이 피아노 근처에 모여 있었다. 그중에 치매를 앓는 듯 말이 어눌한 할머니 한 분이 어린애처럼 손뼉을 쳤다.

"피아노 소리가 너무 좋아. 잘한다, 잘해. 내가 100점 줄게!"

할머니는 잘 움직이지 않는 팔을 들어 허공에 동그라미를 그렸다. 그러다가 다시 손뼉을 쳤다. 뒤이어 의사와 간호사들도 박수를 보냈다. 어떤 할아버지는 "무슨 곡인지 몰라도 너무 좋아서 오늘은 기분 좋게 시작하네. 건강해진 기분이야. 고마워요." 하면서 S씨를 향해 손을 흔들었다. S씨는 다시 한번 모두를 향해 천천히 고개를 숙였다.

나중에 다시 헌책방에 온 S씨는 그날 연주 들으러 와줘서 고맙다며 내게 조각 케이크를 선물했다. 자신에게도 좋은 경험이었다며, 이 일을 계기로 앨범 구성을 좀 더 새롭게 해보려고 다시 고민 중이라고 말했다.

"시를 읽은 사람이 직접 동그라미를 그려서 참여하는 시집이 정말 획기적이라고 생각했는데요, 제 연주를 듣고 손으로 동그라미를 만들어 보여준 할머니를 보고는 저도 그런 작품을 만들 수 있다는 희망이 생겼어요. 할아버지를 기분 좋게 해드렸듯이, 듣는 사람의 마음을 건강하게 이끌어주는 그런 음악을 만들 수 있으면 좋겠어요. 그게 진짜 자유로운 음악, 프리재즈 아닐까 싶어요.”

S씨는 계속해서 재즈바 무대에서 조금씩 돈을 버는 한편 요양원 자원봉사 밴드에도 합류하기로 했다. 센세이션을 일으킬 첫 번째 앨범은 아직 나오지 않았지만, 그녀의 첫 번째 단독 연주회는 대성공이었다. 내가 그 연주회 자리에 있었다는 게 감사하게 여겨질 정도로 S씨의 연주는 훌륭했다.

나는 여전히 프리재즈를 잘 모르지만 한동안은 헌책방에서 클래식보다 재즈를 더 자주 들을 것 같다. 사람의 마음을 울리고 자유롭게 춤추도록 하는 게 어디 책뿐이랴. 좋은 음악은 시가 될 때가 있다. 반대로 가만히 시를 소리 내어 읽을 때면 귓가에 잔잔한 화음이 들리기도 한다. 책이 있고 음악이 흐르는 헌책방은 그래서 더없이 가슴이 따뜻해지는 가게다.

언어를 다듬는 조각가

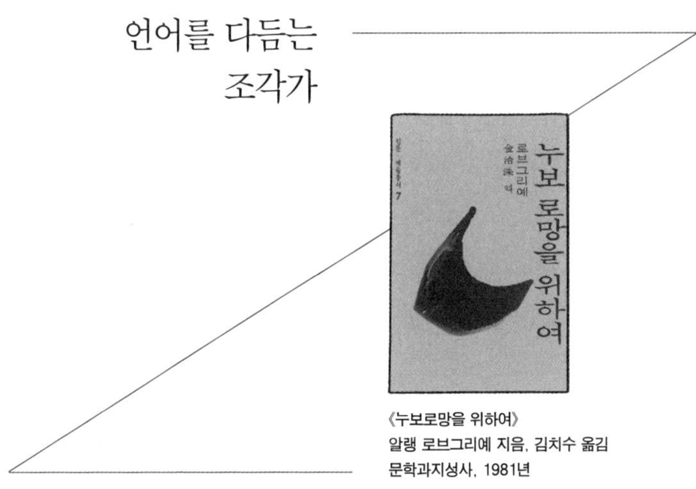

《누보로망을 위하여》
알랭 로브그리예 지음, 김치수 옮김
문학과지성사, 1981년

거짓말처럼 들릴지 몰라도, 헌책방에서 일하며 지금껏 인터뷰를 상당히 많이 했다. 처음엔 문화공간과 헌책방을 접목한 새로운 가게 모델이라는 거창한 주제로 인터뷰 요청이 들어왔고 그걸 계기로 여러 기사가 꼬리를 물고 이어졌다. 지금은 한창 인터뷰가 몰릴 때와 비교하면 조금 연락이 뜸한 편이긴 한데 그래도 봄가을이면 책 관련 인터뷰를 자주 하는 편이다.

그런데 실은 인터뷰 질문이 대개 어슷비슷해서 대답하는 사람 처지에선 별 재미를 못 느낄 때가 더 많다. 재미없는 인터뷰긴 해도 기대를 품고 신문이나 잡지의 기사를 보는 분들도 많으니까 "그런 질문은 벌써 다른 곳에서 몇 번이나 물어봤다고요. 이젠 그만합시다." 이럴 수는 없는 것이다. 속으로는 심드렁하면서도 얼굴은 환한 표정을 유지한다. 이거, 생각보다 쉽지 않은 테크닉이다.

이렇듯 언제나 철저한 포커페이스로 인터뷰에 임하고 있지만, 표정 관리가 잘 안 되는 질문이 있기 마련이다. 그 대표적인 네 가지가 바로 이거다. 첫째는 나이. 헌책방에서 일하는데 왜 나이가 중요한지 모를 일이지만 의외로 처음부터 나이 질문으로 시작하는 인터뷰어가 꽤 있다. 둘째는 대학 전공. 내가 대학에 안 다녔으면 어쩌려고 이런 걸 물어보는 걸까? 뭘 전공했든 헌책방 일하고는 상관이 없지 않은가. 셋째는 수입이다. 세무서에서 나온 사람이 아니고서야 수입이 궁금할 이유가 뭘까? 오히려 내 쪽에서 궁금할 지경이다. 넷째는, 지금까지 딱 두 번 들은 질문이긴 한데, 성별이다. 남자인지 여자인지 물어보는 기자가 있었다. 이건 뭐, 따로 사족을 달지는 않겠다.

전공 이야기가 나와서 말인데, 인터뷰를 하다가 내 전공이 컴퓨터 공학이라고 하면 대부분은 놀란다. '이과 출신이 책을 다루다니?' 이런 생각을 하는 모양이다. 이상하다. 나는 전혀 놀랍지 않은데. 혹시나 해서 적어두지만, 컴퓨터 공학과도 다른 학과와 똑같이 공부할 때 책을 많이 본다. 종일 오타쿠처럼 컴퓨터 앞에만 앉아 있고 그러지 않는다고요. 여하튼 대개 사람들은 누군가의 직업을 대학 전공과 견줘보는 심리가 있는 것 같다. 그런 통계 자료가 존재하는지 잘은 모르겠지만 전공과 일하는 분야가 일치할 확률은 생각만큼 높지 않을 것 같다.

내 친구 하나는 대학에서 영문학을 전공한 뒤 미국으로 건너가 유학까지 마치고 왔는데 현재 직업은 호프집 사장이다. 내가 알기로 그 친구가 전공을 살려 일한 것은 미국에서 돌아온 직후 3개월 정도 영어 학습지 만드는 회사에 다닌 게 전부다. 그에 비하면 대학 졸업 후 10년 가까이 IT 회사에 다닌 내가 오히려 전공을 잘 살렸다고 봐야 하지 않을까.

IT 회사에 다니다가 책 다루는 일로 방향을 바꾼 내 경우와 마찬가지로 전혀 관계가 없을 것 같은 분야로 직업을 바꿀 땐 그만한 계기가 있기 마련이다. 그리고 그 계기란 느닷없이, 우연인 것처럼 맞닥뜨리는 수가 많다. 서른 살 중반 때까지 조각가였다가 그 뒤로 외국책 번역 일을 하는 C씨처럼 말이다.

1990년대 초, C씨는 전주의 한 헌책방에서 우연히 만난 작은 책 한 권에 이끌려 그전까지는 생각해본 적도 없던 번역가의 길로 들어섰다. 프랑스 소설가 로브그리예가 쓴 《누보로망을 위하여》라는 책이다. 이 에세이집의 원제목은 "Pour un Nouveau roman"으로, 여기서 '누보로망'이란 직역하면 '새로운 소설'이란 뜻인데, 세계대전이 끝난 1950년대 프랑스에서 시작된 일종의 예술운동이다.

누보로망은 상당히 실험적인 작품이기에 당시에는 자주 평론가들의 혹평에 시달렸다. 하지만 1985년, 누보로망 작가 클로드 시몽이 노벨문학상을 받으며 이 전위적인 작품들도 새롭게 평가받는 계기가 됐다. 그러니 조각가로 활동하던 C씨가 누보로망에 관한 책을 읽고 어떤 식으로든 자극을 받았으리라는 건 짐작할 수 있었다. 나는 그의 이야기가 몹시 궁금했다.

"그렇다면, 어렸을 적 이야기부터 하지 않으면 안 될 것 같군요."

큰 키에 상당히 마른 체격의 C씨는 그 자체로 현대미술관에 전시된 조각작품 같은 느낌이었다. 예정일보다 2개월이나 일찍 세상 밖으로 나온 아기는 몸이 허약해서 자주 아팠다. 그의 할아버지는 "사내 녀석이 이리 살집이 없어서 어쩌나." 하며 손자를 안쓰럽게 여겼다. C씨는 뛰어놀 나이가 되어서도 또래 아이들과 잘 어울리지 못하고 대부분의 시간을 집 안에서만 보냈다.

그런 그에게도 한가지 특별한 재능이 있었으니, 그건 바로 종이접기 놀이였다. 어머니는 집에만 있는 아들에게 놀 거리를 알려주려고 개구리, 배, 비행기 따위를 종이로 접어 보여줬다. C씨는 곧 그 신기한 장난감에 푹 빠졌다. 며칠이 지나자 아이는 가르쳐주지 않는 것도 곧잘 만들기 시작했다. 초등학교에 들어갈 무렵엔 어떤 물건이나 동물을 상상하는 것만으로도 그걸 종이접기 모형으로 만들 줄 아는 수준이 됐다.

이런 일도 있었다. 한번은 엄마와 함께 시장에 다녀오는 길에 아이들이 몰려서 왁자하게 떠들며 노는 모습이 보였다. 엄마는 "저건 딱지치기라고 해. 너도 가서 해볼래?" 하며 아들을 데리고 그쪽으로 갔다. 과연 그곳에선 아이들이 둥글게 모여 신나게 딱지치기 놀이를 하고 있었다.

종이를 네모지게 접어 만든 물건을 손에 쥐고 높이 올렸다가 땅바닥에 탁탁 내려치는 놀이를 그는 태어나서 처음 보았다. 호기심에 눈이 커다래진 아이는 땅바닥에 있는 딱지를 향해 무심코 손을 뻗었다. 자기 딱지도 아닌데 가져가려는 줄 알고 아이들이 고래고래 소리를 질렀다. C씨에게는 그 소리가 전혀 들리지 않았고, 따라서 손에 들고 있는 딱지를 놓을 생각도 없었다.

"어머니는 제게 놀고 싶으면 애들하고 어울려 딱지치기를 해도 된다고 하셨어요. 하지만 저는 놀고 싶은 게 아니었답니다. 그 딱지라는 물건의 기하학적인 형태에 관심이 있었던 거죠."

만들기를 향한 관심과 재능은 그 뒤로도 이어졌다. 만들기 재료 또한 처음엔 종이였지만 곧 나무와 무른 돌에까지 영역이 넓어졌다. 대학 입시를 준비할 나이가 되자 그의 목표는 의심의 여지 없이 딱

하나로 정해져 있었다. 그가 선택한 전공은 미술대학 조소과였다.

입학했을 당시부터 C씨의 예술적 재능은 누가 보더라도 인정할 수밖에 없을 만한 수준이었다. 입대를 앞둔 2학년 때는 담당 교수 재량으로 교내에 있는 갤러리에서 전시회를 열기도 했다. 학생 신분으로는 최초의 단독 전시였기에 지역신문에 기사가 날 정도로 반응이 뜨거웠다. 그는 시종 겸손한 태도를 보였지만, 이 천재 신입생이 졸업도 하기 전에 프로 작가로 데뷔하리라는 것은 거의 기정사실처럼 받아들여졌다.

그러나 기대가 크면 실망도 큰 법. 군대에 다녀와서 복학한 C씨의 첫 공모전 도전은 사람들의 기대와 달리 입선에 그치고 말았다. 물론 아직 학생이라 입선만 해도 충분히 실력을 인정받은 셈이었다. 문제가 됐던 건 신문에 실린 짧은 인터뷰였다.

서너 사람이 이상한 모양으로 뒤엉켜 있는 것처럼 보이는 그의 테라코타 작품에 관심을 보인 기자가 C씨에게 그것을 어떤 의도로 만들었는지 물었다. 그의 대답은 "그냥 만들다 보니 이런 모양이 나왔다."였다. 기사로 쓰기에는 부족한 대답이라 기자가 작품의 주제가 무엇인지 다시 물었다. 그는 작품에 주제는 물론이고 의미나 의도조차 전혀 없다고 말했다. 인터뷰는 더 이어지지 못했다. C씨가 했던 말은 아무런 가공 없이 사실 그대로 신문에 실렸다.

"1980년대였어요. 민주화운동의 시절이었죠. 그때는 길거리 포장마차에서 술 마시다 취기에 노래 한 구절을 불러도 '의미'가 있어야 했어요."

인터뷰는 신문 사회란 구석에 흔히 실리는 사건 사고 소식처럼 작은 박스 기사였지만, 이제 막 경력을 쌓기 시작한 한 젊은이를 예술계 공공의 안줏거리로 만들기에는 충분했다. 그로부터 1년 뒤 졸업을 앞두고 두 번째로 공모전에 출품했을 때, 그의 작품은 이제 심사위원은 물론 기자와 미술 애호가들에게서도 아무런 관심을 받지 못했다.

그러나 C씨는 아랑곳하지 않고 자신만의 작품을 만들고 또 만들었다. 졸업작품전마저도 분위기가 싸늘했지만, 그는 세간의 평가에 연연하지 않으려고 마음을 다잡았다. 그의 작품에 의도나 의미가 없는 것처럼 작품에 대한 평가 역시 무의미한 것이라고 여겼다. 예술작품을 예술 그 자체가 아닌 무엇으로 평가한단 말인가.

생각은 그렇게 하고 있다지만, 어쨌든 조각가로 활동하며 먹고살려면 공모전 수상이 필수인 건 어쩔 수 없는 현실이었다. 그래서인지 대학 동기들은 작품을 만드는 노력보다 어떻게 하면 평론가와 기자들에게 좋은 인상을 심어줄지를 더 깊이 고민했다. C씨는 그런 태도를 몹시 못마땅하게 여기면서도 한편으론 매년 공모전에 출품할 조각상을 만들기 위해 거친 돌덩어리와 고된 씨름을 반복했다.

그렇게 몇 년의 시간이 흘렀을 때, 이름이 잘 알려지지 않은 미술 전문 잡지에서 인터뷰 요청이 들어왔다. 잡지사에서 준비 중인 기획 기사의 제목은 '우리 시대의 젊은 천재 예술가'였다. 주로 20대 청년 예술가 중에서 천재라고 불린 사람들을 찾아가 근황과 앞으로의 계획을 들어보는 내용이라고 했다. C씨는 자신의 작품을 알릴 좋은 기회라고 생각해 인터뷰에 응했다.

그가 일하는 작은 작업실에서 한 인터뷰는 잡지에 실릴 사진을 찍는 것까지 포함해 30여 분이라는 짧은 시간 만에 끝났다. C씨는 작업을 통해 우리의 인생을 표현하고 싶었다고 말했다. 밤하늘의 별처럼 셀 수 없이 많은 우연으로 가득 찬 인생을 살면서 과연 무엇을 설계하거나 미리 준비할 수 있겠는가. 그에게 삶이란 뚜렷한 형태 없이 존재하는 생물과 같은 것이었다.

짧지만 나름대로 자기 생각을 잘 정리해서 말했다고 믿었다. 하지만 정작 인터뷰 기사가 나온 잡지를 보니 놀랍게도 전혀 다른 이야기가 실려 있었다. 기사 제목이 '천재가 보내는 조롱'이었다. 글을 읽어보니 이 순간에도 자신의 삶을 좋은 방향으로 이끌기 위해 노력하고 계획하는 현대인들에게 작품을 통해 차가운 조소를 보내는 게 C씨가 예술을 하는 이유인 것처럼 보였다. 함께 실린 사진도 딱 그렇게 나왔다. 작업하는 모습을 여러 장 찍긴 했다. 그런데 하필 언제 그런 표정을 지었는지 자신도 알 수 없을 정도로 야비한 미소를 짓는 장면이 글과 함께 커다랗게 실렸다.

거기서 끝이었으면 다행이라고 여겼을 것이다. 잡지에 실린 천재 예술가 기사는 다른 잡지에 언급됐고 신문의 예술 지면 칼럼난에도 나왔다. 평론가들은 C씨를 자신의 천재성만 믿고 아무런 노력도 하지 않는 나태한 기회주의자라고 비꼬았다. 비평이 아니라 비난에 가까운 글들이 한동안 이어졌다. 한두 명이 그런 글을 쓰기 시작하더니 마치 천재성을 비판하는 게 시대의 사명인 것처럼 여러 평론가가 앞다투어 비슷한 비평을 발표했다. 내용은 조금씩 달랐지만, 비난받아 마땅한 예술가의 표본으로는 언제나 C씨의 이름이 거론됐다.

C씨는 완전히 무너졌고 작업에서도 손을 뗐다. 그 무렵 알고 지내던 선배의 권유로 전주시의 작은 단칸방에서 지내게 됐는데, 당시엔 우울증과 대인기피 증상이 심해서 거의 바깥출입을 하지 못할 지경이었다. 돈이 없어서 잘 먹지를 못하니 건강은 계속 안 좋아졌다.

그는 신자도 아니면서 주말엔 전주 시내의 성당에 들르곤 했다. 거기서 그저 멍하게 앉아 있다가 걸어서 집으로 돌아오는 길에 헌책방을 들러 이것저것 책을 구경하는 게 생활의 전부였다.

"1년 가까이 그렇게 지내다가 우연히 헌책방에서 《누보로망을 위하여》라는 책을 발견한 겁니다. 누보로망이라는 말이 뭔지도 몰랐어요. 그게 뭐기에 누보로망을 위한다며 책까지 썼는지 궁금했죠. 대충 아무 데나 넘겼는데, 바로 그 문장이 기다렸다는 듯 제 눈에 확 치고 들어왔습니다."

특히 비평가들이 견디지 못하는 것이 하나 있는데 그것은 예술가들이 자기 의견을 설명하는 것이다.

C씨는 그 문장을 읽는 순간 자신도 모르게 눈물을 흘렸다. 책장을 앞으로 넘겨 시작 부분을 읽어보니 누보로망이란 프랑스 소설가들의 작품이며 평론가들이 그걸 못마땅하게 여긴다는 이야기가 쓰여 있었다. 책은 평론가들의 그런 비난에 항의를 보내는 내용이었다. C씨는 그것이 다름 아닌 자신의 처지와 너무도 비슷해 감격스러웠다.

당장 그 책을 사고 싶었지만 돈이 없어 성당까지 2시간 거리를 걸어 다니는 처지였기에 그냥 서서 읽기로 했다. 그 책은 별로 인기가 없는지 몇 달 동안 헌책방에서 없어지지 않고 늘 그 자리에 있었다.

작가로서 할 수 있는 유일한 참여는 문학일 뿐이다.

"저는 그 책에서 발견한 문장을 기억하고 있다가 잊기 전에 집으로 와서 종이에 썼습니다. 얼마나 제게 힘이 되는 말이었던지요. 저는 조각을 만드는 사람이고 단지 그것으로 이 사회에 참여하려고 했던 것인데, 아무도 그걸 이해해주지 않았어요."

그러나 그가 책을 다 읽기도 전에 《누보로망을 위하여》는 헌책방에서 사라지고 말았다. 누군가 필요한 사람이 사갔으리라. 아쉽다는 생각보다는 누보로망 작품을 더 읽어보고 싶다는 욕구가 커졌다. 살면서 그렇게까지 뭔가를 하고 싶다는 기분이 든 것도 참으로 오랜만이었다. C씨는 헌책방에서 로브그리예가 쓴 소설을 발견해 읽었다. 과연 내용이 아주 참신했다. 소설이지만 인물이나 구성, 줄거리 따위에 거의 가치를 두지 않고 자유롭게 흘러가는 대로 내버려둔 느낌이 그가 만들려고 했던 조각작품과 비슷해 보였다.

C씨는 선배에게 로브그리예와 다른 누보로망 소설가들의 작품도 읽고 싶으니 돈을 빌려달라고 부탁했다. 선배는 하고 싶은 일이 생겼다는 건 우울증 회복에도 청신호라면서 함께 서점을 돌며 C씨가 원하는 책을 사주었다.

그렇게 누보로망 책에 빠져 시간을 보낸 뒤, 이번에는 그 책들을 프랑스어 원서로 읽어보고 싶다는 생각에 사로잡혔다. 이번에도 선배는 반가운 마음으로 그를 지원해줬다. C씨는 학원에서 프랑스어를 배웠고 놀랍게도 그것은 다시 한번 그의 천재성을 확인하는 계기가 되었다. 언어를 배운 지 불과 몇 개월 만에 그는 에밀 졸라의 소설을 프랑스어로 읽었다. 2, 3년 후에는 프랑스 현지의 텔레비전이나 신문도 무리 없이 볼 수 있는 수준까지 어학 실력이 늘었고 원어민과의 대화 역시 막힘이 없었다.

번역 일을 해보지 않겠느냐고 제안한 것은 그를 가르쳤던 프랑스인 학원 강사였다. 자기가 한국에 와서 생활해보니 프랑스 문학이나 예술 서적 번역서가 생각만큼 많지 않아서 놀랐다는 것이었다. C씨가 생각해봐도 맞는 말 같았다. 프랑스에는 예술과 철학이 자유롭게 일상생활에 스며들 만큼 책도 많다고 들었는데, 우리나라에 소개되는 것은 극히 일부에 지나지 않아 보였다.

C씨는 담담한 표정으로 "마치 제가 가야 했던 길이 조각이 아니라 실은 번역이었던 것처럼 그 뒤로 일이 술술 풀렸죠."라고 했다. 전문 번역가가 되기에는 조금 늦은 나이이긴 했지만, C씨의 어학 실력에 감탄한 학원 강사는 프랑스로 돌아가는 길에 그에게 짧은 유학 프로그램도 소개해줬다.

프랑스에서 얼마간 지내다 우리나라에 돌아온 C씨는 본격적으로 번역 일을 시작했다. 그의 전문은 역시 예술 분야 자료의 번역이었다. 우리나라에서 열리는 국제 학술대회 원고나 예술 관련 논문의 번역 역시 그에게 자주 일감이 들어왔다.

그사이에 C씨는 《누보로망을 위하여》를 프랑스어 원서로 읽었지만, 어렵던 시기에 우연히 자신 앞에 나타났던 우리말 번역서도 다시 보고 싶은 마음이 생겨 나를 찾아온 것이었다. 지나고 생각해보니 그 책은 단순히 작은 문고본이 아닌 삶의 방향을 다시 잡아준 고마운 은인이었다.

"어떠신가요, 다시 조각작품을 만들고 싶은 마음은 없으신가요?" 이야기가 마무리되었을 즈음 내가 물었다.

"하고 싶죠. 그런데 곰곰이 생각해보면 조각과 번역이 그리 다르지 않더라고요. 이게 뭐로 보이세요?"

C씨는 가방에서 손가락 두 개만 한 직사각형 돌조각을 꺼내 내게

보여줬다.

"돌이잖아요?"

"맞아요, 돌이죠. 그런데 그건 그냥 이 물체의 물성이고요. 저는 이 돌 속에 숨은 멋진 조각상이 보인답니다. 고양이일지 사람 모습일지 아직은 모르지만, 이 단단한 돌 속엔 사실 무엇이든 될 수 있는 무한에 가까운 가능성이 있는 겁니다. 번역도 똑같아요. 이쪽 언어에서 저쪽 언어로 완전히 똑같은 감각으로 옮길 수는 없어요. 언어와 언어 사이에는 엄청나게 많은 가능성이 숨어 있어서 번역가는 그걸 찾아내는 일을 해요. 언어 능력도 물론 좋아야 하지만 그런 가능성을 찾아내는 감각이 제법 예민해야 한답니다. 그날 헌책방에서 만난 작은 책 한 권은 제게 그 사실을 일깨워준 겁니다."

그는 말을 마친 다음 내게 그 돌을 가지라며 줬다. 아무것도 아닌 것처럼 보이는 작고 평범한 돌이다. 이 안에서 나는 무얼 찾을 수 있을까? 내가 일하는 책상 위에 올려진 그 돌을 볼 때마다 C씨와 나눴던 그날의 대화가 기억난다. 그는 건강하고 행복해 보였다. 오랜만에 나를 보는 사람도 그런 말을 할 때가 있다. 컴퓨터 회사 다닐 때보다 훨씬 건강해 보인다고. 인사치레가 아닐 것이다. 실제로도 그때보다 지금이 훨씬 건강하기 때문이다.

삶은 하나의 길이 아니기에 여러 곳으로 통하는 계기가 있기 마련이다. 문제는 어떤 길로 가느냐가 아니라, 무엇이 우리를 그 길로 이끄는지를 알아보는 마음의 감각이 아닐까. 잘 사는 데 필요한 전공은 따로 없다. 좋은 삶이란 전공을 통해 배우는 게 아니라, 자신에게 다가온 사소한 계기를 알아보는 마음의 태도에 달려 있다.

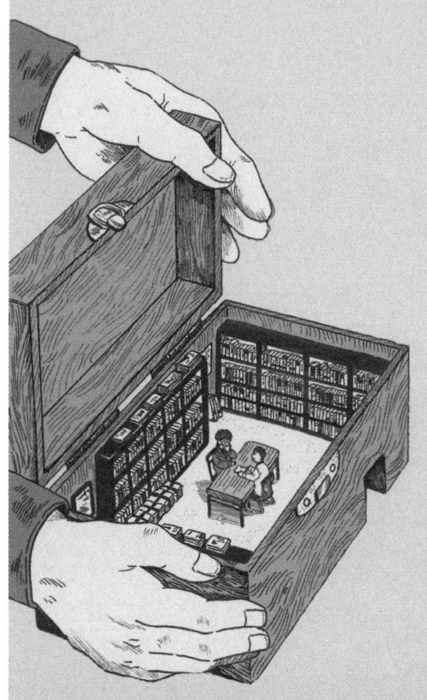

2부

목요 문학회 미스터리

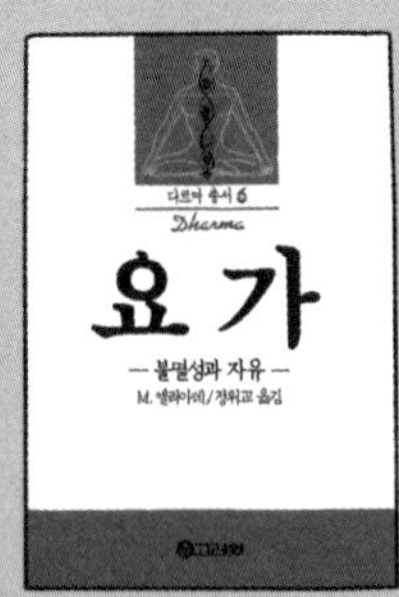

〈요가〉
M. 엘리아데 지음, 정위교 옮김
고려원, 1989년

사건 편

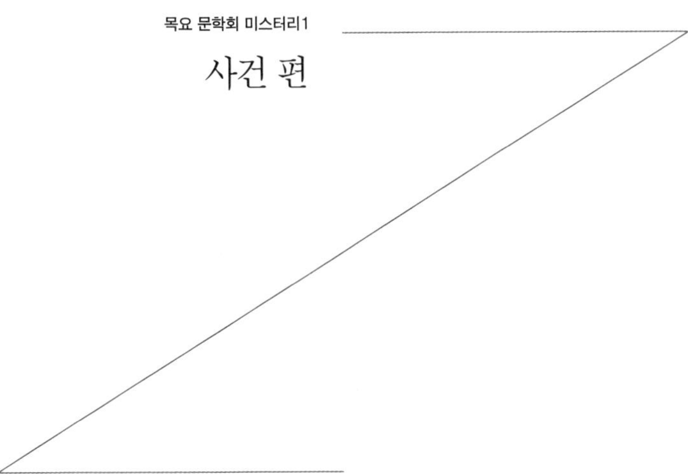

한 신문기자가 내게 물었다. 헌책방을 운영하면서 가장 힘든 점이 무어냐고. 이건 뭐, 오래 생각할 것도 없이 딱 정해진 대답이 있다. 그건 바로 손님을 기다리는 것이다.

책방에서 일하면 우선 책을 다루는 일이 힘들고 고되다. 그건 누구나 짐작할 수 있는 일이다. 헌책방은 더 힘들다. 새책을 파는 가게라면 도매상에서 책이 입고될 때부터 일정 분량을 끈으로 묶어서 주니까 책이 무겁긴 해도 요령이 생기면 그럭저럭 할 만하다. 그러나 헌책방은 책을 모아서 플라스틱 끈으로 묶는 것부터가 난관이다.

어느 집이라도 출장 매입을 하러 방문하면 책은 대부분 책장에 들어 있거나 바닥에 쌓여 작은 동산을 이룬 상태다. 그런 책을 손에 잡히는 대로 꺼내 묶다 보면 나중에 책 덩어리를 가게에 가져와서 쌓아 보관할 때 불편하다. 그러니까 묶을 때부터 크기와 책 종류를 대강 분류해야 한다.

빠르게 책을 분류한 다음에는 무릎 정도 높이까지 책을 쌓은 다음 묶기 시작하는데, 내 경험상 한 덩어리가 그 정도 크기면 옮기기 좋다. 너무 적으면 묶는 작업을 많이 해야 하니까 번거롭고 반대로 책을 많이 쌓아서 묶으면 나중에 들어서 옮길 때 쉽게 지친다.

단행본을 예로 들자면 책 한 권의 무게는 대략 400~600그램 정도다. 오래된 책은 가볍지만 요즘 발행된 책 같은 경우 본문과 표지의 내구성을 높이고 인쇄 품질을 좋게 하려고 종이에 여러 공정을 더한다. 그래서 책은 날이 갈수록 예뻐지지만, 무게는 더 나간다.

이런 책을 무릎 높이 정도까지 쌓으면 대략 20~25권 정도가 된다. 책 한 권의 무게를 평균 500그램이라 하고 스무 권을 쌓아 묶으면 한 덩어리 무게가 10킬로그램이다. 책을 옮길 때는 이렇게 묶은 책 두 덩어리를 양손에 나눠 드는 게 기본이다. 급할 때는 양쪽 겨드랑이에 한 덩어리씩 더 끼운다. 그러면 총 네 덩어리에 무게는 40킬로그램이다.

참고로 내 몸무게는 62킬로다. 한번 책을 옮길 때마다 몸무게의 3분의 2에 해당하는 무게를 들었다 놨다 하는 셈이다. 한 번에 1,000~2,000권 정도 되는 양을 혼자 옮기다 보면 대략 500권을 넘기는 시점부터는 책이 벽돌처럼 보이기 시작한다. 시시포스의 노동이 따로 없다.

평소 책방이라는 가게를 아름답게 보는 사람이라고 해도 실제로 일주일 정도 일을 해보면 책이 얼마나 무거운 물건인지 실감하고 혀를 내두른다. 무겁기도 하고 무섭기도 한 게 다름 아닌 책이다. 그러나 손님을 기다리는 적막한 시간에 비하면 육체노동은 아무것도 아니다. 진짜 힘든 일은, 아무 일도 하고 있지 않다고 느낄 때 갑자기 찾아와 몸과 마음을 동시에 짓누른다.

헌책방은 온종일 손님을 기다리는 게 일이다. 올 수도 있고 오지 않을지도 모르는 누군가를 매일 기다리는 일이란, 어제도 그제도 오지 않았건만 오늘이야말로 꼭 오겠지라는 희망을 품게 만드는 실체 없는 '고도'를 기다리는 막막함이다. 더욱 암담한 것은 이 연극무대엔 관객마저 없다는 사실이다.

식당은 점심이나 저녁 식사 시간이 되면 손님 맞을 준비로 바쁘다. 카페는 이른 아침이나 점심시간 직후에 손님이 몰린다. 술집이라면 해 질 녘부터 늦은 밤까지 사람들로 북적거린다. 먹고 마시는 일이야말로 인간의 기본적인 욕구이기에 굳이 확인해보지 않아도 이런 가게들의 일상은 대강 머릿속에 그려진다. 그러나 헌책방은 어떤가? 날씨 좋은 주말에도 온종일 손님이 아무도 찾아오지 않는 날이 부지기수다.

아무도 없는 가게에 우두커니 앉아 있으면 지치기도 하지만 무서운 생각도 든다. 저쪽 구석 어두운 책장 귀퉁이에서 귀신이라도 나오면 어쩌지? 혼자 있는 헌책방은 너무 적막해서 실제로 그런 상상을 자주 한다. 며칠 전 책을 정리하다 엄지손가락으로 눌러 죽인 작은 벌레의 영혼이 나한테 복수하려고 긴 더듬이를 허공에 휘휘 저으며 찾아오지는 않을까?

그러니까 책방에 혼자 있을 때는 되도록 즐거운 상상을 하려고 애쓴다. 이를테면 책방에서 뭔가 재미있는 일이 일어나서 그걸 멋지게 해결하는 헌책방 주인장의 활약! 그게 바로 나다. 그리고 당연히 책방에서 일어나는 일의 종류는 재미있는 것이어야 한다. 나는 무서운 걸 싫어하기 때문에 살인사건이나 귀신이 나오는 이야기는 딱 질색이다.

언젠가 에도가와 란포의 추리소설 《D 언덕의 살인사건》을 읽은 적이 있다. 나는 여기 나오는 'D 언덕'의 배경이 헌책방인 줄은 전혀 몰랐다. 그리고 이 낡은 헌책방은 범인이 치밀하게 꾸며놓은 살인 무대였다. 범인은 잔인하게 사람을 죽여놓고 도대체 어디로 사라진 것일까? 밀실 살인사건의 무대가 된 헌책방이라……. 상상하는 것만으로도 몸에 소름이 돋는다. 우리 헌책방에서는 부디 살인사건 따위는 일어나지 않기를 간절히 바란다. 나란 사람은 바퀴벌레만 봐도 기겁하는 성격인데 사이코패스 살인마와 시체라면 절대로 용납할 수 없다!

물론 현실의 헌책방에선 그런 무서운 사건이 벌어질 확률이 거의 없다. 기껏 해봐야 책 도둑 정도일까? 그러니까 손님이 없을 땐 더욱 지루하고 몸이 근질근질한 것이다. 하릴없이 책에 묻은 먼지나 털면서 이런저런 상상을 하는 것만으로는 분명히 한계가 있다.

이럴 때 누구라도 문을 열고 들어와준다면 좋을 텐데. 책을 사지 않는 사람이어도 괜찮다. 그저 얼굴이나 차림새에 특색이 있으면 더할 나위 없이 고마울 뿐이다. 일단 누구라도 눈앞에 있으면 그 사람을 대상으로 놓고 더 흥미로운 상상 놀이를 이어갈 수 있으니까 말이다.

그러나 상상은 상상으로 그쳐야 재미있는 법이다. 상상이 현실의 사건으로 발전하는 순간, 그 결과는 정말이지 끝 모를 미궁 속으로 빠져버리고 마는 것이다. 몇 해 전 겪은 미스터리했던 사건……. 나는 때때로 당시의 일을 떠올리곤 한다. 이제 와 다시 곰곰이 생각해보면 처음부터 그 두 사람에게 괜히 말을 걸지 말았어야 했다는 후회가 일기도 한다. 과연 나는 사건을 해결했다고 말할 수 있을까? 아니 그보다는 알 수 없는 그 일에 그저 한동안 휩쓸려 다닌 것 같은 묘한 기분이기도 하다.

유난히도 한가했던 토요일 오후, 두 사람이 동시에 책방 문을 열고 들어왔을 때 나는 속으로 '나이스!'라고 외치며 그들의 모습을 꼼꼼히 관찰하기 시작했다. 손님이 책을 고르는 동안 나는 그들을 보면서 재미있는 상상을 한다. 이것이야말로 서로에게 좋은 일 아니겠는가.

둘 다 나이는 비슷해 보인다. 아마도 50대 정도? 양복에 서류 가방까지 들었으니 직장인인 것 같다. 토요일인데도 회사에서 일하다 온 건가? 어쩌면 영업사원일지도 모르겠다. 자동차나 보험, 혹은 상조 회사라고 해도 되겠지. 아니, 그렇다면 설마? 이 사람들은 모든 가게에서 토요일에 가장 반기지 않는다는 바로 그런 부류인 건가? 잡상인 말이다. 그보다 더 심한 건 포교 활동을 나온 이상한 종교인들인 경우다. 나는 혹시라도 이들 중 한 명과 시선이 마주쳤을 때 영혼이 맑아 보인다거나 하는 말을 듣기 싫어서 일부러 눈을 흐릿하게 뜨고 계속 그들을 관찰했다.

이때, 서로 조금 떨어진 곳에 서서 책을 구경하던 둘 중 키가 조금 큰 사람이 갑자기 "오오." 하는 소리를 냈다. "뭔데?" 키가 작은 사람이 물었다.

"이 책을 여기서 발견하다니. 뭔가 운명적인걸?"

"뭐야, 정말 그 책 맞아? 맞네. 그거야. 옛날 생각나네."

헌책방 주인장의 날카로운 직감으로 미뤄보건대 이 대화는 분명히 뭔가 사건을 암시한다. 그것도 아주 재미있는 사건을. 나는 음음,

하며 헛기침을 내면서 두 사람에게 다가갔다.

"맘에 드는 책을 찾으신 모양이군요? 읍, 푸훗!"

그 순간 나는 터져 나오는 웃음을 참을 수가 없어서 손을 입에 대고 황급히 고개를 돌렸다. 책이 아니라 두 사람의 얼굴이 문제였다. 지금까지 나는 이들의 차림새만 관찰했을 뿐 얼굴을 자세히 보지는 못했다. 그런데 지금 보니 두 사람 모두 수염을 길렀다. 키가 큰 쪽은 코 바로 아래로 마치 살바도르 달리처럼 긴 팔八자 수염이 눈길을 끈다. 다른 사람은 턱에 사각형 모양의 수염이 있다. 흡사 히틀러의 콧수염이 그대로 밑으로 떨어지다가 턱 끝에서 아슬아슬하게 걸려 멈춘 모양새다. 두 사람의 수염이 한 얼굴에 있다면 그런대로 괜찮아 보일 것 같다. 그러나 콧수염과 턱수염이 나뉘어 있으니 꼭 핼러윈 분장처럼 괴상하다. 이런 피에로 같은 얼굴로는 영업이나 포교 모두 가능하지 않을 게 분명하다. 대체 당신들은 정체가 뭐요?

"사장님, 괜찮으세요?" 콧수염이 말했다.

"아뇨. 그냥 침이 목구멍으로 잘못 넘어가서요. 죄송합니다."

말은 그렇게 했지만, 여전히 내 입꼬리는 실룩거리고 있었다.

"실은 저희가 뭐 하는 사람들일까 궁금하신 거죠?" 이번엔 턱수염이 말했다.

"음…… 궁금하긴 한데 어쩐지 알 것도 같습니다. 두 분께선 같은 일을 하시지 않나요?"

내 추리는 확고하다. 이런 모습으로 둘이 같이 다닌다는 건 딱 한 가지 결론만 있을 뿐이다. 정답은 개그 콤비.

"회사원입니다." 콧수염이 사뭇 진지한 태도로 딱 잘라 말했다.

"뭐, 그렇게까지 냉정한 투로 말할 건 없잖아. 가끔은 여기 계신 사장님처럼 관찰력이 뛰어난 분도 있는 거라고.”

“네, 아닙니다. 저도 그냥 직장 다니시는 분이라고 생각하고 있던 참입니다. 다른 뜻은 없습니다.”

“서로 다른 회사에 다니고 있긴 하지만, 사장님 말씀대로 저희 둘은 뭔가를 같이 하는 일이 있긴 하죠.” 콧수염은 책장에서 찾아낸 책을 만지작거리며 살짝 미소를 지었다.

“아아, 역시 그렇지요? 처음 보는 순간부터 알았습니다. 두 분이 굉장히 재미있는 일을 하고 계신다는 걸요. 이를테면…….”

“개그 콤비는 아닙니다.” 마치 마음을 읽는 능력이라도 있는 것처럼 턱수염이 내 말을 가로채 끊었다.

“평소에 그런 말을 종종 듣긴 해서요. 수염 때문에요. 그런데 이 수염은 웃기려고 기르는 건 절대 아닙니다. 저희 둘이 공동으로 하는 작업을 위한 콘셉트 이미지라고나 할까요? 현대사회는 자기 피알 시대 아닙니까? 하하.”

턱수염은 그렇게 말하면서 자기들의 정체를 털어놨다. 이 두 사람은 고등학생 때부터 알고 지낸 사이로 그 옛날 PC 통신 시절에는 미스터리 소설 동호회에서 활동하며 친해졌다. 대학생이 되고부터는 추리소설 작가로 데뷔하기 위해 열심히 글을 썼다.

마음이 잘 맞았던 두 친구는 ‘앨러리 퀸’을 모델로 삼아 두 명이 공동으로 작업하고 하나의 필명을 쓰기로 합의했다. 책이 출판되면 홍보를 위해 매체 인터뷰나 북토크 같은 행사에도 적극적으로 나가야 하니까 이때 독자들의 눈길을 끌 아이디어를 낸 것이 다름 아닌 수염이다.

“유명한 탐정은 멋진 수염이 트레이드마크죠. 포와로처럼요.”

콧수염은 여전히 책을 만지작거리면서 한 손가락으로는 자신의 수염을 가리켰다. 하지만 애써 그렇게 설명했어도 팔자 콧수염과 히틀러 턱수염의 조합으로는 딱히 명탐정의 이미지를 떠올리긴 힘들어 보인다.

"그럼, 작가시군요? 저도 추리소설을 좋아하는 편인데, 두 분께서 쓰신 작품을 읽어보고 싶네요. 온라인 서점에서도 살 수 있나요?"

"그게……. 아직 한 권도 출판된 게 없습니다. 지금도 열심히 출판사에 투고는 하고 있는데 인연이 쉽게 닿지를 않네요." 턱수염이 말했다.

그때 콧수염이 손에 들고 있던 책을 내게 내밀었다.

"그런데 이 책 파시는 건가요?"

미르체아 엘리아데가 쓴 연구서 《요가》, 1989년에 고려원 출판사에서 초판을 펴낸 책이다.

"그럼요. 책 뒤에 가격이 적혀 있을 겁니다. 만 원이네요."

콧수염은 지갑에서 만 원짜리 지폐를 한 장 꺼내 내게 줬다. 그러면서 이상한 말을 중얼거렸다.

"이젠 다 잊었다고 생각하고 있었는데……. 그렇지? 벌써 한 30년이나 된 이야기잖아?"

"그렇지. 그 뒤로 나도 이 책을 아예 잊고 있었어. 우연히 들른 동네에서, 지나가다 잠깐 들어와본 헌책방에서 이 책을 다시 보게 될 줄이야. 자네 말대로 운명적이라고 할 수 있겠지."

우연? 운명적? 30년 전 이야기? 이게 다 무슨 소리일까. 따져볼 것도 없이 이건 분명히 사건이다. 갑자기 가슴이 쿵쿵대기 시작했다.

"혹시, 괜찮으시다면 지금 하신 말씀을 좀 더 들어볼 수 있을까요?”

“글쎄요. 생각하기에 따라서 별것 아닌 이야기일 수도 있는데요. 게다가 오래전 일이라 기억이 정확하지 않을지도 모릅니다.”

“설마? 물론 30년이나 지난 일이지만 나는 분명히 기억나는걸? 어떻게 그 사건을 잊을 수 있겠어? 방금 이 책을 보는 순간 모든 게 다 생생하게 떠올랐어.”

턱수염은 지갑을 반으로 접어 가방에 넣는 콧수염을 보며 말했다.

“그렇게 말씀하시니까 더 궁금해지네요. 자, 두 분 다 이쪽으로 앉으시죠.”

“그럴까요? 이렇게 만난 것도 인연인데 옛날이야기를 좀 해보는 것도 나쁘지는 않겠죠. 그러니까……. 1993년이었을 겁니다. 저희에게 공부를 가르쳐주시던 선생님이 알 수 없는 이유로 갑자기 돌아가셨습니다.”

성격이 급한 턱수염은 자리에 앉으면서 바로 이야기를 시작했다. 콧수염은 아직 서 있는 그대로였는데 별수 없겠다는 듯 가방을 바닥에 내려놓았다.

“선생님께서 돌아가신 이야기부터 하면 순서가 안 맞지.”

“아, 그런가? 어쨌든 그건 우리 모두에게 정말 큰 사건이었으니까 말이야. 선생님의 사인은 분명…….”

“급성 심근경색이었지. 그런데 난 아직도 그렇게 생각하고 있지 않아. 물론 그때도 그랬지만. 건강하셨던 분이 그렇게 갑자기 숨을 거두셨다는 게 이상하잖아?”

“그럼 누군가 선생님을 죽이기라도 했다는 건가요?” 내가 물었다.

“그게 어쩌면 이 일에서 가장 석연찮은 부분입니다.”

턱수염은 복잡한 기억을 떠올리는 듯 얼굴을 찡그리며 머리를 긁적였다. 나는 곧이어 따뜻하게 우려낸 보이차를 두 사람 앞에 한 잔씩 내놓았다. 콧수염은 차를 한 모금 마신 다음 말을 이었다.

"선생님은 일흔을 훌쩍 넘긴 고령이었지만 언제나 얼굴빛에 생기가 가득하셨습니다. 문학과 철학에 관해 탁월한 식견을 가지고 계셔서 주변에 따르는 사람들이 많았죠. 하지만 정작 본인 이름으로는 책을 한 권도 내신 게 없어서 다들 선생님을 소크라테스에 비교했습니다."

선생은 집으로 찾아오는 사람이라면 누구라도 따뜻하게 맞아주었다. 굶는 사람에게는 식사를 내주었고 잘 곳이 없으면 이유도 묻지 않고 잠자리를 마련해줬다. 특히 그 지역 문학계에서 선생의 영향력은 대단했다. 이름을 대면 누구라도 알 수 있는 작가들이 명절 때면 줄지어 선생의 집을 방문해 인사드렸다. 그러니 문학에 뜻이 있는 청년이라면 선생의 가르침을 받고 싶어 하는 건 당연했다.

자주 선생의 집에 모이곤 했던 청년 중 몇몇은 아예 정기 모임을 만들자고 하기에 이르렀다. 선생도 반대하지 않았다. 그 모임을 주도한 게 콧수염과 턱수염 두 사람이었다. 이들은 비록 순수문학을 추구하는 쪽은 아니었지만, 문학성과 재미를 모두 갖춘 추리소설을 쓰겠다는 열정만큼은 대단해서 정기 모임을 조직하고 꼬박꼬박 참석했다.

"그 모임 이름은 '목요일 문학회'라고 지었습니다. 일본 작가 나쓰메 소세키의 집에서 매주 한 번씩 사람들이 모였던 걸 모방한 거죠. 거기 또 누가 있었더라?" 콧수염이 턱수염에게 물었다.

"문예창작학과 우등생 두 명이 있었지. S와 K. 이름도 잊히지 않

아. 자기들끼리는 서로 천재인 줄 알고 으스대는 꼴이라니. 기생오라비처럼 생긴 몰골은 또 어떻고! 보고 있으면 식욕이 떨어질 지경이었다니까."

S와 K는 같은 대학에 다니는 선후배 사이로 시를 썼다. 그들은 이미 몇몇 지역 신문에 작품을 발표했을 정도로 학교 내에서는 이미 유명인이었고 교수들 역시 재능을 인정하는 실력파였다. 두 사람의 정식 등단은 거의 기정사실처럼 여겨졌고 다만 누가 먼저 첫 번째 시집을 내느냐를 두고 서로 신경전을 벌일 정도였으니 주변의 시선이 곱지 않은 건 어쩌면 당연했다.

수필가가 되고 싶다며 모임에 참석한 젊은 여성 M은 말수가 적어서 도무지 정체를 알 수 없는 인물이었다. 대학생이라고 하기엔 옷차림이나 갖고 다니는 화장품이 확실히 구식이었는데 그렇다고 기혼 여성 같은 느낌도 없었다. 물론 직장에 다니고 있는 것 같지도 않았다.

시인 지망생인 S와 K는 M을 대놓고 무시하는 말을 여러 번 해서 선생에게 주의를 받은 적도 있었다. 그들은 진정한 문학은 시 이외엔 없다고 주장했다. 시를 쓸 능력이 못 되는 사람이 쓸데없이 글을 길게 늘여서 소설가가 되는 것이고 수필은 혼자 *끄적거리는* 일기에 지나지 않는다고 했다. 그러나 모임을 할 때면 선생은 자주 M의 글을 칭찬하곤 했다.

S와 K만큼은 아니더라도 수염파 두 명 역시 M을 조금은 불편한 눈길로 보았다. 언제나 무언가를 숨기고 있는 듯한 태도가 맘에 들지 않았던 거다. 모임을 하는 사람들과도 따로 어울리는 일이 전혀 없었고 가끔은 혼자서 따로 선생을 찾아가 뵙는다는 소문이 있기도

했다. 그 소문은 사람을 거칠 때마다 조금씩 각색되어서 나중엔 추문에 가까운 이야기가 돌았다.

모임 회원은 아니지만, 이 일에서 빠질 수 없는 인물도 몇 명 더 있다. 우선 선생의 아내다. 나이는 선생과 아래로 열 살 정도 차이이고 말과 행동에 기품이 느껴지는 분이다. 평소에는 선생의 집에 온 사람들과 허물없이 지내지만, 목요일 문학회 모임을 하는 방에는 한 번도 들어온 적이 없다.

이 집에는 손님이 많다 보니 집안일을 돕고 있는 사람이 두 명 따로 있는데 그중 한 명은 50대 정도 나이의 중년 여성 A다. 선생의 집에서 오래 함께 일한 A는 실질적으로 안주인보다 더 많은 일을 도맡아 한다.

그리고 마지막은 A의 조수 격으로 일을 거드는 B다. 그녀는 아예 이 집에서 먹고 자며 일하는 중이고 목요일 문학회가 한창이던 때 아직 20대 초반의 나이였다. 연예인이라고 해도 믿을 정도로 아름다운 미모에 성격도 싹싹해서 선생의 집을 찾은 사람들에게, 특히 남자들에게 인기가 많았다. 그런데 B는 이미 10대 후반에 이 집에 들어와 일하기 시작한 것으로 알려졌다. 부모가 누구인지, 학교는 어떻게 하고 어떤 계기로 여기서 생활하고 있는지에 대해서는 아무도 알지 못한다.

A와 B는 모든 집안 살림을 도맡아 했고 목요일 문학회를 하는 방에도 자주 드나들며 차나 간식을 가져다줬다. 그 사건이 있었던 날도 두 사람은 두세 번 정도 음식을 들고 방에 왔다.

"그러니까 제 생각엔 이 두 사람도 당연히 용의자에 포함시켜야 된다고 봅니다." 턱수염이 말했다.

"용의자라뇨? 설마 살인인가요?"

"글쎄요……. 어쩌면 그럴지도 모르고요." 턱수염의 이야기를 듣고 있던 콧수염이 낮은 목소리로 말했다. 그 음성이 이질감이 느껴질 정도로 차분하게 들려서 순간 살짝 몸이 떨렸다.

"아니지. 이건 선생님의 죽음하고는 관계가 없다니까. 전혀 다른 문제라고."

"도대체 무슨 일이 있었던 겁니까?"

"그러니까, 그날 말입니다. 책이 한 권 없어졌습니다. 선생님과 저희가 함께 있던 그 서재에서요."

턱수염은 다음과 같은 이야기를 들려줬다. 그날도 여느 목요일과 다름없이 문학회 모임 시간을 가졌다. 모임은 특별한 일 없이 늘 하던 방식대로 이어졌고, 일행은 저녁 식사 시간이 되기 전에 각자 흩어졌다. 그런데 다음 목요일 문학회 모임을 시작하며 선생은 뜻밖의 말을 꺼냈다.

"지난 1년여 동안 이어온 목요일 문학회를 오늘로 종료합니다."

이유는 책 때문이었다. 지난주 모임을 마치고 난 다음 방을 정리하다가 선생은 서재에서 책 한 권이 없어진 걸 알았다. 그 책은 선생이 너무나도 아끼는 것이었고 범인은 당연히 모임에 있었던 사람 중 하나인 게 분명했다. 목요일 문학회 회원은 하나같이 고작 그런 이유로 모임을 끝낸다는 건 있을 수 없다고 선생을 만류했다. 하지만 선생은 단호했다.

"어차피 난 자네들에게 해줄 수 있는 건 모임을 통해 거의 다 풀어냈다고 믿네."

선생은 앞으로 일주일의 기한 안에 가져간 책을 다시 돌려주면 누가 됐든 책임은 일절 묻지 않겠다는 단서를 달았다. 그리고 또 한 가지 놀라운 제안을 덧붙였다.

"책을 가져간 사람은 그것이 내가 가장 아끼는 책이라는 걸 분명 알고 있었을 테지. 그런 책을 훔쳐서라도 문학을 성취하겠다는 열망을 인정합니다. 책을 가지고 오는 사람에게는 내가 여태 누구에게도 말하지 않았던 문학의 가장 중요한 비밀 한 가지를 털어놓을 작정입니다. 이 정도면 책을 돌려받아도 될 만한 제안이 되겠죠?"

이야기를 마친 다음 한동안 침묵이 흘렀다. 콧수염은《요가》를 책상 위에 올려놓고 쓰다듬었다.

"그날 사라진 문제의 책이 바로 이겁니다. 선생님께서는 엘리아데의 철학을 높이 평가했고 인도 철학을 철저하게 파고들어 연구한《요가》는 최고의 걸작이라고 말씀하셨죠."

"그래서《요가》를 가져간 사람은 누구였나요? 두 분이 아니라고 한다면 모임 회원 중에선 시인 둘과 수필 쓰시는 여성 분, 이렇게 세 명 중에서 범인이 있다는 얘긴데요."

"그게…….'' 턱수염은 곤란하다는 표정을 지었다. "실은 저희도 누가 책을 가져갔는지 모릅니다. 책이 없어지고 난 그다음 주 수요일에 선생님께서 갑자기 돌아가셨거든요."

"아아, 저런."

선생의 죽음과 사라진 책 사이에는 과연 어떤 연결고리도 없는 것일까? 이야기를 다 듣고 난 뒤 나는 어쩐지 이 두 사건이 어떤 식으로든 이어져 있을 것만 같은 느낌을 받았다. 하지만 시간은 이미 30년이나 지났고 선생이 세상을 떠났을 당시엔 아무런 범죄의 소견도 제기되지 않았다. 하지만 책은? 누가 왜 그 책을 가져갔을까?

"책을 가져간 사람이 누군지 두 분은 궁금하지 않으셨나요?"

"궁금했죠. 하지만 어쩌겠습니까? 선생님께서 돌아가셨으니 여쭤 볼 수도 없고 그 후로 목요일 문학회 사람들은 다 흩어졌습니다. 지금까지 연락 한 번 안 하고 지냈는걸요." 턱수염은 손바닥으로 거칠게 턱을 문질렀다.

"제가 보기엔 크게 두 가지 이상한 점이 있습니다."

내 말에 두 사람은 동시에 상체를 앞으로 기울였다. 두 얼굴이 가까이 다가오니 정말로 개그 콤비 같아서 다시 웃음이 날 뻔했다. 다행히 눈을 감고 헛기침을 한 번 하니 웃음기는 곧 사그라들었다. 두 사람이 오히려 나보다 더 진지한 표정을 짓고 있어서 살짝 부담스러웠다.

"첫째, 고려원 출판사가 부도를 내고 회사를 접은 게 1990년대 후반이니까《요가》는 사건이 있던 1993년 당시엔 아직 절판되지 않았을 겁니다. 필요하면 서점에서 사면 됩니다. 그런데 굳이 이 책을 선생님의 서재에서, 게다가 모임 중에 위험을 무릅쓰면서까지 훔쳐야 할 이유가 뭐였을까요? 두 번째는 더 이상합니다. 선생님은 왜 없어진 책이《요가》라는 걸 굳이 여러분에게 공개적으로 밝히신 걸까요? 책 제목을 말하지 않아도 상관이 없었을 텐데요. 오히려 그쪽이 범인을 압박하기엔 더 좋은 방법이었을지도 모르고요."

"듣고 보니 그렇네요. 사장님 완전 탐정 같으신데요?" 턱수염이 말했다.

콧수염은 여전히 책을 쓰다듬고 있었다.

"어떻습니까?" 그가 입을 열었다. "뭐가?" 턱수염이 놀라서 물었다.

"저희와 함께 그때 책을 가져간 사람이 누군지 찾아보는 거요."

"그게 가능하겠어요? 벌써 30년이나 지난 일인데 그리고……."

"선생님께서 책을 가져간 사람에게 마지막으로 남기신 문학의 비밀이 무언지 알고 싶은 것뿐입니다."

그러더니 콧수염은 갑자기 책을 주먹으로 세게 내리쳤다.

"그건 선생님의 유언이나 마찬가지잖습니까!"

잠시 어색한 시간이 몇 초간 이어졌다. 턱수염이 "자자, 그럼……." 하면서 다시 말을 이었다.

"시간이 많이 지난 건 맞지만 옛날 일을 떠올려볼 수 있는 재미있는 계기가 될 것 같습니다. 어때, 너도 그렇게 생각하지? 사장님께서도 동참하시죠. 이 책을 여기서 발견한 것 자체가 정말이지 운명이 아니고 뭐겠습니까?"

"제가 뭘 도와드리면 될까요? 보시다시피 저는 그냥 헌책방 주인일 뿐인데요."

턱수염은 자신의 머리를 가볍게 손가락으로 두드렸다.

"머리만 빌려주시면 됩니다. 이쪽 방면에 꽤나 재능이 있으신 것 같은데, 제 말이 맞죠? 저희는 추리소설을 쓰니까 아무래도 단서가 될 만한 건 냄새를 아주 잘 맡습니다. 자료 찾는 건 걱정하지 마시고 잠깐만 시간을 내주시면 됩니다."

나는 고개를 한쪽으로 기울이면서 "아무래도 그건 좀……."이라고 말했지만 내심 기뻤다. 책에 얽힌 수상한 사건이라니!

"이건 뭐, 강력범죄 같은 사건을 수사하는 것도 아니니까 취미활동 하신다 생각하고 같이 해보시죠! 자자, 이거 오랜만에 아주 재밌겠는걸? 안 그래?"

턱수염이 가방에서 수첩과 볼펜을 꺼내 탁자에 올려놓자 콧수염이 "괜찮을까?" 하며 물었다. "뭐가?" 두 사람의 눈이 마주쳤다. 그리고 시선은 나에게로 이어졌다.

"제가 포와로 같은 명탐정도 아닌데 가만히 앉아서 두 분이 가져다주는 단서만으로 일을 해결할 수는 없을 겁니다. 괜찮으시다면 서로 일정을 맞춰서 함께 다니시죠. 일단은 용의자, 아니 목요일 문학회 회원들을 다시 만나보는 게 좋겠죠?"

"저희가 어떻게든 그 사람들을 수소문해보겠습니다. 이야기를 나눠보면 뭔가 길이 보이겠죠. 일단 저희 연락처를 적어드리겠습니다."

그로부터 30분 후, 나는 다시 혼자 남아 종이에 적힌 두 사람의 휴대전화 번호를 물끄러미 보고 있었다. 그런데 이것도 뭔가 수상한데? 두 사람은 분명 직장인이라고 했다. 그렇다면 보통은 명함이 있을 텐데 왜 굳이 수첩에서 뜯은 종이에 전화번호를 적어서 줬을까? 나는 두 번호 중 한 곳으로 전화를 해보려고 전화기를 들었다가 곧 다시 내려놓았다.

예전에 비슷한 일을 한번 겪었다. 우리 책방에 가끔 들르는 R이 절판된 공포소설을 사서 돌아갔을 때, 그것과 똑같은 책을 사고 싶다며 내게 연락처를 남긴 손님이 있었다. 그는 퇴마사를 연기한 영화배우 안성기와 미묘하게 닮았었다. 얼마 후 손님이 메모지에 써준 번호로 전화를 했는데 통화는 할 수 없었다. 전화기에선 그저 없는 번호라는 기계음만 반복해서 나올 뿐이었다. 이번에도 딱 그 정도의 음산한 기분이 느껴졌다.(계속)

추리 편

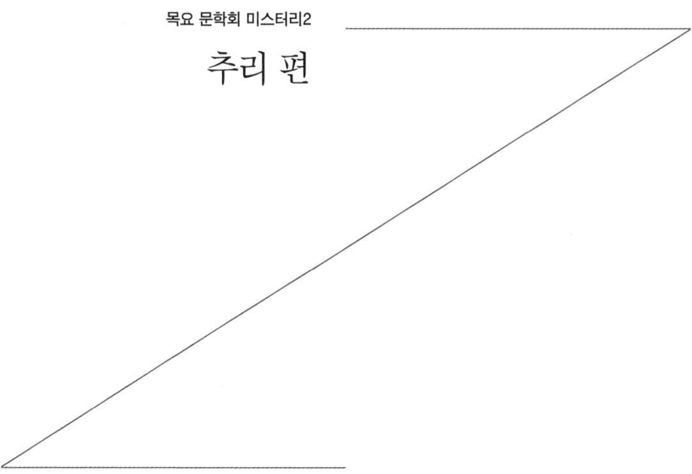

개그 콤비, 아니 한국의 앨러리 퀸이 우리 가게에 다녀가고 한 달 정도 지났을 때 두 사람이 다시 책방에 왔다. 사실 나는 그들이 오지 않을지 모른다는 생각도 어느 정도는 하고 있었다. 그래서 엘리아데가 쓴 《요가》라는 책과 목요일 문학회에서 일어난 도난사건, 그리고 선생의 갑작스러운 죽음에 대해서도 더는 마음에 두지 않은 채로 지내고 있었다.

턱수염은 수첩을 들여다보며 거기에 쓴 내용을 요약해서 내게 들려줬다.

"가장 먼저 말씀드릴 부분은 선생님께서 돌아가시고 3년 뒤에 사모님도 세상을 떠나셨다는 사실입니다. 물론 여기에도 경찰이 수사할 정도의 범죄 혐의는 없었습니다. 오래전부터 위가 안 좋으셨는데 1년 정도 병원에서 치료를 받다가 돌아가셨습니다. 저희 둘은 당시 장례식장에 갔습니다. 선생님 댁에서 일하던 두 분도 거기서 뵙고 인사를 나눴고요. 그런데 목요일 문학회의 다른 회원은 보지 못했습니다."

"선생님의 장례라면 몰라도 3년 뒤 사모님이 돌아가셨을 때는 굳이 가지 않아도 된다고 생각했을지도 모르죠."

"그게 말입니다, 실은 그 사람들, 선생님께서 돌아가셨을 때도 오지 않았습니다. 아무도요."

정말 이상한 일이다. 모임까지 만들어 매주 선생과 함께 공부했던 사람들 아닌가. 그보다 앞서, 나는 더 궁금한 게 있었다.

"좀 다른 얘기입니다만, 《요가》라는 책 말이죠. 이건 미르체아 엘리아데의 작품이고 문학이라기보다는 종교학에 관한 연구서인데 선생님은 왜 이 책을 그토록 아꼈을까요? 모임을 하면서 책 내용을 자주 언급하셨나요?"

"전혀요." 잠자코 듣고 있던 콧수염이 의자에 등을 기댄 채 말했다. "솔직히 선생님께서 책이 없어졌다고 말씀하시기 전까지 서재에 그런 책이 있는지도 몰랐습니다."

턱수염도 고개를 끄덕이며 동의했다.

"그건 저도 마찬가집니다. 엘리아데라고 하면 우선 《성과 속》이 맨 먼저 떠오르잖아요? 그 책은 읽어봤습니다. 워낙 유명한 책이니까. 그런 엘리아데가 《요가》라는 책을 썼다는 것도 저는 그때 처음 알았습니다."

선생이 모임에서 주로 인용한 것은 고대 그리스 철학이다. 중국의 제자백가 사상에 관한 이야기를 풀어놓을 때는 문학이 아니라 한학^{漢學} 모임같이 느껴질 정도로 한자 문화권에 관한 지식도 해박했다. 두 사람은 선생의 서재에 대개 그런 방면의 책들이 많았다고 기억을 떠올렸다.

"별수 없네요. 그럼, 이건 지금은 그냥 궁금증으로 남겨둬야겠군요. 다른 정보는 또 뭐가 나왔나요?"

턱수염은 다시 수첩을 폈다.

"대단한 건 없지만, 일단은 모임 회원 중 꼴불견 시인 두 명이 지금 어디서 뭘 하고 있는지 알아냈습니다. 시작은 여기서부터 하죠. 연락은 해뒀습니다. 사장님 일정이 괜찮으시다면 같이 가서 만나보시죠."

며칠 후, 나는 지하철을 여러 번 갈아타고 경기도 분당으로 향했다. 학창시절부터 천재 시인으로 통했던 S씨는 의외로 외제 자동차 딜러가 되어 있었다. 남을 배려하지 않는 성격은 30년 전과 별반 달라지지 않아서 이번 일정도 그쪽에서 일방적으로 정해 통보한 것이다.

"아실지 모르겠지만, 이런 일은 시간이 생명이거든요. 30분 후에는 고객이 오기로 되어 있으니까 얼른 시작하시죠."

S씨는 트로트 가수처럼 가지런히 가르마를 타서 넘긴 머리를 살짝 손으로 만졌다. 양복과 와이셔츠, 넥타이, 그리고 양말에 구두까지 한 세트로 잘 차려입은 모습은 마치 잡지에 나오는 광고 모델 같았다. 여름이었지만 사무실은 한기가 느껴질 정도로 서늘하다. 에어컨을 보니 희망온도라는 글자 옆에 '14'라는 디지털 숫자가 선명했다.

"좋은 곳에서 일하고 계시는군요." 내가 그렇게 말하자 S씨는 돈 좀 들였습니다, 하면서 이가 살짝 드러나도록 웃었다.

"차 한 대 뽑으시게요? 요즘엔 아무래도 세단보다는 SUV가ー"

"시는 안 쓰십니까?"

콧수염이 물었다.

"그 얘깁니까? 시간이 꽤 흘렀네요. 노인네 죽고 나서는 흥미가 떨어졌거든요."

"노인네라뇨?" 콧수염이 눈을 흘겼다.

"아시잖아요? 두 분은 그때 같이 모임도 했었고. 생각해보면 참 철이 없었죠, 다들."

사무실엔 두꺼운 유리로 상판을 올린 넓은 탁자와 가죽 소파가 있었지만, 그때까지 S가 딱히 권하지 않았기 때문에 우리는 모두 서 있었다. 턱수염이 좀 앉아도 될까요, 라고 하니 그제야 S는 시큰둥하게 "네, 뭐." 하면서 두 손은 주머니에 넣은 채 턱만 까딱거려 소파 쪽을 가리켰다.

내가 《요가》에 관해서 묻자 S씨는 소파에 기대앉아 다리를 꼬면서 대답했다. 그가 한 말이 너무도 의외라 우리는 모두 놀랄 수밖에 없었다.

"그거라면 제가 가져갔습니다. 그 책을 노인네가 중요하게 여긴다는 건 전부터 눈치채고 있었거든요."

콧수염이 그 사실을 어떻게 알았느냐고 캐묻자 S씨는 특유의 야비한 미소를 지었다.

"뭐, 노코멘트라고 해두죠. 중요한 책이라는 걸 알아보지 못했다는 건 그만큼 감각이 떨어진다는 뜻 아닐까요? 다들 레벨이 고만고만한데 그런 사람들하고 모임을 같이 하고 있다는 게 참 답답하더라고요."

아무도 입을 열지 않고 있어서 내가 물었다.

"그럼, 그 책을 선생님께 다시 돌려드렸나요?"

"돌려드렸죠. 책 자체는 특별한 것도 아니고, 저는 사실 그 책에 밑줄이나 메모 같은 거라도 있을 줄 알았는데 깨끗했습니다."

"그렇다면, 선생님께서 말씀하신 문학의 비밀이라는 것도 들으셨겠군요?"

"네, 들었는데요……. 사실 그것도 별건 아니었습니다. 허탈했다고 할까요, 속은 기분이랄까요. 어쨌든 그랬습니다."

책을 돌려주러 온 S씨에게 선생이 들려준 이야기란 '꾸준하게 쓰라'는 말뿐이었다. 정말로 허탈할 만한 내용이다. 선생은 도대체 무슨 의도로 그런 말을 한 것일까? S씨가 일부러 거짓말을 하는 것 같지는 않았다.

그때 휴대전화 벨 소리가 울렸다. S씨가 손에 잡고 있던 스마트폰에 눈길을 주더니 급히 일어서면서 전화를 받았다. 상대방이 누구인지는 알 수 없지만, S씨는 방금까지 우리와 대화할 때와는 전혀 다른 목소리로 통화했다.

"네, 회장님……. 그럼요. 네, 네. 저야 늘 한가하죠. 회장님만큼 바쁜 사람이 어디 있겠습니까……. 골프요? 이번 주말에요? 아휴, 제가 영광이죠. 저도 시간 날 때마다 연습은 하고 있지만 어째서인지 회장님 실력에는 따라갈 수가 없는 걸 어떡합니까. 하하……. 이렇게 초대해주시니 저도 뭔가 보답을 해야죠. 라운드 마치고 저녁에 좋은 곳으로 모시겠습니다. 지난번 거기요? 하하……. 회장님, 놀라지 마세요. 이번엔 더 재밌는 곳을 생각해뒀습니다. 그럼요. 네네, 그건 걱정하지 마시고요. 제가 누굽니까……. 네네, 그럼 곧 뵙겠습니다."

전화를 끊더니 금방 표정과 목소리가 다시 돌아왔다. 마술처럼 얼굴이 수시로 변하는 중국의 가면극 공연을 보는 것 같은 착각이 들었다. 그가 자기 책상으로 돌아가는 걸 보고 우리도 모두 자리에서 일어났다. S씨가 여러 가지 음료수로 가득한 냉장고에서 생수병을 꺼내 한 모금 마신 다음 말했다.

"재능이란 그런 것 아니겠습니까? 타고나지 않으면 제아무리 오래 노력해도 헛수고입니다. 노인네도 어차피 타고났기 때문에 그 위치에 올라갈 수 있었던 거고, 저는 단지 그 사람의 후광만 조금 필요했을 뿐입니다. 등단하게 되면 추천사도 필요하고. 그런데 죽어버렸으니 소용이 없죠. 시요? 제가 시를 안 쓴 지 한참 됐지만 지금 당장 써보라고 해도 여러분보다는 훨씬 나을 겁니다. 그게 바로 재능이죠. 재능은……."

S씨는 손가락으로 우리 얼굴을 하나하나 가리키며 말했다.

"노력으로 못 이겨요."

문을 열고 나오니 밖은 열대 밀림처럼 찜통더위였다. 우리는 지하철역으로 가다가 발견한 작은 카페로 들어가서 잠시 쉬기로 했다. 말이 쉬는 거지 조금 전 S씨의 사무실에서 겪은 수모를 성토하는 자리나 마찬가지였다.

"사람이 그렇게까지 변하지 않는다는 것도 참 신기하네요." 턱수염이 차가운 커피를 물처럼 벌컥벌컥 마시면서 말했다.

"거짓말은 아닐까요?" 콧수염은 수박 주스를 빨대로 한 모금 빨고 나서 나를 보며 물었다.

"딱히 거짓말 같지는 않던데요."

콧수염은 선생이 말한 문학의 비밀이 고작 '꾸준하게 쓰라'는 것일 리가 없다고 했다. S씨 따위가 선생의 유언과도 같은 말을 들었다는 사실보다 그 빈약한 내용에 더 마음이 쓰이는 모양이었다. 나도 그 말에는 동감했다. 하지만 거짓말을 할 이유도 없지 않은가? 30년 전 이야기를 듣기 위해 방문한 사람들이 귀찮았다면 그냥 모르는 일이라고 해도 됐을 텐데.

그건 그렇다 치고, 정말로 S씨가 《요가》를 가져간 범인이 맞는다면 다음 사람은 만나봐야 의미가 없다. 사건은 이렇게 싱거운 결말로 끝나고 말았다. 그러나 만에 하나 S씨가 거짓말을 하고 있다는 가정도 지울 수는 없기에 그의 대학 후배인 K씨도 만나보기로 했다.

앨러리 퀸이 들려준 이야기에 의하면, K씨는 S씨와 경쟁자였지만 속사정이야 어떻든 남들 앞에선 깍듯하게 선배 대접을 하는 것처럼 보였다. 그로부터 몇 주 뒤, 지하철 강남역 근처에 있는 카페에서 우리는 K씨를 만났다.

K씨가 일하는 회사 점심시간을 이용해 만나는 거라 이번에도 주어진 시간은 길지 않았다. 하지만 어차피 이쪽에서 알고 싶은 건 한 가지뿐이라 대화를 길게 끌 생각도 없었다.

"이쪽도 시인은 아니고 지금은 무역회사 부장입니다. 인사 쪽 일 담당이네요. 역시나 그 사건 이후로 시는 포기하고 곧장 다른 길을 모색한 것 같더라고요." 턱수염이 수첩을 보며 말했다.

아직 나타나지 않은 K씨를 기다리며 우리는 미리 커피를 주문해 마셨다. 콧수염은 이번에도 수박 주스였다.

"수박 좋아하시나 봐요?" 내가 물었다. 그러자 콧수염이 빨대에서 입을 떼며 무심하게 말했다.

"좋아한다기보다, 이건 여름에만 먹을 수 있는 거잖아요."

"이 사람이 좀 보수적인 면이 있거든요. 이러다가 겨울엔 누가 뭐래도 겨울 한정 메뉴만 찾는다니까요." 턱수염이 키득거렸다.

K씨는 약속 시각보다 10분 정도 늦게 도착했다. 말끔한 회색 양복 차림으로 이쪽을 향해 걸어온 그는 익숙한 동작으로 명함을 꺼내 우리에게 한 장씩 돌렸다.

"늦어서 미안합니다. 목요일 문학회 시절 이야기를 듣고 싶으시다고요? 그런데 보시다시피 딱히 할 얘기랄 것도 없습니다. 그때 이후로 시를 안 썼으니까요. 오오, 두 분은 수염을 여전히 그렇게 기르시는군요? 계속 그쪽 일을 하시는 건가요? 아니지, 시간이 이렇게나 흘렀으니까요. 신만이 아실 일이겠죠."

"K씨 본인이 하느님께 고백할 만한 일이 있지는 않으시고요?"

콧수염이 곧장 본론으로 들어가는 질문을 해서 같이 있던 우리는 조금 놀랐다. K씨도 금방 안색이 변했다. 턱수염은 분위기를 풀어보려는 의도로 가벼운 농담을 한두 개 늘어놓은 다음 《요가》에 관한 이야기를 꺼냈다. 그랬더니 K씨는 뜻밖에도 그걸 가져간 사람이 자기라고 밝혔다.

"그렇게 놀랄 일인가요? 당시에 이미 다들 알았을 거라고 생각했는데요."

K씨는 우리가 이미 S씨를 만나고 왔다는 사실을 모르는 것 같았다. 물어보니 정말로 다른 회원들하고는 연락을 하지 않고 지낸다고 했다. 그의 목소리와 표정은 한결같아서 거짓말을 하는 태도로 보이지 않았다.

"선생님은 종교적인 주제로 모임을 이끈 적은 없지만, 몸가짐이나 평소 식습관 같은 걸 보면 어딘지 모르게 수련하는 사람이란 인상을 받았거든요. 그게 요가인 것까지는 몰랐지만, 책장에 그 책이 있길래

바로 눈치챘죠. 그리고—"

아쉽게도 내가 그때 가져간 휴대용 보이스레코더의 전원이 꺼지는 바람에 녹음된 내용은 여기까지가 끝이다. K씨는 점심시간이 곧 끝나니까 오래 앉아 있을 여유가 없다고 했지만, 꽤 길게 이야기를 늘어놨다. 말하면서 몇 번은 느닷없이 혼자 껄껄 웃기도 했다. 나는 그때마다 조금 전에 받아 손에 쥐고 있던 명함을 흘깃 쳐다봤다. 역시 부장이란 위치까지 올라가면 다들 이런 식인가……

K씨가 돌아간 다음 나와 앨러리 퀸 콤비는 카페에 남아 그가 했던 이야기를 토대로 나름의 추리를 이어갔다.

"확실한 건, 이제 우리가 두 가지 가능성을 가지게 됐다는 사실입니다."

내가 말하자 두 사람은 고개를 끄덕였다. 콧수염은 바닥에 조금 남아 있는 수박 주스를 물끄러미 내려다봤다. 아직은 제대로 정리가 안 되어 설명하기 힘들지만, 수박 주스의 붉은색이 그에게 뭔가 특별한 의미를 주는 건 분명해 보였다.

턱수염이 수첩에 무언가 메모를 끝낸 다음 말했다.

"둘 중 한 사람이 거짓말을 하고 있거나, 아니면 둘 다 거짓말을 한 거죠."

"그런데 이번에도 K씨가 선생님께 들었다던 문학의 비밀은 꽤 사소해 보이는 말이었네요."

"그러게요. 넓은 시선으로 보아야 좋은 글을 쓸 수 있다니."

"K는 평소에 선생님의 현실감각에 대해서 자주 비판했었죠." 가만히 듣고 있던 콧수염이 입을 열었다.

"물론 선생님 앞에선 아무 소리 안 했지만요. 선생님도 K의 관찰력은 높이 평가했습니다. 누구라도 그건 인정할 만했죠. 칭찬을 몇 번 듣더니 K는 우쭐해졌던 것 같습니다. 우리끼리 있을 때 선생님이 너무 이상주의에만 빠져 있다며 큰소리를 냈던 적도 있습니다."

"역시 잘 모르겠네요. K씨도 거짓말을 하는 것 같지는 않거든요."

내가 말을 마치자 턱수염이 수첩을 닫아 가방에 넣으며 길게 한숨을 내쉬었다.

"휴ㅡ. 이렇게 된 이상 마지막으로 남은 수필가 M씨를 만나봐야 뭐라도 결론이 나겠네요. 곧 만날 수 있는 일정을 잡아보겠습니다."

"그 전에, 선생님 댁에서 일하시던 A씨도 뵐 수 있을까요? 어쨌든 그분도 책이 없어지던 날 서재에 들어왔으니까요."

"좋은 생각입니다. 근래엔 통 연락을 못 드렸거든요."

콧수염이 말했다. 그는 A씨의 연락처를 알고 있었다. 그건 턱수염도 마찬가지였다. 두 사람은 선생이 세상을 떠나고 나서도 2~3년에 한 번씩은 명절에 A씨를 찾아가 안부를 묻곤 했다. 그녀는 여든을 넘긴 나이로 혼자 임대아파트에서 정부 보조금을 받으며 살고 있다고 했다.

우리가 찾아갔을 때 A씨는 라디오를 듣고 있었다. 집은 작았지만 살림이 많지 않고 청소도 잘 되어 있어서 쾌적했다. 그녀는 체구가 작고 옷차림이 단정했다. 나이에 비하면 등도 많이 굽지 않았다. 초등학교만 간신히 졸업한 후 평생 가사도우미와 식당 주방 허드렛일만 해온 사람이라고는 믿어지지 않을 만큼 말에서도 고상한 성품이 전해졌다.

"다른 날과 비슷했어요. 선생님은 엄격하신 분이 아니라 모임은 늘 자유로운 분위기였다우. 나하고 B는 음료와 다과를 내드리려고 몇 번인가 방에 들어갔어요. 젊은이들은 가끔 서서 방 안을 돌아다니기도 하고 책장에 등을 기댄 사람도 있었으니 누구라도 책을 숨기는 건 어렵지 않았겠지. 《요가》라고 했지요? 나는 책에 대해선 아는 게 별로 없지만, 선생님 책을 몰래 가져가다니, 그러면 안 되지요."

나는 선생이 책이 없어진 걸 사람들에게 말한 다음 세상을 떠나기 전까지 그 일주일 사이에 누가 《요가》를 가지고 선생을 만나러 왔는지 아느냐고 물었다. A씨는 모른다고 했다. 그렇다면 자신이 책을 가져간 사람이며 그것을 선생에게 돌려준 뒤 문학의 비밀을 들었다고 주장한 S와 K는 둘 다 거짓말을 한 걸까? 아니면 지금 A씨가 거짓말을 하는 건지도 모른다.

"그렇지는 않을 겁니다." 콧수염이 딱 잘라 말했다.

우리는 A씨의 이야기를 들은 다음 지하철역 근처에 있는 식당에 가서 이른 저녁을 먹었다.

"평소에 선생님 댁을 찾아오는 사람들이 적지 않았으니까요. 식당처럼 붐빌 때도 있었어요. 저희도 거의 매일 선생님 댁에 갔는걸요. 특별한 일이 없을 때도 자주 갔습니다. A님이 그 모든 사람의 용건을 다 챙기지는 못했겠지요."

"그래도 소득은 있었네요. B씨의 소재를 알았으니까요. 그리고 선생님 내외 분께서 세상을 떠나신 다음 집을 처분할 때 서재의 책은 미국에 있는 손자 분에게 보냈다는 것도요."

"B씨를 만나보실 겁니까?" 턱수염은 반찬으로 나온 소시지볶음을 입으로 가져가며 내게 물었다.

"안 될 거 없죠. 별로 얻을 게 없더라도, 얻지 못했다는 사실 하나는 남으니까요. 손자 분에게는 이메일로 연락해서 책을 어찌했는지 물어봐주세요."

"아주 열정적이시네요." 콧수염이 손가락으로 나를 가리켰다.

턱수염은 종업원을 불러 소시지볶음을 더 달라고 부탁했다.

"이거 반찬이라고 하기엔 너무 맛있는데요? 포도주에 곁들여 먹고 싶을 정도로 고급져요."

"자, 그럼 다음은—."

식사를 마치고 함께 일어서며 내가 말하자 두 사람은 진짜 개그 콤비처럼 호흡을 딱 맞춰서 "부산이군요!" 하고 입을 모았다.

부산의 여름 날씨는 그야말로 폭염이었다. 고속열차에서 내리기가 무섭게 더운 공기가 몸에 있는 모든 구멍으로 밀려 들어오는 느낌이 들어서 숨이 탁 막혔다.

A씨는 B씨가 이곳에 있는 모 회사의 직원식당에서 조리사로 일한다고 알려줬다. 하지만 만나보니 직접 음식을 만드는 건 아니고 주방 보조 업무를 하고 있을 뿐이었다. 세월이 많이 흘러 그녀도 중년의 나이가 되었지만 듣던 대로 미인이었다. 지금도 이 모습인데 30년 전에는 어땠을까 상상하니 순간 목 뒤쪽이 서늘해졌다.

나는 손수건으로 목에 흐르는 땀을 닦은 다음 그녀에게도 A씨에게 물었던 것과 같은 질문을 했다. 어느 정도 예상은 했지만, 대답 역시 A씨의 그것과 크게 다르지는 않았다.

"누가 그런 책을 가져갔는지 제가 어떻게 알겠어요. 그래도 이렇게 조사하고 계시다니 재미있네요. 시간을 소급해서 올라가보면 우리 모두 출발점에서 다시 그때 일을 떠올릴 수 있겠죠?"

"그게 무슨 말씀이신가요?" 나는 말이 잘 이해가 되지 않아 되물었다. 그녀는 대수롭지 않다는 듯 웃으면서 말했다.

"뭐, 그냥, 그렇다고요. 두 분은 그때 모임에 같이 있으셨죠? 저는 부엌에 있었고. 지금도 이렇게 부엌에 있지만. 그땐 부러운 생각도 들었어요."

턱수염은 선생 내외가 세상을 떠난 후에도 계속 이런 쪽 일을 해왔는지 물었다.

"여러 곳을 돌아다녔어요. 남자도 만났었고. 지금은 혼자지만요. 전 자유로운 게 좋았고 여전히 그래요. 작가가 되는 것보다 이렇게 몸 쓰는 일이 좋아요. 자유는 경험을 통해서만 얻을 수 있는 것 아니겠어요?"

"작가도 좋은 글을 쓰려면 경험을 많이 하는 게 유리하죠." 내가 이렇게 말하자 B씨는 귀여운 표정을 지으면서 "하지만 제가 보기에 거기 드나들던 사람들은 경험엔 별로 관심이 없는 것처럼 보였는데요?" 하며 반문했다. 턱수염은 그런 말도 빠짐없이 수첩에 적었다.

"모든 건 자유가 의미하는 바에 달린 거 아닌가요? 두 분을 포함해서 거기 있던 사람들은 전혀 자유로워 보이지 않았어요. 자유를 찾고 싶어 하는 열망 같은 것도 없고. 그런 사람들에게 둘러싸인 선생님이 안타까웠다고 할까요? 저는 선생님이 여러분 때문에 스트레스를 받아서 그리되신 거라 생각해요. 그럴 바엔 차라리……."

"차라리, 뭐죠?" 콧수염이 눈을 치켜뜨고 B씨를 쳐다봤다.

"아녜요. 그냥 그때 일을 생각하니까 속상해서 그랬어요. 좋은 분이셨는데."

"저희도 많이 힘들었습니다. 갑자기 그렇게 되시리라곤……." 콧수염이 낮은 목소리로 말했다. B씨는 한동안 말없이 그대로 있다가 탁자 위에 벗어두었던 주방용 모자를 다시 썼다.

"아무것도 하신 게 없잖아요. 선생님께서 느끼신 고통은……. 거기에 참여하지 않았다고 해서 여러분이 자유로웠다고 할 수는 없지 않겠어요?"

B씨는 자리에서 일어났다.

"이제 일하러 가야 해서요."

"간단한 거 한 가지만 더 질문드려도 될까요?" 나는 그녀를 따라 일어서면서 말했다.

"네, 하세요."

"선생님은 어떤 분이셨습니까? 저는 여러분과 달리 선생님을 전혀 몰라서요."

"자유롭고 건강하셨죠. 뛰어난 말 조련사처럼 자기 자신을 완벽하게 아는 사람이었다고 생각해요."

우리는 인사를 하고 다시 밖으로 나왔다. 더위는 여전했다. 부산역으로 가는 지하철 안에서 턱수염은 "역시 사람은 달라지지 않는 것 같네요." 하고 말했다. B씨는 선생의 집에서 일할 때도 의미를 알기 힘든 뜬금없는 말을 자주 했다는 거다. 사람들은 그녀가 학습장애 때문에 중학교를 다니다가 도중에 자퇴한 거로 알았다. 자퇴인지 퇴학인지 정확하지는 않다. 그래서 어떤 계기로 학교 대신 그 집에 와서 일하게 됐는데 그렇게 된 이유에 대해서도 역시 자세히 아는 사람이 아무도 없다.

"자, 이제 정말 마지막이군요." 턱수염은 수첩을 넘겨서 선생에게 자주 칭찬을 들었다던 M씨의 연락처를 찾아 보여줬다. 거기엔 이름과 함께 'OO 수필가 협회 회장, 문화센터 강의'라고 쓰여 있었다.

"오오, 목요일 문학회 회원 중 유일하게 작가로 활동하는 분이네요?"내가 그렇게 묻자 콧수염은 힘 빠진 표정으로 고개를 저었다.

"만나봐야 알겠지만, 글쎄요……. 작가라고 할 수 있을지……."

약속을 잡고 찾아간 곳은 백화점 문화센터였다. M씨는 거기서 한창 글쓰기 강의를 하고 있었다. 강의실 안에 앉은 수강생은 눈대중으로도 너끈히 100명은 넘을 만큼 많아 보였다. 입구에 붙여둔 홍보지에는 '당신도 베스트셀러 작가가 될 수 있다!'라는 글자가 크게 쓰여 있었다. 강의실 분위기는 상당한 열기로 가득해서 흡사 종교행사를 방불케 했다.

수업을 마친 다음 강사 대기실에서 만난 M씨는 우리를 보고 반갑게 인사했다.

"어머, 정말 오랜만이에요. 두 분은 금방 알아보겠어요. 그 수염, 여전하네요. 그런데 같이 오신 분은……."

"안녕하세요. 처음 뵙겠습니다. 저는 윤성근이라고 합니다. 서점에서 일하고 있습니다."

"아, 그러시구나. 반가워요. 그럼 제가 쓴 책도 아시겠네요. 요즘 너무 유명하잖아요.《갈대숲을 걷는 여인의 초상》요. 호호호. 책 가져오셨으면 주세요. 사인해드릴게요."

"죄송하지만, 저는 헌책방을 하고 있어서요……. 신간은 취급하지 않고 있습니다."

당연히 그런 책은 처음 들어본다. 갈대숲을 여인이 뭐 어쩐다고? 30년 전에나 유행했을 법한 제목이라 당황스러웠다. 제목만 듣고 판

단하는 건 좀 미안하지만, 이런 책이 베스트셀러라니 도저히 믿을
수 없다.

"어떤 분야에서 최고가 되려면 세 가지 조건이 필요해요. 그게 뭔
줄 알아요?"

M씨는 자리에 앉더니 딱히 누구에게 질문하는 것도 아닌 말을 툭
던졌다.

"우선 재능이 있어야죠. 그리고 그걸 즐길 줄도 알아야 해요. 마지
막은, 욕심. 이게 없으면 나머지 두 개를 갖췄다고 해도 소용이 없답
니다. 안타깝게도 목요일 문학회에서 이 세 가지를 다 갖춘 사람은
저밖에 없었죠."

"그래서―." 콧수염이 물었다. "《요가》를 훔친 것도 M님이시라는
거죠?"

"물론요." M씨는 자기가 하던 말을 끊은 게 불편했던지 금세 표정
이 바뀌었다. "훔쳤다니요, 좀 불쾌하네요. 잠시 빌렸다고 해두죠. 돌
려드렸다고 했잖아요. 다시 그때로 돌아간다면……. 책이 아니라 더
한 것도 가져갔을 거예요. 그런 욕심 정도는 있어야 이 세계에서 톱
이 될 수 있는 거 아니겠어요?"

이어서 나는 M씨에게도 같은 질문을 했다. 그녀가 선생에게 들은
문학의 비밀은 무엇이었을까? 예상은 했지만, 이번에도 역시나였다.
물론 M씨는 선생에게 그 말을 듣고 몹시 실망했다고 털어놨다.

"잔뜩 기대했거든요. 그런데 해주신 말씀이라곤 '남이 좋아할 만한
내용보다 자신이 맘에 드는 글을 쓰라'는 거였어요. 실망이 이만저만
이 아녔다고요. 실은 조금 화가 나서 그때 선생님하고 잠깐 언쟁을
했어요."

"언쟁까지 하셨다니 의외네요. 선생님께서 늘 M님만 칭찬하셔서 저희는 부러웠는데요." 턱수염이 수첩에 글씨를 쓰다 말고 멈춘 다음 허탈하게 웃으면서 말했다.

"글 잘 쓰는 사람한테 칭찬이야 당연한 거고요." M씨의 표정이 다시 깍쟁이처럼 변했다.

"그런데 선생님은 글과 책을 구별하지 않았어요. 글은 물론 잘 써야 하지만 책은 뭐라고 생각하세요? 그건 사람들이 돈 내고 사는 거예요. 그러니까 당연히 책을 쓸 때는 사람들 입맛에 잘 맞추는 기술도 필요해요. 음식점에서 주방장이 자기 입맛에만 맞춘 요리를 만들면 어떻게 되겠어요? 그럴 거면 가게를 열면 안 되는 거죠. 제아무리 글을 잘 써도, 결국 읽히는 책은 따로 있어요. 사람들이 듣고 싶어하는 얘기, 가려운 곳을 긁어주는 내용을 써야 베스트셀러가 된다는 말이에요. 제 말 무슨 뜻인지 아시겠죠?"

또다시 한바탕 강의를 들었다. 어느 시점부터인가 턱수염도 받아적는 걸 그만두고 수첩을 가방에 넣어버렸다. 더는 들을 얘기가 없다고 판단한 우리는 급히 인사를 마치고 도망치듯 밖으로 나왔다. 이날은 너무 지쳐서 서로 의견을 교환할 여유조차 없었다. 기가 빨린다는 게 과연 이런 상황을 두고 하는 말이로구나 싶었다.

"자, 이제 마지막 조각까지 모았으니 다음엔 헌책방으로 가겠습니다. 함께 퍼즐 그림을 완성해보죠."

지하철역 입구에서 턱수염이 예의 그 익살스러운 표정을 지으며 인사했다. 나는 계단을 내려가려다가 문득 한 가지 생각에 사로잡혀서 걸음을 멈췄다.

"역시, 부족하신 거죠?" 콧수염이 물었다.

“네, 아마도요. 한두 조각 정도.”

“곧 연락드리겠습니다.”

우린 가볍게 머리를 숙인 다음 헤어져 돌아갔다. 내 머릿속은 모자란 퍼즐 조각 때문에 복잡했다. 그 조각은 누가 가진 걸까? 내 생각이 맞는다면 사라진 책과 선생의 죽음은 어쩔 수 없이 연결돼 있다. 그걸 연결할 수 있는 결정적인 조각이 지금은 빠져 있다.(계속)

해결 편

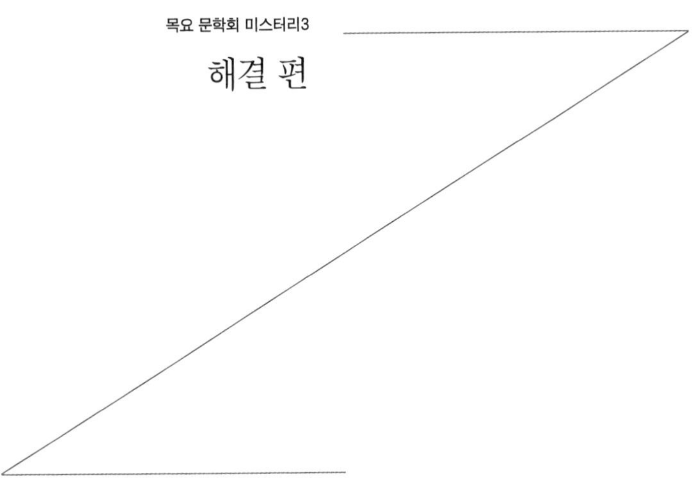

계절은 어느덧 초가을로 접어들었다. 아직 겉옷을 겹쳐 입을 정도는 아니지만, 공기가 제법 선선해졌다. 나는 앨러리 퀸 콤비와 헤어지면서 미국에서 사업을 한다는 선생의 손자에게 연락해달라고 부탁했다. 바다를 건너간 서재의 책들이 어찌 됐는지 궁금했기 때문이다. 가능하다면 책들 가운데 엘리아데의 《요가》가 있는지도 확인해야 했다.

두 사람은 선생의 손자에게 이메일을 보내고 한 달 정도 지났을 때 미국에서 답신이 왔다며 내게 소식을 전했다. 우리 셋은 다시 책방에 모였다. 처음 만났을 때처럼 고즈넉한 오후였다.

"지난여름에는 책방 일도 바쁘실 텐데 도와주셔서 감사합니다."

턱수염이 편의점에서 산 음료수 선물세트 상자를 내게 건넸다.

"괜찮습니다. 여름엔 워낙 더워서 손님이 별로 없거든요."

나는 멋쩍게 웃었다. 턱수염도 어색한 표정으로 따라 웃었다.

"아, 그렇죠. 가을은 독서의 계절이니까. 이제부터 슬슬 바빠지시 겠네요."

"아니 뭐, 딱히 그렇지도 않습니다. '가을은 독서의 계절'이라는 말 이 가을에 워낙 사람들이 책을 안 읽으니까 만든 말이라는 거 아십 니까? 생각해보세요. 이렇게 날씨가 좋은데 누가 책이나 붙들고 있 겠어요? 보통은 놀러 다니고 싶죠."

"아아, 그렇군요⋯⋯. 듣고 보니 그렇네요. 그러면 역시 외출하기 어려운 겨울이 의외로 책방의 성수기인가요?"

턱수염이 말을 하면서 탁자 위에 있는 음료수 상자를 슬쩍 쳐다봤 다. 나는 얼른 눈치채고 상자를 열어 두 사람에게 음료수를 하나씩 꺼내 권했다. 턱수염은 음료수를 받아들더니 오렌지보다는 포도 주 스를 마시고 싶다며 바꿔도 되느냐고 물었다.

"겨울엔 아무래도 사람들이 바깥 활동을 잘 안 하니까요―." 나는 턱수염이 내민 오렌지 주스를 받고 상자에서 포도 그림이 있는 병을 꺼내 건넸다.

"그래서 책방에도 사람들이 잘 안 옵니다." 사실을 말하고 있는데 도 자꾸만 말을 꼬이게 하는 것 같아서 나는 또 어색하게 웃었다.

"아아, 그런 거군요⋯⋯. 그렇다면 역시, 봄에⋯⋯?" 나를 향한 턱 수염의 눈빛은 '이번엔 제발 맞다고 해줘.'라고 말하는 듯 애처로워 보였다. 하지만 나는 진실만을 말하는 남자 에도가와 코난― 은 아 니지만, 어쨌든 진실은 언제나 하나다!

"봄엔 황사에 미세먼지가 늘 골칫거리잖아요. 꽃가루도 문제고. 그 리고 봄엔 책 구경보다는 꽃 구경 가는 사람들이 많으니까 책방은 비수기라고 해야겠죠."

너무 정색하고 말했나 싶어서 허허, 하고 헛웃음이 나왔다. 턱수염도 따라 웃었다. 콧수염이 한심하다는 표정으로 이쪽을 쳐다봤다.

"개그 콤비는 두 분이 하셔야겠군요."

나는 다시 정신을 가다듬고 턱수염으로부터 건네받은 오렌지 주스 뚜껑을 비틀어 열었다.

"이번 일에 동참하게 해주셔서 감사합니다. 재미있었습니다. 그리고 흥미로웠고요. 자, 그럼 어느 분부터 말씀해보시겠어요?"

콧수염이 조용히 손을 가슴 높이까지 들었다.

"제가 먼저 하죠. 딱히 어려운 문제도 아니니까요."

"책을 가져간 사람이 누구인지 감을 잡으셨나요?"

내가 그렇게 묻자 콧수염은 어깨를 으쓱하며 "물론요."라고 대답했다.

"며칠 전에 미국에 계신 선생님의 손자 분께 이메일을 받았습니다. 이게 사장님께서 말씀하신 마지막 퍼즐 조각이죠? 30년 전에 서재의 책을 넘겨받았다는 건 사실이었습니다. 손자 분은 지금 IT 회사를 경영하고 계신데요. 선생님께 받은 책들은 모두 오래된 책이라 회사 도서관에 들이지는 않고 창고에 따로 보관하고 있었답니다. 그리고 거기에 예상했던 대로 《요가》도 있었습니다. 총 네 권의 《요가》가 말이죠."

"네 권이라!"

턱수염이 자신의 수염을 한 손으로 긁적거렸다. 콧수염은 우리의 반응을 잠시 살핀 뒤 다시 말을 이었다.

"그걸로 이미 추리는 끝입니다. S, K, 그리고 M씨가 모두 각자 책을 들고 선생님을 찾아간 거죠. 그리고 나머지 한 권은 선생님의 책입니다. 이렇게 해서 《요가》는 네 권이 된 겁니다."

"그 말은 즉, 애초에 진짜 《요가》는 누구도 훔치지 않았다는 건가?"

턱수염이 묻자 콧수염은 그렇다고 대답했다.

"사장님께서 처음에 의문을 제기하셨듯이 선생님은 왜 굳이 없어진 책이 무엇인지 우리에게 알려주셨을까요? 게다가 《요가》는 당시엔 쉽게 서점에서 살 수 있는 책이었습니다. 그건 마치 미끼 같은 게 아니었을까요? 만나보셔서 아시겠지만 세 명 모두 지독하게 욕심이 많은 부류입니다. 선생님께서 문학의 비밀을 알려주신다니까 미끼를 냉큼 물어버린 거죠. 그러나 선생님은 욕심이야말로 문학가가 늘 경계해야 하는 태도라고 자주 말씀하셨습니다. 그러니까 그때의 일은 선생님께서 올바른 제자를 걸러내기 위해 우리를 시험해보신 게 아닌가, 저는 그렇게 판단합니다."

"말씀하신 대로 쉽게 해결됐군요."

"그럼요. 현실 세계에선 추리소설처럼 복잡한 일은 거의 일어나지 않습니다. 그러니까 독자들이 소설을 읽으면서 재미를 느끼는 거죠. 작가는 실타래처럼 얽힌 이야기와 복선들, 그리고 마지막 반전을 설계합니다. 재미를 위해서요. 때로 사는 게 재미없다고 여겨지는 건 바로 그런 이유 때문이 아닐까요. 삶은 생각보다 단조롭습니다. 세월이 흐른다는 말이 있듯이 그저 물 흘러가듯 사는 거죠."

"잘 알겠습니다. 그렇다면 선생님의 죽음과 사라진 책, 이 두 가지 사건은 아무런 관계가 없는 거네요."

나는 검지로 탁자 위에 작은 원을 두 개 그려 보였다.

"사장님, 책방에서 일하다 보니 너무 추리소설에 빠져 사시는 거 아닙니까? 당연히 관련이 없죠. 선생님을 찾아갔던 세 사람 중에 살인자가 있다고 생각하는 건 아니시죠? 아니면《요가》에 저주라도 걸려 있어서 선생님을 죽게 했다거나."

"그냥 가능성을 말씀드린 겁니다. 아직은 진짜 결론을 모르니까 모든 일을 가능성으로 남겨도 되는 거 아니겠습니까."

턱수염은 내가 한 말이 맘에 들었는지 활짝 웃었다.

"가능성! 그건 제가 아주 좋아하는 말입니다. 이 친구는 보수적인 면이 있어서 늘 상상력이 부족하거든요. 선생님께서도 종종 그 부분을 지적하셨죠."

"그럼, 이번엔 뭔가 상상력 가득한 추리를 들어볼까요?"

내 말에 턱수염은 차례를 기다렸다는 듯 의자를 바짝 끌어당겨 앉은 다음 이야기를 시작했다.

"《요가》가 네 권이라는 것은 명백한 사실입니다. 이 친구 말대로라면 진짜《요가》를 훔친 사람은 없다는 게 됩니다. 하지만 제 생각엔 분명히 범인이 있습니다."

"그렇게 생각하신 근거는요?"

내가 묻자 턱수염은 손가락으로 자신의 머리를 가리켰다.

"바로 상상력이죠!"

"상상만으론 진짜 추리라고 하기 힘들 텐데?" 콧수염이 말했다.

"물론 그렇지. 문제는 상상의 근거를 어떻게 실제 사건과 연결하느냐, 거기에 있다는 말씀이야."

"맞습니다. 역시 앨러리 퀸에 도전장을 내밀 만하시네요. 그럼, 그 연결고리를 한번 들어볼까요?"

"책을 가져간 범인은 M씨입니다."

"그건 오답! 전혀 앞뒤가 안 맞잖아."

콧수염은 곧바로 이의를 제기했다.

"M씨가 진짜 《요가》를 훔쳤다면, 어떻게 책이 네 권이 될 수 있지?"

"그렇네요. S와 K씨는 가짜 책이고 진짜 책 한 권이 있다면《요가》는 세 권이 되어야 맞습니다."

나도 동의했다. 하지만 턱수염은 그런 반론이 있으리라는 걸 예상이라도 한 듯 곧바로 응수했다.

"여러분 말이 맞습니다. 그렇게 되면 책은 네 권이 아니라 세 권이어야 맞죠. 그렇게 된 이유는 M씨가 사건 이전에 먼저《요가》를 한 권 사서 가지고 있었기 때문입니다. 평소 M씨가 선생님을 마치 스토커처럼 따라다녔다는 건 아실 겁니다. 문학계에서 성공하고 싶은 욕심이 대단했죠. 다행인지 불행인지 재능도 있었습니다. 그러나 M씨는 거기서 멈추지 않고 더 확실한 걸 원했죠. 선생님의 일기장이나 직접 쓰신 노트 같은 거라면 어떨까요? 하지만 우린 그런 게 있는지조차도 몰랐습니다. M씨는 어떤 계기로 선생님께서《요가》라는 책을 아끼신다는 걸 알았습니다. 그 책 속에 선생님의 사상이 다 들어가 있을지도 모른다고 짐작했겠죠."

듣고 있던 콧수염이 다시 물었다.

"책을 사서 갖고 있었는데 굳이 똑같은 책을 훔친 이유는?"

"그야 당연한 거 아니겠어? 책을 읽어봐도 어려운 말들뿐이라 내용 파악이 잘 안 됐던 거지. 그런데 선생님이 아끼는 책이라면 어떨까? 거기에 밑줄이나 메모 같은 게 있다고 짐작해도 무리는 아닐 거야. 결국, 책을 훔쳤지만 역시 거기에도 별다른 선생님의 흔적이 없었던 거지. 선생님을 찾아갔을 때 말다툼까지 했던 이유는 거기에 있지 않나 싶어. 실망이 이만저만이 아니었을 테니까.”

“그래서 필요 없어진 책 두 권을 모두 선생님께 드렸고, 결과적으로 책이 네 권이 됐다는 말씀이군요?”

“바로 그렇습니다.”

“오케이. 일단 그 추리가 맞다고 하자. 하지만 책을 샀는데 훔치기까지 한 사람이 반드시 M씨라는 증거가 있나? S나 K가 그랬다고 해도 안 될 건 없잖아.”

콧수염이 다시 물었다.

“물론 물적 증거는 없지. 그래도 생각해봐. 셋 중에서 그나마 글 쓰는 일로 성공한 사람이 누구지? 만나서 얘길 들어보니 확실히 알겠더라고. S하고 K는 ‘요가’든 ‘요다’든 책에는 아무 관심이 없었다는 걸. 그 책에 집착을 보여도 이상하지 않은 사람은 단 한 명, M씨뿐이라고.”

나는 고개를 끄덕였다. 나쁘지 않은 추리다. 하지만 가능성은 그것뿐일까? 퍼즐 조각은 때로 우리 삶의 한 부분처럼 애매하게 보이는 틈에 의외로 맞아들어갈 때가 있다. 이번 일도 그와 다르지 않다는 생각이 자꾸만 머릿속을 어지럽혔다. 하지만 이제 정리해야 할 때다.

“이젠 제 차례군요.”

“기대가 됩니다. 범인이 누구죠?”

턱수염이 단도직입적으로 물었다.

“그보다 먼저, 저는 두 분의 진짜 정체가 궁금합니다. 회사원은 아니시죠?”

내 말에 두 사람은 놀라는 기색이 역력했다. 나는 말을 이었다.

“종교적인 일을 하는 직업이 아니신가 생각해봤습니다. 어떠세요?”

“왜 그렇게 생각하시죠?”

콧수염이 몸을 의자 등받이에 기대며 말했다.

“두 분께서 처음 이곳에 오셨을 때 기억하시나요? 토요일 오후였습니다. 요즘은 주 5일 근무를 하는 회사도 많은데 양복에 구두를 신고 서류 가방도 들고 계셨죠. 영업사원이라 주말에 외근 나온 건가 싶었습니다. 하지만 연락처를 달라고 했을 때 명함을 주지 않으셨죠. 영업 쪽이라면 명함은 당연히 갖고 다닐 텐데요. 게다가 외근이 잦은 사람치고 구두가 깨끗했습니다. 지금도 비슷한 구두를 신고 오셨네요. 보세요. 명품까진 아니지만 잘 관리된 신발 아닙니까? 아웃솔이 바깥 활동을 오래 해야 하는 직업과는 맞지 않게 딱딱한 재질이잖아요. 옷차림도 어딘지 모르게 어색해 보였습니다. 마치 평소엔 다른 옷을 입고 지내지만, 가끔 가다 이런 차림을 하는 사람처럼요.”

“관찰력이 뛰어나시네요. 인정합니다. 하지만 그게 저희가 종교인이라는 걸 보여주는 증거는 아니잖습니까?”

그렇게 말한 다음 콧수염은 마치 뭔가를 들킨 사람처럼 재빠르게 손바닥으로 입을 틀어막았다. 예상보다 일이 쉽게 풀리는 것 같아 순간 가슴 언저리가 시원해졌다.

“네, 바로 그겁니다! 두 분은 종교인이시죠? 저는 그저 종교적인 일이라고만 했는데 바로 정체를 말씀해주셔서 감사합니다. 어쩌면— 가톨릭 신부가 아닐까 싶습니다만?”

“어떻게 아셨죠?” 이번엔 턱수염이 놀라며 말했다.

“사람은 어떤 일을 오래 하다 보면 자기도 모르게 습관이 나오기 마련이니까요. 헌신이 필요한 직업이라면 더 그럴 테고요. 지난번 K 씨 만났을 때 기억하시죠? 신만이 아실 일이라고 말하자 콧수염, 아니 여기 계신 L님이 K씨에게 말씀하셨죠. 하느님께 고백할 일이 없느냐고. 그런데 이 '하느님'이라는 단어는 기독교 쪽에서 쓰는 말이긴 하지만 개신교는 아닙니다. 개신교 신자는 주로 '하나님'이라고 쓰죠. '하느님'은 가톨릭이고요. K씨가 두 분에게 아직도 그쪽 일을 하고 있냐고 물어서 저는 한동안 그 말뜻을 곰곰이 생각해봤습니다. 그러니까 30년 전에도 두 분은 문학이 아닌 다른 방면의 공부를 하고 계셨던 게 아닐까 의심이 들었습니다. 그건 바로 신학이었겠죠."

"딱히 거짓말을 하려던 것은 아니었지만, 어쨌든 신중하지 못했군요."

콧수염이 그렇게 말하자 옆에 있던 턱수염이 짓궂게 웃으며 "역시 습관이란 게 무섭구먼." 하고 말을 받았다.

"그렇죠. 딱히 심리학 전문가가 아니더라도 습관이 성격과 연결되어 있다는 걸 다들 알잖아요. L님이 매번 수박 주스에 끌리는 것도 유일신을 믿는 종교인에게서 흔히 보이는 보수적인 성격과 무관하지 않을 거라고 짐작했습니다. 실은 수박 주스의 붉은색을 보면서 자주 마시는 포도주를 떠올린 것 아닙니까?"

"꽤 예리하시군요." 콧수염이 약간 거만한 자세로 턱을 들어 올리면서 내 눈을 쳐다봤다.

나는 곧 턱수염에게로 눈을 돌렸다.

"무심하게 턱수염을 쓰다듬고 계시지만, Y님도 크게 다르지는 않았는데요, 하하. A씨하고 만난 다음 식당에 갔을 때 소시지볶음 반찬이 맛있다며 포도주를 찾으셨죠? 가톨릭 신부가 붉은색 와인을 즐긴다는 건 역사적으로도 오래된 전통 아닙니까? 일부러 엮어보자면 지금도 오렌지를 마다하고 일부러 포도 주스를 선택하셨고요. 처음엔 억측이 아닐까 싶어서 머릿속이 복잡했는데, 두 분이 종교인이라는 가설을 중심으로 다시 생각하니 궁금했던 다른 것도 연결이 되더군요."

"그게 뭐죠? 뭐가 연결됐다는 말씀이신지……?"

두 사람이 동시에 합창하듯 물었다.

"목요일 문학회요. 그 모임을 주도하신 게 두 분이죠? 이름은 나쓰메 소세키의 '목요회'에서 빌려왔다고 했지만, 사실은 브라운 신부 추리소설 시리즈로 유명한 작가 체스터턴의 작품《목요일이었던 남자》에서 힌트를 얻은 게 아닌가요?"

"혹시 헌책방 부업으로 흥신소라도 하시나요? 손님도 별로 없는 거 같은데 가게가 유지되는 걸 보면 사장님 정체도 어째 수상한데요?" 턱수염이 말했다.

나는 "뭐, 비슷한 거죠."라고 대답했다. "제 경우엔 사람 뒷조사하는 흥신소가 아니라 책을 찾는다는 게 다르지만요."

가만히 듣고 있던 콧수염이 다시 의자를 당겨 앉으며 말했다. "어쨌든 직업을 숨긴 건 나쁜 의도가 아니었습니다. 이번 사건과는 관계도 없는 일이고요. 그렇죠?"

"과연 그럴까요?" 내가 콧수염을 바라보면서 그렇게 말하자 둘은 말없이 눈만 끔뻑거렸다.

"이제 책 얘기를 좀 해보죠. 두 분은 신학대학에 다니면서 소설에도 관심이 있어서 선생님 댁에 자주 드나들었습니다. 물론 앨러리 퀸이 아니라 브라운 신부 스타일을 동경하고 있었고요. 선생님은 문학계에서 유명한 분이셨지만 종교학에도 조예가 깊다는 사실을 두 분은 이미 알고 계셨을 겁니다. 범죄, 즉 악惡을 다루는 추리소설과 종교학은 아주 긴밀한 관계에 있죠. 그런 관심이 선생님 서재에 있는《요가》라는 책으로 마음을 이끌지 않았나요, L님?”

이야기를 마친 내 눈은 불안한 기색이 역력한 콧수염의 눈동자를 향하고 있었다.

“설마……. 정말 너냐?” 놀란 턱수염은 말을 하고 나서도 입을 다물지 못했다.

“제가 책을 훔친 범인이라는 겁니까?”

“제 생각에 L님은 책을 훔치지 않았습니다.” 내가 말했다.

“그럼, 뭡니까?” 콧수염의 목소리가 순간 커졌다.

“훔친 게 아니라 다른 분들과 마찬가지로 서점에서《요가》를 사셨죠.”

한동안 어색한 침묵이 이어지고 난 뒤, 이윽고 콧수염이 입을 열었다.

“네, 맞습니다. 저 역시 문학의 비밀을 알려주신다는 선생님의 말씀에 이끌려서 그만…….”

하지만 콧수염이 선생에게 들은 말도 다른 세 명과 비슷하게 특별한 비밀 같은 건 아니었다. 선생이 그에게 해준 말은 ‘최대한 자유롭게 문장을 쓰라.’는 것뿐이었다. 너무 평범한 말이라 글쓰기에 관한 가벼운 교양서에도 그런 내용은 안 나온다. 콧수염은 실망감과 분한 마음이 뒤섞인 채로 힘없이 선생의 방을 나왔다.

“저희 둘이 이 책방에 들른 것과 여기서《요가》를 발견한 건 순전히 우연이었습니다. 그런데 이 친구가 갑자기 그때 일을 들먹이면서

탐정 놀이를 해보자기에 처음엔 마음이 불편했습니다. 누군가에게는 재미있는 추억일지 몰라도 제겐 부끄러운 기억이거든요. 하지만 곧 너무 궁금해졌어요. 분명 누군가는 진짜 책을 훔쳤을 것이고, 그 사람에겐 선생님께서 제대로 된 문학의 비밀을 말씀해주셨을 테니까요."

"그런데 말입니다," 이때 턱수염이 고개를 갸우뚱하며 한 가지 의문을 제기했다. "그렇다면 미국에 있는 책은 다섯 권이어야 하지 않나요? 아니면, 진짜로 그 셋 중에서 선생님의 책을 훔친 사람이 있어야 하는데요."

나는 그에 관한 생각도 이미 나름대로 정리를 해둔 터였다.

"맞습니다. 그게 좀 애매한 경우인데요. 이 수수께끼를 풀 여러 가능성 중 하나는 이겁니다. 처음부터 선생님 서재에 《요가》라는 책이 없었던 겁니다."

이번에도 긴 침묵이 흘렀다. 두 사람은 내가 대체 무슨 소리를 하는 건가 싶은 표정으로 그다음 이어질 말을 기다리고 있는 듯했다.

"두 분은 선생님의 서재를 자세히 살핀 적이 있나요? 거기에 정말로 《요가》라는 책이 있는 걸 봤느냐는 겁니다. 다른 세 분도 선생님이 그 책을 아끼시는 이유가 뭔지 물었을 때 명확하게 말하지 못했습니다."

"그렇게 말씀하시니까, 확실하지 않네요. 그 책이 있었는지." 턱수염이 말했다.

"돌이켜보니 서재에 있는 책에 관심이 많았던 건 아닙니다. 아마 다들 그랬겠죠." 콧수염이 작은 목소리로 대답했다.

"만약 그렇다면, 이런 이야기도 가능합니다. 애초에 《요가》라는 책이 서재에 없었는데도 선생님은 그 책이 없어졌다고 말씀하셨습니다. 정말로 도둑맞았다면 책 제목은 당연히 훔친 사람만 알고 있을 테니 무슨 책인지 밝히지 않아도 됐는데 굳이 여러분께 알려주셨죠. 여기서 더 나아가 선생님은 책을 가져오는 사람에게 문학의 비밀을 말씀해주신다고 발표했습니다. 너무 확실한 미끼라서 물지 않는 게 이상할 정도 아닙니까? 그러니까 선생님은 여러분이 찾아올 걸 이미 알았다는 겁니다. 달리 말하면 이런 상황을 원하셨던 거고요.”

“선생님께서 저희를 상대로 왜 그런 장난을 하셨을까요?” 콧수염이 물었다.

“장난이 아닙니다.” 나는 두 사람을 번갈아 가며 쳐다봤다. “그 일이 있고 일주일 뒤에 선생님은 돌아가셨죠. 아직 병원에 기록이 남아 있을지 모르겠지만, 선생님은 아마 오래전부터 병이 깊어지고 있었던 게 아닐까요? 제자들에겐 굳이 알리지 않고 애써 건강한 모습을 보였습니다. 하지만 이제 남은 시간이 별로 없다는 걸 아셨죠. 선생님은 여러분을 지극히 아끼셨고 각자에게 도움이 될 만한 말을 마지막으로 해주고 싶으셨던 겁니다. 그 내용은 사실 각 사람 처지에선 도드라진 흠이라고 할 만한 것이기에 모두 모인 자리에서 말씀하시기보다 개별적인 시간을 가지는 게 좋겠다고 판단하신 겁니다. 여러분이 상처받지 않도록, 마지막까지 제자를 존중하셨기 때문에.”

“아, 그런 건 미처 생각도 못 했습니다.”

턱수염이 숨을 몰아 내쉬었다. 콧수염도 뭐라 말을 할 것처럼 입술이 떨렸으나 좀처럼 입을 열지 못했다. 내가 말을 이었다.

“선생님께서 S씨에게는 ‘꾸준하게 쓰라.’는 조언을 해주셨습니다. 일견 평범한 말 같지만, 스스로 천재적인 재능을 타고났다고 믿으며 글쓰기를 게을리하는 S씨에 정작 필요한 것은 꾸준함이었습니다. K씨는 '넓은 시선으로 보라.'는 말을 들었죠. 자기 세계만 믿고 그 길만이 성공의 열쇠라고 말하는 꽉 막힌 K씨에게 선생님의 말씀은 너무도 적절했습니다. M씨도 마찬가지입니다. 재능은 있었지만 베스트셀러만을 목표로 글을 쓰는 제자의 성향을 선생님은 이미 파악하고 있었습니다. 잘 팔리는 책보다 먼저 자신이 만족할 수 있는 글을 쓰는 게 중요하다고 말씀하셨습니다. 하지만 M씨는 그런 선생님의 조언을 심지어 면전에서 깔아뭉갰습니다. 마지막으로 L님, 다시 말씀해보시죠. 선생님께서 어떤 말씀을 해주셨나요?"

콧수염은 가만히 고개를 숙인 채 말했다.

"자유롭게 쓰라고 하셨습니다."

"지금도 그 말씀이 별것 아닌 것처럼 느껴지시나요?"

"저에게는……. 정말 필요한 말이었네요. 말이 아니라 글쓰기를 위해서. 아니, 이건 글을 넘어서 삶의 태도에 관한 거였습니다. 그런데도 저는……." 고개를 든 콧수염의 눈이 불그스레 충혈된 게 보였다. "저는 선생님을 찾아갔던 세 명을 차례로 만나고 나서 그 사람들이 위선자로 보였습니다. 선생님의 가르침을 무시하고 제멋대로 산 그들에겐 고해성사도 아깝다며 속으로 혀를 찼습니다. 그런데 저도 마찬가집니다. 신앙심이 다 뭡니까. 제 얼굴에 묻은 흉도 보지 못하며 살았네요."

턱수염이 친구의 등을 살며시 쓸어내렸다.

"선생님께서는 글쓰기가 아니라 삶의 조언을 해주셨던 거네요. 너무 어리고 멍청했던 제자들이었지만 마지막까지 사랑하셨어요. 그때는 몰랐습니다. 욕심만 가득했습니다. 이제 선생님 내외 분도 세상에 없으니 이 잘못을 어찌 용서받을까 두렵고 부끄럽습니다.”

이야기를 나누다 보니 시간이 제법 흘러 밖은 어둑해지기 시작했다. 나는 분위기도 좀 바꿔볼 겸 근처에서 함께 저녁 식사라도 하지 않겠느냐고 제안했다.

“같이 나가시죠. 말을 많이 했더니 배가 고프네요. 그리고 두 분은 종교인이시니까 이제부터라도 나름의 방법으로 자기와 화해하는 삶을 살도록 노력하면 되지 않겠어요? 이미 신자 분들에게 그런 조언도 자주 해주실 것 같은데요.”

두 사람은 가방을 들고 자리에서 일어났다. 콧수염은 내게 손을 내밀어 악수를 청했다.

“이번 일은 저희에게도 좋은 경험이 됐습니다. 가장 건강한 삶이란 다른 누구도 아닌 자기 자신과 화해하는 생활이겠죠. 노력하겠습니다.”

“그런데 사장님, 정말 탐정 같으신데요? 한두 번 겪으신 솜씨가 아니에요. 혹시 본격적으로 해볼 생각은 없으신가요?”

셋이서 책방 문을 열고 나가려는데 턱수염이 그렇게 물었다.

“본격적으로 하다니, 뭘요?”

“실은 저희가 하는 일의 특성상 사람들의 이런저런 고민거리를 많이 듣거든요.”

“고해성사 말씀이신가요?”

“아뇨, 성사로 들은 얘긴 다른 사람에게 말하면 안 되죠. 그 뭐냐, 말하자면 정말 고민거립니다. 풀지 못해서 난감한 일들이 의외로 평범하게 사는 사람들 주변에서 많이 일어나거든요. 딱히 형사사건처럼 무거운 건 아니지만 수수께끼 같은 일들 말입니다.”

"또 무슨 이야기를 하려는 거야?" 콧수염이 팔꿈치로 친구를 쿡 찔렀다.

"복잡한 건 딱 질색입니다. 그리고 이래 봬도 헌책방 일이 꽤 바쁘다고요."

나는 손사래를 쳤다. 하지만 물론 살짝 기대하는 마음도 있는 건 사실이다. 복잡한 건 싫지만 궁금한 건 역시 못 참으니까.

"너무 귀찮게 하지는 않겠습니다. 가끔 저희가 하는 얘기를 듣고 오늘처럼 조언을 해주시면 어떨까 싶어서요."

"뭐, 좋으실 대로요. 대신 책에 관련된 일만, 그리고 바쁘지 않을 때만 할 겁니다."

턱수염은 귀엽게 한쪽 눈을 감으며 손가락으로 오케이 사인을 만들어 보였다.

"네, 손님이 없을 때만 골라서 오겠습니다. 가을엔 손님이 뜸하다고 하셨으니 곧 찾아 봬도 되겠죠? 하하!"

우리는 그날 지난 몇 달 동안 함께 조사한 일을 마무리하는 마음으로 배부르게 먹고 즐겼다. 턱수염은 식사와 함께 나온 와인을 너무 많이 마신 탓인지 귀까지 빨갛게 되어서 몇 번이나 큰 소리가 나도록 웃었다. 오랜만에 콧수염의 웃는 얼굴을 보며 나도 마음이 가벼워지는 걸 느꼈다.

그러나 사건은 이렇게 마무리된 게 아니었다. 그로부터 한 달 정도 흘렀을 때 콧수염에게 전화가 와서 받았더니 그답지 않게 횡설수설하며 알아듣지 못할 말을 마구 쏟아냈다.

─사장님, 356쪽! 급합니다. 그리고 181쪽도요. 아니, 녹취한 거

들어보세요! 지금 바로요! 48쪽에 있어요. 다른 곳도요!

"천천히 말씀해보세요. 도대체 무슨 일인데요?"

—《요가》아직 가지고 있으세요?

"그 책이라면 우리 책방에 한 권 있는 걸 사가셨잖아요?"

— 아 참, 그렇지. 이따가 저녁에 책을 가지고 가겠습니다. 큰일이에요!

내가 대답을 하기도 전에 이 말을 끝으로 전화가 끊겼다.《요가》에 관련된 일인 것만은 확실하지만, 또 무슨 일이 생긴 건지 도무지 감을 잡을 수 없었다. 몇 시간 후, 검은색 사제 복장을 한 두 사람이 책방 문을 벌컥 열고 들어왔다. 뭐지? 〈맨 인 블랙〉 가톨릭 버전인가? 여기서 퇴마 의식이라도 하려는 건가? 턱수염은 자리에 앉기도 전에 가방에서 수첩을 꺼내 들었다.

"사장님, 사람들 만나면서 녹음하셨던 거 파일 아직 갖고 계시죠?"

"네, 그거라면 아직 안 지웠습니다. 무슨 일인가요?"

"B씨하고 얘기했던 부분 다시 들려주세요." 콧수염이《요가》를 내밀었다. 본문 몇 부분에 작은 스티커로 붙인 북마크 표시가 살짝 보였다.

나는 보이스레코더를 탁자 위에 올리고 재생 버튼을 눌렀다. B씨의 음성이 작은 스피커를 통해 흘러나왔다.

— 시간을 소급해서 올라가보면 우리 모두 출발점에서…….

"바로 이 부분입니다!" 턱수염이 수첩에 기록한 내용과 녹음 내용을 확인하며 말했다.

"이 부분이 뭐, 어쨌다는 건데요?"

내가 묻자 콧수염이《요가》본문에 표시한 북마크를 잡고 펼쳐 보여쳤다. 181쪽이었다. 그는 말없이 손가락으로 한 곳을 가리켰다. 그 문장을 보자 나는 너무 놀라서 그만 벌떡 일어설 뻔했다. 거기엔 이런 문장이 쓰여 있었다.

흐름을 소급하여 올라가면, 반드시 출발점에 이르게 되는 법이다.

"우연일 거라고 생각하시나요?" 콧수염이 그렇게 말한 다음 다시 재생 버튼을 눌렀다.

— 작가가 되는 것보다 이렇게 몸 쓰는 일이 좋아요. 자유는 경험을 통해서만 얻을 수 있는 것 아니겠어요?

여기서 멈춘 다음 콧수염은 또 다른 곳에 표시한 부분을 찾아 책장을 넘겼다. 이번엔 48쪽이다.

실로 자유가 얻어지는 것은 경험을 통해서만이다.

아무 말도 할 수 없었다. 곧 똑같은 행동이 반복됐다. 이어서 흘러나온 B씨의 말은 다음과 같다.

— 모든 건 자유가 의미하는 바에 달린 거 아닌가요? 두 분을 포함해서 거기 있던 사람들은 전혀 자유로워 보이지 않았어요.

"이 말은 《요가》의 마지막 문장하고 연결됩니다. 보세요." 콧수염이 펼쳐 보여준 문장은 틀림없이 B씨의 말과 일치했다.

모든 것은 자유가 의미하는 바에 달려 있는 것이다.

"여기서 끝이 아닙니다. 계속 보시죠."

— 선생님께서 느끼신 고통은……. 거기에 참여하지 않았다고 해서 여러분이 자유로웠다고 할 수는 없지 않겠어요?

이 말은 154쪽 문장과 완벽하게 일치했다.

인간은 단순히 행동에 참여하지 않는 것에 의해서 행동으로부터 자유로워지는 것이 아니다.

"그리고 117쪽을……."

콧수염의 말에 따라 나는 책을 넘기고 그와 함께 재생 버튼을 눌렀다.

— 선생님은 어떤 분이셨습니까? 저는 여러분과 달리 선생님을 전혀 몰라서요.

— 자유롭고 건강하셨죠. 뛰어난 말 조련사처럼 자기 자신을 완벽하게 아는 사람이었다고 생각해요.

자신을 완벽하게 장악하고 있는 사람은 능숙한 마부馬夫에 비유되는데, 그는 자신의 감각을 통제할 수 있으며 해탈을 성취한 바로 그러한 사람이다.

"도대체 이게……. 무슨 상황인 거죠?" 내가 물었다.

"묻고 싶은 건 저희도 마찬가집니다. 이걸 어떻게 설명하면 좋을까요? 옛날 생각이나 해보려고 책을 읽기 시작했는데 몇몇 부분에서 어쩐지 익숙한 느낌이 들더라고요. 그래서 이 친구한테 연락해서 수첩에 적은 내용을 확인했죠.” 콧수염이 책을 덮어 표지가 보이도록 내 앞에 놓으며 말했다. 어색할 만큼 큰 글씨로 쓴 ‘요가’라는 제목이 눈에 확 들이닥쳤다.

“‘불멸성과 자유’라…….” 나는 표지에 적힌 소제목을 천천히 읽었다.

이렇게 된 이상 여태 우리가 세운 가설을 수정할 수밖에 없다. 아니, 이야기를 아예 새로 써야 한다. 그 이야기의 주인공은 B씨다. 머리가 복잡하다. 전혀 고려하지 않았던 방향으로 새로운 길이 열렸다.

“이유까지는 알 수 없지만, B씨가《요가》를 알고 있다는 사실이 명확해졌습니다. 어쩌면 선생님의 책을 훔친 사람이 B씨가 아닐까 의심해볼 수도 있겠고요. 두 분의 생각은 어떠신가요?”

“훔쳤을 리는 없다고 봅니다. B씨가 왜 그랬겠어요? 얻을 게 아무것도 없잖습니까?” 턱수염이 눈을 크게 뜨고 대답했다.

“그래도 하나는 확실합니다.《요가》의 본문을 술술 말할 정도로 그 책을 잘 알고 있다는 거.” 콧수염은 심각한 표정으로 말했다.

“책을 훔친 경우도 하나의 가능성으로 열어놔야겠죠.” 내가 말했다. 그러고 바로 덧붙였다. “또 한 가지는, 선생님이《요가》를 B씨에게 주었을 수도 있지 않을까 하는 겁니다. 사실 저는 이쪽 가능성이 더 크다고 생각합니다. 근거는 말씀드리기 어렵지만요. 그러니까 B씨는 아직도 진짜《요가》를 갖고 있습니다. 미국에 있는 네 권은 제자 네 명이 가져온 가짜 책이고요. 그리고 마지막으로 마음에 걸리는 건, 설마 그럴 리야 없겠지만 B씨가 도중에 말끝을 흐렸던 이 부분입니다.”

나는 보이스레코더를 조작해서 계속 이상하다고 여겼던 장면을 찾아 들려줬다.

　ㅡ 저는 선생님이 여러분 때문에 스트레스를 받아서 그리되신 거라 생각해요. 그럴 바엔 차라리⋯⋯.

　콧수염이 보이스레코더를 빼앗다시피 들어 정지 버튼을 누른 다음 의자를 박차고 일어났다.

　"당장 부산으로 다시 가서 B씨를 만나봐야겠습니다. 만약 진짜 선생님의 책이라면⋯⋯."

　"우선은 휴대전화로 연락부터 해보죠. 만나는 건 그 후에 결정해도 됩니다."

　나는 그를 다시 앉게 했다. 콧수염은 전화기를 탁자 위에 올려놓고 스피커폰 기능 버튼을 눌렀다. 우리 셋은 숨죽이며 B씨 목소리가 들려오길 기다렸다. 신호가 길어졌다. 음성 사서함으로 넘어갔다. 전화를 끊고 다시 걸었다. 이번에도 역시 신호만 들려올 뿐이었다. 몇 번을 다시 걸어도 마찬가지였다.

　이번엔 턱수염이 자기 휴대전화를 꺼내더니 B씨가 일했던 부산의 회사 연락처 번호를 눌렀다. 그는 최대한 차분한 목소리로 몇 달 전까지 그곳 직원식당에서 일하던 B씨를 아느냐고 물었다. 안내 데스크에서는 잠시만 기다려달라고 했다. 전화기에서는 경쾌한 통화 대기음이 얼마간 흘렀다.

　ㅡ 기다려주셔서 감사합니다. 직원식당 보조 업무로 일하셨던 B씨는 얼마 전에 퇴사하셨습니다.

　"혹시 어디 다른 직장으로 옮겼거나 그런 건 모르시나요?" 턱수염이 물었다.

　ㅡ 글쎄요. 그것까진 잘 모르겠네요. 죄송합니다.

"아닙니다. 괜찮습니다. 알아봐주셔서 고맙습니다."

이렇다 할 소득 없이 전화통화는 싱겁게 끝나버렸다. 이젠 정말로 부산에 가서 B씨를 찾아보는 것밖에 달리 도리가 없다.

"그 회사 직원식당에 가서 같이 일했던 분이라도 만나봐야죠. 얘 길 해보면 B씨가 어디로 갔는지 알 수 있을 겁니다."

콧수염이 다시 일어서며 말했다.

나는 헌책방을 비울 수 없어서 같이 못 갔지만 둘은 그 주 금요일 아침 일찍 고속열차를 타고 부산으로 향했다. 점심시간이 지난 뒤 콧수염으로부터 전화가 왔다. 목소리에 힘이 없는 것으로 보아 일은 잘 풀리지 않은 것 같았다.

─ 같이 일했던 몇 분을 만나봤는데요, 다들 모른답니다.

"사소한 거라도 알아낸 게 없으신가요?"

─ 없어요. 같이 일할 때도 개인적인 얘기는 전혀 안 했답니다. 회 식 같은 것도 거의 참여하지 않았고요. 어디 사는지, 전에는 무슨 일 을 했는지, 가족은 있는지…… 아무도 모릅니다.

혹시나 싶어서 둘은 서울로 오는 열차 안에서 다시 B씨에게 전화 를 걸었다. 이번엔 신호도 가지 않았다. 그사이 휴대전화를 정지시킨 모양이었다.

이야기는 여기서 이렇게 끝난다. 우리는 문 없는 벽을 만났고 설령 그 너머에 무언가가 있다고 해도 지금은 알 길이 없다. 그러나 길은 우리가 전에는 결코 눈길을 주지 않았던 작은 틈새로 이어지고 있 을지도 모른다. 이어져 있는 길은 사람과 사람을 이어주는 가느다란 끈이 되기도 한다. 복잡하게 얽힌 삶의 길, 인생의 끈이다.

그 실타래를 잡아끌어 풀 방법은 신만이 알까? 불멸성의 신— 그러나 인간에게는 무한한 자유를 허락한 신의 일이라고 해두고 이대로 덮어놔도 괜찮은 걸까? 사람들에게 들은 고민거리를 헌책방에 가져와서 함께 풀어보자고 제안한 두 사람도 어쩌면 나와 비슷한 심정일 거다. 휘둘리고 헤매더라도 때론 사람이 풀어야 더 나은 수수께끼도 있는 법이다. 얽히게 만든 것은 결국 우리이기에, 풀어야 할 책임 또한 당신과 나의 몫이다.

3부

심야책방 기담회

늙지 않는 남자

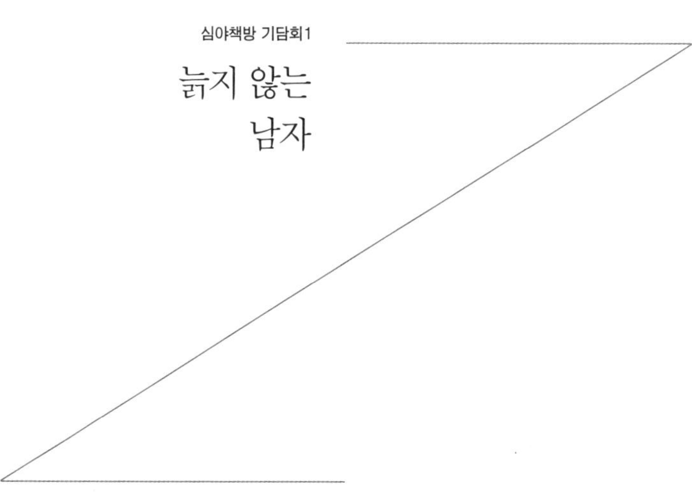

지금부터 들려드릴 이야기는 201×년, 무덥고 습했던 어느 여름밤에 우리 헌책방에서 개최했던 '제1회 심야책방 기담회' 녹취록을 글로 풀어 쓴 것이다.

이야기에 앞서 우선 두 가지 사전 설명이 필요하다. 첫 번째는 '심야책방'이라는 행사에 관해서다. 심야책방은, 짐작하신 분도 있겠지만 드라마와 영화로도 만들어져 인기를 끈 일본 만화 《심야식당》에서 제목 아이디어를 빌려왔다.

식당과 마찬가지로 책방을 오후에 열어서 다음 날 아침까지 운영한다는 게 목표였다. 하지만 체력의 문제 등 현실적인 상황을 고려해서 밤샘 운영은 매달 둘째, 넷째 금요일에만 하는 거로 정했다.

애초에 문화공간과 책방을 결합한 모델을 내세워 가게를 시작한만큼 심야책방을 하는 날엔 독서 모임, 영화감상, 인디밴드 공연 등여러 행사를 기획했다. 이게 주변에 꽤 알려져서 텔레비전 뉴스에도 소개가 됐을 정도다. 지금이야 전국의 수백 개에 이르는 크고 작은 책방에서 개성 넘치는 행사들을 많이 하고 있지만, 당시엔 '독립서점'이라는 말조차 생소했던 때이기에 심야책방 하는 날엔 새벽까지 손님들로 북적였다.

이렇게 몇 년 동안 밤샘 행사를 진행하다 보니 지치기도 했고 어느샌가 다른 곳에서도 똑같은 이름을 내걸고 이벤트를 하고 있다는 걸 알게 되자 나는 심야책방에 흥미를 잃었다. 이상이 우리 가게 심야책방의 간략한 역사다.

돌이켜 보면 심야책방을 통해 오늘날까지 이어지고 있는 소중한 인연을 여럿 만났고 기획했던 행사에선 갖가지 재미있는 이야기가 쏟아져나왔다. 지금이야 자정에 독서 모임이나 음악 공연을 한다면 미쳤다고 할지 모르겠으나, 그런 이상한 시간에 찾아와주는 손님이야말로 더없이 진지한 사람들이었다.

이때 기획했던 여러 이벤트 중에 심야책방 기담회는 애증의 행사라고 말할 수 있다. 왜냐하면, 우선은 '기담회'라는 작명 자체를 내가 좋아하지 않았기 때문이다. 이제 두 번째로 기담에 대해서 말해야 할 차례다.

솔직히 말하자면, 나는 무서운 이야기가 싫다. 어릴 때부터 그랬다. 친구들이 학교에서 귀신 이야기 같은 걸 하면 그날 밤엔 혼자 화장실을 못 갔을 정도다. 그래서 처음에 이벤트 이름을 지을 때 '기담'이 아니라 '사연' 같은 단어를 쓰려고 했다. '심야책방 책 사연회'—이게 내가 처음 생각한 제목이다.

헌책방을 좋아하는 사람이라면 책과 관련된 재미있는 이야기 하나쯤은 있기 마련이다. 그런 사연들을 들어보고 싶었다. 마침 우리

책방은 팟캐스트 계정도 가지고 있었기에 거기에 손님들의 책 사연을 올려도 좋지 않을까 싶었다.

그런데 손님들에게 이런 아이디어를 소개했더니 '책 사연'은 너무 올드한 느낌이라며 이름을 바꾸면 반응이 좋을 것 같다는 의견이 많았다. 헌책방은 어차피 올드한 책을 파는 가게인데 행사 이름이 좀 올드한들 뭐 어떤가?

어떤 사람은 밤에 돌아가며 이야기를 하는 거니까 '자정에서 새벽까지' 같은 제목이 어떻겠냐고 했지만, 그건 내가 낸 제목보다 더 재미가 없는 것 같아서 단호하게 거부했다. 그 외에도 여러 후보가 나왔는데 고민을 거듭한 끝에 '기담회'라는 이름을 쓰기로 했다. 내가 이야기를 들려주러 오는 손님이라고 바꿔 생각해보니 역시 사연보다는 기담 쪽이 구미가 당겼다.

심야책방 기담회는 그렇게 홍보를 시작했다. 처음엔 사람들이 굳이 자기 이야기를 들려주러 이곳까지 올까 걱정했는데 그건 섣부른 생각이었을 뿐이다. 책과 얽힌 이야기를 들려주겠다는 신청자가 의외로 적지 않았다.

게다가 그보다 더 생각이 짧았던 건 행사를 주최한 나 자신이었다. 기담회라고는 하지만 나는 초서의 《캔터베리 이야기》처럼 깊은 밤 서로 모르는 사람들이 둘러앉아 흥미로운 옛날이야기를 나누는 정겨운 모습을 마음속으로 그렸던 거다. 진짜 기담, 아니 괴담에 가까운 이야기를 듣게 될 줄은 상상조차 못 했다.

첫 번째 기담회를 찾은 손님은 모두 다섯 명이었다. 중년의 여성이 둘, 그보다 어려 보이는 남자가 하나, 시종일관 호기심 어린 눈길로 책방 여기저기를 둘러보는 머리가 희끗희끗한 어르신 한 분, 그리고 대학생인 듯한 청년이 탁자를 가운데 두고 둘러앉았다. 당연히 다들 초면이라 처음엔 분위기가 조금 서먹했다.

"《캔터베리 이야기》처럼 제비뽑기를 해볼까요?"

나는 이런 분위기가 될 것을 예상하고 미리 번호가 적힌 쪽지를 준비했다. 1번을 뽑은 사람이 첫 번째 순서로 이야기를 시작하는 것이다. 그런데 의외로 먼저 나서는 사람이 있어서 반가웠다.

"어쩌다 보니 사장님 옆에 앉게 됐으니, 제가 먼저 하고 옆에 계신 분께 차례로 순서를 넘겨드리면 어떨까 싶은데, 괜찮을까요?"

아직 중년의 나이는 아닐 것 같은, 하지만 목소리와 앉아 있는 자세에서 젠틀한 분위기를 드러내는 남자가 말했다. 그는 숱이 많은 머리를 단정하게 빗어서 가르마를 만들었고 편안한 슈트 차림이었지만 회사원 같지는 않았다. 넥타이 대신 시원한 색감의 스카프를 두른 것도 그가 어디에 매여 사는 사람이 아니라는 인상을 줬다. 신경 쓰이지 않을 정도의 가벼운 향수 냄새가 주변에 쌓인 책 향기에 섞여 기분을 맑게 해줬다. 그러나 고작 헌책방에서 하는 작은 이벤트에 이렇게까지 차려입고 온 게 조금은 어색해 보이기도 했다.

나서서 먼저 이야기를 하겠다고 하니 모두 동의했다. 그는 웃는 얼굴로 일어나 허리를 굽혀 인사한 다음 앉았고 사람들은 가볍게 손뼉을 쳤다.

"저는 K라고 합니다. 평범한 이름이죠. 하지만 제 애길 들으시면 모두 저를 특별한 사람으로 보실 겁니다. 오해하지는 말아주세요. 특별하지만 이상한 사람은 아니니까요."

뭘 오해한다는 걸까? 이상한 사람으로 보지 말라고 하니 괜히 더 이상해 보였다. 아니나 다를까, 그는 곧 모인 사람들을 향해 이상한 질문을 했다.

"이야기를 시작하는 방식치곤 좀 구식일 수 있지만, 여러분은 혹시 제가 몇 살로 보이십니까? 부담 가지지 마시고 그저 보이는 대로 말씀해주서도 됩니다."

말 그대로 질문은 구식이었지만, 어딘지 모르게 프로 진행자 같은 목소리와 태도 덕분에 어색했던 분위기는 금방 풀렸다. 사람들은 그를 서른여덟, 아홉 정도로 보인다고 말했다. 나는 모임의 주최자이기도 하니 예의상 생각했던 나이보다 조금 아래인 서른여섯이라고 대답했다. 당연히 새파란 젊은이는 아니었지만, 30대 후반인 나보다는 확실히 어려 보였다. 그래서 K씨가 곧이어 한 말이 더욱 믿어지지 않았다.

"예순하고도 여덟입니다."

그는 이런 상황을 자주 겪기에 이제는 본인도 편하게 받아들이게 됐다고 말하는 듯한 표정을 지었다. 마술사가 불가사의한 쇼를 성공한 후에 관객을 향해 보여주는, 약간은 뻔뻔하면서도 자신감 넘치는 태도로 사람들을 쳐다봤다.

우리는 일순간 얼어붙은 듯 아무 반응도 할 수 없었다. 원피스에 가벼운 카디건을 어깨에 두른 중년 여성 참가자가 어색하게 웃으면서 "정말 동안이시네요."라고 말하며 눈치를 살폈다. 그제야 다들 정말 그렇네요, 못 믿겠어요, 하면서 웅성거렸다. K씨는 가져온 서류 가방을 열더니 탁자 위에 주민등록증, 여권, 그리고 국가 자격증 수첩을 꺼내놓았다.

"못 믿으실 것 같아서 증명서를 몇 개 갖고 왔습니다. 그래야 지금부터 할 제 이야기에도 신빙성이 있으니까요. 보시다시피 여기에 제 이름하고 얼굴, 그리고 주민등록번호가 있으니 확인해보시죠. 여기 있는 수첩은 현재 제 공식적인 직업이기도 한 보일러 취급에 관한 국가 자격증입니다. 에너지관리 산업기사입니다. 제가 범죄자나 스파이가 아닌 이상 이런 걸 위조했을 리는 없겠죠?"

주민등록번호를 확인해보니 놀랍게도 그의 나이는 올해 68세가 틀림없었다.

"대단하십니다. 그런데 이런 이야기라면 헌책방이 아니라 텔레비전 동안 대회 같은 데 출연하셔야 맞을 것 같은데요?"

내가 그렇게 말하자 사람들은 모두 웃음을 터뜨렸다. K씨도 같이 웃었다.

"물론, 제가 나이보다 어려 보인다는 걸 자랑하러 이 자리에 나온 건 아닙니다. 분명히 취지를 잘 확인했어요. 책에 관련된 이야기를 하면 되는 거죠? 이상하게 들리실지 몰라도 저의 이 젊음의 비결은 한 권의 책에서 비롯된 것입니다."

K는 매우 익숙한 말솜씨로 자신의 이야기를 풀어놓기 시작했다. 지방 소도시에서 태어나 가난하게 살았던 어린 시절에 관한 기억과 부모님 두 분이 병으로 모두 일찍 돌아가신 사건을 그는 매우 담담하게 들려줬다. 조부모님은 혼자 남은 하나뿐인 손자를 지극정성으로 돌봤다.

"애야, 너는 우리 집안에 하나 남은 혈육이다. 부디 무병장수하여 대가 끊기지 않게 해다오."

이런 말을 입에 달고 살다시피 한 할아버지도 K가 고등학교에 입학할 무렵 병이 깊어져 세상을 떠났다. 불행은 여기서 끝나지 않았다. 몇 년 뒤 다정했던 할머니마저 하늘나라로 보내드려야 했다. K가 야간 대학 합격 통지서를 받은 그해 봄, 그는 완전히 혼자가 됐음을 온몸으로 깨달았다. 그건 분명 두려움을 넘어선 고통스러운 감정이었다.

K가 야간 대학을 선택한 이유는 낮에 돈을 벌어야 했기 때문이다. 그는 인천의 한 제조 공장에서 아르바이트를 시작했다. 성실하게 일했고 다른 생각은 거의 하지 않았다. 하지만 그의 머릿속 한구석을 차지하고 떠나지 않는 말 못 할 고민거리가 있었으니, 그건 바로 죽음에 대한 공포였다.

평소에는 책을 가까이하지 않고 살았지만, 그는 때때로 도서관에서 건강 서적을 빌려 읽었고 내용이 괜찮아 보이는 책 몇 권은 생활비를 쪼개 사기도 했다. 잡지나 신문에서도 건강 상식 코너는 늘 눈여겨봤다. 하지만 그런 곳에서 읽은 건 별로 마음을 끌지 못했다. 스트레스를 받지 않으면 건강하게 살 수 있다, 맵고 짠 음식을 멀리하고 단 음식을 줄이면 장수한다, 특별한 호흡법을 익혀서 평소에 실천한다— 대개는 이런 식이었고 큰 틀에서 딱히 획기적이라고 할 만한 건강 비결을 소개한 건 발견하지 못했다.

"악마에게 영혼을 팔면 영원히 살 수 있지. 상식적으로 생각해봐도 인간이 죽지 않는 방법은 그것밖에는 없지 않나?"

공장에서 일하다 알게 된 선배와 점심을 먹다가 그런 얘기가 나왔다. 당연히 선배는 K가 하는 말을 농담으로 알아듣고 자신도 그에 맞춰준 것뿐이었다. 당시엔 둘 다 웃고 말았지만, K는 선배가 언급한 책 제목을 몰래 속으로 되뇌며 기억해뒀다. 그리고 바로 그날 밤

학교 서점에 들러 책을 샀다. 여태 한 번도 들어보지 못한 책이었는데 직원은 상당히 유명한 책이라고 했다. 오스카 와일드가 쓴《도리언 그레이의 초상》이었다.

K는 아침이 오는 줄도 모른 채 도리언 그레이의 이야기에 빠져들어 책을 읽었다. 아름다운 청년 시절의 모습을 그린 그림에 자신의 영혼을 저당 잡힌 채 늙지도, 죽지도 않는 주인공의 이야기가 너무도 매력적이라 도리언 그레이가 실제로 존재하는 사람인 양 동경하는 마음까지 들었다. 그러나 소설의 결말 부분은 영 마음에 들지 않았다.

'추하게 늙은 모습으로 변해버린 초상화를 굳이 자기 눈으로 확인했어야 할 필요가 있었을까……'

설령 그 모습을 봤다고 하더라도 그건 그림일 뿐이잖은가. 그리고 어차피 자신은 그림을 대신해서 불로불사의 생을 얻게 되었다. 그림 속에서 늙어가는 것 정도는 괜찮지 않을까. 늙은 모습으로 변한 그림을 발견했다고 해서 좌절할 것까지는 없다, 라고 K는 자신에게 말했다.

알아보니 선배의 말처럼 악마나 혹은 그와 비슷한 어떤 존재에 영혼을 맡기고 죽지 않는 삶을 보상으로 받은 사람의 이야기는 적지 않았다. 그는 이런 방법이 인류가 오랜 과거로부터 간직해온 비밀이라고 여기기에 이르렀다. 그 비밀을 알 수 있는 사람은 수백 년을 주기週期로 신에게 선택받은 단 한 명뿐이다. 예수나 파우스트 같은 사람들이 바로 그들이다.

이제는 내 차례가 될 수도 있지 않을까? 나는 이미 준비됐다. 영혼은 아무것도 아니다. 중요한 것은 살아 움직이는 육체일 뿐. 영혼

은 허상이며 손가락 사이로 흩어지는 바람이고 그림자일 뿐이다! K
는 망상에 가까운 상상을 날마다 조금씩 쌓아갔다. 하지만 겉으로는
철저히 평범한 사람처럼 행동했다. 만약 자신이 언젠가 선택받은 인
간이 된다면 그 사실조차 겸손한 마음으로 숨겨야 한다고 다짐했다.
도리언 그레이가 실패한 원인은 명백하다. 거만했기 때문이다.

　그렇게 몇 년이 지났다. 군대에 다녀왔고 대학도 졸업했다. 회사는
성실하게 일한 그를 정직원으로 채용했다. 공장에서는 신입사원이
들어와서 한 달이 지나면 입사를 축하하는 의미로 회식을 하는 전통
이 있었다. 어차피 대학생 때부터 일해왔던 터라 자신은 신입사원이
아니라며 만류했지만, 동료들은 하나가 되어 K의 입사 축하 자리를
마련했다.

　K는 그날 오랜만에 기분 좋게 취기가 오를 정도로 술을 마셨다.
모임을 마친 후에도 곧바로 집에 돌아가기가 아쉬울 정도였다. 그는
모임 장소였던 동인천역 근처를 걸었다. 목적지는 딱히 없었지만 그
래서인지 더 몸이 상쾌하고 정신도 또렷해지는 느낌이 들었다.

　얼마나 걸었을까. 저 멀리 불이 켜진 가게가 보였다. 팔을 들어 올
려 시계를 보니 밤 11시를 넘긴 시간이었다. 술집을 빼면 대부분의
가게가 문을 닫을 시간이다. 그런데 유독 저곳만 밝다. 편의점인가?
그렇지도 않은 것 같다. 주변을 둘러보니 편의점이 있을 만한 거리
풍경이 아니다. 그는 좀 더 가게 쪽으로 걸어갔다.

　찻길 하나를 사이에 둘 정도로 가까이 가니 불을 밝힌 가게에서
사람이 움직이는 게 보였다. 밖에 쌓여 있는 짐을 가게 안으로 옮기
는 중이었다. 건널목을 건너면서 보니 그 가게는 헌책방이었다. 책을
나르는 사람의 얼굴은 지친 표정이 역력했고 목덜미까지 땀이 흥건

했다.

"좀 도와드릴까요?"

K가 가까이 가서 말하자 가게 주인인 듯한 그 사람은 환하게 웃으며 그래 주면 고맙겠다고 대답했다. K는 가방을 가게 문 옆에 내려놓고 책 나르는 일을 도왔다.

"덕분에 일이 빨리 끝났네요. 고맙습니다. 그런데 누구시죠?"

일을 마친 후 주인은 가게 안에 있는 미니 냉장고에서 비타민 음료를 두 병 가지고 나와 K에게 하나를 건네며 물었다.

"요 근처 공장에서 일합니다. 그냥 우연히 지나가는 길이었어요."

K는 자기가 누구인지, 왜 밤늦게 이런 곳에 와 있는지 자세하게 설명하고 싶지 않아서 대강 둘러댔다. 가게 주인은 좋은 사람 같았다. 그에게 더 묻지 않고 조심히 가라며 인사했다.

"고생하셨는데 뭐 드릴 건 없고, 맘에 드는 책 있으시면 한 권 가져가세요."

K는 책을 좋아하는 건 아니었지만 헌책방이라는 곳을 처음 와봤기 때문에 잠깐 구경이라도 하고 가도 좋겠다 싶어서 "그럼, 잠깐만 둘러보겠습니다." 하며 가게 안으로 발을 들여놨다.

가게 안은 밀림처럼 책이 빽빽하게 들어차 있었다. 세상에 이렇게 많은 책이 있었나 새삼 실감했다. 책을 고르는 건 고사하고 눈을 어디에 둬야 할지도 모를 정도로 정신이 아득해졌다. 그때, 마치 이끌리기라도 하듯 한쪽 책장으로 몸이 움직여졌다. 곧이어 책장 한구석에서 얇은 책 한 권을 집어 들었다. 왜 그 책이었는지는 지금도 알 길이 없다. K는 책을 들고 주인에게 갔다.

"《피터 팬》? 하하, 아이한테 선물하시려고요? 좋은 아빠시네요."

K는 어색한 목소리로 인사하고 돌아서서 곧장 집으로 향했다. 그의 가방 속엔 디즈니 애니메이션을 짜깁기해서 만든 그림책《피터 팬》이 들어 있었다. 새벽 1시가 넘은 시간에 문을 열고 방으로 들어온 그는 옷도 갈아입지 않고 그림책을 꺼내 읽기 시작했다.

이상하게도 숨이 가쁘고 몸에서 열이 났다. 그러나 어디가 아파서 그런 것은 아니었다. 오히려 그 반대다. 고등학생 때 몰래 야한 잡지를 봤을 때 느꼈던 것과 비슷한 감정이다. 피가 뜨거워지는 게 느껴질 만큼 밤새《피터 팬》에 몰입했다.

언제 잠들었는지도 모를 정도로 그날 밤 K는 달게 자고 일어났다. 시계를 보니 9시가 넘었다. 대학생 때도 지각을 해본 일이 없었는데 어찌 된 영문인지 몰랐지만, 기분이 나쁘지는 않았다.

일을 마치고 돌아온 그는 다시 그림책을 봤다. 초록색 옷을 입은 소년이 하늘을 날아다니면서 악당과 싸우는 내용이다. 그러나 그는 사실 소년이 아니다. 몇 살인지 알 수 없다. 영원히 늙지 않는 상태이기 때문이다. K는 다시 가슴이 두근거렸다. 누군가에게는 허무맹랑한 상상 속 이야기일지 몰라도 K는 피터 팬이야말로 그토록 찾아 헤맸던 영혼의 친구처럼 보였다.

그날 이후 피터 팬만 생각하면 온종일 기분이 좋고 늦게까지 일해도 피곤하지가 않았다. 그러나 이상한 일은 여기에서 그치지 않았다. 몇 년이 지난 어느 날 문득 여느 때와 마찬가지로 출근 준비를 하느라 세수를 할 때 거울을 보니 기분이 묘했다. 또래 동료들보다 자신의 얼굴이 훨씬 매끈한 것 같았다.

그러나 그건 착각이 아니었다. 나이 쉰을 훌쩍 넘겨 공장에서 직급도 꽤 올랐지만, 외출하면 누구나 그를 서른 즈음의 청년으로 봤

다. 한번은 신입으로 들어와 K를 잘 모르는 여직원이 그에게 대시를
한 적도 있었다.

60세가 되던 해, K는 공장 일을 그만두고 독립하기로 했다. 충분
히 공장장이 될 수도 있었지만, 그에게는 더 큰 목표가 생겼다. 사람
들에게 피터 팬을 전하는 것이다. 애니메이션 〈피터 팬〉이 아니라 실
제로 존재하는 불로불사의 요정인 피터 팬을 널리 알리는 것을 인생
의 목표이자 꿈으로 삼았다. 그게 도리라고 믿었다.

K는 퇴직 전에 미리 보일러 설비 자격증을 취득해뒀다. 그게 있으
면 전문직이라 돈벌이도 가능하고 일이 있는 곳이면 어디든 다니며
사람들을 만날 수 있으니 피터 팬을 전하기에도 안성맞춤이었다.

일을 하다가 피터 팬 이야기를 하면 대부분은 웃어넘기거나 때론
이상한 사람 취급을 받을 때도 있었지만, 그는 상관하지 않았다. 영
원히 늙지 않고, 어쩌면 죽지 않을지도 모르는 삶을 선물로 받았는
데 그런 대접쯤은 아무것도 아니라 여기고 훌훌 털어버렸다. 그는
자신을 예수나 파우스트처럼 선택받은 한 사람으로 믿었다.

이야기를 마친 K씨는 지갑을 열어서 사람들 앞에 무언가를 보여줬
다. 디즈니 피터 팬 캐릭터가 그려진 명함 크기만 한 카드였다. 뒷면
엔 마술봉을 든 팅커벨 그림이 있었다. 오래 갖고 다닌 것인지 테두
리가 너덜너덜해진 카드를 보고 그날 자리에 모인 사람들은 어색한
웃음을 지었다.

"믿지 못하시겠죠? 당연히 그러실 테죠. 사람들은 눈에 보이지도
않는 걸 믿고 그걸 따르기 위해 교회나 절에 나갑니다. 하지만 이건
증거가 있어요. 바로 여기 있는 이 사람, 접니다."

놀랍게도 K씨는 피터 팬을 향해 거의 종교적인 믿음을 가지고 있는 것처럼 보였다.

"혹시 댁에 피터 팬을 모신 신당이라도 차려놓으신 건 아닌가요? 하하."

나는 애써 재미있는 쪽으로 대화를 이끌어보려고 그렇게 말했다. 그러나 K씨가 물론이죠, 라고 대답해서 분위기는 더 어색해졌다.

"그리고 저 자신도 피터 팬을 위해서 여러모로 노력하며 살고 있습니다. 당연히 그래야겠지만요."

그 노력이라는 게 정확히 무엇인지 알 수 없지만, 나는 어쩐지 살짝 짐작할 수 있었다. 말을 마친 K씨가 물을 마실 때였다. 옆에서 보니 목에 두른 스카프가 살짝 풀어져 느슨해졌다. K씨는 컵을 내려놓고 스카프를 바로잡았다. 그때 목 주변 피부가 어색하다는 걸 알아차렸다. 더운 여름에 스카프까지 두른 이유는 어쩌면 그걸 숨기기 위한 목적이 아니었을까. 30대 나이의 얼굴을 한 K씨의 목은 확실히 일흔에 가까운 노인의 피부였다.

정말로 그는 피터 팬에게 늙지 않는 선물을 받은 것일까? 어쩌면 늙는다는 사실을 받아들이기 싫어서 오래전부터 얼굴에 병원 시술을 받으며 사는지도 모를 일이다. 그래서 처음 봤을 때부터 표정에서 뭔가 어색함이 엿보였던 거다. 그 모든 일은 피터 팬과 K씨 둘만의 비밀일 테다. 나는 굳이 거기까지 캐묻고 싶지는 않았다. K씨는 여전히 싱글벙글 웃고 있다.

"순서상으로 그럼 이번엔 제가 이야기를 할 차례네요."

K씨 옆에 앉은 중년 여성이 입을 열었다. 어딘지 모르게 어두운 음색이었다. 표정에서도 방금까지 이야기를 늘어놓은 K씨와는 정반

대로 우울한 그림자 같은 게 보였다. 아니나 다를까, 그녀의 이야기
는 자신의 불행한 과거와 관련이 있었다.

"말씀해주신 선생님은 책 한 권이 인생의 즐거움을 선물했지
만, 저는 우연히 만난 책으로 고통을 받고 있답니다. 벌써 10년 넘
게……. 재미있는 이야기를 기대하신 분이라면 먼저 양해를 구하는
게 맞겠네요. 저 자신은 좀 무섭기도 하고, 우울한 얘기라서요."

그녀는 사람들 얼굴을 제대로 쳐다보지도 않은 채로 이야기를 시
작했다.(계속)

이 책,
재밌어요

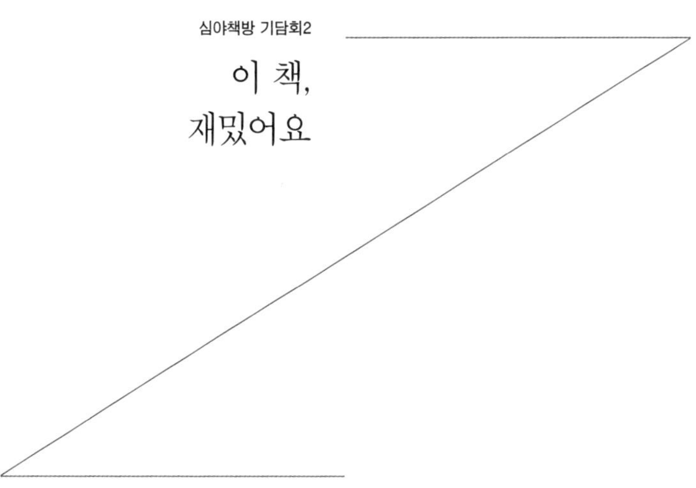

그 일이 있기 전까지 S의 삶은 평범함 그 자체였다. 그녀는 평범한 가정에서 태어나 특별할 것 없는 어린 시절을 보냈다. 아버지는 가부장적인 면이 있었지만 성실하게 일하며 가족을 잘 보살폈다. 덕분에 경제적으로도 쪼들렸던 기억은 없다.

아버지는 때로 가족 모두를 엄격하게 통제하려 드는 성격이 있었으나 S는 그걸 꼭 단점이라고 여기지 않았다. 아버지는 스스로에게도 똑같이 엄격했기 때문이다. 적어도 그녀가 성인이 되어 직장 생활을 하기 위해 서울로 상경하기 전까지 아버지가 다른 데에 눈을 돌리거나 하는 일은 전혀 없었다. 친구와 술을 마시고 늦게 들어오는 일은커녕 회사에서 회식을 해도 밤 12시 전에는 늘 집에 와서 자기 옷을 정리했다. 골프나 테니스를 배우지도 않았다. 오로지 가정을 위해 헌신하는 모습만을 봤을 뿐이다. S는 아버지의 그런 안정적인 모습이 좋았다.

상업고등학교를 졸업하고 집에서 멀지 않은 4년제 대학(명문대는 아니지만, 취업률이 높다고 해서 지원했다.)을 다니면서도 S는 줄곧 튀지 않는 생활을 했다. 이성 친구가 생기기도 했지만, 관계가 깊어지기 전에 헤어지곤 했다. 졸업 후에는 잠시 고향에 있는 중소기업에 취직해 일하다가 서울에 작은 오피스텔을 얻어 살기 시작했다. 물론 오피스텔 근처에 있는 회사에 입사가 결정되어서 그렇게 한 것이다.

아버지를 닮아 성실하게 회사 생활을 하던 S에게 어느 날 고향 집에서 연락이 왔다. 전화는 어머니가 했지만, 용건은 전적으로 아버지의 의견이 반영된 것이었다.

"너도 이제 나이가 서른이나 됐으니까 결혼하고 아이도 가져야 하지 않겠니?"

S의 의견을 묻는 전화가 아니었다. 이미 상대를 찾아놓았으니 집에 와서 선을 보라는 거였다. 맞선 볼 날짜도 일방적으로 정해놓은 상태였다. 하나부터 열까지 아버지가 맘대로 계획한 게 분명했다. 바야흐로 2000년대인데, 중매로 결혼하는 사람이 얼마나 될까? 하지만 지금 딱히 사귀는 사람도 없는 데다가 선을 안 볼 이유를 생각해내 변명하는 것도 귀찮은 일이라 알았다고 하고선 통화를 마쳤다.

실제로 만나보니 그 남자는 나쁘지 않았다. 나이는 마흔 살이라 S와 차이가 좀 났지만, 그래서인지 말이나 태도가 더 의젓해 보였다. 그는 고향 근처에서 작은 회사를 경영하고 있다고 했다. 부자라고 하기엔 무리가 있어도 남부럽지 않은 경제력을 가지고 있는 것 같았다. 그 역시 말과 태도에서 자연스럽게 알 수 있었다. 돈 많은 사람 특유의 느긋함, 그런 게 느껴졌다.

한 가지 단점이라면 무뚝뚝하다는 거였다. 선보는 자리에서도 잘 웃지 않았다. 처음엔 긴장해서 그런가 보다 싶었는데 그 뒤로 두어 번 다시 만났을 때도 여전했다. 그러나 그 또한 다르게 보면 장점이기도 했다. S의 아버지와 비슷하다. 좋은 일이 있어도 그런 상황에 성급하게 들뜨지 않았고 반대의 경우를 만났을 땐 슬퍼하거나 화내기보다 먼저 냉철하게 행동하려는 모습을 보였다.

두 사람은 선을 보고 1년이 지나지 않아 결혼했다. 결혼 전에 남편은 S에게 직장을 그만두고 집안일을 하는 게 어떻겠냐고 권했지만, 그녀는 일을 더 하겠다고 말했다. S의 의견은 그대로 받아들여졌다. 두 사람은 남편의 서울 사무실이 있는 근처에 있는 단독주택에서 신혼 생활을 시작했다. 그 뒤로 무척 평온한 날들이 계속 이어졌다. 평생 아무런 특별한 일이 일어나지 않는다고 해도 이상할 것 같지 않았다. 바로 그 일이 있기 전까지는 말이다.

결혼 후 1년 정도 지났을 무렵이다. S는 그날도 여느 날과 다름없이 회사에 출근하기 위해 지하철역으로 내려갔다. 이 동네는 출퇴근 시간이라고 해도 열차에 사람이 많지 않다. S는 교통카드를 찍고 느긋하게 플랫폼으로 향했다. 마침 열차 문이 닫히고 지하철이 출발하고 있었다.

출근 시간까지는 아직 여유가 있어서 S는 다음 열차를 기다리기로 했다. 주변을 둘러보니 열차가 방금 출발해서 그런지 플랫폼이 한산했다. 그런데 한 10미터 정도 떨어진 곳에 있는 의자에 누군가 앉아 있는 게 보였다. S가 그를 본 건 그가 먼저 S를 보고 있었기 때문이다. 그는 깨끗한 양복 차림으로 한쪽 다리를 꼬고 앉아 책을 읽고 있었다. S가 쳐다보자 그는 곧 고개를 책 쪽으로 숙였다.

S가 열차 들어오는 방향으로 시선을 돌리자 그 사람은 또 고개를

들어 이쪽을 쳐다봤다. 곁눈질로 본 그는 웃고 있었다. 기분 나쁜 웃음이 아니라 뭔가 좋은 일이 있어서 흡족해하는 듯한 편안한 미소였다. 그녀는 잠깐이지만 심장이 톡톡 움직이는 감각을 느꼈다. 표시등을 보니 다음 열차는 두 번째 전 정거장에 막 닿고 있었다.

얼마쯤 그렇게 서 있다가 S는 그 사람에게로 걸어갔다. 방금까지도 S를 보고 있었으면서도 그는 무신경한 척 책장을 넘겼다. 가까이 다가갈수록 그의 모습이 더 자세히 보였다. 나이는 S와 비슷한 것 같고 앉아 있었지만 키가 크다는 걸 금방 알 수 있었다.

S는 그가 앉은 의자로 가서 조금 간격을 둔 채로 옆에 앉았다. 그는 아무 말 없이 시선은 책에 고정한 채로 아까처럼 미소를 지었다. 그 표정을 보니 주변이 환해지는 느낌마저 들었다. 그녀가 아는 한 어떤 남자도 저렇게 환한 미소를 짓는 걸 본 적이 없다. 아버지는 물론이고 남편도 역시, 잘 웃지 않았으니까. S는 만약 이런 사람이 그때 선을 보는 자리에 나왔더라면 어땠을까, 라고 아주 잠시 상상해봤다. 그러나 정말 잠시뿐이었다. 그가 고개를 들어 S와 눈을 마주쳤을 때는 아무런 생각도 할 수 없을 만큼 몸이 뻣뻣해졌다.

"혹시 저를 아시나요?" S가 겨우 입을 열어 먼저 물었다.

"아뇨. 모릅니다." 여전히 웃는 얼굴로 대답했다.

"아, 그렇군요. 아까 쳐다보시는 것 같길래……. 그럼—."

"잠깐만요."

가볍게 고개를 숙여 인사하고 일어나려는 순간, 그가 말했다. S는 놀라서 다시 앉았다. 다음 순간 그는 읽고 있던 책을 닫더니 표지를 S쪽으로 보여줬다.

"이 책, 재밌어요."

갑자기 아무런 맥락도 없이 책을 보여준 것도 이상했지만 무엇보다 그 책의 표지가 묘했다. 아니, 이 경우엔 기괴하다는 표현이 더 어울린다. 책 표지는 온통 파란색이었고 위쪽에 '거울을 향하여 걷는 동안'이라는 글씨가 크게 적혀 있었다. 그게 제목인 듯했다. 저자명이나 출판사 이름은 없었다. 겉에 무슨 가공을 한 것인지 모르겠지만 표지가 반들반들해서 S의 얼굴이 거울처럼 그대로 비쳤다. 그 모양 자체로 표지 디자인인 것처럼 보였다. 다른 식으로 생각하면 책 표지에 자신의 얼굴이 갇힌 것 같아서 순간 섬뜩했다.

그 책은 뭘까? 처음엔 소설이라고 생각했지만 제목을 떠올리면 그 사람 말처럼 재밌을 것 같지는 않았다. 표지 디자인이 엉성한 것으로 보면 누군가 자비로 출판한 수필집이나 자서전일지도 모른다. 아니, 그런 건 상관없다. 처음 본 사람이 뜬금없이 왜 그런 책을 보여줬을까? 다른 누구도 아닌 하필이면 S에게. 심지어 그는 거기서 일부러 S를 기다리고 있었던 것 같은 의심도 든다. 그냥 정신이 이상한 사람일 뿐인 걸까?

S는 그에게 아무 대꾸도 하지 못한 채 때마침 들어온 열차를 탔다. 창문을 통해서 보니 그는 아무렇지도 않게 계속 거기 앉아서 책을 읽고 있었다. S는 퇴근할 때도 그를 만나면 어쩌나 싶어서 돌아오는 길엔 버스를 탔다. 그날은 밤새도록 기분이 복잡해서 새벽까지 잠을 이루지 못했다.

다음 날 아침 S는 어제와 거의 비슷한 시간에 출근하려고 집을 나섰는데 우려와 달리 지하철에 그 사람은 없었다. 그녀는 속으로 '별일도 다 있네.' 하며 불안했던 가슴을 쓸어내렸다. 하지만 진짜 별일은 그날 저녁에 일어났다. 퇴근하려고 사무실을 나와 지하철역 쪽으로 가고 있었는데 골목에서 갑자기 오토바이가 튀어나와 S를 덮친 것이다. 오토바이와 S, 그리고 오토바이 운전자가 모두 땅바닥에 나뒹굴며 거친 소리를 냈다. 곧이어 사람들이 그들 주위를 에워쌌다.

오토바이 운전자가 10여 미터 이상 날아갔을 정도로 큰 사고였지만 다행히 누군가 119에 신고를 해줘서 몇 분 만에 구급차가 왔다. S는 사고 순간 정신을 잃었는데 눈을 떠보니 병원에 누워 있었다. 여러 곳에 찰과상과 타박상을 입었지만 가장 심하게 다친 곳은 오른쪽 다리였다. 통증이 너무 심해서 어떻게 된 거냐고 간호사에게 물으니 발목이 부러졌다는 거다. 그러면서 심드렁한 목소리로 "진통제 놔드릴게요."라고 말했다.

그런 큰 사고를 당한 게 여태껏 살아오면서 처음이라 당황스러웠지만, S는 도대체 왜 이런 일이 생겼는지 기억을 되짚어봐야겠다는 생각에 사로잡혔다. 연락을 받고 병실로 찾아온 남편은 "사고일 뿐인데 무슨 이유가 있겠어. 오토바이가 그런 골목길에서 과속이라니, 이 이상으로 다치지 않은 게 천만다행이야."라며 예의 침착한 목소리로 S를 달랬다. 맞는 말이긴 하다. 우연한 사고일 뿐, 그 이상 아무것도 아니다.

하지만 그 새파란 책, 그게 뭐였지? 그게 자꾸만 거슬렸다. 사고 충격 때문인지 문득 기억이 가물가물했지만, 곧 떠올랐다.

"여보, 혹시 '거울을 향하여 걷는 동안'이라는 책 알아요?"

"글쎄. 처음 듣는 제목인걸?"

남편이 평소에 책을 많이 읽어서 혹시나 하고 물었지만 모른다고만 할 뿐 다른 말은 하지 않았다. 다음 날 아침에 남편에게 전화가 왔다.

"당신이 말한 책 말이야. 인터넷으로 검색해봤는데 그런 책은 못 찾겠더라고. 도서관 사이트에 들어가봐도 없고. 책 제목 제대로 알고 있는 거야?"

항상 이런 식이다. S가 뭐든 얘기하면 앞에서는 별로 관심 없는 듯 행동하지만, 실은 신경 쓰고 있다. 이것도 역시 이 사람의 단점이자 장점이다. S는 전화를 끊고 나서 흐뭇하게 웃었다.

병원 치료는 순조롭게 진행되어서 석 달 후에는 종아리까지 덮고 있던 깁스를 풀 수 있었다. 아직은 움직이는 게 불편해서 목발의 도움을 받아야 하지만 곧 천천히 걸을 수 있으리라. 회사에서 유급 병가로 처리해준 덕분에 본격적으로 출근하기 전까지 재택근무를 병행했다. 수술 자국은 남았지만 발의 통증은 점점 옅어졌다. 하지만 이상하게도 그날 봤던 책의 잔상만큼은 좀처럼 머릿속에서 떠나지 않았다.

그 뒤로 한동안은 다시 지루할 만큼 평온한 날들이 이어졌다. 남편의 사업도 잘 풀렸다. 무엇보다 기뻤던 것은 드디어 아이가 생겼기 때문이다. 사고를 겪은 지 꼭 3년 만의 일이다. 양가 부모님들도 한마음으로 축하해주었다. 무뚝뚝한 S의 아버지도 건강한 사내아이를 품에 안았을 때는 눈시울이 붉어질 만큼 감격했다.

하지만 이 행복은 오래가지 못했다. 아이가 백일을 막 지났을 무렵 또다시 그 일이 벌어졌다. S가 대학가 근처에 있는 쇼핑몰에 들렀다 집으로 오는 길이었다. 지하철역 입구에서 대학교 단체 잠바를 입은 여학생과 어깨를 부딪쳤다. 수업 시간에 늦었는지 급히 역 밖으로 올라오던 여학생이 S를 보지 못하고 서로 몸이 겹친 것이다.

둘 다 넘어질 정도의 충격은 아니었지만 여학생은 바닥에 가방을 떨어뜨렸다. 가방에서 파우치와 휴대전화, 그리고 책이 튕기어 나왔다. 여학생은 급히 휴대전화부터 주웠다. 그다음 파우치 쪽으로 손을 뻗었다. S는 책을 집어 들어 여학생에게 건넸다.

"죄송해요. 다치지는 않았어요? ……앗!"

무심결에 자신이 손에 들고 있던 책에 눈이 간 S는 놀랄 수밖에 없었다. 새파란 표지에 제목은 분명히 '거울을 향해 걷는 동안'이라고 쓰여 있었다. 이번에도 거울처럼 표지에 S의 얼굴이 비쳤다. 입이 떡 벌어졌지만 아무 말도 할 수 없는 이상한 표정이었다. 그 표정이 책 표지에 인쇄된 듯 선명하게 보였다.

"이, 이 책. 어디서 샀어요?" S가 더듬거리며 물었다.

"이거 산 거 아닌데요? 교수님이 빌려주셨어요."

여학생은 대수롭지 않다는 듯 눈웃음을 지으며 대답했다. 책을 넘겨받은 여학생은 고맙다며 살짝 고개를 숙였다. 그러곤 S의 눈을 조사하듯 쳐다보며 말했다.

"이 책, 재밌어요."

S는 무슨 말이라도 하고 싶었지만 여학생의 섬뜩한 눈빛에 압도당한 기분이 들어서 얼마간 그 자리에 얼어붙은 듯 서 있었다. 여학생은 대학교가 있는 쪽 거리로 뛰어가다가 곧 사람들 사이로 사라져 모습을 감췄다.

건강했던 아기가 갑자기 폐렴 증상을 보인 건 그로부터 3일이 지났을 무렵이었다. 남편도 당황하는 기색이 보였지만 S보다는 침착한 태도로 아기를 병원 응급실로 데려갔다.

"환절기니까. 그냥 감기 정도일 거야."

남편은 그렇게 말했지만, 아기는 병원에서 죽고 말았다. 응급실에

온 지 이틀 만에 그렇게 됐다. 세상이 모두 무너져내리는 것 같았다. S는 며칠 밤낮을 울다가 지쳐서 잠들고 다시 깨어나 울기를 반복했다. 조금씩 정신을 차리게 되었을 무렵엔 그 새파란 책의 이미지가 자꾸만 떠올라 머리를 짓누르는 것 같아서 괴로웠다. 그 책, 도대체 그건 뭘까?

마음은 쉽게 추슬러지지 않았다. 아이를 다시 가져보려고도 했지만 그 역시 늘 실패했다. 부부는 점점 대화가 줄어들었다. 남편은 힘들어하는 S를 위해 백화점 문화센터에서 뭔가 배워보면 어떻겠냐고 제안했다. 승마나 골프 같은 야외 스포츠를 같이 해보자는 말도 했다. 그러나 S는 아무것도 내키지 않았다.

어느 날 저녁, 집에서 둘이 식사를 마친 뒤 남편은 크루즈여행 티켓 두 장을 S에게 내밀었다. 부산에서 출항해 2주 동안 여러 곳에 정박하며 편하게 즐길 수 있는 관광상품 안내 책자도 함께 내놓았다. 자신도 휴가를 내볼 테니 아무 생각 하지 말고 둘이서 편하게 쉬는 시간을 갖자는 거였다. 책자를 펼쳐보니 멋진 객실과 선베드가 놓인 크루즈 갑판 사진이 보였다. 나쁘지 않을 것 같았다.

"3년이면 상처가 아물기에 충분한 시간은 아니지만 슬슬 기운을 낼 때도 됐지."

남편은 그렇게 말하면서 S씨를 가볍게 끌어안았다. 오랜만에 느껴보는 안정감이었다. 할 수만 있다면 모든 걱정거리를 넓은 바다에 훌훌 버려두고 가뿐한 마음으로 돌아오고 싶었다.

처음 타본 대형 크루즈는 모든 게 신기하고 재미있는 것들로 가득했다. 비싼 객실을 예약한 덕분에 잠자리도 호텔 이상으로 편했다. 바닷바람은 상쾌했고 지나가는 사람들 모두 아무런 걱정이 없는 듯

해맑은 표정이었다.

그러나 이 즐거운 여행도 얼마 가지 못해 고통스러운 결말을 맞게 됐다. 또다시 그 일이 S에게 찾아온 것이다. S는 점심을 먹기 전 가벼운 옷을 걸치고 혼자 갑판으로 올라갔다. 딱 이 시간 즈음의 햇살이 맘에 들었기 때문이다. 선베드에는 벌써 몇 사람이 누워서 따뜻한 공기를 즐기고 있었다. S는 사람들과 조금 떨어진 곳에 있는 선베드에 자리를 잡고 몸을 기댔다.

얼마나 시간이 지났을까. 너무 편안해서 깜빡 잠이 들었을 수도 있다. 인기척이 있어서 고개를 돌리니 바로 옆에 있는 선베드에 누운 할머니가 곁눈질로 S를 보고 있었다. S는 화들짝 놀라서 몸을 일으켰다. 할머니도 놀랐는지 몸을 가볍게 움직였다.

"혹시, 저를 아시나요?" S는 애써 침착한 목소리로 물었다.

"모르는데." 할머니는 간단하게 대답했다.

"아, 그렇군요. 아까 쳐다보시는 것 같길래……. 그럼—."

"잠깐만." S가 몸을 일으키는데 할머니가 붙잡듯이 말을 걸어왔다. 할머니는 자기 자리 옆에 있는 탁자에서 무언가를 집어 S에게 보여 줬다. 이럴 수가! 그 책이었다.

"이 책, 재밌다우."

새파란 표지가 햇빛을 강렬하게 반사했다. 눈살을 찌푸리며 책을 보았다. 제목은 '거울을 향하여 걷는 동안'. 그리고 거기엔 역시나 S의 일그러진 얼굴이 갇혀 있었다. S는 머리가 빠개질 것 같았다. 이가 덜덜 떨렸다.

"할머니, 이, 이 책, 어디서 났어요?"

입으로 그런 말이 흘러나왔지만 S는 자기가 뭐라고 했는지 알지 못할 정도로 정신이 혼미했다.

"이거? 어제 어떤 젊은이가 줘서 받았지."

할머니는 그 사람이 누군지 모른다고 했다. 남자고 키가 컸다는 것 말고는 달리 기억나는 게 없는 것 같았다. 설마 지하철 플랫폼에서 만났던 그 사람일까? 그리고 그 사람은 3년 전 여학생에게 똑같은 책을 빌려준 교수일까? 그는 S를 몇 년 동안이나 따라다니며 지켜보고 있는 걸까? 그보다 도대체 그 책은 대체 뭐란 말인가?

S는 휘청거리면서 갑판 아래 객실로 내려가다가 계단에서 굴러떨어졌다. 그녀는 정신을 잃었고 깨어보니 크루즈 부속 시설인 의무실 침대 위였다. S는 여러 곳에 상처를 입었지만, 다행히 크게 다치지는 않은 상태였다. 하지만 더 이상의 여행은 불가능했다. S는 신경안정제를 먹고 나서도 계속 알아듣지 못할 헛소리를 웅얼거렸다. 그런 상태는 크루즈 여행 일정이 끝나는 닷새 뒤까지 계속 이어졌다.

S의 아버지가 돌아가신 건 여행을 마치고 서울로 돌아온 직후였다. 교통사고였다. 술을 마신 운전자가 건널목을 건너던 아버지를 덮친 것이다. 그것도 대낮에. 구급차가 빨리 왔지만 어쩔 도리가 없었다. 아버지는 구급대원이 도착했을 때 이미 숨을 거둔 상태였다.

이후의 삶은 정말로 지옥과 다름없었다. 그나마 남편이 곁에 있어서 S는 정신을 놔버리지 않고 살 수 있었다. 아버지의 죽음을 겪고 난 뒤 어머니도 건강이 급격하게 안 좋아졌다. S는 어머니를 위해서라도 자신이 건강해야 한다고 자주 다짐했다. 어쩌면 그게 마지막 실낱같은 희망이었을지도 모른다. 하지만 3년 뒤 어머니마저 세상을 떠났다.

어머니는 우울증에 치매 증상까지 겹쳐서 S의 얼굴도 간신히 알아보던 그즈음 스스로 목숨을 끊었다. 그런데 그 사건이 있기 며칠 전에도 바로 그 새파란 책과 마주쳤다. 똑같은 책이었고 역시 그 책의 표지에도 S의 얼굴이 있었다. 수척해서 광대뼈가 도드라지고 늙은이처럼 주름이 가득한 표정이었다.

동네 공원에서 하는 벼룩시장 장터에 나와 하릴없이 이것저것 구경하고 있었을 때다. 동네 주민이 아니라 장사꾼처럼 보이는 허름한 옷을 입은 중년 남자가 S를 불러세웠다. 그는 돗자리에 여러 가지 물건을 늘어놓고 팔고 있었다. 그중에는 책도 있었다. S는 뭐에 홀리기라도 한 듯 초점 없는 눈으로 새파란 책을 봤다. 《거울을 향해 걷는 동안》이었다.

"이 책, 재밌어요."

접이식 낚시 의자에 앉은 남자는 S에게 책을 들어 보여주면서 말했다.

"이거……. 어디서……. 났어요?"

S는 힘없는 목소리로 물었다.

"알아서 뭐하시게요. 요 근처 아파트 재활용 수거장에서 가져왔지. 내가 잠깐 봤는데 재밌더라고."

"재미, 있어요?" S가 여전히 초점을 잃은 눈으로 말했다. 딱히 누구한테 그런 말을 하는 것인지 알 수 없어서 남자도 "예?" 하고 되물었다. 그때 S가 발작하듯 큰소리로 울부짖었다.

"이게 재미있냐고!"

그 소리에 근처 사람들 시선이 모두 이쪽으로 쏠렸다. S는 몸을 굽혀 남자 앞에 있던 돗자리를 잡아끌어 엎어버렸다. 그리고 옆에 있는 돗자리도 똑같이 했다. S의 시선이 다른 곳으로 향하자 그제야 사람들이 몰려들어 말리기 시작했다. 벼룩시장 운영 부스에서 몇 사람이 달려왔다. S는 더 크게 소리치고 쿵쿵거리며 발을 굴렀다.

"빨리 경찰에 신고해요!"

여기저기서 다급한 목소리가 터져 나왔다. S는 그때의 일을 지금도 정확히 기억하지 못한다. 건장한 경찰관 서너 명이 한꺼번에 몸을 감싸고 나서야 그 소동이 마무리됐다는 것만 전해 들어 알고 있을 뿐이다.

그 일과 뒤이어서 어머니의 죽음을 연속으로 겪은 다음 S는 한동안 정신과 병원에 입원해 치료를 받았다. 하지만 그녀의 상태는 좀처럼 나아지지 않았다. 반년 정도 후에는 통원치료를 할 수 있을 만큼 회복되긴 했지만 약을 제때 먹지 않으면 자신도 모르게 난폭해져서 집에 있는 물건을 부수곤 했다.

1년 뒤에는 결국 남편과도 합의 이혼을 하기에 이르렀다. S는 이혼 서류에 서명을 하면서도 무척 무덤덤했다. 그녀는 여전히 병원을 오가며 치료받고 있다. 차라리 혼자 사는 게 편했다. 아마 앞으로도 계속 그녀는 혼자 살 것이다. 이 재미없는 세상을.

이야기를 마치고 나니 주변 공기가 서늘해진 것 같아서 조금 오싹했다. S씨에 의하면, 3년마다 똑같은 책이 그녀 앞에 나타나고 그 일을 겪으면 며칠 안에 어떤 사고가 생긴다는 거다.

"'거울을 향하여 걷는 동안'이라. 그런 책 제목은 저도 처음 들어보네요."

내가 그렇게 말하자 S씨는 고개를 끄덕였다.

"그보다도, 처음 지하철 플랫폼에서 만났던 그 남자는 누구였을까요? 정말 계속 따라다니고 있는 거라면 너무 소름 끼치잖아요."

S씨의 옆에 앉은 다른 참가자가 말했다. 원피스에 카디건을 걸친 여성 분이다.

"더 걱정스러운 건—." S씨가 말했다. "지금이 또 3년째 되는 해라는 거예요. 아직 여름이긴 하지만 그 책은 나타나지 않았어요. 다행이라고 해야 할지……."

"잊고 싶은 과거일 텐데 이렇게 말씀해주셔서 감사합니다. 아무쪼록 건강 되찾을 수 있도록 저도 응원하겠습니다."

내가 그렇게 말하자 S씨는 가볍게 웃으면서 고맙습니다, 라고 대답했다. 그런 다음 숨을 한 번 길게 내쉬고 말을 이었다.

"병원에서도 말을 마음에 담아두지 말고 자주 풀어놓으라고 하더라고요. 기분 나쁜 이야기일 수도 있는데 들어주셔서 모두 고맙습니다. 평소엔 이런 이야기를 할 자리가 거의 없는데 이벤트 마련해주신 사장님께도 감사드려요."

S씨가 말을 마치고 고개를 숙이자 사람들이 가볍게 손뼉을 쳤다. S씨는 웃는 얼굴이 참 예쁘다. 이런 아름다운 표정을 우울한 감정이 덮어버리지 않도록 앞으로는 즐거운 일이 더 많이 생기면 좋겠다고 마음속으로 기도했다.

"바로 이어서 제 이야기를 해볼까요? 아니, 이건 엄밀히 말하면 제 이야기는 아니지만요."

원피스와 카디건 차림에 편안한 인상의 참가자가 말했다.

"제 이름은 L이고요, 이 이야기는 제 친구 미영이에 관한 거랍니다. 이야기할 때 꼭 본명을 쓰지 않아도 된다고 하셨지만, 미영이는 본명이에요. 본명을 밝혀야만 이야기를 할 수 있거든요. 그리고 미영이도 허락해줄 거예요.”

“그러면 미영씨도 같이 오셨더라면 더 좋았을 텐데요.”

조금 전에 이야기를 마친 피터 팬 아저씨 K씨가 환한 표정으로 의자를 끌어당겨 앉으며 말했다.

“미영이는 못 와요.”

그렇게 말한 다음 L씨는 침을 삼켰다. 주변이 조용해졌다.

“걔는 죽었거든요.”(계속)

미영이의
오디오북

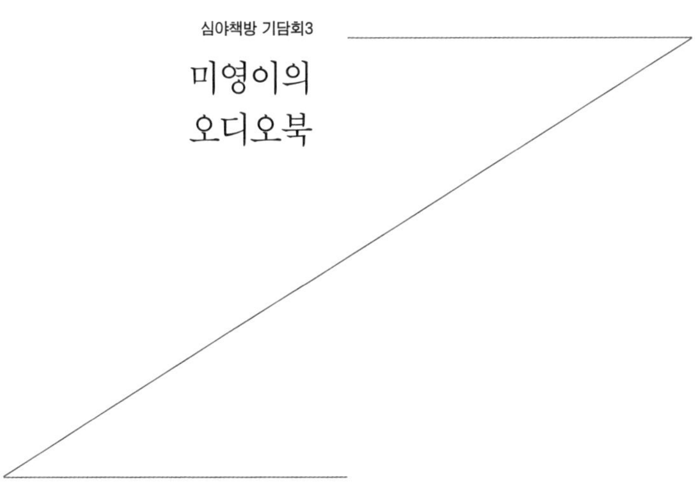

미영과 L은 중학생 때부터 친구였다. 서로 비슷하면 쉽게 친해질 수는 있어도 그만큼 빨리 질린다. 둘의 성격은 상당히 다른 구석이 많았지만, 그래서 서로에게 더 끌렸는지도 모른다. 그리고 한쪽이 무던하고 뭐든 잘 받아주는 성격이라야 우정이 오래 이어진다. 둘 중에선 누가 그런 사람이었는가 하면 L이었다.

L은 행동하기 전에 많이 생각하고 말하기보다는 들어주는 걸 즐겼다. 미영은 반대로 우선 저질러놓고 보는 성격이었다. L이 뭔가를 꼭 해야 할 상황에서 주저하고 있을 때 미영은 L 옆에 바싹 붙어서 함께 스타트 버튼을 눌러주었다. 반대로 미영이 무작정 일을 벌여놓아 난처해하고 있을 때면 L이 차근차근 정리해주는 역할을 했다.

미영이 그런 성격으로 자란 데는 그녀가 부잣집 외동딸이라는 이유도 한몫했다. 미영의 아버지는 큰 회사의 중역으로 머지않아 부사장이 될 위치에 있었다. 그는 전형적인 자수성가형 노력파였고 대형 비즈니스에 거침없이 뛰어드는 담력과 야망을 갖춘 사람이었다. 미영이는 바로 그런 아버지의 피를 그대로 물려받았다.

하지만 미영의 외모는 영화배우처럼 고운 어머니의 유전자가 강했다. 중학생 때 이미 하이틴 잡지에서 모델 제안을 받았을 정도다. 미영은 그 제안을 단박에 거절했다. 하이틴 잡지는 내용이 가벼워서 자기 취향과 어울리지 않는다는 게 이유였다. 그런 결정을 내리는 것조차 행동이 빠르고 경쾌했다.

"그런 잡지를 보는 애들이야 뻔하지 않겠어?"

뭐가 어떻게 뻔하다는 건지 잘 몰랐지만 L은 미영이 하는 말에 일일이 토를 달지 않았다. 그게 미영이 L을 좋아하는 가장 큰 이유였다. 미영은 자기 말에 반대하거나 이유를 묻는 사람을 싫어했다. 하지만 L은 미영의 그런 성격이 꼭 나쁜 것만은 아니라는 걸 알고 있었다. 어느 정도 시간이 지나면 미영 스스로 그때 자기가 왜 그랬는지 미주알고주알 말해주었기 때문이다. 매사에 일방적인 미영이었지만, 마음속 깊은 곳에선 자기 얘기를 들어줄 사람이 필요했던 것이다. 미영도 자신의 그런 점을 잘 알고 있었기에 L에게 은근히 기대기도 했다.

그러나 다른 친구들은 당연히 미영을 좋아하지 않았다. 독선적인 성격에 특유의 톡 쏘는 말투가 일단은 그 원인이었지만, 예쁘고 부자인 데다가 시험을 보면 늘 상위권 석차에 이름을 올리니 미영은 누구에게라도 시기의 대상이 되었음은 어쩔 수 없는 일이었다.

L도 가난하게 생활한 것은 아니지만 미영에 비할 바가 아니었다. L은 아파트에 살았는데 미영은 넓은 마당 한쪽에 식물을 키울 수 있는 커다란 온실까지 딸린 2층 양옥주택에 살았다. 가사도우미도 세

명이나 있었다. 아무런 걱정 없이 생활하며 일주일에 몇 번씩 과외 선생에게 따로 학습 지도까지 받았으니 성적이 좋을 수밖에 없었다.

공부를 잘했지만 아이들에게 인기가 없으니 미영은 반장을 한 번도 해보지 못했다. 반장 선거에 후보로도 못 오르니 전교 회장은 당연히 꿈도 꿀 수 없었다. 하지만 미영은 그럴 때마다 속상해하는 대신 콧방귀를 뀌면서 "흥! 그런 건 애들 장난질이야."라고 말했다. 그런 게 딱 미영이다운 반응이었다.

그러다 고등학교 2학년 때 기회가 왔다. 담임 선생님이 미영을 학습부장으로 임명한 것이다. 학급석차로만 보면 당시에 미영은 반에서 1등이었고 2학년 전체로는 5등이었으니 학습부장을 해도 이상할 건 없었다.

선생님이 미영의 이름을 말했을 때 몇몇 아이들은 "에?" 하며 야유와 의심이 섞인 소리를 냈을 정도로 어수선한 반응이었지만, 어쨌든 선생님이 임명한 거라서 다들 군소리 없이 따랐다. 실은 학습부장이라고 하는 게 딱히 무슨 중요한 일을 하거나 권력 같은 게 있는 자리가 아니라서 대부분은 미영이 학습부장에 임명된 것에 관심조차 가지지 않았다.

그러나 미영은 상당히 들떠서 당장 그날 학교를 마친 뒤부터 L에게 수다를 늘어놓았다. 둘이 자주 가는 카페에서 차를 마시며 미영은 굉장한 포부를 발표했다.

"나 말이야, 우리 반을 전교 1등 반으로 만들 거야!"

"뭐야, 벌써 그런 생각까지 했어?" L은 미영이 하는 말을 반은 농담으로 받아들이고서는 그렇게 말했다. 그런데 미영은 정말로 계획이 있었다. 조금 전 선생님이 미영의 이름을 불렀을 때 여기저기서 야유하는 소리가 터져 나오는 걸 듣고는 순간적으로 그런 생각을 했다는 거였다.

"그거, 야유 보낸 거 아니니까 신경 쓰지 마."

하지만 미영의 두 눈은 이미 야심으로 불타오르고 있었다.

"내가 공부할 때 쓰는 방법인데, 가만 생각해보니 그걸 다른 애들한테도 적용해보면 어떨까 싶어. 분명 효과가 있을걸?"

그 방법이란 다름 아닌 '학습지'였다. 당시는 1980년대 후반이라 지금처럼 학습지라는 게 다양하지 않았다. 아이들은 대개 교과서 내용을 요약 정리한 참고서 두어 종류와 수업 시간에 선생님이 칠판에 써준 내용을 기준으로 삼아 시험공부를 하는 게 일반적이었다.

하지만 부자는 역시 달랐다. 미영은 그런 것 말고 특별한 학습지를 매달 우편으로 받아 공부했는데 거기엔 학습지 내용을 따로 알기 쉽게 녹음한 카세트테이프도 한두 개 부록으로 들어 있었다. 그 카세트테이프를 들으면서 공부하면 몇 배는 더 능률이 높아진다는 게 미영의 말이었다. L은 어른들의 경우 승진시험을 대비해서 영어 회화 카세트테이프를 활용한다는 걸 아버지에게 들어 알았지만, 학생들도 그런 게 있는 줄은 몰랐다.

"그 카세트테이프는 어차피 학습지하고 세트라서 듣기만 해서는 안 되거든. 그래서 내가 좀 업그레이드 녹음을 해볼 생각이야. 교과서 없이 카세트테이프만 듣고 있어도 공부가 되도록. 어때, 획기적이지?"

좋은 계획이긴 하다. 그렇지만 L은 그 말을 들으면서 두 가지 고민거리가 생겼다. 첫째, 그렇다면 학급 전체에 카세트테이프 녹음본을 돌리겠다는 건가? 그것도 무료로? 50명이 넘는 아이들에게 카세트테이프를 준다면 예산이 꽤 들어갈 거다. 설마 판매하려는 속셈은 아니겠지. 물론 아닐 테다. 미영의 용돈이라면 카세트테이프 50개쯤 이야 그리 큰돈이라고 할 수 없다. 둘째, 사실 이게 더 큰 고민이다. 과연 깍쟁이 같은 미영의 목소리로 녹음한 카세트테이프를 아이들 이 과연 들으려고 할까?

L은 미영에게 첫 번째 고민에 관한 이야기만 했다. 역시나 미영은 돈 걱정 따윈 하지 말라면서 가볍게 웃어넘겼다. 대신 자기 집에 와 서 녹음하는 걸 도와달라고 했다. 그렇지 않아도 L은 가끔 미영의 집에 공부하러 가곤 했다. 넓고 쾌적한 방 한쪽 벽에 카세트 플레이 어 두 개가 나란히 붙어 있는 큰 전축이 서 있었던 게 기억났다. 미 영은 거기에 마이크를 연결하면 간단히 목소리를 녹음할 수 있다고 했다.

"그런데 혼자 녹음하면 영 기분이 안 나거든. 누군가 앞에서 마치 학생처럼 들어주는 사람이 있어야 실감 나게 녹음할 수 있을 것 같 아. 그렇게 하면 강의하는 사람인 나도 공부가 되니까 일거양득이 지."

미영의 성격답게 학습지 오디오북 계획은 카페에서 이야기를 나 눈 지 일주일 만에 첫 작업을 시작했다. 목표는 2학기 중간고사 시험 기간 전에 아이들에게 카세트테이프를 나눠줘서 반 전체 평균 점수 를 올리는 거다. 거의 한 달 정도 미영의 집에서 둘이 모여 녹음작업 을 한 결과, 계획대로 주요과목 네 개를 카세트테이프 한 개에 담아 오디오북으로 만드는 데 성공했다.

이후 미비한 부분은 미영이 혼자서 따로 녹음과 편집을 마쳤고 중 간고사를 3주 정도 남긴 시점에서 카세트테이프 복사본 50여 개도 문제없이 마련됐다. L의 우려와 달리 아이들의 반응은 뜨거웠다. 미영의 평소 목소리는 콧소리가 많이 섞여서 좀 인위적으로 들리는 면이 있는 게 사실이었지만, 카세트테이프에 녹음된 것을 들으니 그게 오히려 장점으로 작용했다. 강의 내용이 지루하지 않고 발음도 좋아서 집중이 잘 된다는 의견이 많았다. 마치 라디오 방송 같아서 오디오북을 여러 번 다시 들었다는 아이들도 있었다.

중간고사 기간이 지나고 얼마 되지 않아 미영은 얄미운 모범생에서 전교생이 좋아하는 인기스타로 입지가 완전히 바뀌었다. 아이들뿐만 아니라 선생님들도 미영을 칭찬했다. 미영과 L이 속한 반은 기말고사에서 정말로 가장 높은 평균 점수를 얻었다.

여세를 몰아 미영은 기말고사 때도 학습지 오디오북을 만들었고 두 번째 역시 인기 대폭발이었다. 미영의 반 아이가 가진 카세트테이프를 다른 반 학생이 빌려서 복사하고, 그 복사본을 다른 반에서 두 번 세 번 복사해 듣는 일도 있을 정도였다.

3학년이 되었을 때, 이제 학생들은 물론이고 선생님들까지 은근히 미영의 학습지 오디오북을 기다리게 됐다. 그도 그럴 것이 곧 대학 입시 시험을 치러야 하기에 3학년 중간, 기말고사를 다들 긴장하는 마음으로 준비하고 있었기 때문이다.

L은 자기 공부도 중요할 텐데 학습지 오디오북까지 녹음해서 아이들에게 나눠주려는 미영의 태도를 의아하게 여겼다. 평소 성격대로라면 혼자만 열심히 공부해서 성적 올리는 일에 열중할 미영이 왜 이런 선행을 베푸는 걸까?

"결국엔 내가 전교 1등을 하고 졸업식 때 우등상을 받게 될걸? 오디오북으로 공부하는 건 내 스타일이잖아. 내 방식대로 녹음한 거니까 결국 나한테 제일 잘 맞는 거야. 다른 애들 성적도 조금은 오를 수 있겠지만 가장 도움이 되는 건 나 자신이라고.”

듣고 보니 조금은 이해가 됐다. 역시 미영이답게 치밀하고 이기적이로구나, 라고 생각하면서 살짝 무섭기도 했다.

불행인지 다행인지 그런 야심을 가진 미영에게 기회가 왔다. 그때까지 줄곧 전교 1등을 내주지 않던 학생이 학기 초에 자퇴하고 외국으로 유학을 떠난 것이다. 그리고 1학년 때부터 라이벌이었던 M이 미영과 같은 반이 되었다. 미영은 여태 성적으로 M을 이긴 적이 없다. 미영은 M만 이긴다면 자신이 전교 1등을 하게 된다면서 주먹을 불끈 쥐었다. 그리고 이 꿈은 머지않아 실현됐다. 3학년 중간고사 성적이 나왔을 때 드디어 미영이 전교 1등을 차지하게 된 것이다. 무슨 이유에서인지 이때 M은 10위권 밖으로 석차가 떨어져버렸다.

M은 중간고사가 끝난 뒤로 컨디션이 조금 안 좋은가 싶더니 결국은 며칠 동안 학교에 나오지 않았다. L은 무슨 일인가 궁금해서 담임 선생님께 물었는데 역시 M은 몸이 아파서 병원에 입원했다는 얘기를 들었다. 지금은 퇴원해서 집에 있지만 조금 더 안정을 취한 다음 등교 여부를 결정한다는 것이다. 문병이라도 가고 싶다고 했지만 선생님은 당분간 그러지 않는 게 좋겠다며 말렸다.

“계속 공부에만 매달리다 보니 몸도 마음도 많이 지친 상태인 것 같아. 너무 안쓰럽다.”

L의 말에 미영은 특유의 깍쟁이 같은 말투로 대답했다.

“난 벌써 문병을 다녀왔는걸?”

L은 깜짝 놀랐다. 두 사람은 평소에 대화는커녕 서로 눈인사조차 거의 하지 않고 지내던 사이가 아닌가. 그런데 어쩐 일로 문병까지

간 걸까. 이런 게 승리자의 아량이라고 하는 건가. 나중에 M의 어머니에게 따로 들은 바에 의하면 미영이 집에 찾아온 것은 사실이었다. 손에는 커다란 과일 바구니도 들고 있었다고 한다. 미영은 M이 누워 있는 방에 들어가 10분 정도 따로 얘기를 나누다가 돌아갔다.

이 일을 계기로 L은 미영을 다시 보게 됐다. 자기밖에 모르는 부잣집 외동딸이라고 해도 어쨌든 라이벌 관계였던 친구가 아프니까 신경이 쓰인 것이다. 겉으로는 잘 표현을 안 하지만 은근히 인간다운 면이 있구나, 라고 L은 속으로 생각했다.

M은 그 후로도 상태가 나아지지는 않아서 두어 번 학교에 나온 적이 있지만 결국은 기말고사를 치르기 전 자퇴를 하고 말았다. 그 다음은 그저 드문드문 전해오는 소문으로만 M의 소식을 들었을 뿐이다. 소문에 의하면 M은 사람을 알아보지 못할 만큼 몸 상태가 안 좋아져서 다시 병원에 입원했다는 거다. M이 자살했다는 끔찍한 이야기도 돌았지만 정확한 사실은 알 수 없었다.

그런 소문과는 상관없이 미영은 기말고사에서도 전교 1등을 차지했고 바라던 대로 졸업식 때 우등상을 받았다. 성적도 성적이지만 학습지 오디오북을 만들어서 다른 학생들에게 도움을 주었던 점도 수상자로 지명받은 주요한 원인이었다.

대학 입학시험에서도 좋은 성적을 받은 미영은 무리 없이 좋은 학교에 입학했다. L도 같은 학교에 합격했지만 원했던 학과보다는 두 단계 정도 낮은 곳에 아슬아슬하게 통과하는 것으로 만족해야 했다.

미영의 오디오북 사랑은 대학생이 되어서도 계속 이어졌다. 자기 목소리를 카세트테이프에 녹음하고 그걸 사람들에게 들려주는 행위 자체를 즐기는 게 아닌가 싶었다. 미영은 이제 학습지 오디오북은 재미가 없다면서 소설책을 녹음해보겠다고 말했다. 그야말로 읽는 책이 아니라 듣는 책을 만들겠다는 계획이었다.

그때는 책을 읽어주는 오디오북이라는 개념이 일반적이지 않을 때였다. 당연히 미영이 녹음한 소설책 카세트테이프를 들은 친구들은 반응이 좋았다. 졸업하면 아나운서에 도전해보는 게 어떻겠냐며 남녀 할 것 없이 칭찬이 쏟아졌다. 그럴 때도 미영이는 특유의 새침한 표정으로 "어차피 난 유학 마치고 아빠 회사에서 일해야 하거든. 그래서 이건 그냥 취미야."라며 생글거리며 말했다.

미영의 운명을 가름할 그 기묘한 사건은 2학년 여름방학 때 벌어졌다. 미영은 더운 여름을 위한 특별한 오디오북을 만들었다며 L에게 카세트테이프를 하나 건넸다. 에드거 앨런 포의 《검은 고양이》 본문을 녹음한 것이었다. 들어보니 늘 그랬듯 프로 성우의 작품처럼 녹음이 자연스러웠다. 많이 작업하다 보니 책을 그냥 읽는 게 아니라 약간의 연기까지 곁들여서 더욱 실감 났다.

"어때? 여름엔 역시 공포 소설이 어울리겠지?"

미영의 말에 L은 헤드폰을 벗어서 탁자에 내려놓고 엄지를 척 들어 보였다. 정말로 누구나 좋아할 것 같았다. 미영은 즉시 카세트테이프를 복사해서 다음 날 친구들에게 나눠줬다. 예상했던 대로 지금까지 녹음한 오디오북 중에서 최고의 반응이었다.

유난히 더웠던 여름방학이 지나고 다시 학교에 모두가 모였을 때 몇몇 친구들이 미영의 곁으로 몰려들었다.

"오디오북 진짜 최고던데! 너무 실감 나서 듣다 보니 등골이 오싹했다니까."

"덕분에 더운 줄 모르고 여름이 지나갔어."

대개는 이런 식으로 미영이 녹음해서 나눠준 오디오북에 관한 칭찬이 이어졌다. 그런데 한 친구가 이상한 말을 했다.

"미영이 목소리 연기도 좋았지만, 특히 주인공이 고양이를 괴롭히는 장면에서 나오는 고양이 울음소리 효과음이 단연 괴기스럽던데?"

그렇게 말하면서 우스꽝스럽게 고양이 흉내를 내자 옆에 있던 친구들이 왁자하게 웃으면서 다들 동의했다. 그런 장면을 낭독하면서 고양이 울음소리를 함께 녹음한 센스가 대단하다며 모두 미영을 추켜세웠다. 미영은 조금은 어색한 표정으로 "다들 즐겁게 들어줘서 고마워."라고만 대답했다.

미영이 그런 표정을 지었던 이유는 곧 알게 됐다. L과 둘만 남았을 때 미영은 작은 목소리로 말했다.

"그런데 말이야. 나 그런 소리 녹음한 적 없거든. 녹음할 때 잡음이 들어갈까 봐 늘 창문하고 커튼도 닫으니까 다른 소리가 들린다는 게 이상해. 우리 집은 고양이를 키우지도 않고. 그런데 어떻게……."

실은 L도 카세트테이프를 건네받은 날 앞부분 정도만 확인했을 뿐 여름방학 내내 오디오북을 끝까지 들어보지 않아서 친구들이 말한 그 장면에서 고양이 소리가 났는지는 알지 못했다.

"복사할 때 잡음이 같이 들어간 거 아닐까? 신경 쓰지 마."

L은 별것 아니라 생각해서 그렇게만 말했고 두 사람은 이날 다시 오디오북 이야기는 하지 않은 채 각자 집으로 돌아갔다.

그런데 다음 날 미영이 학교에 나오지 않았다. 그다음 날도 수업을 빠져서 L은 미영의 집에 전화를 걸었다. 수화기 건너편에서 미영의 어머니는 불안한 목소리로 미영이 좀 아픈 것 같다고 말했다. 아프면 아픈 거지, 아픈 것 같다는 건 또 뭘까? L은 어머니께 말씀드리고 미영을 직접 보러 갔다.

집에 갔더니 어머니는 미영이 계속 방 밖으로 나오지 않고 이유도 말하지 않는다며 답답해했다. L은 가볍게 문을 두드린 다음 방으로 들어갔다. 대낮인데도 창문과 커튼이 닫혀 있고 불도 꺼놔서 방 안은 밤처럼 어두웠다. L이 형광등 스위치를 켜려고 하자 미영이 겁에 질린 목소리로 "켜지 마!"라고 소리쳤다. 하는 수 없이 L은 책상 위에 있는 작은 독서등을 켰다. 흐릿한 그림자에 비친 미영의 얼굴은 전혀 다른 사람처럼 수척해져 있었다.

"그 애가 찾아왔어⋯⋯. 분명 그 애야⋯⋯."

"무슨 소리를 하는 거야. 침착하게 다시 얘기해봐."

L은 미영을 두 팔로 안고 안정시켰다. 미영은 숨을 몰아쉬더니 울먹이는 목소리로 《검은 고양이》 오디오북을 들어보라고 했다. 그러면서 미영은 떨리는 손가락으로 바닥에 뒹굴고 있는 헤드폰을 가리켰다.

헤드폰 선은 전축과 연결되어 있었다. L은 깊게 심호흡을 하고 카세트데크의 플레이 버튼을 눌렀다. 철컥하는 소리와 함께 익숙한 미영의 목소리가 들렸다. 친구들이 말한 그 부분 같았다. 주인공이 검은 고양이를 학대하는 장면이다.

정말로 그 장면에서 배경음처럼 희미하게 고양이 울음소리가 들렸다. 하지만 너무 작은 소리라 자세히 들어야 그게 고양이 소리인지 알아차릴 정도였다. 복사할 때 들어간 잡음이라고 해도 이상하지 않은 그런 소리였다. L은 테이프를 되감아 고양이 소리가 들리는 부분에서 볼륨을 조금 높였다.

'미야옹―. 미야옹―.'

큰 소리로 들으니 정말로 고양이 울음소리처럼 들렸다. 그런데 뭔가 알 수 없는 섬뜩한 기운이 어두운 방 안에서 휙 하고 지나가는 느낌이 들었다.

'설마⋯⋯.'

L은 다시 테이프를 바로 전 장면으로 되감아 이번에는 볼륨을 최대로 높인 상태로 고양이 울음소리를 기다렸다. 소리를 너무 크게 한 탓인지 헤드폰에서 사람의 거친 숨소리 같은 잡음이 쉭쉭 하고 들렸다. 그리고 다음 순간,

'미영아―. 미영아―.'

그건 분명 고양이 울음소리가 아니다. 흐느끼며 미영이를 부르고 있는 어떤 사람의 음성이었다. 그런데 그 목소리가 너무도 귀에 익었다. L은 꼼짝할 수 없는 상태에서 기억을 되살리려고 애썼다. 아아, 그것은⋯⋯. L은 겁에 질려서 헤드폰을 벗어 그대로 바닥에 던졌다. 미영이 이쪽을 보고 있었다.

"맞지? 그렇지? 걔야. M이야⋯⋯. 걔는 죽었는데⋯⋯."

미영은 발작하듯 큰 소리를 냈다. 우는 건지 웃는 건지 모를 이상한 소리였다. L은 얼른 정신을 차리고 다시 미영을 감싸 안았다. 미영은 계속 흐느꼈다.

"내가 그런 거야. 그래서 날 찾아온 거야⋯⋯."

"무슨 소리를 하는 거야. 정신 차려, 미영아."

겁에 질린 미영을 진정시키고 이야기를 들은 건 거의 30분이나 지난 후의 일이다. 그 사건은 미영이 학습지 오디오북을 만들어 학생들에게 나눠주던 고등학생 때 시작됐다. 3학년이 되고 드디어 전교 1등을 할 수 있겠다는 야심에 가득 찼던 미영은 몰래 한 가지 계획

을 세웠다. 라이벌이었던 M, 그러나 성적으로는 한 번도 이겨보지 못했던 M이 중간고사에서 조금만 실수를 해준다면 미영은 가볍게 1등으로 치고 올라갈 수 있는 길이 열린다. 하지만 어떻게? 미영은 학습지 오디오북을 떠올렸다.

미영의 학습지 오디오북은 2학년 때부터 인기가 있었으니 M도 공부할 때 그걸 한 번쯤은 들어보지 않을까? 대개 시험공부는 밤에 하기 마련이다. 미영은 M에게 줄 카세트테이프에만 몰래 이상한 소리를 섞어서 복사했다. 귀신이 흐느끼는 듯한 기분 나쁜 소리를 킬킬대며 녹음했다. 처음엔 장난식으로 생각했다. 그저 M이 밤에 그 소리를 듣고 공부할 때 집중이 안 되기를 바랐을 뿐이다.

그런데 결과적으로 M은 미영이 생각했던 것 이상으로 큰 정신적 충격을 받은 모양이었다. M이 며칠 동안 학교를 나오지 않았을 때 미영은 설마 하는 마음도 있었지만 만약 정말로 자기가 만든 학습지 오디오북이 원인이라면 어떻게 해서든 그 카세트테이프를 회수해야만 했다. 미영은 그날 좋은 마음으로 문병하러 간 게 아니라 이상한 소리가 녹음된 그 오디오북을 다시 가져오려고 M을 만난 것이다.

미영이 방에 들어갔을 때 M은 겁에 질린 나머지 아무 소리도 내지 못한 채 입만 벙긋거렸다. 미영은 눈을 부릅뜨고는 "내놔. 어딨어, 그거."라고 하며 한걸음씩 다가갔다. M은 공포에 질려 아무 대답도 할 수 없는 상태였다. 미영은 주변을 둘러봤다. 마침 책상 위에 있는 작은 플레이어 옆에 미영이 만든 카세트테이프가 있었다. 미영은 그걸 얼른 주워 옷 주머니에 넣었다.

"휴우―. 다행이다. 그럼, 나 갈게. 잘 지내."

미영은 뒤도 돌아보지 않고 밖으로 나갔다.

모든 이야기를 털어놓은 미영은 기운이 없는지 몸이 축 늘어졌다. L은 한동안 미영을 그대로 안고 있었다. 잠시 후 미영의 숨소리가 편안해지는 것을 느꼈다. 어느샌가 잠이 든 모양이었다. L은 미영을 그대로 침대에 눕혀두고 조용히 방을 빠져나왔다. 그게 미영을 본 마지막 모습이었다.

그 후로도 미영은 학교에 나오지 않았다. 다음 해, 교수님을 통해 미영이 자퇴서를 제출했다는 말을 전해 들었다. 어떻게 된 사정인지 물어보려고 여러 번 전화로 연락을 했지만 끝내 미영의 말은 들을 수 없었다.

학교를 졸업하고 L은 몇 번의 시도 끝에 괜찮은 회사에 들어가 일하게 됐고 거기서 만난 마음씨 좋은 남자와 결혼도 했다. 미영의 소식은 아주 가끔 외국에 사는 친구를 통해 듣곤 했다. 미영은 그 일을 겪고 힘들어하다가 캐나다 남부 어디인지로 가족 모두가 이민을 떠났다는 것이다.

그리고 몇 해 지나지 않아 미영은 자동차 사고로 죽었다고 했다. 산에 올랐다가 실수로 발을 헛디뎌 떨어져 죽었다는 얘기도 들었다. 어떤 소문에 의하면 '미안해.'라고만 쓴 짧은 유서를 남기고 스스로 목숨을 끊었다고도 했다. 대개 소문이라는 게 그렇듯, 무엇도 확실한 것은 없었다.

어쨌든 그 당시 M이 그랬던 것처럼 미영도 이제는 소문으로만 존재하는 희미한 흔적이 되었다. 어쩌면 미영은 자신이 만든 오디오북 속에 찾아온 M이 부르는 소리에 이끌려 친구를 따라간 것인지도 모를 일이다.

                                     *

"정말 무서운 이야기네요. 오디오북에서 흘러나오는 친구의 목소리
라니—."

내 옆자리에 앉은 대학생 참가자가 몸을 움츠리며 말했다.

L씨는 다시 기억을 떠올리니 조금 무서운 느낌도 들지만 벌써 수
십 년이나 지난 이야기라 지금은 아무렇지 않다고 했다. 잠시 숨을
고르던 L씨가 곧 말을 이었다.

"욕심이란 사람을 살게도 하고 죽게도 만들죠. 미영이도 책을 녹
음만 할 게 아니라 그 안에서 책이 들려주는 말에 귀를 기울였다면
그런 비극적인 일은 피할 수 있었을 거예요."

"사람을 살게도 하고 죽게도 한다⋯⋯. 네, 그렇죠. 저도 동감합니
다."

L씨 옆에 앉은 어르신이 마침내 입을 열었다. 지금까지는 듣기만
하고 말을 전혀 하지 않았기에 어르신이 어떤 사람인지 나는 전혀
짐작할 수 없었다. 그런데 목소리를 들으니 상당히 힘이 느껴졌다.
건강함 이상의 완력이 전해진다고 할까? 어르신은 계속 말했다.

"수십 년 동안 여러 곳을 떠돌아다니며 참 많이 배웠습니다. 하지
만 이 작은 책이야말로 도저히 거부할 수 없는 참스승이었다고 말씀
드리고 싶네요. 조금 전까지 여성 분께서 죽음에 관한 이야기를 들
려주셨지만, 제가 만난 스승은 삶을 가르쳐줬습니다."

어르신은 말을 마친 다음 허름한 종이가방에서 책 한 권을 꺼냈
다. 책 역시 많이 낡았다. 그 책은 헌책방에서 찾는 손님이 적지 않아
내게도 익숙한 것으로 박상륭의 소설 《죽음의 한 연구》다.

어르신이 가져온 책은 요즘 서점에서 흔히 볼 수 있는 것과 달리

연꽃과 물고기 그림이 표지에 선명한 1970년대 초판이다. 겉보기에 낡긴 했지만 저 정도라면 헌책방에서 정가의 열 배 이상에 거래될 정도로 희귀본이다. 책을 보며 나도 모르게 침을 꿀꺽 삼켰다. 그런데 삶에 관한 이야기라고 하면서 어째 책은 그와 반대인 것을 가져왔을까?

"이 책은 제가 젊은 날 가지려고 발버둥 쳤으나 잡지 못했고, 반대로 벗어나려고 안간힘을 썼어도 끝내 끊을 수 없었던 삶의 교훈을 품고 있습니다. 그 교훈을 얻기까지의 여정이 참으로 기이했습니다."

이렇게 이야기는 자연스럽게 어르신의 순서로 넘어갔다.(계속)

기이한
여정

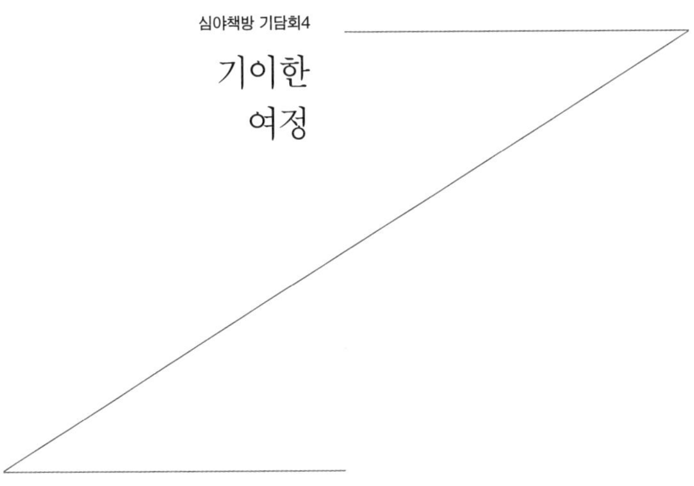

삶의 길을 찾기 위해 책을 읽는 사람들이 있다. 책은 공부의 수단이 되기도 한다. 그런가 하면 자기만족에 젖어서 이해할 수도 없는 책을 끼고 살기도 한다. 책 내용에 사로잡혀 그것을 그대로 믿고 따르며 살아가는 사람도 있고, 그런 사람들에게 책을 더 많이 팔려고 일부러 듣기 좋은 소리로 포장한 책을 만드는 출판업자도 존재한다. 그렇다면 '사람은 책을 만들고 책은 사람을 만든다.'라는 말은 실로 무서운 얘기가 아닌가. 결국, 사람이 만든 책이 반대로 사람에게 영향을 끼쳐서 인간의 사상을 지배할 새로운 책을 만들어내도록 조종하고 있다고 생각할 수도 있지 않을까?

"하나도 무슨 소린지 알아먹지를 못하겠는데? 긍게, 누가 누구를 지배한다고?"

Y의 이야기를 가만히 듣고 있던 동료가 작업용 장갑을 벗어 바지에 묻은 먼지를 탁탁 털어내며 말했다. 1996년, 아니 1997년일 수

도 있지만 그건 중요하지 않다. 오래전 기억이라 연도까지는 정확하지 않다. Y는 50대의 나이로 지금은 전라도 어느 곳에 있는 아파트 공사 현장에서 일용직으로 일하는 중이다. 그는 쉬는 시간마다 가끔 동료에게 책 얘기를 했다. 하지만 말이 통하는 사람이 없었다. 이날도 마찬가지였다. 그는 고개를 저었다.

한 권의 책과 함께 시작된 이 기이한 여정에 관해 이야기하려면 시간을 좀 더 앞으로 돌려야 한다. 1975년에―이 연도는 정확하다- Y는 30대 중반이었고 그럭저럭 살아가고 있었다. 하지만 그럭저럭이라는 게 단지 좋은 의미만은 아니다. 꿈이나 목표도 없이 하루하루를 그냥 살아지는 대로 사는 게 그로서는 너무도 허무하게 느껴졌다. 누구에게나 삶은 한 번뿐이고 그걸 최대한 알차게 살아낼 방법은 무엇일까? Y는 어릴 때부터 그 문제에 골몰했다.

그 무렵 서점에 들렀다가 우연히《죽음의 한 연구》라는 책을 발견했다. 우선 제목이 마음에 들었다. 일단은 선 채로 앞부분을 조금 읽었다. 잘 이해는 안 됐지만 굉장히 심오한 주제를 담고 있는 소설 같았다. 그는 책을 사 들고 집으로 와서 밤새 읽었다. 다음 날도, 또 그다음 날에도 읽었다. Y는 그 소설에 완전히 빠져들었다.

소설은 주인공이 가상의 무대인 '유리羑里'라는 마을로 들어가 여러 일을 겪은 후 이전 촌장을 죽이고 새로운 촌장이 된다는 내용이다. 지금껏 교회나 절에 한 번도 가본 적이 없던 Y가 읽기에 이 책은 소설이 아니라 거대한 종교 철학서처럼 다가왔다. 그는 책을 연속으로 두 번 읽고 나서 맨 뒤 속지에 볼펜으로 이렇게 감상을 남겼다.

소설로 읽지 말고 삶으로 받아들일 것.

무언가에 홀린 듯 새벽에 그런 문장을 써놓았지만, 정작 그 뜻을 본인도 잘 알지 못했다. Y는 이 책이야말로 인생의 본질을 밝혀주고 있는 것처럼 보였다. 난해한 문장 곳곳엔 지금부터 풀어야 할 수수께끼들이 한가득이다. 그 의미를 알게 되는 순간 삶의 진실을 얻을 수 있다. 이보다 더 값진 인생이 어디 있으랴!

Y는 그로부터 몇 주 지나지 않아 다니던 회사에 사표를 내고 최소한의 짐만 챙긴 채로 집을 나섰다. 이른 새벽에 길을 나서며 그는 이렇게 다짐했다.

'지금부터는 한 길만 있다. 왔던 길을 두 번 다시 밟지 않겠다.'

어제 살았던 시간을 다시 돌아가 두 번 경험할 수 없는 것과 마찬가지로 깨달음을 얻는 길도 하나일 수밖에 없다고 그는 생각했다. Y는 서울역으로 가서 남쪽으로 향하는 입석 기차표를 끊었다. 어디로 가야겠다는 계획은 없었지만 《죽음의 한 연구》에 배경으로 나오는 마을이 남쪽 어딘가이기에 무작정 남부지방으로 향한 것이다.

남원에서 내려 지리산 근방을 배회하던 Y는 산속에 있는 한 절로 발걸음을 옮겼다. 그는 이것이 자신의 운명이라고 믿었다. 절 입구에 들어서자 마침 마당을 쓸고 있는 스님이 있어 허리를 구부려 인사했다. 스님도 낯선 사람을 발견하자 합장으로 맞이했다. 그는 나이가 Y와 비슷하거나 조금 어려 보였다. Y는 중이 되고 싶어 찾아 왔다고 말했다. 스님은 놀라는 기색 없이, 마치 그의 이런 방문을 미리 알고 있었다는 듯 편안한 목소리로 물었다.

"왜 중이 되려고 하시는지요?"

"삶의 이치를 깨닫고 싶기 때문입니다."

"그렇다면 돌아가시지요." 스님은 단호하게 말했다.

"네? 왜죠? 저는 중이 될 자격이 없다고 보시나요?"

그가 놀라며 묻자 스님은 활짝 웃어 보였다.

"중이 되려는 사람에게 어찌 자격을 따지겠습니까. 다만, 삶의 이치를 깨닫고 싶으신 거라면 잘못 찾아오셨습니다. 삶에는 애초에 이치라는 게 없으니까요."

몇 번이나 다시 읽은 《죽음의 한 연구》에 나오는 선문답 같은 스님의 말에 Y는 무어라 대꾸를 할 수 없어 멍하니 서 있을 뿐이었다. 그는 가방에서 책을 꺼내 내밀었다.

"이 책에서 그러더군요. 물론 이건 소설입니다만, 깨달음이란 삶의 모든 괴로움과 번뇌에서 벗어나 자유롭게 되는 거라고 했습니다."

스님은 Y가 내민 책을 향해 한번 눈길을 주더니 다시 그의 눈을 보며 말했다.

"이 책에는 선생님께서 말씀하신 그런 내용이 없습니다."

"스님은 이 책을 읽으셨나요?"

"오늘 처음 보는 책입니다."

"그런데 어째서 제가 말한 내용이 책에 없다고 하십니까?"

"읽어보지 않았으니까 그런 내용이 없는 줄 알지요. 읽었으면 선생님과 비슷한 걸 발견했을 겁니다."

Y는 스님의 말장난이 좀 심하다고 생각하면서도 한편으론 그의 편안한 표정에 압도되어 군말 없이 책을 다시 거둬들였다. 그때 스님이 말했다.

"길에서 부처를 만나면 부처를 죽이라고 하였습니다."

Y는 화들짝 놀라서 스님을 쳐다봤다.

"살불살조殺佛殺祖! 맞습니다. 바로 이 책에도 그런 말이 나옵니다."

스님은 그의 말에 활짝 핀 웃음으로 대답했다.

"중이 되려고 하는 사람은 중이 될 수 없습니다. 깨달음을 찾으려고 하면 깨달음이 보이지 않지요. 그러니 선생님이 책에서 훌륭한 내용을 읽었다면, 그걸 냅다 벗어 던져야 합니다."

그제야 Y는 스님의 말뜻을 조금은 알 것 같았다. 그는 금세 허무한 감정에 휩싸였다. 왔던 길로 돌아가지 않겠다는 굳은 다짐조차 아무것도 아닌 것처럼 여겨졌다.

"그럼, 지금부터 제가 어쩌면 좋겠습니까?"

시무룩한 질문에 스님은 여전히 밝고 가벼운 목소리로 대답했다.

"곧 점심때가 되니 여기서 간단히 요기라도 하고 가시지요."

그렇지 않아도 서울을 떠나고 며칠 동안 제대로 된 식사를 하지 못한 Y는 처음 스님을 만났을 때보다 더욱 반가운 마음으로 허리를 굽혔다.

"떠도는 신세라 가진 게 없어서 어쩌지요? 공짜로 얻어먹기는 죄송한데요."

그렇게 말했더니 스님은 뜻밖에도 Y가 들고 있는 책을 손가락으로 가리켰다.

"속세의 식당이 아니니 돈을 받지는 않습니다. 대신 그 책을 제게 주시면 어떨는지요? 말씀을 들어보니 저도 읽어보고 싶네요."

조금 전에 스님이 책을 벗어 던지라고 한 말이 떠올라 Y는 흔쾌히 그러겠다고 했다. 책 한 권이 밥 한 그릇으로 바뀌는 이런 경험도 나쁘지 않다.

식사를 마치고 절을 떠나려는데 다시 스님이 Y를 불러 세웠다. 손에는 책이 들려 있었다. 자세히 보니 Y가 내준 책은 아니었다.

"이건 제가 읽은 책인데 아주 재미있었습니다. 가시는 길이 지루하지는 않을 겁니다. 책을 받았으니 저도 책 한 권 드리겠습니다."

스님은 그 책을 절에 오가는 한 신자에게 선물로 받은 거라고 했다. Y도 그 책 제목은 들어서 알고 있지만 딱히 읽어보고 싶지는 않아서 서점에서 몇 번이나 그 책 옆을 그냥 지나쳤던 기억이 났다. 최인호의 소설 《바보들의 행진》이다. 대체 이런 가벼운 책을 스님에게 선물하는 사람은 무슨 생각을 하는 걸까? 이걸 재미있게 읽었다는 스님도 이해가 잘 안 되긴 마찬가지였다. 어쨌든 Y는 그 책을 받아 가방에 넣고 산길을 내려와 마을로 향했다.

읍내의 허름한 여관에서 하룻밤을 보내며 Y는 스님에게 받은 책을 읽었는데 웬걸, 의외로 상당히 재미있었다. 사실 그는 최인호를 서점에 흔하게 널린 신파 소설이나 쓰는 작가로 알고 있었다. 그런데 이 책은 재미도 있었지만 나름 진지한 주제의식도 깔려 있어서 절대로 가볍게 읽히지 않았다.

'역시 뭐든 겪어봐야 아는 거야.'

Y는 그렇게 생각하면서 스르륵 잠이 들었다. 아침에 일어나서 세수를 할 때 Y는 스님과 마지막에 했던 대화를 다시 떠올렸다. 책 한 권을 너무 오래 읽거나 지니지 말고 오며 가며 만난 사람과 바꿔 읽으라는 말이었다. 자신도 오래전부터 그렇게 해오고 있다는 거였다. 그게 부탁인지 조언인지는 정확히 모르겠지만 괜찮은 방법 같아 그 말을 따르기로 했다.

그날 아침 여관에서 나오면서 Y는 주인에게 혹시 책을 바꿔보지 않겠느냐고 물었다. 주인은 잠시 그를 이상한 사람 보듯 했지만 이내 책장에 있는 대여섯 권의 책 중에서 하나를 골라 보여줬다. 펄 벅의 《대지》였다. Y는 주인에게 《바보들의 행진》을 줬다. 주인은 인기 작가의 책을 받게 되어 고맙다며 문을 나서는 Y에게 오랫동안 손을 흔들어 인사했다.

Y는 계획도 없이 또 다른 곳으로 발길을 돌렸다. 먹고는 살아야 하니까 들어선 동네에 일거리가 있으면 거기 얼마간 머물렀고, 일이 끝나면 다시 떠났다. 부산항 근처에서 일하며 5년 동안 지낸 것을 빼면 Y는 한 지역에서 짧게는 일주일, 길어봐야 2년 남짓 생활했을 뿐이다.

그리고 이 여정에 따라 가방 안에 든 책도 계속 바뀌었다. 《대지》는 톨스토이의 《부활》이 되었다가 김기림의 시집으로 옮겨갔다. 언젠가는 아우구스티누스의 《고백록》을 읽었고 《팡세》와 《에밀》로 이어졌다. 그러다가 신채호의 《조선상고사》, 네루의 《세계사 편력》으로도 가지를 뻗었다.

Y는 상대방이 어떤 책을 보여주든 상관하지 않고 가지고 있는 책과 바꿨다. 그가 어디로 갈지 알 수 없듯이 책도 마찬가지였다. 그는 다음에 자기가 어떤 책을 읽게 될지 미리 상상하지 않고 모든 걸 운명에 맡긴 채 떠돌아다니며 읽었다.

그렇다 보니 어느 순간, Y는 자신이 원해서 책을 읽는 게 아니라 반대로 책이 그의 생각을 이끌어가고 있다는 결론에 이르렀다. 다른 사람도 마찬가지다. 서점에서 우리가 어떤 책을 살 때 그게 꼭 사는 사람의 의지에 따른 판단의 결과일까? 실은 완전히 반대의 일이 벌어지고 있는 게 아닐까?

"대학교 먹물 쪼까 먹었다고 하드만 여가 좀 잘못된 갑소."

아파트 공사 현장의 동료는 손가락을 자기 머리 가까이에 대고 빙글빙글 돌리면서 말했다. 심한 사투리 억양 탓에 약 올리는 말투처럼 들렸다. 정말로 Y를 놀리고 있는 것인지도 모르지만, 그는 개의치 않았다. 벌써 20년 가까이 떠돌아다니면서 별별 일을 다 겪어봤기에 웬만한 자극에는 적응이 되어 있는 상태였다.

Y의 신념은 오직 경험이었다. 배워서 알 수 있는 것은 언제나 추상적이며 분명한 한계를 가지고 있다. 몸으로 경험하지 않는 깨달음은 발바닥을 간신히 적실 수 있을 정도로 얕은 물에 들어가 장난스럽게 물장구를 치는 것과 같다. 얕은 물에서는 큰 물고기를 잡을 수 없다. 크고 힘센 물고기를 잡으려면 파도가 일렁이는 깊은 바다로 뛰어들어야 한다.

그런 의미에서 떠돌아다니며 다른 사람들로부터 받는 놀림 따위도 일종의 경험이라고 할 수 있다. 여기까지 생각을 이어오는 것도 참으로 오랜 시간이 걸렸다. 중간에 포기하고 어딘가에서 그만 정착하고 싶은 유혹이 셀 수 없이 많았다. 너무 괴로워서 죽으려고 한 적도 있다.

그럴 때마다 Y는 가방 속에 들어 있는 책을 생각했다. 책도 이렇듯 아무 말 없이 여행하고 있건만 내가 무엇이기에 괴로워하는가. 더구나 삶의 진실이 무엇인지 아직 터럭만큼도 깨닫지 못했다. 과연 삶은 아무것도 아닌, 그저 지나가는 바람에 불과한 것인가? 그렇다면 왜 사는가? 왜 죽지 못하는가? 즐거움이나 괴로움은 무엇을 위해 존재하는 걸까? 그는 끝내 이 고민을 해결하지 못할 것 같은 두려움에 또 몇 년을 고통스러운 마음을 안고 이곳저곳을 떠돌아다녔다.

Y는 전라도 아파트 공사가 마무리될 즈음 현장 감독의 소개로 목포에 갔다. 거기서 배를 타며 한동안 물고기를 잡았다. 다음엔 강원

도 산골로 들어가 배추와 옥수수를 경작했다. 정선 카지노 근처 식당에서도 얼마간 일했다. 물론 일터가 바뀔 때마다 책도 계속 바뀌었다.

이렇게 살며 어느덧 그의 나이 환갑을 넘겼을 때, 드디어 이 여정에도 마침표를 찍게 될 날이 왔음을 실감했다. 2006년 어느 봄날, 수십 년 전 무작정 떠나온 이 여행길이 진정 기이한 여정으로 바뀌게 되는 뜻밖의 경험을 맞닥뜨리게 된 것이다.

그때 Y는 서해안 대부도 해변 근처에 살았다. 서해는 동해와 달리 사계절 내내 관광객을 맞았다. 물론 한여름엔 경포대, 해운대처럼 동쪽 바다로 더 많은 사람이 몰렸지만 고즈넉한 서해를 좋아하는 이들은 계절에 상관없이 이쪽으로만 왔다. 그래서 대부도 근처엔 소소한 일거리들이 많았다. 아직은 한산하지만, 곧 여름이라 사람들로 북적일 것이다.

Y는 일이 없는 날엔 대부도 해변을 천천히 걸으며 생각에 잠기곤 했다.

'이곳도 언젠가는 높은 건물에 가려지겠지.'

그의 손엔 1년 전 이곳으로 오기 전 누군가와 바꾼 책이 들려 있었다. 그 책은 버지니아 울프의《댈러웨이 부인》이었다. Y는 그 책을 벌써 여러 번 읽었다. 내용도 다 알고 있지만, 이제는 손에 책이 없으면 걸을 때 허전한 느낌이 들어서 읽지 않더라도 늘 책을 가지고 다녔다.

조금 걷다 보니 먼 곳에 누군가가 바다 쪽으로 돗자리를 펼치고 앉아 있는 모습이 눈에 띄었다. 이른 계절이니 물놀이를 즐기러 온 사람은 아니리라. Y는 자연스럽게 그쪽으로 발걸음을 옮겼다. 그 사

람은 거의 움직이지 않고, 마치 서해 물결과 한 몸이라도 된 듯 잔잔
하게 돗자리 위에 머물러 있었다.

거리가 어느 정도 좁혀지자 그 사람이 여자라는 것과 책을 읽는
중이라는 걸 알 수 있었다. 바람막이 점퍼와 청바지, 그리고 야구모
자에 선글라스를 쓰고 있어서 제법 가깝게 다가가기 전까지 성별은
모호했다. 그러나 선글라스 아래로 보이는 홍조 띤 피부와 옅은 색
립스틱을 바른 입술을 보니 여자가 분명했다. 나이는 젊지도, 많지도
않아 보였다. 어쩌면 40대 정도일까.

Y가 꽤 가깝게 다가갈 때까지 그녀는 자기 쪽으로 누군가 걸어오
고 있다는 사실을 눈치채지 못하는 것 같았다. 모래를 밟을 때마다
사그락거리는 소리가 났지만, 그 흔적은 파도 소리에 떠밀려 이내
사라졌다. Y는 잠깐 그녀 곁에 서 있다가 방해가 될 수도 있다는 생
각에 몸을 돌려 다시 왔던 곳으로 되돌아가려고 했다. 그때 여자가
말했다.

"여기 사세요?"

시선은 계속 책을 향하고 있었다.

"아아, 네. 근처에 삽니다. 여기 주민은 아니지만요."

Y는 깜짝 놀라 돌렸던 몸을 다시 여자에게로 향하면서 대답했다.

"저도 여기 사람은 아녜요."

그녀는 서울에서 살며 회사에 다니는데 답답할 때마다 서해에 와
서 하루 이틀 쉬었다 간다고 했다.

"몇 년 동안 동해안에서 살기도 했지만 나이가 들어서 그런지 이
제는 잔잔한 바다를 볼 때 마음이 편안하더라고요."

Y의 말에 그녀는 읽던 책을 닫아 가방에 넣고는 몸을 살짝 움직여

자기 옆자리를 내줬다. 두 사람은 조금 떨어져 앉아 함께 바다를 보며 이야기를 나눴다. Y는 굳이 자세하게 말하지는 않았지만 젊은 시절 무턱대고 떠돌이 생활을 시작한 것에 관해서, 그리고 때때로 만난 사람들과 서로 책을 바꾼 얘기를 했다.

"어머, 재미있네요. 그럼 지금 갖고 계신 책도 누군가와 바꾼 건가요?"

"그렇죠. 버지니아 울프랍니다. 읽어보셨나요?"

Y는 손때가 타서 표지가 허름해진 책을 그녀에게 내밀었다.

"예전에 한번 읽어본 것 같기도 한데, 기억이 가물가물하네요. 읽어보고 싶은걸요? 혹시 괜찮으시다면 제 책하고 바꾸실래요?"

갑작스러운 제안에 Y는 조금 당황했지만 환하게 웃는 그녀의 얼굴을 보면 무슨 말을 하더라도 거절하기는 힘들 것 같다는 기분이 들었다. 여자는 가방에서 책을 꺼내 Y에게 보여줬다. 그는 책을 보자 몸이 굳어질 정도로 깜짝 놀랐다.

"실은 저도 이 책을 친구하고 바꾼 거예요. 같은 사무실에서 일하면서 친해졌는데 지난겨울에 퇴사했어요. 그 친구 부모님이 대전인가에 계시는데 몸이 안 좋아지셔서요, 당분간 거기 가서 지내기로 했대요. 대전으로 가기 전에 둘이 만나서 재미 삼아 책 교환식을 한 거예요."

그녀가 손에 들고 있는 책은 다름 아닌 《죽음의 한 연구》였다. 많이 낡았지만 한눈에 알아볼 수 있었다. Y가 방랑 생활을 시작하던 바로 그때 가지고 있던 책이다. 그러나 더 놀라운 일은 책을 넘기다 속지를 확인했을 때다. Y는 너무 놀라서 그만 책을 바닥에 떨어뜨리고 말았다. 거기엔 선명하게 이런 문장이 쓰여 있었다.

소설로 읽지 말고 삶으로 받아들일 것.

"혹, 혹시, 친구 분께서는 이 책을 어떻게 갖게 됐는지 아시나요?"

Y는 갑자기 몸살이 난 것처럼 덜덜 떨렸지만 간신히 입을 열어 물었다. 여자는 대답 대신 Y를 보면서 괜찮으신 거냐고 되물었다.

"글쎄요, 자세히는 모르지만 제 친구도 언젠가 다른 사람하고 책을 바꿨다고 그랬어요. 무슨 문제라도 있나요?"

"아, 아뇨. 괜찮습니다. 전부터 보고 싶던 책이라서요."

심장에 누군가 방망이질을 하는 것처럼 가슴이 뛰었지만 Y는 애써 침착하게 고개를 숙이고는 책을 두 손으로 붙잡아 끌어안았다. 두 사람은 조금 더 이야기를 나눴고 해가 질 무렵 헤어졌다. Y는 왔던 길을 되돌아가 집으로 향했다.

그날 밤, Y는 책을 어루만지며 이제 방랑은 끝났다고 자신을 향해 선언했다. 사방으로 찾아다닌 파랑새가 사실은 자기 집에 있었다던 동화가 떠올랐다. 삶의 이치를 찾아 수십 년 떠돌이 생활을 했지만, 정작 가장 중요한 것은 그때 이미 알고 있었던 거다. 알았지만, 받아들이는 방법을 미처 몰랐던 거다. 그도 그럴 것이, 가장 중요한 깨우침은 저절로 오지 않는다. 오직 자신에게 주어진 삶을 통해 순순히 받아들여야만 알 수 있다.《죽음의 한 연구》는 그 깨달음을 주기 위해 지금껏 Y의 곁을 맴돌면서 다시 만날 날을 기다렸던 게 아닐까.

"그러니까 이 책은 저를 방황하게도 했지만, 죽지 않고 살도록 희망을 준 고마운 친구이자 저의 스승입니다."

이야기를 마친 다음 Y씨는 다시 한번 낡은 책을 우리에게 보여줬다. 표지를 넘기자 예의 그 손글씨 메모가 있었다.

"말씀을 들어보니 이 소설은 제목처럼 죽음을 연구하는 게 아니라 반대로 삶을 가르쳐주는 거였네요. 아이러니합니다."

내가 그렇게 말하자 Y씨는 특유의 건강한 소리를 내며 웃었다.

"소설에도 상징적으로 나오지만, 선불교에서는 마른 늪에서 낚시를 한다는 화두가 나옵니다. 우리네 삶이란 어쩌면 그런 것이겠지요."

"마른 늪에서 낚시요? 그런 곳엔 물고기가 없을 텐데요?" Y씨 옆에 앉은 청년이 눈을 동그랗게 뜨고 물었다.

"방금 여기 사장님께서도 말씀하셨다시피 그게 삶의 아이러니지요. 물고기를 낚을 수 없는 걸 뻔히 알면서도 마른 늪에 낚싯줄을 드리우는 겁니다. 말장난 같기도 하지만 사실이 그래요. 우리는 늘 가질 수 없는 걸 알면서 가지려고 몸부림치고, 존재하지도 않는 무언가를 찾으려고 인생을 낭비하니까요. 그런데 한편으론 그 어리석은 행동을 끊어낼 수도 없는 게 인간의 한계가 아닐까 싶습니다."

"말씀대로라면 산다는 게 참 허무한 거네요." 청년이 풀 죽은 목소리로 말하자 Y씨가 곧바로 "그건 아닙니다."라고 답했다.

"중요한 건 허무하다는 걸 알고 사느냐, 모르면서도 마냥 그리 사느냐 하는 겁니다. 제가 평생을 바쳐 깨달은 게 그거 하납니다. 이건 책에도 안 쓰여 있고 어떤 경험을 통해서도 터득할 수 없는 거예요. 가르쳐줄 수 있는 선생도 없습니다. 방법은 하나, 우리에게 주어진 삶을 그 자체로 감사하며 받아들이는 겁니다."

이렇게 이야기를 마무리한 다음 Y씨는 "자, 이제 아쉽지만 마지막 순서네요."라고 하며 옆에 앉은 청년에게 미소를 지어 보였다. 청년은 일어서서 가볍게 묵례를 한 다음 앉았다.

"안녕하세요, 김민수라고 합니다. 물론 가명이고요, 제 이야기에 나오는 분들도 실제 이름은 아니라는 걸 먼저 밝힙니다. 저는 지금 대학생이고요, 곧 졸업합니다. 오늘 기담회의 마지막 순서로 이런 이야기가 어울릴까 싶기는 한데요, 조금은 으스스하고 찜찜한 사연이라 먼저 양해를 구하겠습니다."

"오늘 여러분께서 들려주신 이야기들이 다들 으스스한 것들이라 또 어떤 얘기가 나올지 저는 좀 걱정스러운데요? 귀신이 나오거나 하는 건 아니겠죠? 저, 그런 얘기 정말 무서워하거든요."

평소에 귀신을 무서워하는 건 사실이지만 반쯤은 농담 식으로 내가 이렇게 말하자 청년은 어쩔 줄 몰라 하는 표정을 지으며 "그게 실은……." 하며 말꼬리를 흐렸다. 잠시 후 청년은 내 눈을 보면서 작은 목소리로 말했다.

"귀신이 나오는 얘깁니다. 유령이라고 해도 될까요? 어쨌든 이 정체 모를 존재가 도서관에서 몇 번씩 책을 빌렸다가 반납했다면 믿으시겠어요?"

귀신이면 책을 그냥 가져가도 될 텐데 굳이 반납까지 하다니. 도대체 여기엔 또 무슨 사정이 있는 걸까? 나는 잠깐 호흡을 가다듬었다가 애써 침착한 목소리로 "자, 그럼 들어볼까요?"라고 말한 다음 민수씨를 향해 고개를 끄덕였다.(계속)

도서관
귀신 소동

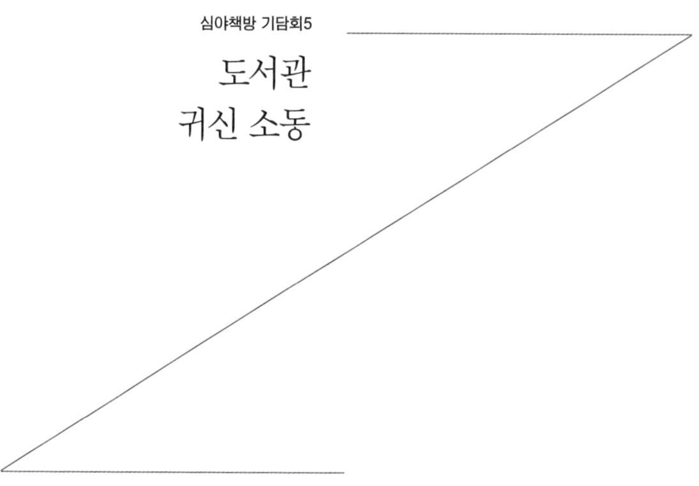

민수와 현석, 그리고 희선은 중학생 때부터 친구로 지냈고 그 일이 있었을 때도 같은 고등학교에 다녔다. 이들은 시골에서 함께 나고 자란 사이로 전에도 알고 지내긴 했지만—심지어 부모님들끼리도 아는 사이다—본격적으로 친해진 것은 같은 중학교 같은 반에 셋이 함께 다니면서부터다. 동네가 크지 않다 보니 세 친구는 고등학교도 같은 곳으로 배정받았다.

그곳은 고등학교라고는 하지만 소도시라 학생 수는 많지 않아서 전교생이 300여 명 남짓인 작은 학교였다. 학교의 역사로 말하자면 1920년대까지 올라가니까 나름대로 전통이 깊다고 말할 수 있고 명문 고교라고 불리던 시절도 있었다. 하지만 이제 그런 사실을 기억하는 사람은 나이가 지긋하신 분들뿐이다.

소문으로만 듣던 이 고등학교에 실제로 등교한 첫날, 셋은 상상했던 것보다 더 초라한 학교 모습에 실망이 이만저만이 아니었다. 아마 대부분의 학생이 같은 생각이었을 거다. 운동장엔 자갈과 굵은 돌멩이가 진흙과 함께 섞여 나뒹굴고 있어서 이런 곳에서 체육 수업을 할 수 있는 건지 의심이 들었다. 어렸을 때부터 자주 놀던, 학교 밖에 있는 공터가 환경이 더 나아 보였다.

학교 건물은 정문에 들어서면 보이는 2층짜리 본관과 그 양 옆에 그보다 작은 건물 두 동이 있었지만, 지금은 학생 수가 줄어서 본관만 사용한다. 본관을 바라보고 오른쪽 건물에는 원래 교실이었던 곳을 약간 구조만 바꿔서 음악실, 과학 실습실 등으로 사용 중이다. 본관 왼쪽 건물은 창고 용도로만 쓰이기에 현재는 학생이 출입할 수 없도록 늘 커다란 자물쇠가 걸려 있다. 오랫동안 건물을 거의 사용하지 않다 보니 외벽이 낡아서 마치 감옥처럼 보였다.

"이야, 이건 뭐, 등교 첫날부터 전학 가고 싶어지는걸?"

운동을 좋아해서 피부가 가무잡잡한 현석이 교문을 나오자마자 참았던 말이었다는 듯 큰 목소리로 떠들었다. 현석에 비하면 민수는 우유부단한 성격이라 대놓고 험담을 하지는 못했다. "그래도 찾아보면 어딘가 좋은 구석이 있겠지. 오래된 학교니까."라고 말은 했지만 민수 역시 그 좋은 구석이란 게 과연 있을지 확신이 서지 않았다.

"화장실이 두 개밖에 없는 게 가장 최악이야!" 희선이 현석의 말을 거들었다.

학생들이 실제로 수업할 때 사용하는 건물은 본관 하나라서 화장실은 그 건물에만 있었다. 건물 2층 왼쪽 구석이 여자용, 반대편 오른쪽 끝이 남자용이다. 학생 수가 많지 않다고는 하지만 쉬는 시간엔 꽤 복잡했고 교사와 학생이 같은 화장실을 써야 한다는 점도 불편했다.

민수가 생각하기에 아무래도 현석과 희선은 서로 좋아하고 있는 것 같았다. 친구로서가 아니라 연애 상대로 말이다. 현석은 공부 빼고는 모든 걸 다 잘했다. 매사에 활기찬 성격에 입을 크게 벌리고 웃는 얼굴이 민수가 보기에도 매력적이다. 부모님이 식당을 하고 있어서 요리도 또래 애들보다 잘했다. 희선도 현석이 하는 말에는 대개 공감하면서 맞장구를 쳐주는 편이다.

하지만 민수는 이렇다 할 장점이 없다고 스스로 평가했다. 딱히 단점이랄 것도 없는 게 유일한 장점이라고 할까? 어쨌든 그런 이유로 희선이 현석의 말에 공감할 때마다 부러움과 질투심이 조금씩 쌓였다. 민수는 얼른 무슨 말이라도 해서 희선의 관심을 끌고 싶었다. 민수 혼자만 아는 비밀 같은 건 아니지만 희선은 책을 좋아한다. 중학생 때도 민수와 희선은 문예반에서 방과 후 특별활동을 했다. 현석은, 역시 축구부였다. 그러니까 희선의 관심을 끌기에 가장 적당한 주제는 다름 아닌 책인 것이다.

"여기, 도서관 말이야. 그래도 꽤 괜찮다고 하던데?"

"정말? 난 여기 도서관이 있다는 것도 몰랐는데. 누구한테 들었어?"

민수가 도서관 얘기를 꺼내자 기대했던 대로 희선이 활짝 웃으며 고개를 돌렸다. 그런데 사실 민수의 말은 사실이 아니었다. 학교라면 당연히 도서관이 있겠지라는 안일한 생각으로 적당히 내뱉은 말이었다. 희선이 관심을 보인 것까지는 좋았는데 너무 적극적으로 물어보니까 조금은 당황했다. 하지만 이제 와서 그냥 해본 소리라고 둘러댈 수도 없다. 하는 수 없이 또 적당히 둘러댔다.

"학교 선배들이 하는 얘기 우연히 들었거든."

그러나 이 거짓말은 하루 만에 깨끗하게 들통났다. 수업을 마치고 집으로 돌아가기 전, 희선이 담임 선생님에게 도서관에 관해 물었기 때문이다.

"도서관이 있었나?"

담임은 고개를 갸우뚱하더니 시큰둥하게 대답했다. 희선은 더 이상 물어볼 필요가 없다고 여기고 "아, 네에." 하고선 입을 다물었다.

그래도 민수의 말이 모두 틀린 건 아니었다. 학교에 오래 근무하신 선생님 몇몇은 본관 옆 음악실이 있는 건물 2층 끝에 도서관이 있다는 걸 알았다. 물론 형식상 도서관일 뿐 사용하지 않은 지 벌써 수십 년 정도 되다 보니 모양새가 말이 아니었다. 열쇠조차 어디에 있는지 아는 사람이 없어서 결국은 자물쇠를 부수고서야 안으로 들어가볼 수 있었다.

"오오, 네가 말한 꽤 괜찮은 도서관이 여기 있네? 먼저 들어가봐."

희선이 웃는 건지 약 올리는 건지 모를 표정으로 민수를 보며 말했다.

"이거 뭐, 완전 먼지 구덩이네. 무서우면 내가 먼저 들어가서 이상한 거 없나 살펴줄까?"

현석도 민수를 도발했다.

민수는 정말로 무서웠지만 어쩔 수 없이 앞장서서 도서관 안으로 들어갔다. 입구 바로 옆에 전등 스위치가 있었지만 작동하지 않았다. 낮이라 창문을 가린 커튼만 걷으면 어둡지는 않을 것 같았다. 민수와 두 친구, 그리고 함께 온 선생님이 각각 커튼 한 개씩을 맡아 조심스럽게 옆으로 밀어젖혔다. 환하게 햇살이 들어오자 이윽고 도서관의 모습이 한눈에 들어왔다. 빛이 들어오니 도서관은 먼지가 많이 쌓였을 뿐 그리 을씨년스럽지는 않았다.

도서관은— 사실 이건 도서관이라기보다는 쓰지 않는 교실 두 개를 합치고 가운데 벽을 허물어서 만든 책 창고 같은 모양이었다. 복도 쪽으로는 네 개의 문이 있는데 지금 민수 일행이 들어온 문 말고 나머지는 사방으로 보를 덧대 큰 못으로 단단하게 마감했기에 아예 쓸 수 없는 상태였다. 그러니까 드나들 수 있는 통로는 뒷문 하나밖에 없는 것이다. 막혀 있는 앞문 쪽에는 여전히 벽에 칠판이 붙어 있어서 이곳이 교실 두 개를 연결해 만든 공간이라는 걸 알려줬다.

문 반대쪽은 전체 다 창문인데 요즘처럼 창틀 아래에 작은 바퀴가 달린 구조가 아니라 철로 만든 유리창이어서 여닫는 게 상당히 뻑뻑했다. 도서관에 자물쇠가 잠긴 이후로 창문도 사용하지 않은 게 분명했다.

책장은 칠판과 수평이 되도록 배치되어 있고 입구까지 열세 개가 2열로 늘어서 있어서 총 스물여섯 개의 서가에 책이 들어가 있었다. 철제 캐비닛 재질의 책장은 모두 창문 쪽으로 가깝게 세워져 있어서 입구 방향으로는 서너 사람이 지나다닐 수 있는 공간이 남았다. 책상이나 의자는 따로 없었다. 책은 많지 않았는데 그마저도 먼지가 많이 쌓인 데다가 곰팡이가 나거나 쥐가 갉아먹은 것처럼 귀퉁이가 파인 것들이 대부분이라 쓸만한 게 거의 없었다.

"미안해. 내가 잘못 들었나 봐. 도서관이 많이 지저분하네."

민수가 어깨를 축 늘어뜨리고 말했다. 하지만 희선은 의외로 "뭐, 괜찮은데?"라고 반응했다. 민수는 눈이 동그래졌다.

"먼지가 쌓여서 그렇지 청소 좀 하면 쓸만하겠어." 그러고는 선생님 쪽으로 고개를 돌려 "선생님, 여기 저희가 청소해서 써도 돼요?"

라고 물었다.

"뭐, 괜찮겠지? 그래도 일단은 교무주임 선생님께 물어는 봐야지."

신입생 희선의 갑작스러운 대시에 당황했는지 선생님은 살짝 당황했지만, 이내 표정을 가다듬고는 대답했다.

"그런데 여길 청소해서 뭘 하려고? 우리 학교엔 도서부도 없는데."

건물을 빠져나와 본관 쪽으로 걷다가 선생님이 희선에게 물었다.

"도서부가 없으면 만들면 되죠. 저렇게 도서관도 있는데 도서부가 없다는 게 더 이상하지 않아요?"

"그야 그렇지만……."

선생님이 말끝을 흐리자 현석이 다시 물었다.

"도서관이 있는데 왜 도서부가 없어요? 그게 일단은 이상한데요? 운동장이 이 모양인데도 축구부는 있잖아요."

선생님은 운동장 쪽으로 고개를 돌리더니 흠흠 하고 헛기침을 했다. 하지만 현석이 틀린 말을 한 것도 아니어서 뭐라 반박하지는 못했다. 민수와 희선은 맞아 맞아 하면서 큭큭거리는 소리를 냈다.

"도서관에서 뭔가 불미스러운 사건이 있었다고 하더라고." 선생님이 말했다.

"불미스러운 사건요?"

세 명은 걸음을 멈추고 합창하듯 동시에 말했다.

"자세한 건 몰라. 내가 부임하기 전에 있었던 일이라는 것밖에는."

"도서관이 저렇게 방치된 건 이유가 있는 거구나. 어쩔 수 없네."

민수가 그렇게 말하자 현석이 곧바로 "뭐가 어쩔 수 없어."라고 받아쳤다.

"현석이 말이 맞아. 겁낼 필요 없잖아? 이렇게 오래된 학교엔 출처가 불분명한 괴담 같은 거 한두 개쯤 있기 마련이라고. 창문도 넓으니까 분위기 화사하게 만들면 꽤 멋있는 도서관이 될 거야.”

“그, 그럴까?” 민수는 여전히 기어들어가는 목소리로 말했다.

“짜식! 넌 그래가지고 여친이라도 생기겠냐?”

그러면서 현석은 장난스럽게 어깨로 민수를 살짝 밀쳤는데 민수가 듣기에 현석이 방금 한 말은 장난이 아니라 뼈 있는 도발처럼 느껴졌다. 문득 옆을 보니 희선이 현석을 향해 고개를 돌리고 환하게 웃고 있었다.

“누가 안 한다고 했냐? 분명히 해두겠는데, 도서관 얘기 처음 꺼낸 사람은 나야. 그러니까 초대 도서부장은 내가 할 거야.”

“알아 모시겠습니다. 부장님.”

희선이 민수를 향해 윙크를 보냈다. 따뜻한 공기가 뺨을 스치자 민수는 한순간 얼굴에 약하게 열이 오르는 걸 느꼈다. 계절은 초여름의 싱그럽고 풋풋한 바람을 운동장에 한가득 뿌려놓고 있었다.

도서관 청소와 새로운 도서부 활동에 대해서는 별 무리 없이 빠르게 일이 진행됐다. 다만 그날 선생님이 말한 불미스러운 일은 자세한 내막을 끝내 알 수 없었다. 다른 교사들도 대개 ‘안 좋은 일이 있었다.’라거나 ‘경찰이 오기도 했는데 무슨 일인지는 잘 모른다.’같이 두루뭉술하게 말해줄 뿐이었다.

도서부가 정식으로 활동을 시작한 것은 아직 더위가 다 물러가지 않은 9월 무렵이었다. 그동안 민수와 두 친구는 도서관을 재정비하고 1학년 중에서 새롭게 도서부원도 모집했다. 다행히 도서부에 들어오겠다는 학생 10여 명 정도의 신청이 들어왔다. 현석도 축구부를 마다하고 도서부원이 되기로 했다.

도서관 재정비 소식은 학교 밖으로도 소문이 나서 동네 주민 중에서 책을 모아 기증하겠다는 이들이 몇 명 나섰다. 학생과 교사들이 모은 책까지 더해져 어느덧 모든 서가엔 책이 가득 들어찼고 마지막으로 커튼을 바꾸니 몇 달 전 모습은 기억도 나지 않을 만큼 도서관은 말끔해졌다.

이런 노력이 있었지만 도서부가 학교에서 정식으로 허가가 난 것은 아니었다. 정식 부서가 되려면 규정에 따라 담당 교사가 한 명 배정되어야 하는데 도서부를 맡겠다는 교사가 없었기 때문이다. 교사들은 아무래도 그 불미스러운 일이라는 것에 꽤나 신경이 쓰이는 모양이었다.

그래도 학생들이 도서관을 탈바꿈시킨 열정은 인정해줄 만한 것이어서, 해마다 가을에 있는 학교 문화제에 참가하는 것을 제외하면 다른 활동은 교칙 내에서 자유롭게 해도 된다는 식으로 학교 측은 애매하게 도서부 활동을 지원했다.

하는 수 없이 민수와 도서부원들은 반쯤은 무허가로 도서관에 드나들며 독서 모임을 꾸려나갔다. 그렇게 2년이 지났지만 도서관에서는 특별한 사건이 일어나지 않았다. 나중에 알고 보니 괴담 때문에 일부러 도서부에 지원한 학생도 있었는데 아무런 일도 없이 평온하게 시간이 흐르자 몇몇은 스스로 부서 활동을 포기하기도 했다.

이렇게 민수와 친구들은 3학년 봄학기를 맞이했고, 그해 한 젊은 교사가 새로 학교에 부임하면서 마침내 기묘한 소동이 시작되었다.

그는 20대 중반 나이의 키가 작은 남자로 이 학교가 첫 직장인 초보 교사였다. 누구든 첫 시작은 열정적이기 마련이다. 그 교사도 마찬가지였다. 매일 학교 구석구석을 강아지처럼 살피며 갖은 일을 처리했고 성격이 쾌활한 편이라 학생들과도 빨리 친해졌다. 그는 몇 년 전 만들어진 도서부에 담당 교사가 없다는 걸 전해 듣고 어느 날 도서관으로 찾아와 도서부 학생들과 만났다.

"너희들만 괜찮다면 내가 도서부를 담당해보면 어떨까 하는데."

그는 이미 학교에는 허가를 받은 상태고 학생들만 좋다면 언제든 도서부 담당 교사를 해도 된다고 했다. 도서부원은 모두 환영했다. 드디어 3년 만에 도서부가 정식 부서로 인정되는 것이니 반대할 이유가 없었다.

며칠 뒤, 도서부는 정식으로 학교의 인가를 받았고 담당 교사의 합류로 도서부 활동은 더욱 활기를 띠게 되었다. 곧이어 시작된 봄 학기 도서부원 모집 행사에도 작년보다 더 많은 학생이 지원했다. 언제나 즐거운 표정의 담당 교사는 학생들과 나이 차이도 별로 나지 않아서 맘씨 좋은 선배처럼 허물없이 어울렸다.

그러나 재미있는 시절은 오래가지 않았다. 여름방학을 앞둔 어느 날, 담당 교사는 심각한 표정으로 도서부원들을 도서관에 불러모았다. 그 이유는 최근 두어 달 사이에 이상한 일이 벌어지고 있기 때문이었다.

"그동안은 누군가의 장난이겠지 싶어서 그냥 두고 봤는데 이제는 말해야 될 것 같다. 실은 이곳 도서관에 있는 책이 없어지고 있거든. 너희 중에 혹시 이 일에 대해서 아는 게 있으면 얘기해줬으면 해."

"책이 없어진다고요? 누가 책을 훔친다는 거예요? 그런 거라면 저희 도서부원들도 알았을 텐데요. 책은 학생들이 관리하고 있으니까요."

희선이 말했다. 그러자 교사는 손가락으로 턱을 비비면서 곤란한 표정을 지었다.

"그게 말이지. 딱히 훔친다고 말할 수도 없는 게, 없어진 책은 일주일 정도 지나면 그 자리에 다시 나타나거든. 누군가 몰래 가져갔다가 다시 갖다 놓는 건데 누가 그런 장난을 치는지, 왜 그러는지 도무지 알 수가 없다는 거야."

정말이지 이상한 일이었다. 누구라도 말만 하면 딱히 어려운 절차도 없이 책을 대출할 수 있는데 왜 몰래 가져갈까? 게다가 아무도 모르게 원래 자리에 책을 가져다 놓는다는 것도 희한하다.

담당 교사가 지금까지 파악한 바로는 지난 두 달 반 동안 모두 여섯 권의 책이 사라졌다가 다시 돌아왔는데 책의 종류도 시집, 소설, 영어 회화책, 요리책 등 패턴이 일정하지 않아서 용의자가 누구인지 감을 잡을 수 없다는 거다.

"다른 건 모르겠고, 범인은 밤에 몰래 도서관에 들어오는 게 확실해. 낮 동안에는 교사든 학생이든 누군가는 계속 지키고 있으니까 말이지. 그리고 책이 없어지는 건 언제나 격주로 수요일이야. 책이 다시 나타나는 요일은 대중없지만, 없어지는 건 패턴이 있더라고."

"그렇다면 답이 딱 나왔네요." 현석이 말했다.

"어떻게 할 건데?" 희선이 묻자 모두의 시선이 현석에게로 향했다.

"범인이 수요일 밤에 도서관에 숨어드는 거라면, 간단하잖아? 우리가 미리 여기서 지키고 있다가 덮치는 거지!" 현석은 거만한 표정으로 턱을 치켜들며 말했다.

"좋아. 다음 주엔 방학이고 마침 2주 후 수요일엔 내가 당직이니까 도서관 문 열어줄게. 대신 밤 12시까지만이야. 너무 늦으면 부모님께서 걱정하시니까 그 뒤로는 내가 남아서 지킬게."

심각했던 담당 교사의 표정이 밝아졌다. 도서부원들도 저마다 재미있는 일이 생길 것 같다는 기대감으로 웅성거렸다. 이때까지만 해도 과거의 그 불미스러운 일을 도서관에서 일어난 책 도난사건과 엮어서 생각한 사람은 아무도 없었다. 민수가 느끼기에 학생들은 물론 담당 교사마저도 이번 일을 그저 학창시절의 즐거운 추억 만들기 정도로 보고 있는 듯했다.

2주 후 수요일 저녁, 자칭 '도서관 수색팀'이라는 이름으로 민수와 현석, 희선을 포함해 모두 다섯 명의 도서부원이 학교 근처 식당에 모였다. 먼저 와서 기다리던 담당 교사가 학생들을 반갑게 맞이했다. 이들은 함께 든든하게 배를 채우고 곧장 도서관으로 향했다. 학교 본관 건물에 걸린 시계는 8시를 조금 넘어서고 있었다.

도서관이 있는 건물 2층 계단을 올라갈 때, 해가 진 뒤로 조금 전까지 환하던 주변이 갑자기 어두워진 걸 느끼자 민수는 문득 겁이 났다. 앞서 걷는 현석과 희선은 아무렇지도 않은 듯 때때로 웃으면서 무슨 말인가를 주고받았다. 이윽고 도서관이 있는 2층 복도에 이르자 담당 교사가 낮은 목소리로 말했다.

"자, 이제 다들 조용히. 불은 켜지 않을 테니까 조심해서 천천히 걷도록 해."

교사가 앞장서고 그 뒤를 학생들이 한 줄로 따랐다. 도서관 문 자물쇠가 열리고 모두 숨을 죽이며 안으로 들어갔다. 당연하게도 도서관 안에는 아무도 없는 것 같았다. 그때 학생 하나가 창문 쪽으로 가서 커튼을 젖혔다. 달빛이 들어오자 도서관은 불을 켜지 않았는데도 환해졌다.

"내가 여기 입구에 서서 지키고 있을 테니까 너희들은 뭔가 이상한 게 없는지 돌아다니면서 확인해봐."

교사가 그렇게 말하자 학생들은 고개를 끄덕이고는 각자 흩어졌다. 조금 전에 커튼을 열었던 학생이 창문을 따라 걸으면서 다른 커튼도 모두 걷었다. 그랬더니 도서관은 마치 만화영화에 나오는 회상 장면 속 공간처럼 흐리지만 명확한 모습으로 눈앞에 드러났다. 이런 곳에 책 도둑이나 귀신 따위가 있으리라고 상상하기도 힘들었다.

그래도 민수는 약간 겁이 나서 현석과 함께 책장 사이를 돌아다녔다. 희선은 조금 전에는 창밖을 보고 있었는데 민수가 잠깐 한눈을 판 사이 다른 곳으로 가버렸는지 창가 쪽에는 보이지 않았다.

학생들은 넓지도 않은 도서관에서 조용히 돌아다니며 실체도 없는 무언가를 살핀다는 게 슬슬 지루해졌다. 기대와 달리 재미있는 일이 전혀 일어나지 않자 민수와 현석도 책장에 등을 기대고 서서 아무 책이나 꺼내 읽고 다시 집어넣기를 반복했다. 주변을 보니 다른 학생들도 마찬가지였다. 여전히 도서관에 불은 켜지 않았지만 넓은 창문으로 들어오는 달빛에 이미 눈이 익숙해져서 조금만 집중하면 책을 읽을 수도 있을 만큼 주변이 환했다.

학생들은 밤 10시를 조금 넘겼을 무렵 이미 싫증이 나서 어쩔 줄 모르는 눈치였다. 그건 민수와 현석도 마찬가지였다. 담당 교사는 여전히 문 옆에 서서 휴대전화를 만지작거리고 있었다. 그때 민수는 책장 너머로 막힌 문 쪽에 서 있는 희선을 보았다. 희선은 대략 5~6미터 정도 떨어진 곳에서 아무것도 하지 않고 그냥 물끄러미 이쪽을 보고 있었다.

"쟤 뭐하냐?" 민수는 어깨로 현석을 툭 치면서 희선이 있는 방향을 턱으로 가리켰다.

"그러게. 어지간히 심심한 모양이다. 아무래도 12시까지는 무리인 거 같은데, 일찍 나가자고 선생님께 말씀드릴까?"

민수는 은근히 현석이 그런 말을 하길 기대하고 있었다. 둘은 눈빛으로 합의의 사인을 주고받은 후 희선이 있는 곳으로 갔다. 그런데 두 사람이 책장에서 통로로 빠져나오는 것과 거의 동시에 희선은 반대편 책장 쪽으로 사라졌다.

"희선이도 데리고 선생님께 가자."

민수가 그렇게 말했고 둘은 희선이 사라진 쪽으로 걸어갔다. 그러다 두 사람은 동시에 걸음을 멈췄다. 희선이 서 있었던 자리엔 커다란 전신 거울이 있었기 때문이다. 거울 밑에는 '○△회 졸업생 기증'이라는 글씨가 쓰여 있었다.

"뭐야, 거울이잖아? 그럼 희선이는 여기가 아니라 저 뒤에 있었던 거네."

현석이 말하는 걸 듣기라도 한 듯 희선이 입구 쪽에 늘어선 책장 뒤에서 나타났다. 민수는 손짓으로 희선을 불렀다. 희선은 웃으면서 이쪽을 바라봤다. 달빛 때문에 희선의 얼굴이 더 하얗게 보였다. 잠시 후, 다른 학생 두 명도 합류했고 그것으로 여름방학의 싱거운 도서관 수색 작전은 막을 내렸다.

그 후로는 별다른 일 없이 평범한 일상이 이어졌다. 도서관 수색 작전이 계기가 됐다고 해야 할지 모르겠지만, 어쨌든 방학이 끝난 다음에는 책이 없어지는 일도 더는 일어나지 않았다. 민수와 친구들은 기말고사를 봤고 그해 겨울 수능시험을 치렀다. 대학 입시에 모든 걸 쏟아붓는 시기를 보냈고 그사이에 도서관에 관한 이야기는 별로 하지 않았다.

세 친구는 서로 다른 대학에 들어갔지만 종종 만나서 같이 놀았다. 물론 어릴 때만큼 자주는 아니었지만 시간이 맞을 때면 늘 셋이 함께 뭉쳤다. 그러다 민수와 현석은 비슷한 시기에 함께 군 복무를 시작했다.

민수는 일병 휴가를 받고 나왔을 때 희선과 연락해 만났다. 오랜 친구라고는 하지만 둘이서만 놀았던 적은 아예 없었기에 조금은 어색했다. 그건 희선도 마찬가지인 것 같았다. 카페에서 두 사람은 한동안 말없이 커피를 마시다가 민수가 먼저 도서관 이야기를 꺼냈다. 아무리 생각해봐도 둘이 가볍게 할 만한 얘기가 그것밖에는 당장 떠오르지 않았다.

"그때 도서관에서 넌 뭘 하고 있었어? 현석이하고 나는 따분해서 그냥 이것저것 책이나 보고 있었거든."

민수는 아이스커피가 담긴 컵에 든 빨대로 입을 가져가며 희선을 쳐다봤다. 희선이 키위 주스를 한 모금 마신 다음 말했다.

"난 계속 창가에서 책 봤는데? 입구 쪽 창문. 거기가 제일 밝더라고."

"문 쪽으로는 오지 않았고? 왜냐면 현석이하고 내가 칠판 옆에 있는 거울에 네가 비친 걸 봤거든. 한참 동안 물끄러미 서 있기만 해서 뭘 하는 건지 궁금했다니까."

"그래? 난 분명 그쪽으로 간 기억이 없는데? 다른 애를 나로 착각한 건 아니고? 아, 그럴 리는 없겠구나."

"그렇지. 너 빼고 나머지는 다 남자애들이었잖아. 여자부원들은 다들 무섭다고 해서 같이 안 왔으니까."

"그것 참 이상하네. 난 정말로 너희들이 부르기 전까지 계속 창가에만 있었거든."

이야기는 더 이상 나아갈 수 없었다. 벌써 몇 년이나 지난 이야기라 둘 중 하나는 기억이 잘못됐을 수도 있지만, 민수는 굳이 그런 것까지 따지고 싶지는 않았다.

휴가를 마치고 복귀한 민수는 현석에게 연락해서 희선의 이야기를 전했다. 현석은 왁자하게 웃으면서 그럴 리가 없다고 장담했다. 민수는 "역시 그렇지? 우리 둘이 확실히 봤잖아." 하며 어색하게 대답했다.

"그래도 이렇게 마무리하면 찜찜하지. 우리 전역하면 셋이 모여서 다시 얘기해보자."

현석은 역시 이럴 땐 딱 부러지는 결단력이 있어서 맘에 들었다. 돌이켜보면 별것도 아닌 이야기라 그냥 지나가도 될 일인데 마음 한구석에서 뭔가 찜찜한 냄새가 나는 걸 인정하지 않을 수도 없었다. 그러나 이 찜찜함의 원인을 알게 되기까지는 아직도 1년이나 더 군복을 입은 채로 기다려야만 했다.

시간은 빠르게 흘러 두 친구는 건강한 몸으로 전역했고 마침내 희선까지 셋이 함께 모이는 자리를 마련했다. 화제는 당연히 그날 도서관에서 보았던 거울에 비친 희선에 관한 것이었다.

"몇십 년 전 이야기도 아니고……. 나는 확실히 문 쪽으로는 가지 않고 계속 창가에 있었다니까 그러네?"

희선은 민수와 얘기했던 그대로 자신이 처음부터 줄곧 창가에만 있었다고 주장했다. 하지만 민수와 현석은 분명히 거울로 희선을 봤다. 이 수수께끼를 어떻게 풀면 좋을까? 이에 현석이 좋은 아이디어를 내놓았다.

"학교로 찾아가서 그때 도서부 담당 선생님을 만나보면 어떨까? 선생님은 계속 문 쪽에 서 계셨잖아. 희선이가 창가에 있었다면 위치상으로 바로 눈에 보이는 자리니까 증명해주실 수 있을 거야."

나머지 두 사람도 현석의 말에 동의했다. 그보다 몇 년 만에 다시 모교에 찾아가 친했던 선생님을 만난다는 즐거움도 이 계획에 조금은 힘이 실린 이유였다.

내친김에 현석이 자기 휴대전화를 꺼내 스피커폰 모드로 도서부 담당 교사에게 연락했다. 곧 익숙한 목소리가 흘러나왔다. 셋이 동시에 큰 소리로 인사를 하니 교사가 예의 유쾌한 웃음으로 화답했다.

교사는 여전히 도서부를 담당하고 있다며 그동안의 소식을 짧게 전했다. 마침 여름방학 시즌이기도 해서 셋은 학교에 놀러 가도 되는지 물었다. 교사는 언제나 환영이지, 라면서 반겼다.

"그리고 내가 틈틈이 조사해본 것도 있으니 괜찮으면 만나서 들려줄게."

"조사요?" 민수가 물었다.

"벌써 잊었어? 도서관에서 예전에 무슨 불미스러운 일이 있었다고 했잖아. 실은 그게 나도 궁금했거든. 명색이 도서부 담당 교사인데, 도서관에서 일어난 일을 모른다는 게 아무래도 신경 쓰이더라고."

도서부 초대 멤버인 민수 일행은 학교 정문에 서자 갑자기 옛 추억이 몰려와서 묘한 기분이 들었다. 몇 년이 지났지만 학교는 별로 달라진 게 없어 보였다. 도서관이 있는 별관 건물도 바로 어제 봤던 것처럼 익숙했다.

세 친구는 이런저런 이야기를 나누며 운동장을 가로질러 본관 가까이에 다가섰다. 방학이라 중앙의 유리문은 닫혀 있었다. 유리문 안

쪽으로는 커다란 학교 깃발이 보였고 어디선가 받은 트로피 같은 게 늘어선 먼지 낀 진열장도 예전 그대로였다.

"학교 다닐 때는 관심도 없던 것들인데 지금 보니 뭔가 대단한 유물 같네. 아니, 잠깐. 현석아 저것 좀 봐!"

민수는 오후 햇살에 유난히 반짝이고 있는 어떤 물건을 손가락으로 가리켰다.

"뭔데? 깃발 말야?"

"아니, 그 옆에."

"거울? 엇! 정말 그렇네. 이거였구나."

두 사람이 무슨 말을 하는 건지 알아듣지 못한 희선만 아리송한 표정으로 눈을 깜빡거릴 뿐이었다.

"저건 졸업생들이 기증한 거울이잖아. 저게 왜?"

"맞아. ○△회 졸업생 기증이라고 밑에 쓰인 거. 바로 저거야. 저게 그날 도서관에 있던 거울이라니까?"

민수는 유리문에 더 가까이 다가가서 거울을 확인했다. 역시 그 거울이다. 현석도 틀림없다고 동의했다.

"그러니까 저 거울에 내가 비쳤다는 말이지?"

민수와 현석은 다시 한번 확실하다고 말했다. 그러나 놀랍게도 곧이어 만난 교사는 도서관에 있던 거울의 존재 자체를 부정했다.

"본관 입구에 있는 거울 말이지? 그건 내가 알기로 계속 그 자리에 있던 건데? 누군가 저 거울을 몰래 여기로 옮겼다면 혼자 힘으론 어림도 없었을걸? 봐서 알겠지만 엄청나게 크잖아." 교사는 어이없다는 표정으로 말을 이었다. "게다가 너희들이 가고 나서 내가 마지막으로 문단속을 했는데, 그때 거울은 확실히 없었어."

"그, 그럼……. 저희가 본 건 대체 뭘까요?" 현석은 평소답지 않게 말을 더듬었다.

교사는 뭔가 곰곰이 생각하는 듯 손가락으로 턱을 문지르더니 마침내 결심이 섰는지 진지한 표정으로 말했다.

"혹시, 어쩌면 말이야. 도서관에서 있었던 그 불미스러운 일과 관계가 있는 건 아닐까?"

"도대체 여기서 무슨 일이 있었던 건데요?"

희선이 손을 입에 가져다 대고 기어들어가는 목소리로 물었다.

"한 30년 즈음 전에 그 일이 있었나 봐." 교사는 세 친구의 얼굴을 차례로 훑어보더니 이야기를 시작했다.

"책 읽기를 좋아하던 졸업반 여학생이 있었는데 도서부 담당 교사를 좋아하게 됐지. 그는 교사였지만 나처럼 부임한 지 얼마 안 된, 결혼도 하지 않은 청년이었어. 안 된다는 걸 알면서도 여학생에게 이끌리는 마음을 어찌할 수 없었던가 봐. 둘은 몰래 사랑을 나누었고 이게 얼마 가지 못해 학교에 소문이 난 거야. 두 사람 모두 비난의 대상이 됐음은 당연한 얘기지. 학교에선 여학생을 다른 학교로 강제 전학시키고 교사를 파면하는 선에서 일을 조용히 마무리 지으려고 했대. 그런데 얼마 뒤 여학생이 유서를 써놓고 이곳 도서관에서 스스로 목숨을 끊은 거야. 일이 이렇게 되자 학교도 경찰 조사를 피할 수 없었지. 일을 감추려고 했던 교감과 학생주임, 그리고 여학생반의 담임 교사까지 줄줄이 처벌을 받았어. 물론 원인 제공자라고 할 수 있는 도서부 담당 교사도 마찬가지였고. 다만, 미성년자와 그런 일을 벌인 것은 죄가 되지만 여학생의 죽음과 직접적인 관련이 없고 본인 역시 괴로운 마음으로 반성하고 있다는 점이 받아들여져서 2년인가

징역 선고를 받았대. 형기를 마친 뒤 그 교사가 어떻게 됐는지는 모르겠어. 이 동네 어르신들 얘기를 들어보니까 외국으로 이민을 갔다고도 하고 출소 직후에 자살했다는 얘기도 있더라고."

말을 마친 뒤에도 한동안 무거운 침묵이 이어졌다. 바로 이곳에서 여학생이 목숨을 끊었다니. 이건 누군가 꾸며낸 괴담이 아니라 사실이었다. 그렇다면 책이 없어졌다가 나타나기를 반복했던 그때 일도 이 사건과 관계가 있다는 말인가?

"혹시 유서의 내용은 뭐였는지 아시나요?" 민수가 물었다.

"아, 그건 말이지. 모두 자기 잘못이니까 다른 사람은 미워하지 말아달라는 거였어. 그리고 이게 좀 묘한 부분인데 말이야……." 교사는 앞에 있는 세 학생의 호기심을 자극하려는 듯 잠시 이야기를 끊었다가 다시 시작했다.

"죽어서도 이곳 도서관에 와서 계속 책을 빌려 읽을 테니 도서관을 없애지 말아달라는 부탁이 마지막에 쓰여 있었대."

"너무 무서워요. 그럼 그때 책이 없어진 건 그 언니가 빌려간 거잖아요?"

희선이 눈을 크게 뜨고 두 손으로 입을 가렸다.

"그럼……. 혹시 저희가 그날 봤던 거울 속 여학생은 희선이가 아니라……?"

현석이 어깨를 움츠리며 민수를 쳐다봤다. 민수는 거의 기절할 것처럼 현기증이 몰려오는 걸 느꼈다.

교사와 학생들은 이야기를 마친 다음 별관을 빠져나오며 왜 그 여학생의 모습이 거울을 통해 나타났는지에 대해 서로 의견을 나눴다. 그 이유는 본관 입구를 지날 때 비로소 짐작할 수 있었다.

커다란 전신 거울 앞에 멈춰 선 교사는 그 아래 쓰인 글자를 보며 고개를 끄덕였다.

"'○△회 졸업생 기증'이라……. 맞아. 그 여학생이 살아서 졸업했다면 바로 이때였을 거야."

민수씨는 이렇게 이야기를 마친 다음, "역시 찜찜한 구석이 남는 얘기죠?"라고 모두에게 물었다.

"오래된 학교에서 전해지는 괴담이라면 역시 개운하게 풀리지 않는 수수께끼가 있어야죠. 그런 게 있어야 괴담도 오래가는 거고요. 그렇잖아요?"

나는 가라앉은 분위기를 조금은 밝게 만들어볼 요량으로 그렇게 말했다. 아무리 기담회라고는 하지만 너무 어두운 분위기로 마무리하고 싶지는 않았다.

"실은 진짜 찜찜한 부분은 제가 아직 말씀을 안 드렸거든요."

"그게 뭔가요? 이대로도 찜찜한데 더 찜찜한 구석이 있다니요." 옆에 앉은 Y 어르신이 물었다.

"책이 없어졌다가 다시 나타나곤 했던 그 시점이 저는 계속 궁금했어요. 학생들이 책을 관리하던 2년 동안은 그런 일이 없었거든요."

"그러고 보니 이상하긴 하네요. 담당 교사가 오고 나서부터 그 일이 시작된 거니까요."

미영씨 이야기를 들려줬던 L씨가 고개를 갸웃거리며 말했다.

"설마 그 선생이 모든 일을 꾸민 건 아니겠죠? 허허." 피터 팬 마니아 K씨가 너털웃음으로 받았다.

"진짜 그런 거라면 너무 허탈한데요. 하긴 제 얘기도 따지고 보면 좀 허무한 면이 있지만요."

3년마다 같은 책이 나타나 불행을 가져다준다는 S씨도 작은 목소리로 의견을 보탰다. 얘기를 듣고 있던 민수씨는 고개를 가로저었다.

"그런 게 아니에요. 물론 이건 저의 억측일 수도 있지만, 그날 다 같이 도서관에서 선생님의 이야기를 들은 다음 짚이는 데가 있어서 나름대로 혼자 조사를 해봤거든요. 졸업반 여학생의 자살사건에 연루됐던 당시의 도서관 담당 교사의 사진을 찾아봤죠. 그랬더니 놀랍게도 지금의 담당 교사와 상당히 닮았지 뭡니까? 성도 '이'씨로 같았고요."

"징역을 살고 나와 행방이 묘연해진 그 교사의 아들이 다시 같은 학교로 부임했다는 얘긴가요? 그리고 또다시 도서관 담당이 됐고요?"

S씨의 물음에 민수씨는 "어쩌면요."라고 짧게 대답했다.

"어쩌면 그 여학생은, 자기가 좋아했던 교사의 아들까지도 같은 학교로 오도록 끌어들인 것일지도 모르겠군요. 충분히 그럴 수도 있겠어요. 제 친구 미영이가 겪은 일처럼."

L씨가 눈을 크게 뜨고 모인 사람들을 천천히 훑어봤다. 첫 번째 심야책방 기담회는 이렇게 마무리됐다.

예상했던 것과 달리 무섭고 기괴한 이야기가 많이 나와서 과연 이걸 애초 계획대로 팟캐스트 방송에 올릴 수 있을지 고민이 많았다. 그리고 끝내 녹취록을 대중에 공개하지 않는 것으로 결론지었다. 익명을 쓴다고는 하지만 아무래도 목소리와 억양만 듣고도 말하는 사람이 누구인지 알 수도 있을 거라는 걱정이 우선 앞섰다. 그리고 무엇보다 여기서 듣고 말한 내용을 다른 곳에서 절대로 다시 말하지 않겠다는 모임의 취지와도 어긋났기 때문이다.

심야책방 기담회는 그 후로도 몇 번 더 이어졌다. 그때마다 나는 녹취와 기록을 반복했지만, 이 내용을 어떤 식으로 공개해야 할지 매번 고민을 거듭해야 했다. 어쩌면 모든 기록을 다 묻어버려야 할 날도 있으리라. 어차피 묻혀 있던 이야기들이라 계속 그런 상태로 남는다고 해도 아쉬울 건 없을 테다. 하지만 어떤 이야기는 누군가의 입을 빌려, 또는 이렇게 글을 통해 세상에 나오기를 간절히 바라는 것들도 있다.

세상에 과연 저런 일이 실제로 있을까 싶은 독자들도 분명히 있을 것이다. 그러나 그런 의심을 품고 있다면 당장 인터넷을 켜고 뉴스 카테고리에 접속해보기 바란다. 오늘도, 어제도, 매일 우리 주변에선 차라리 소설이었으면 싶은 일들이 끊임없이 벌어지고 있다는 걸 알게 될 테니까.

이해할 수 있는 일만 일어난다면 그것은 진짜 세상이 아니다. 삶의 이야기는 소설과 달리 의외로 모순투성이고 우리는 태어나면서부터 인생이라는 미로 속을 떠돌아야 하는 운명을 지녔다. 그러므로 길을 걷다 나와 비슷한 아픔을 가진 이를 어쩌다 만나거든 순수한 마음으로 손 내밀어주길 바란다. 기이한 일들이 안개 입자만큼이나 빽빽하게 들어찬 막막한 세상에서 이보다 더 소중한 인연이 또 어디 있겠는가.

곁에 있는 사람이 아름다운 이유, 그이가 들려주는 이야기에 마음을 다해 귀를 기울여야 하는 이유는 세상이 제법 기이하기 때문이다. 이렇듯 기이한 세상에서 운명처럼 우리가 만났기 때문이다.

4부

책과 함께 꾸는 꿈

수수께끼의 펜팔 친구

《행복을 주는 사람: 해바라기 앨범 전곡 수록》
편집부 엮음,
성음예술사, 1988년

헌책방에 새로 들어온 책을 정리할 때 나는 가장 설렌다. 누군가의 손을 거친 책에서 느껴지는 특유의 느슨한 질감, 냄새, 그리고 무엇보다 책 속에서 때때로 발견하는 흥미로운 이야깃거리들 때문이다.

새책은 공장에서 태어나 곧장 서점으로 오는 것이라 아직 아무도 펼쳐보지 않은 상태다. 읽은 사람이 없는 책은 아직 책이 아니다. 책은 누군가가 읽었을 때 비로소 책이 된다. 읽히지 않은 책은 글자가 적힌 종이뭉치일 뿐이다. 거기에는 아직 어떤 이야기도 스며들지 않았다.

헌책은 한 명 이상의 독자를 거치면서 책 자체의 내용에 읽은 사람의 손길이 더해져 특별한 이야기를 만들어낸다. 그러니 헌책방에 쌓인 책들은 새책방에 곱게 진열된 책보다 훨씬 많은 수수께끼를 담고 있다.

헌책에서 발견하는 수수께끼란 대개 책 속에 있는 흔적에서부터 시작된다. 왜 그 부분에 표시했는지 모를 밑줄과 별표, 속지에 손글씨로 쓴 짧은 감상, 누군가와 함께 찍은 사진, 그리고 때로는 넣어두고 깜빡 잊은 비상금까지. 요즘엔 책 속에 지폐를 숨겨두는 사람이 거의 없는데 예전엔 꽤 있었다. 이제는 시대가 변했다고 해야 할까? 책 속에서 현금 대신 가끔 신용카드가 발견되곤 한다.

책 안에서 발견하는 것 중 가장 애착이 가는 건 역시 편지다. 헌책방에서 편지, 엽서, 쪽지를 여러 번 발견했는데, 재미있는 사실은 책 안에서 나오는 편지의 내용 대부분이 사랑에 관한 것이라는 점이었다. 수줍게 고백한 사랑에서부터 담대한 문장으로 쓴 청혼 편지까지. 그리고 때론 이별을 전하는 내용도 있었다.

이 모든 책의 흔적들은 아무도 읽지 않은 새책을 집어 들었을 때와 달리 뜻밖의 호기심을 불러일으킨다. 《허클베리 핀》에 밑줄까지 치면서 공부하듯 읽은 사람은 무슨 사정이 있었던 걸까? 《어린 왕자》 삽화에 등장하는 귀여운 어린 왕자를 울트라맨으로 만들어놓은 이 정교한 기술자는 대체 누굴까? 그 사람 옆에는 분명 10년 차 정도의 베테랑 어시스턴트도 같이 있었을 것만 같은 기분이 든다.

이미 내용을 알고 있는 책인데도 뜻밖의 흔적을 발견하면 그 후로 책을 대하는 마음가짐이 달라진다. 이것이 헌책의 진정한 매력이다. 사람도 마찬가지로 오래 만나 친한 사이일수록 의외의 모습을 보면 그것이 계기가 되어 더 깊은 우정으로 이어진다. 물론 반대의 경우도 있긴 하지만.

편지 얘기가 나온 김에 내가 기억하는 책과 편지, 그리고 두 사람에 관한 재미있는 이야기가 있어 소개한다. 이 기묘한 스토리의 시작은 지난 2017년으로 거슬러 올라간다.

한 중년 남성이 자신에게 특별한 의미가 있는 책을 찾아달라며 내게 부탁했다. 그런데 그 책이 일반적인 소설이나 에세이 같은 게 아니라 포크송 악보집이었다. 지금이야 대중가요 악보를 인터넷으로 쉽게 내려받을 수 있지만 인터넷이 없던 때는 서점에서 악보집을 따로 팔았다. 통기타 문화 전성기였던 1970~80년대까지 셀 수 없이 많은 악보집이 출판됐는데 지금은 헌책방에서도 찾아보기 힘들 정도로 모두 자취를 감췄다. T씨가 찾는 책은 그런 악보집 중에서도 더 희귀한 책이었다.

"1988년에 나온 악보집입니다. 포크송 듀오 '해바라기'라고 아시나요? 그 해바라기의 곡들을 앨범별로 전부 수록한 책이죠."

해바라기라면 어릴 적 용돈을 모아 레코드판을 샀던 기억이 있어 나에게도 익숙하다. 중학생 때 기타를 배운 것도 해바라기의 노래를 부르고 싶어서였다. 해바라기는 서정적인 멜로디에 어쿠스틱 기타를 연주하며 노래하는 두 사람의 멋진 화음이 특징이라 '한국의 사이먼과 가펑클'로 불린 전설적인 듀오 뮤지션이다.

그런 가수의 최전성기였던 1988년에 나온 전곡 수록 악보집이라. 특별한 책이긴 하지만 그런 책을 어떻게 구할 수 있을지 나로서도 감이 잡히지 않은 채로 T씨의 이야기에 귀를 기울였다. 들어보니 악보집에 얽힌 사연은 그야말로 흥미진진함 그 자체였다.

T씨가 군대에서 전역한 것은 1988년 늦가을이었다. 아직 서울올림픽의 열기가 다 가시지 않은 분위기였기에 T씨 역시 마음이 들떠 있었다. 대학교 복학까지는 아직 시간이 남았고 곧 연말이었다. 말년 휴가 나오기 전에 그는 휴학 중인 친구에게 편지를 썼다. 80년대의 끝자락을 혼자 쓸쓸하게 보내기는 싫으니 미팅을 주선해달라는 부

탁이었다. 하지만 전역하고서 한참이나 지났는데도 아무런 소식이 없었다.

"딱히 계획도 없이 종로서적에 가서 책을 구경하는데 그 책이 있었습니다. 표지에 해바라기 이주호와 유익종 두 사람 사진이 크게 나와 있더군요. 제목은 '행복을 주는 사람'이었습니다. 해바라기 1집 타이틀곡 말입니다. 그 옆엔 '해바라기 앨범 전곡 수록'이라는 문구도 있었습니다. 데뷔할 때부터 해바라기를 좋아해서 그 악보집은 꼭 사야겠다 싶었습니다. 집에 와서 악보를 넘기면서 혼자 노래를 흥얼거렸습니다. 그러다 책 맨 마지막에 실린 펜팔 코너를 발견했죠."

예전엔 하이틴 잡지나 악보집에 흔히 펜팔 코너가 부록으로 실려 있었다. 책 뒤에 붙은 엽서에 신상 정보(성별, 주소, 나이, 이상형 등)를 적어 출판사에 우편으로 보내면 다음에 나올 책에 그 내용을 실어주는 것이다. 책을 산 사람은 펜팔 코너 목록을 보고 맘에 끌리는 사람에게 편지를 보내면 된다. 간단한 정보만으로 친구를 사귄다는 게 조금은 꺼려질 수도 있지만, 목록에 이름이 올라가면 때로는 여러 사람에게서 동시에 편지를 받기도 하니까 펜팔 코너는 은근히 인기가 많았다.

미팅 소식도 없고, 그래서 혹시나 하는 마음에 T씨는 해바라기 악보집에 나온 펜팔 코너 목록에 이름이 실린 여성에게 편지를 보내보기로 했다. 편지를 보낸다고 해서 반드시 답장을 받는다는 보장이 없기에 이런 경우, 내용을 똑같이 써서 여러 사람에게 보내는 게 보통이지만 그건 반칙이라고 생각해서 T씨는 신중하게 고른 딱 한 명에게만 편지를 썼다.

거의 기대하고 있지 않았는데 편지를 보내고 2주일쯤 지났을 때

답장이 왔다. T씨는 설레는 마음으로 편지 봉투를 뜯었다. 그녀의 이름은 S. 이름만큼이나 글씨도 예뻤다. 답장에서 S씨는 자신이 현재 스물세 살이며 모 여대 의상디자인학과에 재학 중이라고 했다. 첫 번째 답장을 받았을 뿐인데 T씨는 곧바로 상상의 나래를 움직이기 시작했다. 스물다섯 살인 자신과 나이도 잘 어울린다. 게다가 의상디자인학과라니. 그는 언젠가 S씨를 실제로 만나게 되는 순간을 머릿속에 그렸다. 세련된 옷을 입은 S씨와 나란히 명동이나 종로 거리를 걷는 장면을 생각하는 것만으로도 입가에 저절로 미소가 그려졌다.

"곧 연말인데, 크리스마스 데이트를 노리신 것 아닙니까?" 나는 장난기를 조금 섞어서 물었다.

"그야 물론이죠. 답장을 여러 번 반복해서 읽다 보니 내용을 외울 지경이 됐죠. 그 편지에 어울리는 답신을 보내야 데이트 확률이 높아지는 것 아니겠어요? 대학입시 공부할 때보다 더 진지하게 편지를 썼습니다. 며칠 후, 두 번째 답장을 받았습니다. 내용은 나쁘지 않았죠. 하지만 연말에는 가족끼리 외국으로 여행을 다녀온다면서 저와 만나는 건 어렵다고 하더군요. 물론, 전혀 기분 나쁘지 않게 말해주어서 크게 실망하지는 않았습니다. 편지 교환 두 달 만에 데이트까지 한다는 건 역시 너무 빠르다고 생각했습니다. 그땐 그랬어요. 뭐든 지금보다 느렸죠. 요즘은 다들 초고속 시대라 보조를 맞추기도 벅잖나나. 하하."

편지는 다음 해에도 계속 이어졌다. S씨는 주로 패션과 여대생들의 일상에 관해서 얘기했고 영문과인 T씨는 외국 문학작품 이야기를 자주 했다. 둘은 아주 오래전부터 서로 알고 지낸 사이처럼 잘 맞었다.

그러는 사이 시간은 5년이나 흘렀다. 편지는 한 달에 두세 번씩 꼬박꼬박 오고 갔다. 편지 쓰는 게 싫증이 났던 적은 없다. 그만큼 두 사람은 잘 통했다. 하지만 5년 동안 둘은 한 번도 실제로 만나지 못했다. T씨는 만나고 싶다는 뜻을 몇 번 더 전했지만 S씨가 이런저런 이유로 반대했기 때문이다. 편지만 보면 너무 상냥하고 마음씨가 좋은데 한두 번도 아니고 5년 동안이나 만남을 거부하니 조금씩 의심이 들기 시작했다.

"혹시 대인기피증 같은 거 아니었을까요?" 내가 물었다.

"그렇지는 않은 것 같았습니다. 편지에 보면 여행 얘기가 많았거든요. 학교 생활도 활발한 모습이었고요. 혹시 엄청 못생기거나 뚱뚱한 게 콤플렉스라서 저를 만나고 싶지 않은 건가, 그런 생각도 했습니다. 하지만 저를 보세요. 어떤 분이 나오든지 저보다 못난 사람일까요?"

대놓고 맞장구를 칠 수는 없었지만 T씨의 말은 틀린 게 아니었다. 그의 얼굴은 오른쪽 눈부터 입술 근처까지 눈에 띨 정도로 피부가 오그라져 있었다. 어릴 때 화상을 입어서 남은 상처라고 했다.

두 사람의 만남이 실제로 성사된 것은 펜팔 5년째 되던 해, 그러니까 1993년 가을이었다. S씨는 직전에 보낸 편지에서, 과연 만나는 게 옳은 일인지 많이 고민했다고 썼다. T씨는 그 말뜻을 전혀 이해하지 못했다. 펜팔 친구 만나는 일에 대체 무슨 고민을 5년 동안이나 한단 말인가. T씨는 기대 반 의심 반, 그리고 설레는 마음도 잔뜩 안고 약속 장소로 나갔다. 결과는 놀람과 어이없음, 그 중간 어디쯤이었다.

T씨는 혹시 상대를 잘못 찾은 게 아닌지 몇 번이나 다시 확인했다. 그를 만나려고 나온 사람이 생각보다 너무 어려 보였기 때문이다. 얼굴에 화상 자국이 있다는 걸 미리 알려준 T씨와 달리 S씨는 외모에 관해서는 편지에 거의 쓰지 않았기에 더 놀랄 수밖에 없었다. 이야기를 들어보니 그녀가 지난 5년간 펜팔을 이어온 사람이 확실하다는 거다. 다만, 당시에는 열여섯 살이어서 만날 수가 없었다며 고개를 숙였다.

"그분은 자기가 조숙하다고 생각해서 또래 친구들하고는 잘 어울리지 못했다고 하더군요. 그래서 악보집 펜팔 신청 엽서에 대학생이라고 적어 보냈던 겁니다. 그걸 보고선 제가 편지를 한 거고요. 지금 생각해도 참 어처구니가 없었죠."

"그럼 중학생하고 펜팔을 하신 거네요?" 나는 웃어야 할지 놀라야 할지 몰라 이상한 표정을 지었다.

S씨가 자신을 의상디자인학과 대학생이라고 소개한 이유는 어머니가 작은 옷가게를 하고 있었기 때문이다. 그녀도 옷을 좋아했기에 자주 가게에 가서 일을 거들었다. 그러니 옷과 패션에 관한 지식이라면 어른 못지않은 편이었다.

중학생 펜팔 친구의 말이 완전히 거짓말이 아닌 것이, S씨는 고등학교를 졸업하고 2년제 전문대학에 입학했는데 그때 선택한 학과가 정말로 의상디자인학과였다. 이제는 미성년자가 아닌 나이가 되었으니 T씨를 만날 용기를 내었다는 게 그녀의 고백이었다.

하지만 상대는 얼굴에 화상 자국이 있는 서른 살 직장인 아저씨다. 스물한 살의 S씨는 그런 건 전혀 상관없다며, 워낙 말이 잘 통하고 편지에서 다정한 마음이 느껴져서 어른이 되면 꼭 만나고 싶었다는 거다. 오히려 나이를 속인 자신이 T씨에게 상처를 준 것이 아닐까 걱정하고 있었다.

나이에 관한 오해를 풀자 둘은 더욱 가벼운 마음으로 서로를 대할 수 있었다. 편지를 주고받을 때보다 더 즐거웠던 첫 번째 만남 이후, 이 데이트가 사랑의 시작이 되리라는 건 당연한 사실처럼 느껴졌다.

S씨가 대학을 졸업하고 어머니의 의상실 일을 본격적으로 돕게 된 1996년, 두 사람은 결혼했다. 그리고 T씨가 헌책방에 온 2017년은 결혼 20주년이 되는 해다. 그는 20주년 기념일 선물로 아내에게 특별한 선물을 해야겠다는 생각에 S씨의 이름이 실린 해바라기 악보집을 찾는 것이다. 그 책 덕분에 펜팔이 시작됐고 결혼까지 할 수 있었으니 과연 의미 있는 선물이 될 것 같았다.

"찾을 수 있을까요? 제겐 참 중요한 책이라 잘 보관하고 있었는데, 결혼 전 장마에 태풍까지 겹쳐 집에 물이 들이쳤을 때 잃어버렸거든요. 꼭 다시 찾아서 특별한 결혼기념일을 만들고 싶습니다."

책 찾는 일이야 모두 나름의 사정이 있기 마련인데 이번 이야기는 나도 책을 꼭 찾고 싶다. 하지만 그게 마음처럼 쉬운가? 일반 단행본도 아니고 악보집이라 도무지 어디에서부터 수소문을 해봐야 할지 감이 잡히지 않았다.

이런 이상한 책을 찾을 땐 역시 이상한 사람에게 의견을 묻는 게 좋다. 물론 이 사람은, 제대로 말하자면 이상하다기보다는 역시 괴상한 쪽에 가깝지만. 바퀴 달린 여행용 가방을 끌고 다니다가 내키는 대로 아무 곳에서나 책을 늘어놓고 파는 책 보부상 H씨 말이다. 모르는 사람이 보면 노숙자 같기도 하고, 그는 꽤나 괴짜라서 상대하기 쉽지 않은 부류의 사람인데 책에 관한 거라면 모르는 게 없을 정도로 해박하다. 그래서 나는 못 찾는 책이 있을 때마다 책보다 먼저 H씨를 찾는다.

H씨는 내 얘기를 듣더니 아무 설명도 없이 3개월만 시간을 달라고 했다. 대체 무슨 속셈인 걸까? 하지만 물어본다고 해서 말해줄 사람이 아니라는 건 경험을 통해 이미 알고 있으니 굳이 얘기를 더 길게 하지는 않았다. 그는 오늘도 실없이 딴소리만 늘어놨다.

"초코파이가 좋으세요, 몽쉘통통이 좋으세요?" H씨가 여행 가방 안에 손을 넣으면서 물었다.

"둘 다 좋긴 한데, 요즘은 몽쉘통통이 좀 더 끌리더라고요. 왜요?"

"역시 그렇죠? 몽쉘통통! 이름도 몽쉘, 하니까 어쩐지 프렌치 느낌이 나잖아요. 최근에 다크초콜릿 맛 새로 나온 거 아세요? 드셔보실래요?"

"오오, 정말요? 좋죠!"

나는 그가 가방에서 신제품 다크초콜릿 맛 몽쉘통통을 꺼내는 줄 알았다. 하지만 그의 손에 있는 건 그냥 책이었다. 책을 바닥에 내려놓으면서 H씨가 말했다.

"저기 골목 모퉁이에 있는 편의점에서 팔더라고요. 사갖고 와서 드세요. 좋은 정보 드렸으니까 저도 하나만 주시고요."

그럼 그렇지. 늘 이런 식이다. 나는 "됐거든요." 하고는 지하철역 쪽으로 발길을 돌렸다.

3개월 후, 다시 만난 H씨는 해바라기 전곡 수록 악보집을 내게 내밀며 또 실없는 소리를 하려고 시동을 걸었다. 하지만 이번엔 나도 호락호락 넘어가지는 않는다. 대체 이런 책을 어디서 어떻게 구한 걸까? 그걸 꼭 물어봐야 속이 풀릴 것 같다.

"뭐, 이런 책이 있을 곳은 정해져 있죠. 인터넷 해바라기 동호회. 거기 사람들한테 물어봤더니 책이 나오더라고요."

"하긴, 그럴 만도 하네요. 그런데 왜 3개월이나 걸린 거예요?"

분명 H씨는 처음부터 그 정도 시간이 걸릴 거라는 걸 미리 알기라도 한 듯 3개월이라고 딱 잘라 말했었다. 나는 그 근거가 궁금한 것이다. H씨는 별일도 아닌 것처럼 심드렁한 말투로 내게 대답했다.

"해바라기는 워낙 유명해서 동호회도 많더라고요. 어느 동호회에서 책을 찾을 수 있을지 탐색하는 데 한 달 걸렸죠. 동호회에 처음 얼굴을 비쳤는데 다짜고짜 책 애길 하면 좋아하겠어요? 그래서 인터넷 카페에 게시물도 좀 올리고 친해지는 데 한 달 걸렸고요. 그다음엔 오프라인 정기모임 때 가서 책을 찾았어요. 이상 끝."

"동호회 찾는 데 한 달, 사람들하고 친해지는 데 한 달. 그러면 나머지 한 달은 뭔가요?"

"아, 그거요? 정기모임을 라이브 카페에서 하더라고요. 그때 신입회원은 무대에서 해바라기 노래를 하는 게 신고식이에요. 잘 불러야 사람들하고 얘기가 통하지 않겠어요? 한 달 동안 노래방에서 〈내 마음의 보석상자〉를 연습했어요."

H씨는 이가 다 드러나도록 입을 크게 벌리면서 웃었다. 어처구니가 없었다. 아니, 감탄했다고 해야 할까? 동호회 사람들에게 잘 보이려고 한 달 동안 노래 연습을 하다니. 기본적으로 괴짜인 것은 알았지만 이 정도일 줄이야.

아무튼, 괴짜 보부상 H씨 덕분에 깨끗한 책을 구할 수 있었고 T씨와 S씨의 결혼 20주년 기념일도 특별한 선물과 함께 멋지게 보냈다는 소식을 전해 들었다. 나중에 두 사람은 다시 헌책방에 와서 고맙다며 내게 넥타이를 선물했다. 책 모양이 인쇄된 흔치 않은 디자인이라 마음에 쏙 들었다. 의상실 일로 외국에 갔을 때 내 생각을 하며 빈티지숍에서 사두었던 것이라고 했다.

이쯤에서 H씨에 관한 이야기를 다시 한번 하고 넘어가야 할 것 같다. 나는 지금까지 그에게 적지 않은 도움을 받았으면서도 한편으로 괴짜 같다느니 하면서 조금은 이상한 사람처럼 대한 것도 사실이다. 그러나 그 이상한 H씨가 한 달 동안이나 연습해서 무대에 올라 〈내 마음의 보석상자〉를 부르는 모습을 상상하니 앞으로는 나도 그를 좀 더 진지한 태도로 대해야겠다는 생각이 든다.

책과 마찬가지로 사람도 의외의 모습을 봤을 때 전과 다른 새로운 감정이 싹튼다. 우정이었던 마음이 사랑으로 움직일 수도 있고 동료에서 친구가 되는 계기 역시 이와 다르지 않다. 괴짜 보부상 H씨와도 친구가 될 수 있을까? 다음에 만날 때는 다크초콜릿 맛 몽쉘통통이라도 한 상자 사서 가야겠다.

그런데 아무래도 믿을 수 없는 게 한 가지 있긴 하다. 한 달 동안이나 연습했다고는 하지만, 과연 H씨가 〈내 마음의 보석상자〉를 잘 불렀을까? 잘 불렀으니까 책도 얻을 수 있었겠지. 그래도 어쩐지 인정하고 싶지가 않다. 해바라기하고 H씨는 절대로 겹쳐질 수 없는 이미지다. 나처럼 감성적인 사람이면 또 몰라도. 같이 노래방에 한번 가보자고 그러기도 뭣하고, 어쨌든 H씨의 노래 실력은 앞으로도 미스터리로 남을 가능성이 크다.

신이 보내준 사람

《타오르는 푸른 나무》
오에 겐자부로 지음, 오상현·김난주 옮김
고려원, 1995년

요즘엔 좀 덜한 편이지만 내가 학창 시절을 보낸 때만 하더라도 부담스럽지 않은 선물로 책이나 레코드판을 찾는 사람들이 많았다. 이런 선물은 우선 값이 저렴하고 주는 사람의 문화적 소양을 어필할 수도 있다는 장점이 있다.

그래서 때론 읽어보지도 않은 책이나 평소엔 관심 없던 클래식 음반을 선물하는 경우도 적지 않았다. 물론 너무 티 나지 않게 간단한 손글씨 메모를 함께 준비하는 게 포인트다. '저는 쓸쓸한 기분이 들 때마다 카뮈를 꺼내 들곤 한답니다. 즐겁게 읽어주세요.' 이런 식으로. 실제로는 카뮈의 책을 안 읽어봤어도 이런 메모를 쓰는 게 정석이다. '카뮈' 부분에 '브람스'나 '쇼팽' 같은 음악가 이름을 넣으면 그대로 음반 선물용 메시지로 활용할 수 있다.

여기서 한발 더 나아가 자기가 읽던 책을 선물하는 방법도 있다. 명색이 선물인데 왜 굳이 읽던 걸 주느냐라고 묻는다면, 그 이유 역시 앞에서 말한 것과 비슷하다. 적당히 낡은 데다가 멋진 문장에 연필로 밑줄까지 그어진 책을 선물한다면 받은 사람도 상대가 평소 책을 즐겨 읽는다는 것을 짐작할 수 있다. 대강 지어서 쓴 메모하고는 전달되는 감정의 차원이 다른 것이다. 그리고 돈 들여서 선물을 사지 않고 자기가 가지고 있던 걸 준다는 데서 느껴지는 뭔가 소탈하면서도 개인적이고, 게다가 노스텔직한 분위기까지!

물론 이것도 나름의 편법이 존재한다. 선물할 책을 헌책방에서 사는 고도의 심리 전술이 그것이다. 다시 카뮈를 예로 들자면, 자신의 책장을 아무리 뒤져도 《드래곤볼》 만화책밖에 없다고 하더라도 헌책방에 가면 자주 넘겨본 듯 표지에 손때가 묻은 카뮈의 소설을 얼마든지 구할 수 있다. 그런 책을 선물 받은 상대방은 내 책장에 카뮈쯤은 아무렇지도 않게 꽂혀 있을 것 같다는 상상을 하게 된다.

어쨌든 이건 다 지나간 날들의 싱거운 얘기지만, 여전히 헌책방에는 친구나 연인에게 선물하기 위해 오래된 책을 사려는 손님들이 이따금 찾아온다. 몇 년 전, 내게 특별한 기억을 안겨준 L씨도 그런 손님 중 한 명이었다.

그녀는 20대 후반 정도 되어 보이는 나이에 밝은 성격이지만 가볍지 않은 말투가 인상적이었다. 이야기를 수고비로 받고 책을 찾아준다는 소문을 친구에게 듣고 책방에 왔다는 L씨는 오래전 고려원 출판사에서 펴냈던 오에 겐자부로 전집 중 세 권으로 된 연작 소설 《타오르는 푸른 나무》를 구할 수 있겠느냐고 내게 물었다.

오에 겐자부로 소설 문학 전집은 작가가 노벨문학상을 받은 직후에 야심 차게 번역 출간된 것인데 몇 년 지나지 않아 고려원 출판사가 없어지면서 이 책도 공중에 뜨고 말았다. 그 뒤로 다른 출판사에서 작가의 계약 내용을 이어받았을 만도 한데 여전히 전집 구성으로 펴낸 곳은 없다. 그래서 헌책방을 돌며 고려원판 오에 겐자부로 전집을 구하러 다니는 이들이 적지 않다. 처음엔 L씨도 그렇게 헌책방을 돌며 고려원판 오에 겐자부로를 사 모으는 사람들 가운데 하나가 아닐까 짐작했다.

"전집을 다 모으는 건 아니고요, 《타오르는 푸른 나무》 시리즈 세 권만 필요해요. 고등학생 때부터 사귀던 친구하고 같이 읽은 추억이 있는 책이라 선물하려고요."

"정말 멋진 선물이 되겠네요. 선물이라면 요즘엔 다들 비싸고 멋져 보이는 걸 많이들 하잖아요. 책 선물이라고 해도 헌책을 주고받는 경우는 별로 없어요. 예전엔 흔한 일이었는데 말이죠."

"사랑하는 사람이니까요. 뭔가 둘만의 추억이 깃든 선물이라면 특별할 것 같아서요. 지금은 헤어져 있거든요. 2년 동안ㅡ. 이제 1년 지났으니 내년 이맘때 즈음이면 만날 수 있어요. 그때까지 책을 찾을 수 있다면 좋겠어요. 가능할까요?"

2년 동안 헤어진 연인이라. 물으나 마나 남자친구가 군대에 간 것이리라. 나는 마치 후배의 연애담에 동참하는 것 같아 약간 들뜬 마음으로 L씨에게 고등학생 때 읽은 오에 겐자부로 소설 이야기부터 해달라고 말했다.

"중학생 때부터 같은 학교에서 공부했어요. 같은 반이었던 적은 없었지만 우연히 같은 교회에 다니는 걸 알게 되면서 친해졌죠. 고등학교도 같은 곳으로 갔어요. ○○여고. 들어보셨죠? 역사가 오랜 학교잖아요."

"네, 알죠. 유명한 학교죠. 어…… 근데 거기 여고잖아요?" 나는 놀란 눈으로 물었다.

"네, 여고요. 처음부터 말씀을 제대로 안 드렸네요. 죄송해요. 제 친구는 여자예요."

그 말을 듣고는 오히려 내가 미안해서 고개 숙여 사과했다. 연인이라면 당연히 이성 커플이라고 생각하는 것 자체가 편견이다. 사랑은 하늘에 빛나는 별처럼 일일이 셀 수도 없을 만큼 다양한 모양이라 누구라도 함부로 단정 지으면 안 된다. 생각은 그렇게 하면서도 막상 닥치면 편견에 사로잡혀 행동하는 게 부끄럽다. 그렇다면 2년 동안 헤어져 있다는 것도 역시 군대를 말하는 게 아닐 테다.

"제 친구는 지금……." L씨는 조금 머뭇거리더니 작은 목소리로 말했다. "지금 교도소에 있어요."

"아―. 그렇군요. 무슨 일이 있었던 건가요?"

"좀 복잡하긴 한데, 말씀드린 오에 겐자부로 소설 때문에 그렇게 된 거예요. 아니, 걔가 소설 내용을 오해한 거죠."

책 내용을 오해해서 교도소에 가다니. 처음 들어보는 얘기다. 도대체 그 책에 어떤 사연이 얽혀 있기에 범죄로까지 이어진 걸까?

중학생 때까지는 그저 말이 잘 통하는 친구로 지내던 두 사람이었는데 고등학생이 되자 어느덧 조금은 진지한 이야기도 나누게 됐다. 그러다 2학년 때, 둘은 친구 이상의 감정을 느끼고 있다는 걸 서로에게 고백했다. 이걸 사랑이라고 부를 수 있을까? 하지만 사랑이 아니면 대체 무엇이란 말인가? 혼란스러운 생각을 함께 공유하며 두 사람은 아무도 몰래 특별한 사랑을 키워나갔다.

두 친구는 여러 공통점이 있었는데 그중에서 특히 책 읽기를 좋아한다는 부분이 잘 통했다. 곧 대학 입시를 준비할 시기였지만 거의 매일 도서관에 들러 데이트를 즐겼다. 오에 겐자부로의 소설도 그때 발견해 같이 읽은 것이다. 그 작품은《구세주의 수난》,《흔들림》,《위대한 세월》 이렇게 세 권으로, '타오르는 푸른 나무'라는 제목으로 묶인 연작 소설이다. 제목에서 알 수 있듯 이 작품은 기독교 신앙을 중심 가치관으로 하여 공동체의 역할과 진정한 사랑의 실천이라는 광범위하고 무거운 주제를 깊게 다루고 있다.

《타오르는 푸른 나무》를 진지하게 읽은 두 소녀는 자신들이 다니는 교회에서 배운 성경의 가르침과 소설 내용을 토대로 둘만의 사랑을 완성할 수도 있겠다는 확신이 들었다. 교회에선 동성간의 사랑을 인정하지 않는 분위기였다. 아니, 인정하지 않는 것 이상의 죄악으로 분류됐다. 하지만 책에서 발견한 사랑의 본질은 성별 따위에 가로막히지 않는 강력하고도 아름다운 힘이 있었다. 그 믿음은 앞으로 닥쳐올 어떤 두려움도 거뜬히 이겨낼 수 있을 것처럼 단단하게 두 사람을 엮어주었다.

그로부터 몇 년 동안은 둘의 인생이 가장 아름답게 꽃피운 시기였다. 두 사람 다 무리 없이 원하던 대학에 합격했고 L씨의 친구는 성적이 우수해서 그해 입학생 중에서 한 명에게만 지급되는 특별 장학금도 받았다. 지금까지와 마찬가지로 앞으로도 영원히 아무런 문제도 일어날 것 같지 않은 행복한 나날들이었다. L씨의 친구가 졸업을 한 해 앞두고 이상한 종교 서클에 가입하기 전까지는 말이다.

그녀는 L씨에게도 서클에 가입할 것을 제안했다. 하지만 서클 활동이 비밀에 부쳐져 있다는 점과 거기서 일반적인 성경 대신 '새 성경'이라고 부르는 책 내용을 공부한다는 게 이상해서 L씨는 결국 모임에 가지 않았다.

친구가 서클 활동에 집중할수록 두 사람의 만남은 자연스럽게 소홀해졌다. 친구는 급기야 자기가 활동하는 모임이 속한 교회에 가겠다며 일요일에도 L씨와 함께하지 않겠다고 선언했다. 친구는 공부를 해보니 진정한 교회는 하나의 구세주를 섬기는 단 한 곳일 수밖에 없다고 말했다.

"그 친구가 말한 구세주 이야기는 우리가 같이 읽은 오에 겐자부로의 소설에도 나오는 거예요. 소설에선 '타오르는 푸른 나무'라 불리는 교회와 그곳을 중심으로 한 믿음의 공동체를 이끌어가는 리더, 즉 구세주가 나와요. 소설 마지막에 구세주로 지목된 그 사람은 결국 분열된 신도들에 의해 돌팔매를 맞고 죽는데요, 친구는 그 마지막 장면을 상당히 싫어했어요."

"그래서 친구 분은 거부할 수 없는 강력한 카리스마가 있는 구세주에 끌린 걸까요?"

"아마도요."

L씨는 탁자에 놓인 차를 입술에 대고 조금 마신 다음 이야기를 계속했다.

"그 교회에서는 목사를 예수 이후에 다시 온 구세주라고 부른대요. 2천 년 전 예수가 십자가 처형으로 죽었으니 실패작이고, 그래서 이번엔 확실한 구세주를 보낸 거래요. 그 목사가 성경에서 모세에게 나타난 하나님의 상징이기도 한 불이 꺼지지 않는 떨기나무라고 하더군요. 목사 자체가 '타오르는 푸른 나무'인 거죠."

친구는 L씨를 자기가 나가는 교회에 데려가기 위해 갖은 노력을 했다. 둘은 긴 시간 동안 목소리를 높여가며 진지하게 토론도 해봤지만 이미 이상한 교회에 빠진 친구는 그곳에서 배운 논리를 벗어나

다른 대화를 한다는 것 자체가 불가능한 상태였다.

그녀는 사랑마저도 부정했다. 교회의 가르침에 의하면 진정한 사랑이란 너무도 고귀한 것이라 사람이 할 수 없는 것이다. 사랑은 오직 하나님을 제외하면 구세주, 즉 목사만이 할 자격이 있다. 그러므로 신도는 목사 한 사람만을 사랑해야 한다. 그 가르침에 의하면 몇 년 동안 이어온 L씨와의 사랑도 사실은 단순한 욕망에 불과하며 회개해야 마땅한 죄인 것이다.

이상한 교회는 구세주인 목사를 중심으로 한 진정한 사랑의 공동체를 만들겠다며 신도들에게 여러 가지 명목으로 헌금을 강요했다. 모든 것을 다 바친 성경 속 인물의 예를 들어 많은 헌금을 한 사람만이 하나님의 사랑을 받을 수 있다고 설교했다.

L씨의 친구는 그 설교에 빠져들어 자기 통장에 있는 돈을 다 빼낸 것은 물론 사채까지 빌려가며 헌금에 열을 올렸다. 나중엔 부모님에게도 손을 벌렸다. 부모님은 교회에서 벗어나라며 그녀를 여러 번 회유했으나 의미 없는 소리에 불과했다.

그렇지 않아도 수업에 거의 들어가지 않아서 제적당하기 직전이었는데, 결국 그녀는 졸업을 몇 달 앞두고 학교를 자퇴했다. 교회가 만든 공동체에 가서 봉사하겠다는 게 이유였다. 그즈음 집에서 몇 번이나 돈까지 훔쳤기에 이제 부모님도 그녀를 포기하고 손을 놓기에 이르렀다.

죽을 때까지 자신의 연인이 이상한 교회에서 벗어날 수 없을 것만 같아서 L씨는 너무나도 마음이 아팠다. 아플 때면 더욱 가슴을 치면서 하나님께 기도했다. 그리고 그녀의 기도는 뜻밖의 기묘한 방법으로 응답이 이루어졌다.

"집에서도 돈을 갖고 나올 수 없고 더는 사채도 쓸 수 없게 되자 무슨 생각에서인지 도둑질을 한 거예요. 손님이 뜸한 시간에 동네 미용실에 들어가서 돈을 훔친다는 계획이었나 봐요. 하지만 체구도 작은 여자가 그런 일을 쉽게 할 수 있을 리가 없죠. 미용실 사장님인 아주머니가 돈 통에 손을 대는 친구를 발견하곤 고래고래 소리를 쳤어요. 당황한 친구는 근처에 있던 날카로운 가위를 집어 들고 휘둘렀죠."

현행범으로 경찰에 붙들린 그녀는 자신이 무슨 짓을 했는지도 기억하지 못할 정도로 정신을 놓은 상태였다. 손에 들고 있던 현금은 3만 원. 하지만 더 큰일은 도둑을 막으려던 아주머니에게 흉기를 휘둘러 상해를 입힌 거였다. 천만다행으로 목숨에는 지장이 없었지만 재판부는 그녀에게 2년의 실형을 선고했다. L씨의 친구는 상고의 뜻을 밝히지 않았고 얼마 지나지 않아 확정판결을 받은 뒤 교도소에 수감됐다. 그게 지금으로부터 1년 전의 일이다.

"제 기도에 대한 응답이라면 응답일까요? 재판에서 변호인은 친구가 다니던 교회 측에도 잘못이 있다고 말했지만, 교회에선 친구를 완전히 모르는 사람 취급했어요. 어쨌든 그 이상한 교회와의 관계가 이젠 완전히 끊어진 거죠."

이야기를 마친 다음 한동안 안개처럼 먹먹한 침묵이 흘렀다. 엔도 슈사쿠의 소설 《침묵》의 한 장면처럼 깊은 곳에서 밀려온 답답한 감정이 물결로 변해 어지러이 마음속을 일렁거렸다.

"하기 어려운 이야기였을 텐데, 들려주셔서 감사합니다. 그런데 오에 겐자부로의 소설 말인데요. 결국 친구 분을 안 좋은 결과로 밀고 간 원인을 제공한 것 아닙니까? 왜 그 책을 다시 찾으려고 하시나요?”

“저는 그동안 몇 번 그 친구를 면회했어요. 교회에선 물론이고 부모님도 찾아오지 않았다고 하더군요. 하지만 사랑하는 사람이라면 만나야죠. 저는 친구가 그 소설을 조금 오해한 거라고 믿어요. 아시잖아요, 소설은 누구라도 오해하면서 읽을 수 있는 거니까. 걔한테 잘못은 없어요. 그래서 이번엔 도서관에서 빌린 게 아니라 진짜 선물로 그 책을 주고 싶은 거예요. 천천히, 우리 둘이 다시 읽어보려고요.”

L씨는 말을 마친 다음 가방에서 공책을 하나 꺼냈다. 표지에는 ‘둘이어서 좋은 독서일기’라는 글씨가 쓰여 있었다.

“고등학생 때 둘이서 책 읽고 같이 이것저것 서로의 감상을 기록해둔 노트예요. 며칠 전에 이걸 다시 보다가 《타오르는 푸른 나무》 부분에 써놓은 재밌는 문장을 발견했어요. 여기, 이 부분요.”

거기엔 정갈한 글씨체로 “책은 누군가가 그걸 읽지 않는 동안에는 죽은 것이나 마찬가지다. -제1권, 《구세주의 수난》”이라고 쓰여 있었다.

“무슨 뜻인가요?” 내가 물었다.

“글쎄요. 지금 와서는 저도 잘 모르겠어요. 하지만, 당시의 우리는 이걸 사랑의 의미로 받아들였어요. 사랑하지 않는 동안에는 죽은 것이나 마찬가지다. 어때요, 꽤 앞서갔죠? 후후.”

L씨가 오에 겐자부로의 책 이야기를 마친 뒤로도 우리는 또 한참 잡담 비슷한 대화를 나눴다. 그 대화의 주제는 대부분 사랑에 관한 것이었다. 그녀는 몇 번씩이나 친구를 사랑한다고 말했고 나도 그 의미를 알아들었다.

사랑은 누구의 허락도 필요치 않은 둘만의 아름다운 우주가 아닐는지. 하늘 위에 셀 수 없는 많은 별과 은하계들이 존재하듯이 이 세상에도 그만큼의, 아니 그 이상의 사랑이 날마다 태어나는 게 아닐까. L씨의 이야기를 들으며 나는 그들이 만들어갈 사랑의 모양을 머릿속으로 조금씩 예감해보았다. 예감하는 것만으로는 부족한 확실한 사랑이 두 사람을 단단하게 붙들고 있는 걸 느꼈다.

그때 나눴던 이야기 전부를 정확히 기억하는 건 아니지만, L씨가 해주었던 이 말은 여전히 내 마음에 깊은 울림을 준다.

"신은 자신의 존재를 증명하기 위해 사람들에게 저마다의 연인을 보내주신 게 아닐까요?"

그로부터 1년 뒤, L씨는 그녀의 연인과 함께 다시 헌책방에 들렀다. 우리 셋은 몇 시간 동안 지칠 줄 모르고 수다를 늘어놓고 다시 주워 담기를 반복했다. 그때 비로소 왜 L씨가 내게 그런 말을 했는지 깨달았다. 내 앞에 앉은 두 사람의 아름다운 모습을 보고 있으니 과연 신의 본질은 사랑과 다름 아니라는 걸 인정할 수밖에 없었다.

거구지만
괜찮아

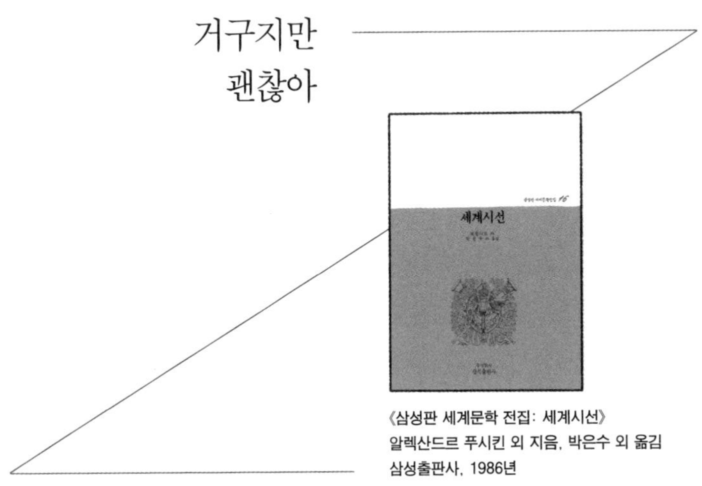

《삼성판 세계문학 전집: 세계시선》
알렉산드르 푸시킨 외 지음, 박은수 외 옮김
삼성출판사, 1986년

겉모습만 보고 판단하지 말라는 오래된 격언은 비단 사람에게만 해당하는 말은 아닐 것이다. 책도 마찬가지다. 제목이 그럴듯해서, 표지가 예쁘다는 이유로 선택한 책인데 실제로 읽어보니 너무나도 재미가 없어서 낭패를 겪은 적이 누구든 한 번쯤은 있을 것이다. 드물긴 하지만 반대의 경우도 있다. 분명 재미없을 것 같은 책인데 의외로 빠져들었던 책 말이다. 하지만 그건 정말이지 드문 경우다. 분명 재미없게 보이는 책인데 굳이 그걸 읽으려는 사람은 별로 없을 테니까. 우연이라면 또 몰라도.

그러나 언젠가 헌책방에 온 손님이 말한 것처럼 세상에 우연은 없다. 나도 동감한다. 특히 책에 관한 것이라면 더욱 우연이란 건 있을 수 없다. 어느 책방에 들어갔는데 우연히 한 책에 이끌려서 그걸 집어 들었던 경험이 있는가? 우연이라고 생각할 수도 있겠지만 절대 그렇지 않다. 그 책은 당신을 만나기 위해 거기서 줄곧 기다렸던 것이다.

겉모습으로 사람을 판단하지 말아야겠다고 늘 다짐하면서도 막상 닥치면 그게 생각만큼 쉽지 않다는 걸 몸으로 느낀다. 책방 일을 시작하고 얼마 되지 않았을 때 알게 된 P씨가 딱 그런 사람이었다. 겉으로 봐선 절대로 책방 같은 곳엔 가지 않을 것 같은, 그런 부류의 사람 말이다.

책방에 가지 않을 것 같은 사람이라니. 세상에 그런 사람이 어디 있냐고 묻는다면, 나는 구구절절 이유를 말하는 것 대신 P씨를 한번 만나보라고 권하겠다. 그가 처음 책방에 왔을 때 나는 과연 이게 현실인가 싶을 정도로 소스라치게 놀랐다. 그러나 첫인상의 놀라움은 그저 시작일 뿐이라는 사실을 그때는 예상조차 하지 못했다.

그는 키가 거의 2미터는 돼 보였다. 체격도 상당해서 운동선수인가 싶은 생각이 가장 먼저 들었다. 짧게 다듬은 머리에 눈은 가늘고 턱이 커서 언젠가 유튜브 영상으로 봤던 일본 프로레슬러 안토니오 이노키를 떠올리게 했다. 그런 사람이 책방 문을 열고 들어오니 놀라지 않는 게 더 이상하지 않겠는가. 이 사람의 정체는 뭘까? 더 충격적이었던 것은 그가 책방을 눈으로 쓱 둘러본 다음 내게 한 첫 마디였다.

"책방이 참 이쁘네요. 시집 코너가 따로 있나요?"

그렇다. 그는 덩치에 어울리는 걸걸한 목소리로 분명 '이쁘네요.'라고 했다. 내가 잘못 들은 게 아니다. '멋지네요.' 혹은 '예쁘네요.'도 아니고 '이쁘네요.'라고 했다. 나는 당황해서 "네?" 하고 되물었다. 그는 다시 한번, "이쁘다고요, 책방이요."라고 또박또박 확인시켜줬다. 그 말을 듣고도 나는 여전히 당황스러움에서 벗어나지 못해 우물쭈

물었다. 그런 나를 똑바로 보면서 P씨는 '흐흐흐' 하며 웃었다. 나중에 우리가 좀 더 가까운 사이가 되었을 때, 나는 이 상황이 정말로 무섭게 느껴졌다고 그에게 사실대로 고백했다.

이야기를 들어보니 P씨는 어릴 때 읽었던 시집을 찾으려고 시간이 날 때마다 헌책방에 다닌다는 거였다. 그가 찾는 건 1980년대에 삼성출판사에서 펴낸 세계문학 전집 시리즈 중 하나인 《세계시선》이었다. 동서양 여러 나라의 유명한 시를 모아 엮은 책이다. 안토니오 이노키처럼 생긴 사람이 찾는 시집이라. 뭔가 사연이 있을 것 같은 직감이 발동했다.

책 찾는 이유가 궁금하다고 했더니 그는 또 '흐흐흐' 웃으면서 중학생 때 학교 도서관에서 그 책을 읽고 시인이 되고 싶은 꿈을 꾸었다는 거다. 《세계시선》을 만나기 전에는 하고 싶은 일이라든지 꿈 같은 게 전혀 없었다.

"초등학교 졸업할 당시에 벌써 키가 170이 넘었고 몸무게는 100킬로에 육박했습니다."

"대단하네요. 그러면 운동선수 쪽으로도 생각을 해보셨을 것 같은데요."

내가 놀라면서 말하자 P씨는 헛웃음을 지었다.

"다들 그렇게 생각하는 게 당연하죠. 덕분에 어릴 적부터 운동부에 들어오라는 선생님들의 제안이 끊이지를 않았습니다. 아직 초등학생이었는데 중학교 운동부 코치들이 저를 보려고 학교에 찾아오곤 했을 정도였어요. 하지만 제가 관심 있는 건 운동이 아니었습니다. 산에 가서 새소리를 듣거나 화단에 핀 꽃을 구경하는 게 더 좋았습니다. 운동에는 전혀 흥미가 끌리지 않는다고 여러 번 말했지만 제 말을 믿어주는 사람이 없었어요. 이해하시겠어요? 저는 그런 상황이 참 괴로웠습니다."

하긴 누구라도 저 정도 체격에 무서운 얼굴을 한 사람을 보고 운동선수가 아닌 다른 걸 상상하지는 못했으리라. P씨의 시련은 그 후로 계속 이어졌다. 중학생 때는 급기야 고등학생 선배들이 학교까지 찾아와서 폭력 서클에 가담하라며 압력을 넣었다. 거부할수록 더 많은 선배가 찾아왔다. 점심시간은 물론 방과 후에도 P씨는 계속 시달렸다.

중학교에 입학한 직후, 특별활동 부서를 정해야 할 때 그는 원예부에 지원했다. 같은 반 친구들은 물론 담임 선생님까지 놀라는 모습을 보고 웃음거리가 되고 싶지 않아 다음 날 원예부 지원을 포기했다. 그리고 선택한 게 문학부다. 씨름부, 유도부, 야구부에서는 동시에 탄식하는 소리가 들려왔다. 그렇다고 해도 운동부는 절대로 들어가기 싫었다.

"두어 달 후엔 저에 대한 이상한 소문이 학교에 퍼져서 거의 사실처럼 되어 있더군요. 제가 실은 고등학생 나이인데 사고를 치고선 다시 중학교에 다닌다는 얘기가 제 귀에까지 들렸습니다. 운동이 아니라 문학부에 들어간 건 정체를 숨기고 조용히 살려는 이유 때문이라고 했습니다. 전혀 사실과 달랐지만, 제 얘기인데도 다른 사람을 통해 들으니 참 우습더군요. 덕분에 저는 친구도 한 명 없이 학창 시절을 보냈습니다. 그래도 나쁘기만 한 것은 아니었던 게, 괴롭히는 사람도 없었으니까 학교는 편하게 다녔죠. 허허."

그런 그에게 처음으로 장래희망이라는 게 생겼다. 문학부에서 맡아 관리하던 도서관에서 우연히 시집을 발견해 읽은 게 계기였다.

그건 분명 우연이었다. 학교 도서관은 크기도 작고 이용하는 학생이 거의 없어서 P씨에겐 혼자 조용히 쉴 수 있는 몇 안 되는 공간이었다. 학교에서는 도서관에 예산을 거의 책정하지 않아서 중학생이 읽을 만한 책이 별로 없었다. 서가 대부분은 동네 주민에게 기증받은 먼지 붙은 70~80년대 책들이 차지하고 있었다.

"그중에 어떤 한 책이 저를 끌어당기고 있는 이상한 느낌을 받았습니다. 외국 시인들의 작품을 모아놓은 책이었죠. 제가 문학부이기는 했지만 책에 관심이 그리 많지는 않았습니다. 그런데 우연히 읽은 그 책을 통해 저는 '아름다움이란 무엇인가', 특히 '사랑이란 무엇인가'의 의미를 찾는 게 앞으로의 할 일이라는 막연한 미래와 마주했습니다."

"중학생 때였는데 상당히 조숙하셨군요. 특히 어떤 시가 마음에 드셨나요?"

그는 추억에 잠긴 듯 잠시 눈을 감았다. 잠시 후, 주머니에서 수첩과 볼펜을 꺼내서 시를 적기 시작했다.

아폴론 신이 신성한 희생자로
시인을 불러내기 전에는
그는 부질없는 세상의 번민 속에
무기력하게 가라앉아 있다.

"이건 러시아 시인 알렉산드르 푸시킨의 〈시인〉이라는 작품의 첫 부분입니다. 환상적이지 않나요? 그때 이 시를 읽는데, 저는 마치 벼락이라도 맞은 것처럼 그 자리에서 꼼짝할 수가 없었습니다."

P씨는 내가 앞에 있는데도 감격에 겨워하는 표정을 감추지 못했다. 주변 사람들로부터 겪은 괴로운 일들도 모두 아폴론이 그를 단련하기 위해 준비한 훈련의 과정이었다. 시詩의 신은 마침내 그를 세상 밖으로 불러냈고, 그렇게 믿으니 더는 무기력하게 가라앉아 있을 필요가 없었다. 그날 먼지 쌓인 학교 도서관에서 P씨는 자신이 시인이 될 운명이라는 걸 굳은 마음으로 받아들였다.

"그야말로 멋진 경험이네요. 그렇다면, 실례가 안 된다면 지금 혹시 시인으로 활동하고 계신 건가요?"

"노력은 많이 했습니다. 언젠가는 꽃봉오리를 터뜨릴 때가 있을 거로 믿고 계속 쓰고 또 썼습니다. 하지만 운이 따라주지 않았는지 부끄럽게도 여태 정식 등단은 못 했습니다."

그의 표정이 일순간 어두워진 것을 보고 내가 괜한 말을 꺼냈나 싶어서 부끄러웠다. P씨는 계속 말을 이었다.

"대학을 졸업하고는 취직하는 대신 신문이나 잡지사 신인 작가 공모전에 숱하게 작품을 보냈습니다. 생활은 해야 하니까 건설현장에서 일용직으로 일하면서 그 외의 시간은 전부 시를 쓰면서 지냈습니다. 공모전이 아니더라도 출판사에 이메일로 제 작품을 자주 보냈죠. 하지만 야속하게도 답신은 없었습니다. 딱 한 번만 빼고요."

그렇게 말하며 P씨는 휴대전화의 이메일 앱을 켜서 내게 보여줬다. 2003년에 받은 메일이었다. 그는 이 메일을 '중요보관함'이라는 폴더에 따로 정리해두었다. 메일은 건조한 문장으로 간단히 적혀 있었다. 보내주신 시 50편을 잘 받아서 확인해보았으나 편집부는 이 원고를 지금 출판하기에는 주제가 적절하지 않다고 판단했다는 게 내용의 전부였다.

"주제가 적절하지 않다는 게 무슨 의미인가요?" 내가 물었다.

"제가 쓴 시의 주제죠. 저는 사랑의 아름다움이야말로 시인이 추구해야 할 단 하나의 철학이라고 생각하거든요. 저도 이 주제가 왜 적절하지 않은지 궁금해서 나중에 전화를 해봤어요. 편집자 말로는 제 시가 한참 전에 유행이 지났다고 하더군요."

"시에도 유행이라는 게 있는 줄은 몰랐는데요. 좀 이상한 편집자 아닌가요?"

내가 팔짱을 끼고 입을 삐쭉 내밀자 P씨는 "그렇죠? 사장님도 그렇게 생각하시죠?" 하면서 수첩을 몇 장 넘기더니 내 앞에 내밀었다. 거기엔 정성 들인 글씨로 쓴 시가 적혀 있었다.

내 마음은 그대를 향한 등대
어두운 바다 같은 마음을 비추네
그대여 불빛을 따라 내게로 와요
내 마음은 언제나 활짝 열려 있어요

다른 사람의 시를 비평할 만큼 내가 문학적으로 안목이 높은 것은 아니지만, 시를 읽어보니 왜 그 편집자가 유행 얘기를 했는지 조금은 이해가 됐다. 이런 시는 1990년대에 쏟아지듯 출판된, 흔히 '사랑 시집'이라고 불리던 가벼운 시집에서 자주 보던 것이다. 그중에서도 아주 전형적인 스타일이라고 할 수 있다. 미안한 말이지만, 밀레니엄 시대의 독자에게 이런 시가 통할 리 없다. 그러나 기대감으로 눈빛이 초롱초롱한 P씨를 앞에 두고 방금까지 머리에 맴돌던 말을 차마 입 밖으로 낼 수는 없었다.

"P님의 아름다운 사랑의 감정이 느껴지네요."

하지만 정작 내 말투에는 아무런 감정이 들어 있지 않았다. 때론 손님 앞에서 이런 정도의 립서비스도 해야 하는 게 헌책방 주인의 일이기도 하다. 혹시라도 이런 사실을 P씨가 알아차릴까 봐 마음이 조마조마했다.

눈치를 보고 있는데 의외로 P씨는 방금 내가 한 말이 마음에 들었는지 이가 다 드러나도록 함박웃음을 지었다.

"그렇게 말씀해주셔서 고맙습니다. 책을 찾아주시면 제가 직접 만든 시집을 한 권 들고 다시 오겠습니다. 정식 출판물은 아니지만 사장님께 선물로 드리겠습니다. 받아주실 거죠?"

P씨는 금방이라도 눈물을 흘릴 것 같은 표정으로 내 앞으로 얼굴을 들이밀었다. 가까이서 보니 안토니오 이노키 같은 그 얼굴이 더 무섭게 느껴졌다. 그는 연신 고개를 숙여 인사를 한 다음 돌아갔다.

얼마 후, 내 연락을 받고 다시 책방에 온 P씨는 《삼성판 세계시선》을 보더니 정말 고맙다며 몇 번이나 고개를 숙였다. 사실 그는 전에 내게 보여준 출판사 편집자의 이메일 사건을 계기로 시 쓰기를 거의 멈춘 상태였다고 말했다. 그래서 지금은 보안업체에서 일하며 시상이 떠오를 때마다 수첩에 조금씩 생각을 적어두는 식으로 자신의 처지를 위로하고 있다는 거였다.

그는 가방에서 작은 책 한 권을 꺼냈다. 전에 약속했던 자비출판 시집이다. 그가 정말로 직접 만든 시집을 갖고 오리라고는 생각하지 못했다. 파스텔톤 꽃 그림으로 장식한 표지에 제목은 '밤마다 촛불이 켜지면 사랑스러운 그대 이름을 불러봅니다'였다. 이런 말은 좀 그렇지만, 본문을 넘겨 보기도 전에 어떤 내용인지 다 알 것만 같아서 벌써 흥미가 떨어졌다. 그래도 나는 최대한 반가운 연기를 하며 시집을 받아들었다.

"한 10년 전 즈음에 통장에 있던 돈을 다 털어서 만든 겁니다. 이렇게라도 제 시집이 있어야 허전한 마음이 좀 달래질 것 같아서요."

우리는 시집을 탁자 위에 올려두고 이런저런 이야기를 나눴다. 그는 시종일관 웃고 있었지만, 나는 그가 지금까지 그래왔듯 앞으로도 어디 가서든 시인으로 대접받기에는 무리가 있지 않을까 싶어서 마음 한구석이 못내 애달팠다.

그때 다른 손님이 문을 열고 들어오는 소리가 들렸다. 마른 몸매에 원피스를 입고 챙이 넓은 모자를 쓴 중년의 여자 분이었다. 손님은 천천히 책방을 둘러봤고 우리 두 사람은 계속해서 작은 목소리로 대화를 나눴다.

얼마쯤 지났을까. 인기척이 느껴져서 옆을 보니 조금 전 들어 온 손님이 우리가 앉은 곳 옆에 서 있었다. 그녀는 눈웃음을 지어 보이며 탁자에 놓인 책을 가리켰다.

"혹시, 그 시집도 여기서 파는 건가요?"

"네?" 우리 둘은 놀라서 동시에 손님을 올려다봤다.

"시집 제목이 너무 예뻐서요. 요즘은 이런 시집이 잘 없잖아요. 시는 많은데 읽어보면 내용이 너무 추상적이고 건조한 느낌이랄까요?"

"그럼, 이 시집 한번 읽어보시렵니까?" P씨가 부자연스러운 목소리를 내며 벌떡 일어섰다. 키가 워낙 커서 여자 분은 머리가 그의 어깨에도 닿지 않았다. 나도 뭔가 도움을 줘야겠다는 마음에 일어서서 영업사원 같은 투로 그녀에게 말했다.

“이 시집을 쓰신 분이 여기 계신 P님입니다. 시를 오랫동안 써오신 분이세요.”

“어머, 그러세요? 시인이시군요. 영광이네요.”

그녀는 P씨에게 받은 시집을 펼쳐서 몇 장 넘겼다.

“여기, ‘해당화 열매처럼 고운 그대 볼에 입 맞추네’ 특히 이 표현은 너무 아름다워요. 해당화를 자주 보셨나 봐요?”

“네, 그, 저어—. 시간이 있을 때마다 바다에 가서 머리를 식히곤 하거든요. 꽃 보는 걸 좋아합니다. 학창시절엔 원예부에 지원도 했었는데…….”

P씨는 갑자기 고장 난 로봇처럼 말을 더듬으면서 소년마냥 몸을 꼼지락거렸다. 여자 분은 그 모습을 보더니 재미있다는 듯 입에 손을 가져다 대고 웃었다. 그녀는 얼마 전 우리 책방에서 멀지 않은 곳으로 이사 왔는데 꽃집을 하고 있다고 말했다. 꽃 애기가 나오니까 P씨의 표정이 환해졌다. 레슬러 같은 무서운 얼굴은 싹 사라지고 문학부 중학생의 앳된 모습으로 돌아간 것 같았다.

P씨는 내게 양해를 구하고 가져온 시집을 손님에게 주었다. 그녀는 자기도 뭔가 대접하고 싶다며 혹시 꽃을 좋아하느냐고 물었다. P씨는 “좋다마다요. 꽃다운 분께서 꽃을 주신다니, 오늘 제 마음에 꽃이 피겠어요.”라고 했다. 그 말을 듣고 나는 조금 전까지 했던 내 생각을 고쳐먹기로 다짐했다. 일상생활에서 아무렇지도 않게 저런 표현을 쓸 수 있는 사람이라면 시인 말고 다른 이름으로 부를 수는 없을 것 같다.

세상은 얼마나 많은 우연으로 가득 차 있을까? 하지만 나는 여전히 우연처럼 보이는 필연이 있을 뿐 진짜로 우연히 일어나는 일은 없다고 믿는다. 그 후로 종종 P씨의 소식을 듣는다. 그는 얼마 전 보안업체 간부로 승진했고, 역시 자비출판이긴 하지만 시화집을 한 권 펴낸다고 한다. 그 시집은 '꽃花'을 주제로 새로 쓴 시를 모은 것이라 제목을 '시화집詩花集'이라고 지었다고 했다. 물론 꽃이라는 소재는 그날 우연히 만난, 아니 이젠 필연이라고밖에 표현할 길이 없는 꽃다운 여자 분에게서 비롯되었다.

오지라퍼
전주 이씨

《인생의 끈》
로버트 노직 지음, 민승남 옮김
소학사, 1993년

헌책방의 주된 업무 중 하나가 무엇인가 하면, 바로 '출장 매입'이다. 신간을 파는 서점과 달리 헌책방은 중고책을 다루기에 도매상에서 책을 받는 일이 많지 않다. 대신 손님이 책을 팔겠다고 연락을 해오면 그 집에 방문해서 책을 가져온다. 손님이 직접 팔 책을 들고 오기도 하지만 수십 권 이상, 혹은 이사나 외국 유학 등으로 서재 대부분을 정리하는 경우 헌책방 주인이 차를 가져가서 매입한다.

그런 이유로 헌책방은 출장 매입용 차를 따로 가지고 있는 게 보통인데 나는 가게를 시작할 때부터 차는 사지 않았다. 작은 거라고 해도 찻값과 보험료, 연료비 등을 생각하면 달마다 나가는 유지 비용이 꽤 든다. 처음 가게를 시작할 때 비싸다는 이유로 간판도 만들어 걸지 않았을 정도니 차 살 여유는 당연히 없었다.

어차피 작은 가게니까 많은 책을 자주 매입하는 것에도 한계가 있다. 더구나 우리나라는 전국 어디든지 전화 한 통만으로 오토바이에서부터 대형 트럭까지 시간에 맞춰 빌릴 수 있는 편리한 시스템이 있으니 가끔 있는 출장 매입을 위해 굳이 차를 살 필요성은 없을 것 같았다.

우리 헌책방에서는 대략 1,000권 미만의 책 위주로 출장 매입을 나간다. 그보다 양이 많으면 알고 지내는 더 큰 헌책방에 손님을 연결해준다. 매입할 책이 500권 정도라면 '다마스'라고 하는 지붕이 있는 소형 트럭을 빌린다. 다마스는 1톤 트럭보다 빌리는 비용이 저렴한 데다 좁은 주택가 골목도 들어갈 수 있을 만큼 크기가 아담해서 자주 이용한다.

회사에 다니는 사람들이 업무차 택시를 이용하듯이 다마스를 주로 빌려서 타다 보니 자연스럽게 다마스 운전 기사님들과 연락처를 주고받는 일도 생긴다. 친절했던 기사님이라면 기억해뒀다가 일이 있을 때 다시 연락하고 싶은 건 인지상정의 마음일 테다.

특히 옮기는 물건이 책이라면 더욱 그렇다. 책은 무게가 제법 나가기에 이삿짐 센터에서도 기피하는 물건이다. 그런 책을 군말 없이 옮겨주는 기사님을 만나기란 쉽지 않다. 다마스를 부르기 위해 전화를 했을 때 옮길 물건이 책이라고 하면 몇 시간을 기다려도 차 섭외가 쉽게 되지 않는다. 그래서 책은 내가 다 옮기니까 기사님은 운전만 해주시면 된다고 꼭 단서를 붙인다.

그런데 한번은 내가 책을 옮긴다고 분명히 말해뒀는데도 기사님이 거들어준 일이 있다. 보통 기사님들은 온종일 이런 일을 하는 게 직업이라 얼굴이 피로에 절어 피곤해 보이는데 이날 만난 기사님은 완전히 반대였다. 무거운 책을 들고 몇 번이나 계단을 오르락내리락하면서도 힘든 내색 하나 없이 싱글벙글 웃는 게 아닌가.

둘이 책을 다 옮긴 다음 나는 고맙다고 인사하며 기사님께 에너지 드링크를 하나 꺼내 드렸다. 기사님은 땀에 젖은 얼굴을 수건으로 닦으면서 "아이고, 괜찮습니다!" 하며 음료수를 그냥 탁자에 놓고 갔다. 그날 이후 나는 받아놓은 명함에 있는 전화번호로 몇 번 더 연락해서 기사님과 함께 책을 옮겼다. 그는 한결같이 웃는 얼굴로 일을 도와주었다,

몇 년 사이 자주 만나다 보니 우리는 개인적인 이야기도 종종 주고받는 사이가 됐다. 나는 기사님에게 간단하게 점심이라도 대접하고 싶다며 여러 번 제안했지만, 그때마다 그는 입버릇처럼 "아이고, 괜찮습니다."라고 하며 거절했다. 그러다 한번은 기사님이 다음 일정까지 여유 시간이 조금 남아 책방에서 함께 차를 마신 일이 있다.

"사장님은 본관이 어딥니까?"

뭐 그런 걸 물어보나 싶기도 했지만, 나보다 조금 연배가 높은 중년 남자니까 어디 출신인지 따위를 서로 말하며 어색한 분위기를 푸는 게 그리 이상한 건 아니었다. 말하자면 '코리안 스몰 토크'랄까?

"파평 윤씨인데요. 경기도 파주니까 저희 가게에서 멀지 않은 곳이죠."

"파평! 양반 가문이네요! 책 장사하고 딱 어울립니다. 저는 전주 이씹니다. 조선 태조 이성계의 후손. ××기업 회장님이 저희 친척 할아버지뻘 되시고, ○○대학 학장님도 이쪽 항렬이십니다."

나는 그저 "아, 그러시군요……."하면서 뒷말을 흐렸다. L씨의 느닷없는 화려한 가문 자랑에 나도 뭔가 받아치고 싶긴 했지만, 아무리 떠올려봐도 유명인이라고는 미국에서 활동한 코미디언 '쟈니 윤' 밖에는 없다. 코미디언과 조선 국왕은 급이 너무 많이 벌어지는 것

같아서 쟈니 윤 얘기는 꺼내지 않았다.

이야기를 나누다 내가 손님들에게 책을 찾아주는 일도 한다고 말하자 L씨는 관심을 보였다. 수고비로 돈이 아니라 책 찾는 사연을 대신 받는다고 하니까 그는 큰 소리가 나도록 손뼉을 짝! 하고 쳤다.

"그것 참 멋진 봉사활동이네요! 모름지기 살면서 가장 뿌듯한 일은 남의 일을 도울 때 아닙니까?" 그렇게 말하더니 L씨는 뭔가 갑자기 생각난 듯 윗옷 안주머니에서 여러 번 접은 손때 묻은 종이를 한 장 꺼냈다. "저도 찾는 책이 있긴 한데, 혹시 말씀드려도 괜찮을까요?"

"물론이죠. 매번 책 옮기는 일도 거들어주시는데요."

"자, 어디 보자―. 박노해 시인이 쓴 《노동의 새벽》이라는 시집 초판입니다. 박노해. 맞나요?"

L씨는 흘려 쓴 글씨라 본인도 잘 못 알아보는지 내게 시인 이름이 맞는지 물었다. 박노해의 《노동의 새벽》이라면 유명한 책이긴 한데, 찾는 책을 쓴 저자 이름을 헷갈린다는 게 좀 이상했다. 더구나 《노동의 새벽》 정도의 책을 찾는 사람이 '박노해'라는 이름을 모를 수가 있나?

"그 책은 유명한 거니까, 조금 비싸긴 해도 수소문해보면 어렵지 않게 찾을 수 있을 겁니다. 작가는 박노해가 맞고요. '노勞동 해解방'이라는 의미로 지은 필명이죠. 책을 찾는 이유도 들어볼 수 있을까요?"

"아, 그게―" L씨는 멋쩍게 허허허 웃으며 머리를 긁었다. "내가 찾는 게 아니라 사촌 형님이 찾는 책이거든요. 작년 명절 때 고향에 갔는데 당숙 아저씨께서 그런 말씀을 하셨다고 저희 큰아버지가 들려주셨어요. 그래서 이렇게 적어둔 겁니다. 저는 박노해라는 사람을 몰라요. 《노동의 새벽》이 무슨 책인지도 모르고요."

뭔가 상당히 복잡하다. 그러니까, 사촌 형이 박노해의 시집을 찾는다는 얘기를 당숙 아저씨에게 전해 들은 큰아버지가 한 말 때문에 책을 구하고 싶다는 건가? 사촌 형이 당숙 아저씨한테 책을 구해달라고 했는데 그 시집을 큰아버지도 찾고 있다는 얘긴가? 이거 아무래도 영화에서 형사들이 범죄자 조직도를 화이트보드에 그리는 것처럼 L씨의 책 찾기 가족 관계도를 먼저 만들어야 할 판이다. 오지랖도 정도를 지나치면 여러 사람 피곤하게 만든다는 걸 L씨는 전혀 모르는 걸까?

"결론은 사촌 형님께서 박노해 시집을 찾는다는 말씀인 거죠? 책을 찾는 이유도 따로 들으신 게 있나요?"

"책 찾는 이유야 저도 모르죠. 뭔가 있기는 하겠지만요."

"그럼, 곤란하겠는데요. 말씀드렸다시피 책 찾는 이유를 듣는 게 수고비 대신이라서요. 그런데 이상하네요. 삼촌 형님께 직접 부탁을 받은 것도 아니고 심지어 몇 명이나 거쳐서 전해 들은 책을 왜 L님께서 찾으시는 거죠?"

L씨는 그게 다 자신의 성격 탓이라고 했다. 어릴 때부터 아버지께 '너는 왕의 후손이니까 남을 돕고 살아야 한다.'라는 말을 질리도록 들은 게 원인일까. 자라면서 그는 주변 사람들에게 도움을 줘야 한다는 생각에 점점 빠져들었다. 남이 곤란한 일을 겪고 있으면 가만히 두고 보지 못했고 어떻게든 도우려고 노력했다. 때로 그 일에 너무 과하게 빠지기도 해서 친구들은 그를 칭찬 반 놀림 반으로 '오지라퍼'라 부른다는 거다. 말 그대로 L씨는 온갖 일에 다 참견을 해야

만 마음이 놓이는 성격이다.

"아! 생각해보니, 제가 다시 읽고 싶은 책도 있습니다. 이건 제 나름으로 사연이 있으니까 괜찮겠죠?"

자기 이야기를 늘어놓던 L씨가 문득 젊은 시절에 갖고 있던 책에 관한 기억을 떠올렸다. 제목은 《인생의 끈The Examined Life》. 미국의 현대 철학자인 로버트 노직 박사가 쓴 철학산문집이다. 철학과 논리학을 가르치던 하버드대학교에서 1982년 최우수 교수상을 받기도 한 작가는 이 책의 구성과 집필에 10년이라는 시간을 들였다. 대중서이긴 하지만 그만큼 공들인 문장으로 가득한, 자유주의 철학계의 숨은 명저로 불리는 책이다.

"사실 저는 중학교밖에 못 나왔습니다. 집이 너무 가난해서 공부보다는 돈을 벌어야 했죠. 하지만 어린 나이에 할 수 있는 일이란 게 많지 않았어요. 아버지는 제가 열일곱 살 때 돌아가셨고 혼자가 된 뒤로 닥치는 대로 이것저것 하면서 살았습니다. 힘들지는 않았습니다. 저는 가진 것 없이 살지만 남을 도울 때만큼은 백만장자 부럽지 않게 마음이 든든하니까요. 그 책은 제가 처음으로 끝까지 읽은 거라 자주 기억이 납니다. 언제고 다시 볼 수 있으면 좋겠다 싶었는데 예전에 집을 정리할 때 다른 물건들하고 같이 처분해버렸네요."

L씨는 아버지가 돌아가시고 난 후 남을 도우며 살아야 한다는 생각에 점점 집착하게 됐다. 다른 사람이 잘살아야 하기에, 그렇다면 상대적으로 자신은 더 가난해지는 게 옳다고 믿기에 이르렀다. 이런 믿음으로 그의 가치관을 이끌어준 것이 바로 《인생의 끈》이다. 그는 책 속의 "삶의 곡선은 다양한 형태를 갖고 있다."라는 문장을 아직도 정확히 기억했다.

“사람들은 때로 부자가 되거나 건강하면 상승곡선이고 그 반대면 내리막이라고 생각하지 않나요? 사실은 그렇지 않잖아요. 삶이 어찌 위아래만 있겠습니까. 갑자기 옆으로 갔다가 뒤로 움직일 때도 있겠고, 어지럽게 빙글빙글 도는 것도 삶이죠. 행복이란 곡선의 어떤 한 지점에 있는 게 아니라 우리가 그리는 삶의 곡선 그 자체라고 책에서 읽었습니다. 그래서 저는 제 삶을 좋아하게 됐습니다. 곡선으로 따지면 마구 뒤엉켜 있을지 모르겠지만, 어때요, 이건 또 이거대로 맘에 들면 되지 않겠어요?”

과연 그게 행복일까? 나는 쉽게 이해하지 못했다. 행복은 누가 보기에도 부럽게 느껴지는 상태를 그렇게 부르는 것 아닐까. 그래서 ‘행복해 보인다.’라는 말도 있잖은가. 나는 오랫동안 행복이란 편안함의 다른 말이라고 생각해왔다. 불편하지 않을 정도로 돈이 있고, 운동선수처럼 강한 몸은 아니더라도 딱히 아픈 데가 없는 상태라면 행복하다. 집도 으리으리하게 클 필요 없이 그저 먹고 자는 데 불편하지 않으면 좋다.

그러나 L씨는 어떤가? 책 내용에 자극을 받은 그는 갖고 있던 모든 돈을 다 털어 중고로 다마스 트럭을 샀다. 속옷과 양말을 빼면 옷은 얇은 것 두 벌, 두꺼운 것 두 벌이 전부다. 집도 없어서 트럭 짐칸에다가 허름한 매트리스만 깔고 잔다. 한겨울엔 24시간 찜질방에서 잘 때도 있지만, 그건 한파 주의보가 내려질 정도로 극심하게 추운 날 며칠뿐이다. 행복해 보이는 게 아니라 그의 삶이 딱하게 느껴질 정도로 측은한 마음이 들었다. 그러나 굳이 내색하지는 않았다.

“특별한 추억이 있는 책이군요. 《노동의 새벽》보다는 말씀해주신 《인생의 끈》이 저한텐 더 끌리네요. 한번 찾아보겠습니다.”

L씨는 차를 다 마시고 고맙다고 하면서 주머니에서 자일리톨 껌한 통을 꺼내 내 손에 쥐여주었다.

"지금 가진 게 이것밖에 없어서요. 나중에 또 일 있으면 연락 주세요."

껌을 다시 가져가라고 했지만 그는 한사코 그걸 다시 내 윗옷 주머니에 넣고는 도망치듯 문을 열고 나갔다.

책을 찾은 다음 다시 만난 L씨는 여전히 환하게 웃는 표정으로 내게 인사했다. 나는 의외로 책을 어렵지 않게 찾았고 비싸지도 않은 것이니까 전에 받았던 껌과 교환한 셈 치고 이번엔 책을 그냥 드리겠다고 했다. 그는 고맙다고 말하며 나를 향해 허리가 굽어질 정도로 고개를 푹 숙였다.

"이건 사실 어머니께서 제게 선물해주신 책이거든요. 몇 년 동안이나 찾아다녔습니다. 어머니께 꼭 읽어드리고 싶어서요."

그러고 보니 지난번에 L씨는 돌아가신 아버지만 조금 언급했을 뿐 어머니에 관한 얘기는 한마디도 하지 않았다. 그는 어머니가 지적장애인이라고 했다. 들을 수는 있지만 읽고 말하기는 전혀 하지 못하는 상태다. 그런 어머니가 누군가에게 얻은 거라며 L씨에게 책을 주었다. 태어나서 처음 받아본 선물이었다. 어머니는 그 책 내용을 마치 다 알기라도 하는 것처럼 아들의 등을 쓰다듬었다. 몇 번이나 읽은 그 책을 통해 L씨는 힘들지만 살아갈 이유를 배웠다. 어머니가 자신에게 해주는 말이라는 기분이 들어서 읽을 때마다 마음이 따뜻해졌다.

"어머니는 몇 년 전부터 요양원에 계십니다. 입원할 당시에 치매 증상이 있었고, 지금은 합병증도 여럿 있어서 저도 곧 마음의 준비를 해야 하지 않나 싶은 상황이에요. 기회가 있을 때 꼭 읽어드리고 싶었는데 한번 제 손을 떠난 책이라 그런지 다시 찾기 힘들더군요. 그런데 이렇게……. 뭐라 감사드려야 할지 모르겠습니다.”

L씨는 악수하려고 잡은 내 손을 한참 놓지 않았다. 어머니 얘기를 듣자 나는 그의 건강이 더욱 걱정스러워졌다. 먹고 자는 것도 편치 않게 생활하고 있으니 어딘가 아픈데도 참고 사는 것일지 모른다.

“건강하세요. 혹시 제가 도울 게 있으면 언제든 연락 주시고요.”

나는 책방 바깥까지 나가서 L씨를 배웅했다. 그는 세워둔 다마스 옆구리를 퉁퉁 치더니 “걱정하지 마세요. 제가 이 녀석보다는 아직 튼튼합니다. 하하.” 하면서 운전석 문을 힘차게 열었다. 곧이어 가벼우면서도 경쾌한 소형 트럭 특유의 엔진음이 들렸다. 시동 소리로 짐작해보면 자동차도 꽤 건강해 보였다.

책을 찾아놓고 L씨에게 연락하기 전, 나는 《인생의 끈》을 처음부터 끝까지 천천히 읽어봤다. L씨가 말했던 ‘삶의 곡선’ 부분을 찾아보고 싶었기 때문이다. 그가 기억하고 있던 문장은 한 글자도 틀림없이 정확했다. 그리고 조금 더 뒤에 이런 글도 있었다.

우리가 진정으로 원하는 상승곡선은 행복의 총량보다는 우리 인생의 살아가는 이야기일 수도 있다.

L씨의 이야기를 다시금 떠올려보니 확실히 내가 지금껏 행복이라는 가치를 많이 오해하며 살았다는 생각이 들었다. 행복해 보인다는 건 내 쪽에서 보기에 그렇게 보인다는 거다. 그러니까 이 경우 행복의 주체는 상대방이 아닌 나다. 남의 행복을 내가 판단하는 것도 문

제지만, 게다가 그 판단을 나의 기준으로 하는 것도 오류다.

그가 내게 해준 말처럼 곡선이 올라간다고 해서 행복한 건 아니고 내려갈 때 불행한 것도 아니다. 행복의 총량은 어느 방향으로 삶이 움직이는지가 아니라 우리가 얼마나 행복한 이야기를 가슴에 담고 사느냐에 달린 것이다. 그러므로 내 판단은 수정되어야 옳다. L씨는 참 행복한 사람이다. 모르긴 해도 태조 이성계보다도 훨씬 행복한 삶을 사는, 세상에서 가장 멋진 오지라퍼 전주 이씨로 기억될 것이다.

아버지의 꿈

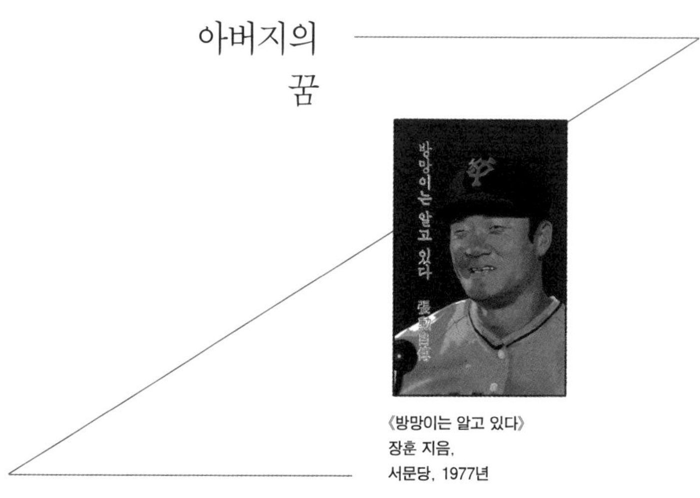

《방망이는 알고 있다》
장훈 지음,
서문당, 1977년

나는 아버지에 관한 추억이 별로 없다. 당신은 내가 중학교 3학년이던 어느 날 아침, 뇌졸중으로 쓰러지신 후 손 쓸 새도 없이 몇 시간 만에 돌아가셨다. 점심시간에 담임 선생님이 나를 교무실로 불러서 아버지가 돌아가셨다는 소식을 전해줬다.

그 순간엔 슬프다거나 하는 감정이 별로 들지 않고 담담했다. 일하느라 늘 바쁘셨기에 나는 그런 아버지와 놀거나 대화했던 기억이 별로 없다. 슬픔은 추억이 쌓인 만큼의 무게를 가진다. 그래서 나는 슬픔이라고 부르기도 민망한 얇디얇은 감정만을 느낄 뿐이었다. 이를테면 아버지가 남긴 낡은 필름 사진 몇 장 정도의 두께로만 나는 슬퍼할 수 있었다.

내 기억에 아버지는 일 외에 다른 건 거의 안 하셨다. 사진도 결혼 전에 찍었을 게 분명한 청년 시절의 모습만 남겼다. 그마저도 많지는 않다. 카투사로 군 복무를 해서 미군과 함께 찍은 사진이 몇 장

있다. 태권도를 하셨는지, 혹은 취미로 무술을 배운 것인지 확실치 않지만 도복을 갖춰 입고 찍은 사진도 있다.

아버지는 취미가 있으셨을까? 내가 알기론 없다. 주말에 가끔 영어로 된 책을 읽는 걸 본 적이 있긴 하다. 초등학생 때는 한두 번 내게 가벼운 영어 회화를 가르쳐주시기도 했다. 그것뿐이다. 다른 기억은 아무리 생각해도 남은 게 없다. 사진 속 아버지는 이제 나보다 한참이나 어리다. 이 청년은 무엇을 위해 살다가 그리 일찍 떠났을까?

책방에 나이가 지긋한 남자 손님이 들어오면 나는 종종 아버지를 떠올린다. 아버지께서 살아계신다면 아마 저 정도 나이이지 않을까, 그런 상상을 하며 물끄러미 쳐다본다. 어느 날은 키가 나보다 머리 하나는 더 크고 늘씬한 체격의 어르신이 문을 열고 들어왔다. 대머리는 아니지만 머리숱이 적은 게 내 아버지를 닮았다. 서글서글한 인상이라 처음 봤을 때부터 왠지 모를 친근함이 전해졌다.

"주인장은 혹시 야구 좋아하시오?"

천천히 책방을 둘러본 어르신이 처음으로 내게 한 말이다.

"야구, 좋아하죠. 광팬이라고 할 수는 없지만요. 어릴 땐 리틀야구단 활동도 한걸요."

"이야, 반갑구먼. 어린이 야구단이라니. 나도 어렸을 적부터 야구를 좋아했어요. 야구 선수가 되는 게 내 꿈이었지."

어르신은 가벼운 신음을 내며 한 손으로 무릎을 짚고 의자에 앉았다. 잘 몰랐는데 지금 보니 그는 다리가 조금 불편한 것 같았다. 하긴, 저 정도 나이에 다리가 멀쩡하다면 그게 더 이상하겠지.

"야구 선수는 못 됐지만, 은퇴하고 나서는 이렇게 야구에 관한 책을 찾아 읽는 게 내 마지막 즐거움이라오."

“그러시군요. 야구 이야기가 나오는 소설 하나 권해드릴까요?”

“좋지요. 뭐가 있나요?” 어르신은 환하게 웃었다.

책방에선 다양한 손님과 만나 이야기를 나누는 게 일상이다. 하지만 세대 차는 역시 무시할 수 없는 게, 나보다 나이가 아주 많거나 적은 사람과는 대화가 잘 안 통한다. 연세가 있으신 분들은 대개 정치나 종교 이야기로 대화를 시작하는 경향이 있다. 아니면 밑도 끝도 없이 자기 자랑을 하거나 자녀가 돈을 잘 번다느니 외국에서 박사학위를 받았다느니, 뭐 그런 식이다. 그런데 야구 이야기라니. 이런 분이 내 아버지였다면, 나는 지금쯤 조금은 다른 사람이 되어 있을까? 리틀야구단 활동을 할 때도 아버지는 나와 야구에 관한 대화를 전혀 한 적이 없다.

“폴 오스터라는 미국 작가가 쓴 소설인데요. 이 작가가 야구를 아주 좋아했다는군요. 초기작 중에 《스퀴즈 플레이》라는 게 있어요. 미국 메이저리그 야구 선수가 나오는 탐정물입니다.”

“그거 재밌겠네요. 한번 줘봐요. 난 미국 야구는 잘 몰라요. 어릴 때도 줄곧 일본 야구에만 관심이 있었거든요. 당시엔 우리나라에 아직 프로야구가 없던 때라서 말이지.”

“좋아하는 일본 야구 선수가 있으신가요?” 폴 오스터의 책을 어르신에게 건네주며 물었다.

“오가사와라 미치히로, 마쓰자카 다이스케—. 훌륭한 선수가 많죠. 나는 이치로처럼 안타 잘 치는 선수를 좋아해요. 제일 좋아하는, 아니 존경하는 선수는 따로 있지만요.”

“그럼, 오래전에 활동한 선수겠네요.” 내가 흥미를 보이자 어르신은 훑어보던 책을 닫고는 내게 말했다.

"1960년대에 일본 프로야구 리그에서 뛰었던 선수죠. 하리모토 이사오. 그런데 이분은 재일교포예요. 일본 사람이 아니죠. 우리나라 이름은 '장훈'입니다. '안타 제조기'라는 별명으로 통했던 만큼 현역 시절에 활약이 굉장했어요. 실은 이분께서 쓴 야구 자서전《방망이는 알고 있다》라는 책을 찾아다닌 지 몇 년 됐는데 통 안 보이네요. 여긴 그 책이 있나요?"

하리모토 이사오? 장훈? 처음 들어보는 이름이다. '방망이는 알고 있다'라는 책 제목도 금시초문이다. 컴퓨터 앞에 앉아 인터넷으로 정보를 찾아보니 서문사라는 출판사에서 1977년에 펴낸 책이다. 장훈 선수는 일본에서 은퇴하기까지 통산 타율 3할이 넘는 막강한 타력을 자랑했다. 3,000개가 넘게 때려낸 안타는 지금의 이치로 선수도 일본 국내 기록만으로는 달성하지 못한 엄청난 성적이다. 이런 선수가 은퇴를 앞두고 쓴 야구 자서전이라. 어르신이 내게 의뢰하지 않더라도 한번 찾아보고 싶은 책이다.

"괜찮으시다면 이 책, 제가 알아봐드려도 될까요? 오래된 책이라 시간은 좀 걸릴 수 있지만요."

"그래 주신다면야 제가 감사하지요." 어르신은 뜻밖이라는 듯 눈을 크게 떴다. "그 책은요, 내가 죽기 전에 마지막으로 꼭 한 번 더 보고 싶은 옛 연인 같은 책이라우. 책을 찾아주신다면 얼마라도 수고비를 좀 드려야 할 텐데."

나는 자리에서 일어나 수첩과 만년필을 들고 어르신이 앉은 곳 가까이 다가갔다.

"수고비는 따로 받지 않고요, 왜 그 책을 다시 찾아 읽고 싶은지 그 이야기를 저한테 들려주시면 됩니다. 제가 그런 이야기를 좋아해서 모으고 있거든요."

"아, 그래요? 재밌게 사시네요. 한데, 책 읽고 싶은 사연이야 특별한 게 있는 건 아닌데요. 그저 옛날 얘기죠."

나는 어르신이 편하게 이야기를 할 수 있도록 따뜻한 보이차를 한 잔 내왔다. 입을 대고 마시자 찻잔에서 피어오르는 김이 그의 희끗희끗한 머리 위까지 타고 올라갔다.

"어릴 때 나는 야구 선수가 되고 싶었어요. 그런데 그건 애초에 꿈일 수밖에 없었죠. 하지만 불가능하다는 걸 알면서도 야구가 너무 하고 싶어서 내 처지를 한탄했습니다. 이미 초등학생 때 내 인생을 원망했다니까요. 허허."

"야구부가 있는 학교라면 한번 도전해볼 수도 있잖아요? 무슨 문제라도 있었나요?"

"문제가 있고말고요." 그러면서 어르신은 조금 전 손으로 짚었던 무릎을 다시 손바닥으로 탁탁 쳤다. "태어난 직후에 소아마비를 앓았어요. 그래서 다리가 이 모양이죠. 야구는커녕 뜀박질도 못 해요. 병이 그렇게 심하지 않아서 천천히 걸을 수는 있다는 게 불행 중 다행이랄까요."

그러던 그의 앞에 섬광처럼 번쩍이며 나타난 존재가 바로 하리모토 이사오, 장훈 선수였다. 처음엔 그저 성적이 좋은 재일교포 선수인 줄로만 알았다. 나중에 알고 보니 장훈 선수는 어릴 적 오른손에 화상을 입어 손가락 몇 개가 들러붙은 상태로 야구를 하고 있던 거였다. 일본 최고의 타자가 자신과 마찬가지로 장애가 있다는 사실은 지금까지 그가 품었던 가치관을 송두리째 바꿔놓았다.

"그 책을 읽던 무렵엔 나도 이미 스무 살이 됐으니까 프로야구 선수를 할 수는 없었고, 직장에 적을 둔 실업 야구는 가능하겠구나 싶었어요. 집 뒷마당에서 온종일 혼자 방망이를 휘두르며 연습했지요."

"그런데 말씀 중에 이건 좀 외람된 질문입니다만," 내가 조심스럽게 물었다. "야구는 어쨌든 뛰어야 하는 스포츠니까요. 장훈 선수처럼 손의 장애와는 달리 뛸 수 없다는 건 큰 핸디캡인데, 그에 대한 대책도 있으셨나요?"

"물론 확실한 대책이 있었죠. 뭘 것 같습니까?" 어르신은 금방 표정이 장난스럽게 변했다.

"글쎄요. 뛸 수 없다면 장타를 친다고 해도 기껏 1루타밖에 안 되잖아요. 설마 타석에 들어설 때마다 1루타만 노리는 건가요? 하지만 살아서 1루에 나간다고 해도 다음 타자가 안타를 치면 2루까지 뛰기 어려운데……. 잘 모르겠네요. 어르신의 작전은 뭐였나요?"

"아주 쉬워요." 그는 일어서더니 두 주먹을 앞으로 모으고 야구 스윙을 보여줬다. "지명타자로 나와서 타석에 들어설 때마다 홈런만 치면 됩니다. 하하. 그러면 굳이 베이스를 뛰어서 밟을 필요가 없잖아요. 미국의 전설적인 홈런타자 베이브 루스도 은퇴 직전엔 홈런을 치고는 걸어서 홈까지 들어왔다고 하더군요."

듣고 보니 정말 획기적인 방법이다. 게다가 그의 진지한 표정을 보니 장난으로 하는 말이 아닌 것 같다. 어르신의 이야기는 계속되었다.

"실업 야구를 목표로 한 회사에 들어가긴 했는데, 역시 현실은 녹록지 않았어요. 어느 정도 나도 예상은 했었죠. 끝내 선수가 되지는 못했지만 마음으로는 늘 야구를 품고 살았어요. 그래도 인생이 내게 실패만 안겨준 건 아니었답니다. 회사에 다니다 어여쁜 아가씨를 만나 결혼했고 자녀도 둘이나 봤으니까요. 둘 모두 잘 자라주어서 지금은 다 자기 짝을 만나 독립했어요. 후회는 없습니다. 당연한 얘기지만 야구보다 내 가족이 더 자랑스러워요. 어릴 때 읽은 내용이라 가물가물한데《방망이는 알고 있다》에 이런 말이 나와요. 장훈 선수가 워낙 안타를 많이 치다 보니 상대 투수가 빈볼을 자주 던졌거든요. 화가 날 만도 한데 그이는 '규칙이 있는 싸움이라면 나는 지지 않는다.'라고 마음을 다잡으며 타석에 올라가요. 야구에만 해당하는 건 아닐 겁니다. 살아오면서 힘들 때면 그 말이 자주 생각났어요."

어르신이 다녀가고 난 뒤로 나는 책을 찾기 위해 이곳저곳을 다니며 알아봤다. 그렇게도 애틋하게 여기는 야구인데 못 하게 되었을 때 얼마나 마음이 아팠을까. 하지만 장훈 선수가 쓴 책이 아니었더라면 그의 말대로 살아갈 용기가 채워지지 않았을 것이다. 자꾸 아버지의 모습이 겹쳐지는 어르신을 생각하면 얼른 책을 찾아드리고 싶었다.

하지만 책은 쉽게 나타나지 않았다. 어떤 책은 당연히 어려울 것 같지만 쉽게 찾아지는 책이 있다. 반대의 경우도 물론 있다. 장훈 선수의 책은 처음부터 쉽지 않을 거라 짐작은 했는데 너무 오래 걸려서 몇 달이 지나자 나도 조금씩 지쳐갔다.

책은 못 찾았지만 명절 즈음이 되면 어르신에게 휴대전화 문자로 안부를 보내곤 했다. 어르신도 살갑게 답장을 보내주었다. 연락을 주고받을수록 일찍 세상을 떠난 아버지 생각이 났다.

1년이 지나고 또 그다음 해를 맞이하도록 책은 구하지 못했다. 어르신에게 안부 문자는 계속 보내고 있었지만 3년 정도 되니까 그마저도 조금씩 횟수가 줄었다. 그렇게 지내다 4년째부터는 자연스럽게 연락이 끊어졌다. 그 책을 무려 5년 만에, 게다가 우연히 발견하게 될지 미리 알았더라면 그처럼 무신경하게 지내지는 않았을 거다. 하지만 앞날의 일을 감히 누가 알 수 있겠는가. 우리의 인생은 모르고 살기에 즐거운 면이 있지만, 알 수 없어서 더욱 후회로 남기도 한다.

코로나19로 인해 모든 나라의 문에 빗장이 걸리기 전까지 나는 해마다 가을이면 일본 도쿄의 진보초에서 하는 고서 축제를 구경하러 갔다. 세계 최고最古, 최대最大의 고서점 거리에서 하는 행사인 만큼 볼거리가 많고 책에 관한 여러 정보도 얻을 수 있기에 매년 10월 축제 기간을 설레는 마음으로 기다렸다.

전염병으로 일본 입국이 막히기 바로 전해의 고서 축제에 갔다가 《방망이는 알고 있다》를 우연히 발견했다. 어느 책방 매장에 있었더라면 아마 못 보고 지나쳤을 수도 있다. 그런데 그 책이 진보초 지하철역 근처 사거리에 설치한 축제용 야외 서가에 있는 게 아닌가! 거기엔 여러 책방에서 가지고 나온 책이 적어도 수만 권은 늘어서 있었을 것이다. 그중에 유독 그 한 권이 마치 빛을 내는 것처럼 나의 눈에 들어왔다.

일본의 고서 축제에 출품된 책 중에 우리나라 말로 된 책은 얼마나 될까? 어째서 그 책이 거기서 나를 기다렸을까? 우연일 수도 있겠지만 장훈 선수는 우리나라에서보다 일본에서 하리모토 이사오로 더 유명하기에 그 책이 진보초에서 팔리는 것도 크게 이상할 것은 없다.

흥분된 마음을 가득 안고 장훈의 책과 함께 서울로 온 나는 다음 날 곧바로 어르신 연락처에 문자메시지를 남겼다. 그런데 무슨 오류인지 메시지가 발송되지 않았다. 두어 번 해보다가 직접 전화를 걸었다. 없는 번호라는 기계음이 들려왔다. 너무 오랫동안 연락을 드리지 못해서 번호가 바뀐 것도 모르고 있었던 걸까. 죄송한 마음이 들었다.

며칠 후, 책을 꼭 전해드리고 싶어서 그날 어르신이 알려주신 서울 집 주소로 찾아가보기로 했다. 그곳은 오래된 아파트였지만 관리가 잘 되고 있어서인지 요즘 지어진 신도시의 아파트보다 훨씬 정겹고 안정적인 느낌을 주었다. 초인종을 눌렀더니 내 나이 또래의 여성이 나왔다. 그분의 생김새는 어르신과 닮아 있었다.

예상대로 그녀는 어르신의 딸이었다. 나는 몇 해 전 어르신이 책방에 찾아온 일과 그때 부탁받았던 장훈 선수의 책 얘기를 해주었다. 딸은 어르신이 1년 전 이맘때 돌아가셨다고 했다.

"아버지께서 오래 생활하신 이 집을 정리해버리는 게 아쉬워서 저희가 들어와 살고 있어요. 저도 결혼 전까지 살던 곳이라 정이 들었고요. 그런데 아버지께서 책을 찾고 계셨다니 의외네요. 평소에 책 읽는 모습을 거의 못 봤거든요. 게다가 야구 선수가 쓴 책이라니."

"어르신께서 야구를 좋아하신다고 그러셨는데요. 어릴 적 야구 선수가 되고 싶은 꿈이 있었다고 제게 말씀해주셨습니다."

차와 과자 몇 개가 놓인 탁자를 사이에 두고 우리는 마치 각자 다른 사람에 관해 이야기하는 것처럼 의아해하고 있었다.

"야구라니요? 그런 얘기는 전혀 듣지 못했어요. 오히려 저는 야구를 좋아해서 어릴 때 남자애들이랑 어울려서 캐치볼도 하고 그랬어요. 그럴 때도 아버지는 저하고 야구에 관한 이야기를 나눈 적은 한 번도 없어요. 은행에 다니셨는데 날마다 일만 하셨죠. 야구 얘기는커녕 주말에 집에서 야구 경기를 보신 적도 없는걸요."

손님에게 책 사연을 받으면 따로 녹취도 해두기에 내 휴대전화에서 그 파일을 열어 어르신의 음성을 들려줬다.

"아빠……." 시종일관 즐거운 목소리로 야구 이야기를 하는 어르신의 목소리를 듣더니 딸은 울먹이며 눈을 감았다. 곧이어 뺨을 타고 가느다란 물줄기가 흘렀다. 어르신의 이야기가 끝난 다음 딸이 티슈로 눈물을 닦으면서 내게 그 파일을 자기에게 줄 수 있겠냐고 물었다. 나는 물론 드리겠다고 했다.

"한평생 은행 일만 해오신 분이라 그저 무던한 성격이신 줄로만 알았어요. 이렇게 밝은 목소리도 거의 들어 본 적이 없어요. 이 정도로 야구를 좋아하셨다니. 저희에겐 왜 내색을 하지 않았을까요?"

"글쎄요. 그 마음을 어찌 헤아릴 수 있겠냐마는, 야구보다 가족을 더 사랑하셨기 때문이 아닐까요? 어르신은 어려운 시절을 살아온 세대니까요. 야구의 꿈을 전부 가족에게 쏟아부을 정도로 자신의 모든 것을 다 걸고 가정에 헌신하신 거라고 저는 생각합니다."

이 말을 하는데 나도 갑자기 목이 울컥하면서 메었다. 이건 분명 어르신을 두고 한 말이었지만 마음속으로는 내 아버지를 떠올리고 있던 거다. 단지 사진 몇 장으로만 남은 아버지. 당신도 가족을 위해 자신을 다 불사르며 살았던 게 아닐까. 타오르도록 불을 지펴놓고 본인은 그 열기에 닿아 그리도 일찍 하늘로 떠나버렸다.

딸은 마침 한 달쯤 뒤면 어르신의 1주기가 되는 날이라고 했다. 그녀는 나만 괜찮다면 혹시 장훈의 책을 들고 가족들과 함께 어르신을 모신 묘소에 가보지 않겠냐고 제안했다. 나는 그러겠다고 약속했다.

"좀 더 책을 일찍 찾아서 어르신께 보여드렸어야 했는데……. 죄송합니다. 이거, 드릴게요. 어르신 대신 맡아주시겠어요?"

어르신 묘소에 다녀오는 날 차 안에서 딸에게 《방망이는 알고 있
다》를 건넸다. 그녀는 책을 받아들고 쓰다듬더니 가볍게 웃으면서
다시 내게 주었다.

"오늘 아버지께 보여드렸으니 분명 기뻐하셨을 거예요. 이건 책방
에 보관해주세요. 이런 책이라면 또 어떤 분이 간절히 찾고 있지 않
겠어요? 제가 가지는 것보다는 그런 분께 드리는 게 더 의미가 있을
것 같아요."

나는 말없이 고개를 끄덕였다. 자동차는 탁 트인 고속도로 위를
미끄러지듯이 달렸고 오랜만에 하늘은 쾌청했다. 휴대전화를 만지
작거리다가 아버지가 미군과 함께 찍은 사진을 봤다. 예전에 사진첩
에 있던 사진을 스캔해둔 것이다.

어릴 때 주변 사람들은 나를 아버지와 빼닮았다고 말하며 귀여워
했다. 아닌 게 아니라 정말로 아버지와 나는 비슷하게 생겼다. 내 모
습 어딘가에는 아버지가 꾸었던 꿈도 녹아들어 있겠지. 무슨 꿈이었
을까. 사진을 아무리 들여다보고 있어도 당신의 목소리는 들을 수
없다. 중학교 3학년 때는 아무렇지도 않았는데, 왜 이제야 주책없이
눈시울이 뜨거워지는 걸까.

30년 동안의 인연

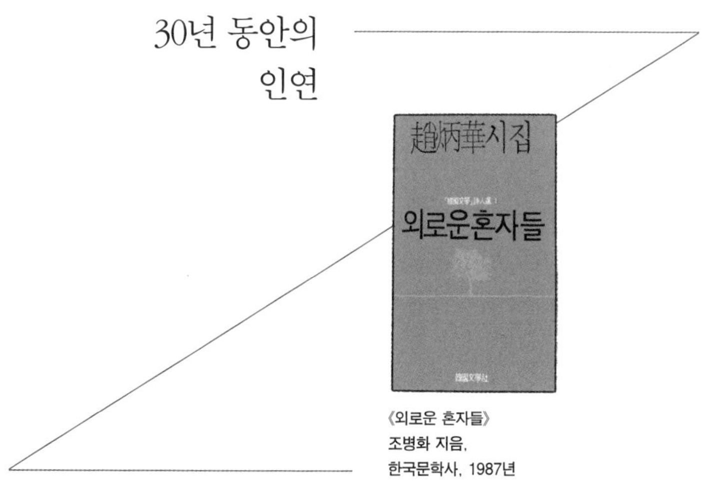

《외로운 혼자들》
조병화 지음,
한국문학사, 1987년

불가佛家에서는 서로 옷깃만 스쳐도 인연이라는 말이 있다. 생명 있는 모든 것이 저마다 보이지 않는 끈으로 연결되어 있다는 건데, 그렇다면 우리는 모두 전생에 어떤 식으로든 인연이 있었기에 그 결과 같은 시대에 태어나 사는 게 아닐까. 이렇듯 인연이란 말을 생각하면 날마다 출퇴근길에서 무심하게 지나치는 모르는 사람은 물론 아무 이유 없이 내 앞에 갑자기 나타나 야옹거리는 골목의 고양이 한 마리도 가벼이 보이지 않는다.

사람 사이의 인연은 대개 특별한 매개체가 보이지 않는 끈 역할을 한다. 돈이나 자동차, 반려동물이 그런 역할을 맡기도 하고 때로는 또 다른 사람이 인연의 끈이 되는 수가 있다. 나는 책 다루는 일을 오래 해서 그런 것인지 몰라도 책과 사람이 이어져 있는 모습을 자주 본다.

설마 그런 일이 있을까 싶은 사건도 책방에선 종종 겪는다. 이를

테면 몇 년 전 우리 헌책방에서 자신이 대학교 다닐 때 공부했던 책을 우연히 발견한 어떤 손님 같은 경우가 그렇다. 대학생이던 당시에 그 손님은 책 속지에 유치한 메모를 남겨뒀었다. 별로 중요한 책은 아니라서 졸업하면서 책을 후배에게 물려줬는데 바로 그 책을 원래 주인이 40년 만에 우리 헌책방에서 발견한 것이다. 책을 받았던 후배도 어느 순간 그 책을 헌책방에 팔았을 텐데, 그 후로도 몇 명인지 모를 다른 사람의 손을 거쳐 이곳까지 흘러들어 온 것이다.

손님은 대학 졸업 후 여러 일을 하다 외국에도 나가서 몇 년 살다 오는 등 삶의 이야기가 풍부한 사람이었다. 몇 년 전부터 그는 한국과 중국을 오가면서 본인이 직접 개발해 특허를 낸 주택용 창문 사업을 하고 있다. 여러 운이 겹쳐서 그의 회사에서 만든 창문은 유럽에까지 알려졌고, 여세를 몰아 아파트용 출입문과 사무실 문 영역까지 사업을 확장 중이었다. 그런데 재밌는 사실은, 그가 우리 헌책방에서 발견한 40년 전 자신의 책 속지에 '나는 세상의 모든 문을 열고 말 테다!'라는 문장이 있었다는 거다.

책의 원래 주인이자 이제는 나이가 지긋한 사업가인 그는, 책을 펼쳐 거기 있는 문장을 확인하고서야 대학생 때 자기가 그런 메모를 남겼다는 걸 기억했다. 마치 미래의 자신이 문과 관련된 사업을 하게 될 줄 알고 예언이라도 한 것처럼 꾹꾹 눌러 쓴 글씨에는 당당한 확신이 배어나왔다.

그런데 이보다 더 희한한 책과 사람의 인연도 경험한 적이 있다. 그 일은 내가 헌책방을 시작하고 몇 년 되지 않았을 때 겪은 것인데, 손님에게 사연을 듣고 책을 찾아드리는 일을 더 적극적으로 해야겠다고 결심한 계기를 만들어준 실로 기묘한 사건이었다.

당시에 나는 절판된 책을 찾는 손님에게 수고비를 받는 대신 책 찾는 사연을 받는다는 재미있는 일을 벌이고 있었는데, 그건 말 그대로 재미있는 것일 뿐 돈벌이가 되지 않아서 기운이 많이 빠져 있는 상태였다. 하루 끼니를 삼각김밥 두 개로 때우고 가게 월세도 가까스로 내는 형편인데 재미있는 일이 다 무슨 쓸모가 있단 말인가.

M씨는 그런 시기에 헌책방에 찾아온 손님이다. 그녀는 중년 나이에 마른 체격이지만 강단이 있어 보이는 단단한 인상이었다. 햇볕에 그을린 것인지 아니면 원래부터 피부가 약간 갈색인지 모르겠지만 얼굴부터 빗장뼈 근처까지 은은한 구릿빛이라 건강해 보였다.

그녀는 식당에서 주방 일을 하는 한편 몇 년 전부터 전라도 지역을 중심으로 활동하는 한 문학 동인회지에 시를 발표하고 있다고 했다. 아직 자기 이름으로 된 시집을 정식으로 발표하지는 않았지만, 시를 쓴다는 사실을 뿌듯하게 여기는 듯했다. 묻지도 않았는데 다짜고짜 자신을 유명 시인이라 소개하는 알량한 수준의 '명함 시인'하고는 태도가 달라서 호감이 갔다.

M씨가 내게 부탁한 책은 조병화 시인의 시집 《외로운 혼자들》이었다. 이 책은 시인의 서른 번째 저서로 1987년에 초판을 펴낸 것이다. 조병화 시인은 좋은 작품을 쓰는 작가지만 워낙 다작하기로 유명한 탓인지 인지도에 비해 시인으로서의 위상은 그리 높지 않은 편이다. 시인은 어느 시집 서문에서 시란 모름지기 짧고 쉽게 써야 한다는 말을 한 적이 있다. 나는 그 글을 읽고 조병화 시인에게 친근한 감정을 느꼈다. 혼자만의 세계에 있지 않고 적극적으로 독자와 소통하려는 시인의 소탈한 매력에 이끌린 사람이 비단 나뿐만은 아닐 것이다.

조병화 시인이 펴낸 여러 시집 중에서 특히 이 책을 찾는 이유를 들어보니 꽤 특이했다. M씨는 가난한 집안에서 태어나 어머니와 둘이 살았다. 아버지는 그녀가 세 살 무렵에 다른 여자와 바람이 나서 도망갔다. 공사현장에서 벽돌과 타일 나르는 일을 하는 어머니를 대신해 M씨는 어릴 적부터 집안 살림을 도맡아 했다. 중학생이 되었을 무렵부터는 그녀도 뭐든 해야겠다는 생각에 종로와 동대문 거리를 돌며 일거리를 찾았다.

"하지만 열다섯 살 여자애가 무슨 일을 할 수 있었겠어요? 제 또래 남자애들은 다방을 돌며 껌을 팔거나 구두닦이 같은 거라도 했는데 여자애는 아무도 써주지 않았어요. 그래서 전 남학생처럼 머리를 짧게 깎고 바지에 헐렁한 티셔츠 차림으로 다시 일을 찾았죠. 피부도 까무잡잡했고, 모자까지 쓰니까 다들 저를 남자애로 알더라고요. 후후."

남장 작전은 잘 통했다. 얼마 지나지 않아 M씨는 청계천에서 종로를 지나 광화문까지 이어지는 길을 운행하는 버스에 올라타 사람들에게 신문 파는 일을 할 수 있었다. 1987년 어느 가을, 문제의 그날도 여느 때와 다름없이 M씨는 버스 문이 열리자 재빠르게 올라타서 능숙한 손놀림으로 신문 한 부를 빼내 기사에게 건넸다. 이건 기사에게 신문팔이 허락을 받는 중요한 첫 단계다. 성질이 나쁜 기사를 만나면 당장 내리라며 험한 말을 듣기도 하지만, 대부분은 신문을 받고 M씨의 신문팔이를 묵인해주었다. 당시 버스에서는 이런 식으로 볼펜이나 껌 같은 걸 팔거나 승객에게 구걸하는 사람이 적지 않았다.

그때 M씨의 신문을 산 사람은 두어 명 정도였다. 더는 살 사람이 없는 것 같아서 다가오는 정류장에서 내리려고 하는 찰나, 근처에서 어떤 아가씨 목소리가 들렸다. 옷차림을 보아하니 대학생 같지는 않았지만 목소리는 어려 보였다.

"그분은 오늘 신문에서 확인할 기사가 있는데 하필 돈이 없다며 혹시 책을 대신 줘도 되겠냐고 물었어요. 그게 바로《외로운 혼자들》이라는 시집이었죠. 저는 우물쭈물했지만 곧 내려야 하는 데다가 어차피 신문값보다 책값이 비싸니까 안 될 것도 없다 생각해서 책과 신문을 교환했어요. 그 일이 아니었다면 저는 지금처럼 시를 쓰지는 못했을 거예요. 참 묘한 인연인 거죠."

시라고 해봤자 교과서에 나온 동시를 배운 게 전부인 M씨에게 조병화의 어른스러운 시는 완전히 새로운 세계였다. 그렇다고 내용이 너무 어렵지도 않아서 중학생 나이의 청소년이 읽기에도 무리가 없었다.

M씨는 그날 우연히 신문과 맞바꾼 책을 통해 시의 세계에 빠져들었고, 고등학생이 되었을 때는 아르바이트비를 쪼개 조병화의 다른 시집도 구해 읽었다. 그즈음 M씨의 일기장엔 여러 번 고친 흔적이 덧입혀진 습작 시로 넘쳤다.

어려운 가정형편 때문에 대학 진학을 포기한 M씨는 종로와 동대문 근처에서 이런저런 일을 하며 지냈다. 그녀는 주로 술집에서 홀서빙하는 일을 했는데, 그런 가게에는 문인들이 자주 온다는 얘기를 들었기 때문이다. M씨는 손님이 돈을 내고 나갈 때 특별한 영수증을 써줬다. 그리 대단한 건 아니었지만 몇몇 사람들이 그 영수증을 받으려고 일부러 그녀가 일하는 술집을 찾는 일도 있었다. 영수증 뒷면에는 볼펜으로 정갈하게 쓴 M씨의 자작시가 적혀 있었다. 시인이나 출판사 관계자가 그 영수증을 보고 자신에게 말을 걸어주길 은 근히 바랐던 거였다.

한번은 정말로 어떤 나이 든 남자가 자신이 시인이라며 그녀에게 관심을 보인 적도 있지만 한눈에 봐도 의도가 불순하다는 느낌이 들 어서 만나기를 거절했다. 20년 가까이 종로에서 일하며 기억할 만한 가벼운 사건들이 몇 번 더 있긴 했다. 하지만 현실이란 녹록지 않아 서 M씨가 바라던 대로 진짜 시인의 눈에 들어 갑자기 어떤 잡지에 시를 발표하게 되는 행운은 일어나지 않았다.

그렇게 시를 쓰며 일하던 M씨는 서른 중반의 나이에 서울 생활을 접고 어머니와 함께 전라도로 갔다. 어머니의 고향이기도 한 목포에 서 그녀는 서울에 있을 때와 다름없이 식당 일을 하며 지냈다. 물론 시도 계속 썼다. 몇 년 후, 어머니는 자신이 태어나고 자랐던 그 동네 병원에서 생을 마감했다.

혼자가 된 M씨는 마흔에 가까운 나이가 되어 이제는 삶에 큰 기 대도 걸지 않은 채 묵묵하게 하루하루 살아갔다. 그래도 시는 계속 썼다. 중학생 때 버스에서 받은 조병화 시집은 이미 오래전에 어디 선가 잃어버리고 말았지만, 그녀의 외로운 삶을 외롭지 않게 지탱해 준 건 아이러니하게도《외로운 혼자들》이었다.

그리고 드디어 기회가 찾아왔다. 식당 손님으로 알게 된 한 여성 원로 시인의 추천으로 그 지역 문예지에 시 한 편을 발표할 수 있게 된 것이다. 고등학교 졸업 후 평생 술집과 식당에서만 일한 M씨의 이력이 문예지에 실리자 숨어 있던 진주가 발견됐다며 문인들의 관 심이 쏠렸다. M씨는 그해에 전라도 지역 문예 동인들이 선정한 신 인 작가상을 받았다. 하지만 그 뒤로도 그녀는 계속해서 식당에서 일했다. 무엇보다 식당을 찾은 손님들과 시에 관해 이야기를 나누는 게 즐거웠기 때문이다.

"바로 그런 게 조병화 시인이 말한 진짜 독자와의 소통이 아닐까 하는 생각이 들었거든요."

이야기는 여기서 끝났다.《외로운 혼자들》은 M씨와 정말 우연히 맺어진 인연이지만 몇십 년 동안 시 쓰기를 포기하지 않도록 곁에서 응원해준 고마운 시집이었다. 그녀는 이 책을 다시 찾는다면 이제는 잃어버리지 않고 평생 간직할 거라고 말했다. 얼마쯤 지난 후 나는 시집을 구할 수 있었고, M씨에게 책을 우편으로 보내주겠다고 했다. 하지만 그녀는 기꺼이 목포에서부터 서울 헌책방까지 먼 길을 다시 와주었다.

그런데 기이한 일은 이제부터 시작이다. M씨가 다녀가고 2년쯤 흐른 어느 날 그 책과 같은 시집을 찾는 손님이 헌책방에 온 것이다. 물론 있을 수 있는 일이긴 하다. 조병화 시인은 워낙 다작인 데다가 팬도 많으니까 같은 시집을 찾는 독자가 있는 게 이상할 건 없다. 이상한 건 책을 찾는 이유였다. 아니, 이건 이상한 게 아니라 정말로 기이하다고 해야 맞다.

단정하고 편안해 보이는 투피스 정장을 차려입은 중년의 여성은 얼마 전 다니던 직장에서 퇴직했다는 말로 이야기를 시작했다. 대학에서 국문학을 전공한 P씨는 졸업 후 신문사와 잡지사, 그리고 출판사에서 일했다. 수십 년간의 직장 생활 내내 책과 글이 그녀의 삶에서 떠나지 않았으니 이제는 책이 조금은 지겨울 만도 한데 조병화 시인의《외로운 혼자들》만큼은 꼭 다시 갖고 싶다며 내게 찾아달라고 했다.

평소에 시를 즐겨 읽던 젊은 시절의 P씨는 여름 즈음에 출간된 조병화 시인의 신작 시집을 늘 가방에 넣고 다닐 정도로 그 책을 아꼈다. 시인의 다른 작품집 몇 권을 더 읽어보기도 했지만 그 시집은 정말 마음에 들었다.

그날도 여느 때와 다름없이 출근하려고 시내버스에 올랐다. 얼마쯤 가고 있는데 마침 그날이 P씨가 일하는 출판사에서 낸 신문광고가 나오는 날이라는 게 기억났다. 그녀는 광고 업무를 담당하고 있었기에, 신문 중간 페이지 즈음에 있는 박스광고가 잘 나왔는지 확인하고 싶었다. 그때 마침 중학생쯤으로 보이는 남자애가 옆구리에 신문을 끼우고 버스에 올라타는 게 보였다.

P씨는 신문을 사려고 지갑을 열었는데 그날따라 잔돈이 하나도 없었다. 어떡하나 고민하고 있는데 버스가 정류장에 서고 신문팔이 소년이 곧 내리려고 했다. 급한 마음에 P씨는 가방에 있던 조병화의 시집과 신문을 바꾸면 어떻겠냐고 물었다. 문이 열리고 있어서 소년도 얼른 결정해야 했다. 이것이 남장한 M씨와 출판사에 다니던 P씨가 처음으로 인연을 맺은 순간이다. 물론 이게 수십 년에 걸쳐 이어질 인연의 시작이 될 줄은 아직 두 사람은 전혀 알지 못했다.

M씨가 P씨에게 받은 시집을 보며 시인의 꿈을 키워가고 있을 무렵, P씨는 광화문 근처에 있는 출판사 사무실에서 성실하게 자기 업무에 열중했다. 그렇게 10년쯤 지났을 무렵, P씨는 책을 막 출간한 저자와 함께 종로에 있는 한 술집에 들러 축하 자리를 가졌다. 카운터에서 계산을 마친 다음 회사에 제출할 용도로 영수증을 요청했다. 그 자리에서 바로 확인하지는 않았지만 나중에 회계 처리를 할 때 보니 그 영수증 뒷면에 볼펜으로 정성 들여 쓴 시가 적혀 있었다.

"한눈에 봐도 조병화 시인과 비슷한 느낌의 시였어요. 출판사 관계자와 문인들이 자주 오는 가게니까 그런 재미있는 서비스도 하는 것인가 싶어서 대수롭지 않게 여겼답니다. 조병화 시인의 작품을 그대로 옮겨 적은 거로 생각했어요. 제가 조병화 시인을 좋아하다 보니 그런 영수증을 받는 것도 작은 기쁨이었죠. 그 뒤에 두어 번 그 가게에 갔었는데 그때도 영수증 뒤에 시가 적혀 있었어요. 바로 사무실에 가야 해서 대화를 많이 나누지는 못했는데 일하시는 분에게 물으니 직접 쓴 시라고 하더라고요. 나이가 대학생쯤으로 보여서 아마도 시 공부를 하는 분이겠거니 생각하고 말았습니다. 잘 쓰긴 했지만, 조병화 시인의 작풍과 너무 비슷해서 조금 더 개성을 찾아보라고 조언을 해주고 싶긴 했죠. 하지만 훈수를 두는 것처럼 보일지도 몰라서 따로 얘기는 하지 않았어요. 그러고는 곧 제가 다른 출판사로 이직을 하는 바람에 그 가게에는 다시 갈 일이 없어졌습니다."

여기까지 이야기를 들은 나는 다리에 힘이 풀릴 정도로 깜짝 놀라서 P씨에게 2년 전 헌책방에 들러 같은 책을 찾았던 M씨에 관해 말하지 않을 수 없었다. 그 둘은 기가 막힌 우연으로 10년을 사이에 두고 두 번이나 만난 것이다. 버스에서의 첫 만남이 워낙 짧기도 했으니 둘이 서로를 알아보지 못한 것도 무리는 아니다. 게다가 당시 M씨는 남자처럼 하고 있었으니까 P씨는 더더욱 술집의 M씨가 그때의 신문팔이와 동일인이라는 사실을 짐작조차 하지 못한 것이다.

기이한 인연은 거기서 끝이 아니었다. 이때로부터 십수 년의 시간이 더 흐른 뒤, 두 사람은 목포에서 또다시 만나게 된다. M씨가 아직 문예지에 시를 발표하기 전, P씨는 전라도에서 열린 문학축제에 참석했다. 출판사 편집부장 자격으로 심포지엄에서 짧은 연설을 맡은

터였다. 이때 그녀는 한 식당에 들러 밥을 먹었다.

"문학축제 때문에 그즈음에 문인이나 출판 관계자들이 식당에 손님으로 많이 왔나 봐요. 일하시는 분이 문학축제 애길 하기에 저도 서울에서 그 일로 왔다고 가볍게 대답했죠. 그랬더니 그분은 어릴 때부터 시를 좋아했다면서 조병화 시인 이야기를 하더라고요. 저 역시 조병화 시인을 좋아해서 서로 말이 잘 통했죠. 이쪽 사람들끼리 하는 말 중에 전라도에 가면 길에 다니는 사람 태반이 소리꾼이요, 문인이라는 소리가 있거든요. 그 말이 이해가 됐어요. 식당에서 일하시는 분마저도 이렇게 시를 잘 알다니, 놀랄 만했죠."

그러나 정말로 놀라운 것은 그때 식당에서 만나 이야기를 나눴던 사람도 다름 아닌 M씨였다는 사실이다. 두 사람이 각기 책방에 와서 내게 해준 이야기를 맞춰보니 틀림없었다. 하지만 지금에 와서야 이 만남의 비밀이 밝혀졌을 뿐, 당시엔 서로를 전혀 알아보지 못했다. 종로 술집에서도 그저 잠깐 스치듯이 이야기를 나눈 게 전부였으니, 10년 이상 지난 다음 수백 킬로나 떨어진 목포에서 똑같은 사람을 다시 만난다는 건 두 사람 다 상상하기 힘든 일이었으리라.

작은 시집 한 권을 두고 두 사람이 몇십 년 동안 인연이 이어졌다는 것은 그저 우연이라고 해버리기는 너무나도 기이한, 차라리 운명이라고 해야 마땅할 사건이 아닐까. M씨를 만나고 싶다며 이야기를 먼저 꺼낸 건 P씨였다. 나도 당연히 그러면 좋겠다고 했다. 그리고 이 운명적인 만남은 얼마 지나지 않아 실제로 성사됐다.

P씨는 자신이 모든 경비를 마련할 테니 M씨에게 그저 몸만 오라고 전했다. M씨가 서울로 오던 날, P씨는 시내에 호텔까지 예약해두고서는 그녀를 맞이했다. 헌책방에서 만난 두 사람은 전혀 모르는

사이였지만 오래전부터 사귄 친구인 것처럼 반갑게 서로를 부둥켜 안았다. 둘의 나이는 정확히 열두 살 차이로 처음 버스에서 만났을 때 한쪽은 중학생, 다른 사람은 직장에 다니는 성인이었지만, 그로부터 30여 년이 흐른 지금은 누가 연장자인지 금방 알아채지 못할 정도로 비슷해진 중년의 시절을 함께 지나고 있었다.

지난 시간 동안 쌓인 이야기가 얼마나 많을까. 나는 짐작조차 할 수 없다. 두 사람은 헌책방에서 울며 웃으며 긴 이야기를 나누었다. 오후에는 호텔로 자리를 옮겨 더 긴 이야기를 나눴다. 후에 전해 듣기로, P씨는 은퇴한 신분이기는 하지만 출판사 쪽에 아는 사람이 여럿 있으니 원한다면 시집을 낼 수 있도록 도와주겠다며 M씨에게 제안했다고 한다. 하지만 M씨는 그 제안을 거절했다. 조금 늦은 나이라는 건 알고 있지만, 신문사에서 주최하는 신춘문예나 문예지 신인상 공모에 도전해서 실력을 인정받고 싶다는 게 이유였다.

인연이란 여러 모양으로 아름답게 빛나며 우리 주변을 밝힌다. 가끔은 그 빛이 내 옆에 있었는지도 모를 정도로 알지 못한 채로 지나가버리기도 한다. 그러나 조금만 고개를 돌려보면 거기 있다는 걸 알게 된다. 때론 힘들고 어둡게만 느껴지는 삶의 길 어느 모퉁이에서 반딧불처럼 작고 보잘것없는 빛이 보이면 무시해버리지 말고 살며시 보듬어야지. 책에 둘러싸여 일하면서 나는 그런 생각을 더 자주 하게 됐다.

사람과 책의 인연이란 어쩌면 별것 아닌 일일 수 있다. 예나 지금이나 내게 많은 돈을 벌어다 주는 일도 아니다. 그러나 사람과 책, 책과 책이 이어지고 끝내는 사람과 사람이 이어지는 이 멋진 인연의 드라

마는 헌책방이 아니고서는 세상 어디에서도 경험할 수 없는 귀한 일이다. 헌책방에서 일하게 되어 참 다행이다.

　헌책방의 책을 둘러보다가 유독 어떤 책 한 권에서 약한 빛이 배어나오는 걸 느껴본 적이 있으신지? 마치 그 책이 부르고 있는 것처럼. 그럴 때 전혀 관심이 없던 책이라고 해도 한 번쯤 꺼내서 펼쳐보길 바란다. 그 책으로 인해 얼마나 많은 인연이 만들어질지는 누구도 알 수 없는 법이니까 말이다. 때론 책을 손에 잡은 자신조차 알 수 없는 기이하고 아름다운 인연이, 책 속엔 분명히 깃들어 있다.

외전

조력자들

시계 수리공 N씨

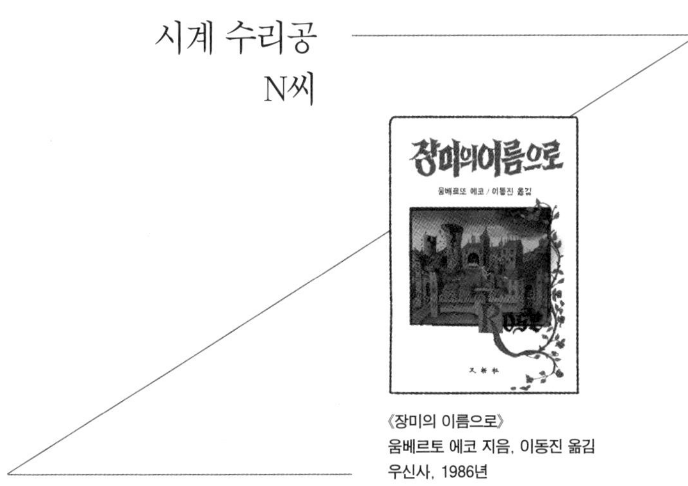

《장미의 이름으로》
움베르토 에코 지음, 이동진 옮김
우신사, 1986년

세상에 책 없이 못사는 사람이 있는가 하면 책을 피해 다니는 사람도 있다. 하지만 어떤 것을 굳이 피한다고 말할 정도면, 반대로 그 대상에 깊은 애정을 품고 있는 경우가 많다. 그런 게 삶의 아이러니가 아닐는지.

아이러니라는 말을 생각하면 나는 늘 시계 수리공인 N씨가 떠오른다. N씨는 작은 사무실에 앉아 종일 시계 고치는 일을 하는 사람이다. 언제부터 그 일을 했는지 알 수 없지만 내가 헌책방을 시작한 것보다는 오래됐으니 적어도 20년 이상 시계에 파묻혀 살았다는 애기가 된다.

알고 지낸 지는 10년이 넘었지만, 그는 나보다 나이가 많고 말수가 적어서 좀처럼 대화를 길게 해본 적이 없다. 뭘 물어도 언제나 짧은 대답만 돌아오니까 때론 좀 쌀쌀맞다 싶은 기분이 드는 것도 사실이다.

그런데도 내가 N씨의 시계 공방에 때때로 찾아가는 이유는 그가 누구보다도 책에 관해 많이 알기 때문이다. 나는 보통은 손님에게 의뢰받은 책을 혼자 찾으러 다니지만, 숨어 지내는 책 고수의 도움을 받는 일도 적지 않다. N씨가 바로 그런 사람 가운데 하나다.

N씨의 공방은 서너 명이 들어가면 앉을 자리도 없을 만큼 작다. 작업용 탁자가 있는 공간을 제외하면 눈에 보이는 모든 곳에 시계와 부속품, 각종 도구가 빼곡히 들어차 있다. 그런데 분명 휴게실 목적으로 만들어두었을 것이 분명한 바로 옆 공간이 일하는 곳에 비해 훨씬 넓다. 그는 거기에 책을 잔뜩 쌓아두고 개인 서재처럼 이용하고 있다.

만약 N씨 같은 사람이 헌책방을 한다면 나보다 훨씬 잘할 수 있을 것 같은데 왜 책을 쌓아두기만 하고 장사는 안 할까? 무엇보다 그게 궁금했다. 실은 몇 년 전에 물어본 적이 있긴 하다. 그때 N씨는 특유의 담담한 목소리로 "좋아하는 걸 팔면 장사를 할 수 없잖아요."라고만 말했다. 대화는 더 이어지지 않았다. 그가 책을 좋아하긴 하는구나, 그 정도만 짐작했을 뿐이다.

그 뒤로 몇 년이 또 흘렀을 때, 의외의 일이 한 번 있었다. N씨가 내게 먼저 말을 걸어준 것이다. 그런 일은 처음이었다. 내가 시계 공방에 찾아갔을 때, 물론 그는 매번 그렇듯 작업대에 고개를 푹 숙인 채로 내 안부를 물었다. 그런 다음 책 한 권을 내게 보여줬는데 거기엔 그 책을 전에 가지고 있던 누군가가 남긴 짧은 메모가 있었다.

N씨는 내가 예전부터 책에 남겨진 이런저런 흔적들을 수집한다는 걸 알고 있었다. 물론 여태 한 번도 그것에 대해 진지하게 이야기를 나눈 적은 없지만 그는 기억하고 있었던 것이다. N씨가 그날 보여준

책은《아무도 미워하지 않는 자의 죽음》으로, 2차 세계대전 당시 나치에 저항하던 청년단체 '백장미'에서 활동하다 비밀경찰에게 붙잡혀 끝내 목숨을 잃은 남매 한스와 소피 숄에 관한 이야기다.

나는 그 책에 있는 연필로 쓴 메모가 좋은 자료가 될 것 같아 따로 받아두었다. 그런데 대화라고 하는 것은 물처럼 흐르는 성질이 있는 것이라, 무언가를 계기로 전혀 다른 이야기로 뻗어나가곤 한다. 그날이 우리에겐 바로 그런 날이었다. N씨는 뜻밖에도 청년 시절에 이 책,《아무도 미워하지 않는 자의 죽음》을 모티브로 소설을 쓴 적이 있다는 말을 꺼냈다.

"그땐 저뿐만 아니라 주변 사람들도 다 그렇게 믿었어요. 제가 소설가가 아닌 다른 걸 한다는 건 상상할 수 없다고."

학창시절부터 글쓰기에 재능을 보였던 N씨는 마치 예정된 길을 걸어가듯 대학에서도 문학을 전공했다. 졸업을 앞두고 종교철학에 깊이 심취해 있던 그는 첫 작품으로 화려한 돌풍을 일으키며 문단에 나가겠다는 열망에 사로잡혔다.

완성된 원고를 출판사에 보냈더니 당장 책으로 만들자는 제안이 돌아왔다. N씨는 의기양양하게 그걸 당연한 일로 받아들였다. 오히려 그런 원고를 놓치고 싶은 출판사는 없을 거로 생각했다.

하지만 일은 보기 좋게 틀어지고 말았다. 원고를 극찬하며 빨리 그를 만나고 싶다고 전화로 말했던 편집자는 정작 책 만드는 작업이 시작되기 무섭게 태도가 돌변했다. 이유는 요즘 독자의 감성에 들어맞도록―당시는 1990년대였다―원고를 조금 수정해야겠다는 것인데, 그 수정 범위라는 게 너무 크고 황당한 면도 있어서 N씨는 받아들이기 힘들었다.

편집자는 딱딱한 말투로 "이건 의견이나 제안이 아니라 방향입니다."라고 하며 작가의 태도를 나무랐다. N씨가 쓴 소설은 현대의 한국이 배경이지만 종교철학이 커다란 주제를 이루는 것이라 주인공 이름부터 세세한 설정까지 모두 중세 수도원 철학에 기반하고 있었는데, 편집자는 그 모든 게 지루할 뿐이라며 힐난했다. 자기 말대로 해야 잘 팔리는 책이 된다며 편집자는 N씨를 앞에 두고 침을 튀어가며 설교했다.

마음에 큰 상처를 받은 N씨는 출판사와 계약을 파기하고 원고는 영영 없애버렸다. 이 사건을 겪은 후, N씨는 글을 쓰지 않았다. 여전히 책을 좋아했지만, 좋아하는 것으로 돈을 번다는 행위에 환멸을 느꼈다.

이야기를 듣고 보니 N씨를 조금은 이해할 수 있었다. 그의 상처는 여전히 작은 흉터를 남기고 있는 것 같았다. 잠시 후, N씨가 내게 준 책을 가방에 넣고 공방을 나서려는데 그가 갑자기 부탁이 있다며 나를 불러세웠다. 부탁이란《장미의 이름으로》라는 책을 찾아달라는 것이었다.

"사연을 들려주면 책을 찾아주기도 한다지? 내 얘기를 들려줬으니 책 찾기 의뢰를 해도 되겠지요?"

지극히 무덤덤한 투로 말했지만 나는 이 책이 N씨가 쓴 소설, 이제는 세상에 없는 그 작품과 어떤 연관이 있을 것이라 짐작했다. 그건 그렇고,

"움베르토 에코 소설 말씀이신가요? 그건 제목이 '장미의 이름'이잖아요? 열린책들 출판사에서 나온 거요."

"맞아요. 열린책들 출판사에서 나온 건《장미의 이름》이고. 내가

말한 건 열린책들에서 펴내기 전에 출판된 거예요. 1986년에 우신사라는 출판사에서 펴냈고, 번역자도 소설가 이윤기가 아니라 외교관 출신 이동진 씨죠. 우신사 판본은 제목이 '장미의 이름으로'랍니다. 우신사 책은 곧 절판됐고 열린책들 쪽만 살아남아서 지금까지 팔리고 있죠."

책의 서지정보까지 막힘없이 줄줄 말하는 걸 보니 절로 감탄사가 나왔다. 하지만 여기서 또 궁금증이 생긴다. 이렇듯 책을 누구보다 잘 아는 N씨라면 필요한 책을 스스로 찾아도 될 텐데 왜 내게 부탁하는 걸까?

"이 책은 나보다 그쪽이 더 잘 찾을 수 있을 것 같아서요."

알쏭달쏭한 말이다. 공방을 나온 나는 조금 전 그가 했던 마지막 말을 곰곰이 생각했다. 그건 진심이 아니었을 거다. 이를테면, 책을 못 찾는 게 아니라 찾을 수 없는 이유가 있는 게 분명했다. 내가 할 일은 책을 찾기보다 먼저 그 이유를 알아내는 게 우선이다. 책을 찾고 나서야 숨겨진 이유를 알게 되는 경우가 많지만, 가끔은 이렇게 이유를 추적하다 보면 자연스럽게 책을 만나게 되는 때도 있다.

우선 N씨가 졸업한 대학 동기를 수소문했다. 1980년대 일이라고는 하지만 대학 다닐 때 글쓰기로 유명했다고 하니 그의 존재를 아는 사람을 찾는 건 어렵지 않았다. 나는 그들 중 몇 명을 만나서 당시에 N씨가 어떤 출판사에 소설 원고를 보냈는지 알아냈다. 그리고 출판사 관계자를 통해 그 편집자가 오래전 회사를 그만두고 고향에 내려가 지역 문예지를 만들었다는 사실도 전해 들었다.

이제는 문예지 발간인이 된 그 당시의 편집자를 직접 만나서 대화를 나눠보니 N씨가 내게 들려준 말은 대부분 사실 그대로였다. 아니, 오히려 N씨가 그때의 상황을 조금은 부드럽게 표현했다고 느낄 정도로 편집자의 태도는 고압적이었다.

"내 말만 들었어도 돈방석에 앉는 건데, 그 정도로 머리가 안 돌아가는 바보를 누가 작가로 만들어준답디까?"

그렇게 말하는 편집자는 지금 흔히 말하는 '문예지 장사'로 먹고산다. 작가를 꿈꾸는 사람들에게 바람을 넣어 자신이 발행인으로 있는 문예지에 글을 발표시키고, 그 책을 반강제로 수십 권씩 사도록 하는 게 그의 입으로 자랑스럽게 말한 '지역 작가 발굴사업'의 실체다.

대화할수록 기분이 나빠져서 짧게 이야기를 마치고 돌아가려는데 문예지 장사꾼이 뜻밖에도 결정적인 정보를 내놓았다. N씨가 원래 다른 출판사에 원고를 주려다가 마음이 바뀌어 자기에게 보냈다는 얘기다. 이건 N씨가 들려준 이야기에도 없던 사실이라 나는 조금 놀랐다.

장사꾼은 당시에 자기 별명이 '베스트셀러 제조기'였다며 또 한 번 너스레를 떨었다. '제조기'가 아니라 '제초기' 아니냐는 말이 목구멍까지 올라왔지만 참았다. 그는 한껏 구겨진 내 표정에도 아랑곳하지 않고 처음에 원고를 주려 했던 출판사 편집자 근황에 관해서 수다를 늘어놨다. 그 편집자보다 자신이 더 뛰어나다는 걸 알기에 N씨도 원고를 자기에게 가져온 게 아니었겠냐고 말할 땐, 입꼬리에 하얗게 침까지 고여 있어서 이 이상 긴 얘기는 듣고 싶지 않은 심정이었다.

뜻밖의 정보를 얻은 나는 곧 '베스트셀러 제초기'가 알려준 편집자에게 연락했다. 환갑의 나이에 가까운 그녀는 이름이 거의 알려지지 않은 지역 신문사의 문화부에서 근무하고 있었다. 내가 N씨의 이야기를 꺼냈더니 그녀는 여전히 그가 소설을 쓰냐고 물었다.

"책은 좋아하지만, 글은 안 쓴 지 오래됐다고 들었습니다." 그러나 나는 안 쓰는 게 아니라 실은 못 쓰고 있는 게 아닌지 의구심이 든다고 덧붙였다. 그녀는 고개를 끄덕였다. 그러고는 한 가지 비밀을 말해줬다.

"당시에 그 사람과 저는 연인 사이였죠."

신생 출판사에서 편집자로 일하던 그녀는 N씨보다 몇 살 위였다. 대학 선배이기도 한 그녀는 문학 동아리 모임에서 처음 N씨를 보았고 둘은 마치 자석처럼, 혹은 마술에 걸린 것처럼 이끌렸다. 그녀는 N씨의 재능을 한눈에 알아봤고, 그가 쓴 소설 원고를 읽고 제일 먼저 감탄한 것도 그녀였다.

N씨는 이 원고를 책으로 만들 사람은 당신밖에 없다며 쓴 글을 모두 넘겼다. 둘은 마음이 잘 맞았다. 분명 좋은 책이 되어 독자들에게 특별한 감동을 줄 것 같았다. 그건 틀림없는 사실이었다. 만약 그 원고가 책이 되어 세상에 나왔다면 말이다.

하지만 책 편집이 거의 마무리되어가던 무렵, N씨가 갑자기 원고를 돌려달라고 했다. 다른 출판사에서 더 좋은 조건에 책을 만들 수 있게 됐다는 게 이유였다. 연인이자 편집자이기도 한 그녀는 놀라기 이전에 당혹스러웠다. '더 좋은 조건'이라니? 그게 N씨가 바라던 진짜 이유였단 말인가?

"배신감마저 들었지만, 어쩔 수 없었어요. N씨는 보란 듯이 히트 작가가 되어서 늙은이들이 진을 치고 있는 우리나라 문학계에 돌풍을 일으키고 싶다고 했어요. 정확히 그렇게 말했죠."

원고를 돌려주는 건 문제 될 것 없었지만, 그녀는 N씨가 품고 있는 문학에 관한 사고방식이 문제라고 지적했다. 그런 식으로 히트 작가가 되면 나중에 당신이 말한 늙은이들하고 똑같아질 수밖에 없다고 목소리를 높였다. N씨는 즉시 반박했다. 자신이 문학계 주류가 되면 이 나라 예술의 위상이 유럽처럼 될 거라며 거친 목소리로 으르렁거렸다.

"그러면서 이 책을 저에게 주더군요. 한국에서 이런 소설을 쓸 사람은 자기밖에 없다면서요."

그녀는 책상 서랍에서 두꺼운 책을 한 권 꺼내 내게 보여줬다. 그건 바로 《장미의 이름으로》, N씨가 찾아달라고 부탁한 우신사에서 펴낸 책 초판이었다. 나는 놀라서 N씨가 내게 했던 말을 그녀에게도 똑같이 들려줬다. 그랬더니 그녀는 책을 내 쪽으로 밀었다.

"이 책을 가져다주세요. 원래 주인에게 돌아갈 때가 되었죠. 그 사람도 그걸 아는 거예요."

이야기를 따라가다 그 끝에서 책을 만났다. 물론 이게 끝은 아닐 테다. 이야기의 마지막 조각을 가진 사람은 N씨일 수밖에 없다. 나는 신문사 건물 입구까지 나와 배웅해준 그녀의 사려 깊은 마음을 고맙게 간직한 채 며칠 후 시계 공방 문을 두드렸다.

N씨는 내가 가져온 책을 한동안 말없이 매만지다가 "그분을 만났군요." 하면서 긴 숨을 내쉬었다. 나는 그녀가 내게 들려준 말이 다 맞는지 물었다. N씨는 순순히 그렇다고 했다.

"욕심도 있었고, 욕망도 있었어요. 아니면, 욕정이라고 해야 할까요. 아무튼, 그런 선택을 한 순간 모든 게 뒤틀렸고 되돌릴 수는 없었습니다. 방아쇠를 당기자 순간적으로 총구를 박차고 나간 탄환 같았어요. 그렇게 빠를지 몰랐고, 그 정도로 사람을 다치게 할 줄도 몰랐죠. 그저 꿈이었더라면 좋았을걸……."

그렇게 말한 다음, N씨는 또 한참 가만히 책을 바라보고만 있었다. 나도 말없이 그를 지켜보며 기다렸다.

"책을 보자마자 무의식적으로 그 부분부터 펴봤어요." 드디어 N씨가 입을 열었다. "왜 그랬을까요? 모르겠네요. 책이 눈에 들어오는 순간, 제가 읽고 그분에게 줬던 바로 그 책이라는 확신이 들었어요."

N씨는 펼쳐진 책을 내게 보여줬다.

나는 비로소 사람이 책에 대해서, 그러니까 꿈의 꿈에 대해서도 꿈을 꿀 수 있다는 사실을 깨달았다.

"여섯째 날 오전 기도 시간 후에 주인공이자 젊은 사제인 아드소가 무언가를 알아차리는 부분입니다."

그 문장에는 연필로 선명하게 밑줄이 그어져 있었다. 자를 대고 그은 듯 곧은 직선이 글자 아래를 떠받치고 있는 모습이었다. N씨는 책 내용을 통틀어서 저 부분을 가장 이해하기 힘들었는데 끝내 알아냈다고 믿게 된 순간 감격에 겨워 밑줄을 그었다고 했다. 그러나 그의 깨달음은 자기 생각을 합리화시키기 위해 억지로 끼워 맞춘 맹신에 가까웠다.

"엉뚱하게도 저는 책을 써서 독자들이 꿈꾸는 세계마저 좌지우지할 수 있다고 믿었죠. 그러기 위해선 큰 출판사에서 더 많은 부수를 찍어낼 필요가 있었어요. 그러나 독자는 책을 통해 같은 꿈을 꾸어서는 안 되죠. 책이 존재하는 이유는 모든 사람이 각자의 꿈을 꾸도록 응원하기 위한 겁니다. 그렇잖아요? 저는 그 사실을 시간이 한참이나 지나고 나서야 비로소 깨달았습니다." N씨는 고개를 돌려 고장으로 멈춘 지 오래된 듯한 먼지 쌓인 벽시계를 물끄러미 보았다. “이제 늦었지만요.”

“늦었다는 걸 알게 된 그 순간이 다시 시작하기에 가장 좋은 때라는 말이 있잖아요.”

나는 책을 그의 손에 쥐어줬다.

“그게 누가 한 말인데요? 어디서 들은 말 같긴 한데.”

“그런 건 굳이 따지지 마시고요. 자, 어때요? 제가 연락처를 드릴 테니까 그분께 전화 한번 해보시겠어요?”

“에이, 지금 와서 무슨……”

N씨는 손을 내저었다. 하지만 입은 미묘하게 웃고 있는 것처럼 보였다. 나는 휴대전화에서 연락처를 찾아 보여주려다 말고 “그렇게까지 말씀하시면 뭐, 알겠습니다.” 하고선 자리에서 일어났다.

“그 신문사가 어디라고 했죠?” N씨의 말투가 다시금 예의 그 무심한 듯한 말투로 바뀌었다.

“왜요, 가보시게요?”

“아니, 그게 아니고.” 그는 갑자기 마른기침을 흠흠, 하고선 말했다. “신문 정기구독 같은 것도 되는지 알아보려고 그러지. 사람이 세상 돌아가는 것도 모르고 살면 쓰나.”

“그럼요. 그러셔야죠. 인터넷 시대니까 종이 신문 구독은 필수죠!”

나는 밀고 나오는 웃음을 참느라 애쓰면서 메모지를 꺼내 신문사 이름과 주소, 그리고 마지막엔《장미의 이름으로》를 내게 줬던 그분의 휴대전화 번호도 적었다.

“그렇지 않아도 그분께서 N님 만나면 한번 물어봐달라고 하시더라고요.”

“뭘요?”

“지역 신문이긴 하지만 혹시 정기구독 필요하신지를요.”

N씨는 내게 받은 메모를 슬쩍 보더니 대답 대신 의미심장한, 혹은 뭔가 꿍꿍이가 숨어 있는 듯한 이상한 미소를 지어 보였다.

책 보부상
H씨

《거꾸로 푸는 매듭》
앨런 와츠 지음, 김선미 옮김
이슬, 1991년

"과거를 묻지 마세요"라고 말하는 노래 가사가 있다. 별것 아닌 옛 유행가처럼 들릴지 모르겠지만 여기엔 숨겨진 의미가 있다. 과거를 묻지 말라고 하는 사람일수록 더 비밀스러운 과거가 있기 마련이라는 거다.

과거 없는 사람이 누가 있겠냐마는, 이 경우엔 특별한 과거가 되겠다. 한 사람의 미래는 과거로부터 만들어진다. 그러니까 특별한 과거가 있는 사람은 특별한 미래를 기대할 수 있다. 내가 이런 얘기를 들은 건 괴짜 보부상 H씨에게서다.

우선은 그 괴짜 책 마니아가 과거와 미래에 대해서 말할 자격이 있는가, 그것부터가 나는 맘에 들지 않았다. 그로 말할 것 같으면 과거에도 책을 껴안고 살았을 게 분명하다. 지금도 물론 책 외에 다른 것엔 거의 관심이 없다시피 하다. 미래는? 물으나 마나다. 이 사람은 죽을 때도 흙이 아니라 책에다가 묻어달라고 부탁할 게 틀림없다.

H씨는 전형적인 괴짜(모든 괴짜가 전형적이지 않은 건 사실이지만, 누구든 그를 보는 순간 괴짜라는 걸 알아차리니까 그는 괴짜의 전형이라 부를 만하다.)이며, 그래서 도무지 정상적인 관계를 맺기가 어렵다. 하지만 그가 가진 책에 관한 지식이 기괴할 정도로 넓고 날카로워서 나는 자주 그에게 도움을 받는 처지다.

H씨는 모든 게 비밀에 싸인 사람이다. 알고 지낸 지 꽤 됐지만 사는 곳도 모르고 전화를 해도 안 받는다. 문자메시지에 답신조차 보내지 않는다. 그는 바퀴가 달린 여행용 가방에 책을 가득 싣고 다니다가 공원이나 사람이 자주 다니는 길모퉁이 그늘에 자리를 펴고 책 장사를 한다. 홍익대학교 근처나 신촌, 마포, 혹은 상암동 근처에 가면 간혹 그를 발견할 수 있다.

대단히 귀찮은 방법이긴 하지만 전화를 받지 않는 H씨를 만나려면 그가 갈 만한 곳을 무작정 돌아다니다가 길에서 우연히 마주치기를 기대하는 수밖에 없다. 전에 물어본 적이 있는데 그는 미리 정해둔 일정대로 움직이지 않고 그날그날 내키는 대로 책 장사를 할 장소를 찾는다고 답했다. 그러니 나로서도 하는 수 없는 일이다. 그래도 만나기만 하면 내가 오랫동안 찾지 못해 골머리를 앓는 책에 대한 실마리를 단박에 알려줄 때도 있어서 고마운 괴짜라고 하겠다.

나이는 나보다 조금 어리지만 등이 구부정하고, 낡은 옷차림에 모자를 눌러쓰고 다녀 그를 누구든 노숙자로 착각할 수 있다. 끌고 다니는 캐리어도 군데군데 해져서 더 그런 인상을 받게 된다. 하지만 모자 그늘에 가려진 이 사람의 눈빛을 보면 금방 생각이 달라질 것이다. 자기가 관심 있는 주제에 관해 이야기를 나눌 때면 H씨는 마치 딴사람이 된 듯 서늘한 기운이 느껴질 만큼 표정이 돌변한다.

나는 그날도 어떤 손님이 찾아달라고 부탁한 영국의 사상가 앨런 와츠의 책 때문에 H씨를 만났다. 지하철 상수역 근처 골목에서 그를 발견했을 때, 이 괴짜 보부상은 책을 사려는 손님과 말씨름을 벌이고 있었다. 손님은 한 손에 불이 붙은 담배를 들고 다른 손으론 H씨에게 삿대질을 해댔다.

"그러니까 당신한텐 책을 안 팔아요. 가세요." H씨가 기어들어가는 목소리로 말했다.

"거참, 재수가 없으려니까. 별 이상한 사람 다 봤구먼!"

손님이 큰소리로 떠들고 있을 때 마침 내가 그 옆에 서게 됐다. 왜 이런 소란이 일어났는지 물으니 손님은 자신이 담배를 피우기 때문에 H씨가 책을 팔지 않겠다고 해서 화가 났다는 거다.

화난 사람을 진정시키는 방법은 무슨 이유가 됐든 일단 얘기를 계속 들어주는 게 좋다. 자기 말에 수긍을 해주는 사람이 옆에 있으면 저절로 흥분이 가라앉는 경우가 많다. 몇 분 정도 고개를 끄덕이며 웃어줬더니 손님은 "쳇, 저 사람 여기가 영 글러먹었어." 하며 손가락으로 자기 머리를 툭툭 치고는 골목 바깥으로 돌아 나갔다. 그가 가고 한참이나 지났지만 매캐한 담배 연기는 좁은 골목에서 쉽게 빠지지 않고 남아 코를 간지럽혔다.

"책에 담배 연기 배겠어요. 오늘은 이만 돌아가렵니다."

H씨는 돗자리에 늘어놓은 책을 주섬주섬 거둬들이기 시작했다. 2주 동안이나 찾아다니다가 이제야 만났는데 곧바로 가게 놔둘 수는 없다. 이럴 땐 뭐든 물어봐서 H씨의 관심을 끄는 게 중요하다.

"아까 그 손님한테는 왜 책을 안 판다고 한 거예요?"

"담배 때문에요."

“담배 싫어하세요? 하지만 그거하고 책은 상관없잖아요?”

“왜 상관이 없어요?” H씨는 책을 캐리어에 넣다 말고 만사 귀찮다는 듯 힘을 빼고 바닥에 털썩 앉았다. “담배 피우는 사람은 손에 담배 냄새가 배잖아요. 그런 손으로 내 책을 만지게 하고 싶지 않다, 이 말이죠.”

“어차피 팔면 다른 사람 책이 되는데 뭐 어때요?”

나는 은근슬쩍 H씨 옆에 가서 앉았다.

“그러는 사장님은, 팔면 그만이라는 생각으로 책 장사 해요?”

그는 눈을 흘기며 내게 물었다. 나는 “아니, 뭐, 그렇게까지 물으시면…….” 하며 얼버무렸다.

“사람만 과거가 있는 게 아니에요. 세상 모든 것엔 과거가 있어요. 물론 책에도 과거가 있고. 누가 돈 주고 사더라도 그 책이 전에는 제 책이었다는 과거는 변하지 않아요. 특별한 과거가 있는 사람은 특별한 미래를 기대할 수 있죠. 책도 마찬가지라고요.”

무슨 말인지는 당장 모르겠지만 어쨌든 나는 고개를 끄덕였다. 평소에도 이런 알쏭달쏭한 말을 자주 하는 사람이다. H씨는 뭔가 생각에 잠긴 듯 머리를 긁적이더니, “사람 몸에서 눈이 가장 중요하다고 그러는데, 저는 그보다 손을 아껴야 한다고 봐요.”라고 했다. 그는 두 손을 감싸 쥐고 비빈 다음 가만히 자기 손바닥을 쳐다봤다.

“제가 예전에 제빵사로 1년 정도 일한 거 말한 적 있나요?”

들어보지 못한 얘기다. 솔직히 그의 입에서 책이 아닌 다른 주제의 말이 나온 것 자체가 처음이라 조금 당황스럽기까지 했다. 게다가 제빵사라니? 전혀 안 어울린다.

“방금, 전혀 안 어울린다고 생각했죠?” H씨가 나를 보며 장난스러운 표정을 지었다. 뭐야, 이 사람. 궁예처럼 관심법이라도 쓸 줄 아는 건가?

"아니, 딱히 그런 건 아니고요. 빵보다는 한식 좋아하실 줄 알았는데요."

놀랍게도 그는 제과제빵 자격증을 단 한 번의 시도로 취득했다며 만화 캐릭터 같은 익살스러운 미소를 지었다. H씨는 빵집에서 일하다 선배가 담배 피우던 손으로 빵 반죽을 주무르는 걸 보고는 한바탕 싸우고 난 뒤 제빵에서 관심이 멀어졌다고 말했다.

"고작 그런 이유 때문이냐고 물으실 수 있겠지만, 저에겐 아주 중요한 문제였거든요. 담배를 만지던 손으로 만든 빵은 담배의 과거를 지닐 수밖에 없어요. 그 빵의 미래는 담배로부터 시작된다고 해도 심한 말이 아니죠."

이상한 논리지만 묘하게 설득당하는 기분이다. 자주 드는 생각이지만, H씨는 책 장사를 안 했으면 어디 가서 사이비 종교 같은 거라도 만들어 교주가 될 사람이다.

"그러니까, 책의 미래를 위해서 담배 피우는 손님에겐 책을 안 팔겠다는 거군요."

"이제 좀 말이 통하네요." H씨는 무릎에 손을 짚고 일어나려고 힘을 줬다. 이러면 안 된다. 아직 본론 얘기도 안 나왔는데. 나는 그의 팔을 잡아끌었다.

"그건 그렇고, H님에게 그런 빵빵한 과거가 있었던 줄은 몰랐네요."

"빵빵한 과거? 그거 지금 개그인가요?" H씨가 일어나려다 말고 갑자기 진지한 눈빛으로 나를 쳐다봤다. 이건 무슨 의미지? 내가 너무 올드한 개그를 해버린 건가?

"죄송합니다. 빵을 만드셨다기에 운을 맞춘다는 게……."

나는 계면쩍은 표정을 지으며 어깨를 들썩였다.

"아뇨. 그거 아주 재밌는데요? 빵빵한 과거라. 적어놨다가 저도 누구한테든 써먹어야겠어요. 역시 사장님은 제 스타일이에요. 우린 역시 통하는 데가 있다니까. 하하."

"아……. 칭찬해주시니 감사하네요. 하지만 그거 제가 했던 말이라는 거는 밝히지 말아주세요. 허허."

칭찬도 칭찬 나름이다. 괴짜에게 칭찬을 들으니 나도 그와 비슷한 부류에 포함되는 것 같아 살짝 기분이 오묘해졌다.

"자, 그렇다면 이 책의 과거도 한번 알아봐주실 수 있을까요?"

드디어 오늘의 본론이다. 나는 책 정보가 적힌 수첩을 H씨 앞에 내놓았다.

"《거꾸로 푸는 매듭》이라. 앨런 와츠, 이 사람 상당한 괴짜예요. 영국인인데 동양사상에 심취해서 선불교식 강의를 주로 했거든요. 이 책도 그런 식의 내용이고. 1960년대에 본격적으로 출현하게 될 젊은 괴짜 히피들이 좋아할 만한 책을 썼어요. 의도적으로 그런 건 아니겠지만, 시기적절했죠."

역시 책 얘기를 하니까 마치 라디오를 틀어놓은 것처럼 말이 술술 나온다. 하지만 본인도 괴짜면서 앨런 와츠를 괴짜라고 평가하다니, 과연 괴짜는 괴짜를 알아보는 건가 싶다.

그런데 희한하게도 책을 찾아달라고 내게 부탁한 손님도 괴짜라고 할 만한 사람이긴 하다. 그가 책을 찾는 이유는 딱 한 가지, 삶에 얽매이고 싶지 않기 때문이란다. 가족, 친구, 직장동료 등 그는 모든 인간관계에서 벗어나는 게 진정한 삶의 목적이라고 말했다. 하지만 은둔 수도자가 아닌 이상 현실적으로 그렇게 사는 건 불가능하다. 바로 그렇기에 삶은 어쩔 수 없이 고통스러운 거라고, 손님은 설교 하듯 자기 얘기를 늘어놨다.

그 손님이 삶의 모든 얽매임으로부터 자유로워지기 위해서 선택 한 방법은 책을 끊임없이 읽고 수집하는 거였다. 무슨 책인가 하면, 칼린 지브란 등으로 대표되는 잠언 시집이나 종교인들이 쓴 힐링 에 세이, 명상서적 같은 부류다.

"제가 듣기론 작은 도서관을 만들 정도로 책을 많이 수집했다고 하더군요. 그런 분야의 책이 생각보다 많아서 깜짝 놀랐습니다. 저는 별로 관심이 없던 쪽이라서요."

"묘한 사연이군요." 무릎을 팔로 감싸고 앉은 H씨는 아직 바닥에 남아 있는 책을 물끄러미 보며 말했다. "삶에 얽매이지 않으려고 버 둥거리다가 대신 책에 얽매이는 것 아닐까요?"

"찾을 수 있는 책일까요? 평소에 관심이 없던 분야라서 그런지 저 는 도무지 이 책을 어떻게 찾아야 할지 모르겠더라고요."

H씨는 책을 다시 캐리어에 넣으려고 일어섰다. 그러곤 대답 대신 또 뜻 모를 질문을 했다.

"독서에세이라고 부르는 책들 있잖아요? 그걸 누가 제일 많이 사 볼 것 같습니까?"

"그야, 책 읽기 좋아하는 독자들 아닌가요?"

"반은 맞고 반은 틀렸다고 해야겠네요. 과거가 미래를 만든다는 말, 제가 했잖아요. 다시 곰곰이 생각해보세요."

"글쎄요. 잘 모르겠는데요. 좀 더 그럴듯한 힌트 좀 주세요."

H씨는 피식 웃었다.

"저는요, 앨런 와츠처럼 힌트나 늘어놓는 괴짜가 아닙니다. 바로 정답을 알려드리죠."

아무리 생각해도 앨런 와츠보다는 당신이 더 괴짜라고! 하고 소리를 버럭 지르고 싶었지만, 괴짜가 아닌 내가 꾹 참았다. 곧이어 H씨가 밝힌 답을 들으니 '아!' 하는 감탄사가 절로 나왔다. 왜 내가 여태 그걸 생각하지 못했을까?

"독서에세이는 책에 관한 책이잖아요? 그 말은, 책이 무엇인지 알고 싶은 사람이 주로 읽는다는 겁니다. 이를테면 책을 만드는 사람, 그리고 책을 쓰는 작가들이 그런 책을 많이 찾는다는 얘기죠. 이 사람들이야말로 책 읽기가 취미를 넘어서 직업으로까지 이어진 거니까 독서에세이라면 일반 독자들보다 더 좋아합니다."

하긴 내 경우를 보더라도 독서에세이나 서평집, 그리고 책이나 책방을 소재로 한 소설을 좋아해서 자주 사본다. 심지어 책을 찾는 손님들의 이야기를 엮어 이렇게 책으로까지 쓰고 있으니 H씨 말에 전적으로 공감을 하지 않을 수 없다. 그런데 책 써서 돈 벌고 그 돈으로 다시 남이 쓴 책을 사 보는 나는, 이대로 살아도 괜찮은 걸까?

"즉, 말하자면 똑같다는 겁니다!" H씨는 목사가 설교하듯 오른손 검지를 펴서 위를 향하도록 들었다. "앨런 와츠의 책은, 그런 부류의 책은 종교인이나 명상수련자, 점집 무당들이 갖고 있을 확률이 무척 높다는 결론입니다. 그런데 무당들이 우리가 상상하는 것 이상으로 책을 많이 읽는다는 걸 알고 계시나요?"

무당이 독서를? 물론 그들도 책을 읽긴 하겠지만 딱히 무슨 책을 얼마나 읽는지는 상상해본 적이 없다. H씨는 평소에 대체 무슨 상상을 하며 지내는 걸까?

"제가 잘 아는 무당이 몇 명 있으니까 수소문을 좀 해볼게요. 책을 찾아놓을 테니까 한 달쯤 있다가 다시 와요. 아니, 이번엔 사장님 말고 그 손님한테 직접 오라고 하세요. 이 사람이 얽매인 삶으로부터 자유로워지는 진짜 방법을 알려준다고 하세요."

그렇게 말하면서 H씨는 자기 가슴을 탁탁 쳤다. 그것도 나쁘지 않은 것 같다. 어쩌면 괴짜들끼리 더 잘 통하는 뭔가가 있지 않을까? 나는 괴짜가 아니니까 딱히 이들 모임에 끼고 싶은 생각은 없다. H씨가 말한 '자유로워지는 진짜 방법'이 조금 궁금하긴 하지만. 여기서 궁금하다고 말하면 H씨가 당장에 나를 괴짜 연합에 억지로 들이려 할지도 모르니 가만히 있는 게 상책이다.

"궁금하다고 생각했죠? 자유로워지는 진짜 방법이 뭔지."

H씨가 또 천연덕스럽게 웃으며 말했다.

"누가 궁금하댔어요? 그보다 혹시 말하고 싶어서 그런 거 아녜요? 말하고 싶으면 하셔도 돼요."

"아니, 뭐. 안 궁금하면 됐어요. 저는 이제 슬슬 가보렵니다. 그 손님한테 내 말 꼭 전해주시고요."

나는 캐리어를 끄는 H씨 옆에서 나란히 걸으며 지하철역까지 같이 갔다. 과연 그는 괴짜 중에서도 이해하기 힘든 난이도 1급의 괴짜가 틀림없다. 과거에도 역시나 괴짜였을까? 그가 한 말에 의하면 당연히 그렇게 이어져야 맞다. 과거의 괴짜가 현재를 거쳐 미래의 괴짜가 된다. 하지만 정확히 어떤 과거가 H씨를 괴짜로 만든 시작점이었을까? 다만 나는 그게 조금 궁금할 뿐이다. 언젠가는 알게 되겠지. 혹은 그가 스스로 말하게 될 날이 있을 것이다. 내가 보기에 그는 말을 안 하고는 못 배기는, 그런 사람이다.

얼마 뒤, 앨런 와츠의 책을 찾는 손님을 책방에서 다시 만나 H씨의 이야기를 전했다. 그 말을 손님도 이해했을지, 그것까지는 모르겠다. 하지만 손님은 기뻐하거나 실망한 기색 없이 알아봐줘서 고맙다고만 말하고 자리를 떠났다.

H씨는 그날 지하철역으로 가는 길에 자기 얘기를 조금 더 들려줬다. 그는 어릴 적 아버지에게 학대를 당한 적이 있다고 했다. H씨는 한여름에도 긴소매 옷을 입고 다녀서 이상하다고 생각했는데 거기엔 이유가 있었다. 아들이 작은 실수라도 하면 아버지가 담뱃불로 그의 팔을 지진 것이다. H씨는 소매를 걷어 팔의 화상 자국을 내게 보여줬다. 한두 개가 아니었다. 그런 일을 겪으면서 그는 자신도 모르게 담배를 들고 있는 손에 거부감을 느끼게 됐다.

정신적으로도 심한 학대를 받으며 자란 H씨는 아버지로부터, 가족으로부터 독립하기 위해 제빵 기술을 배웠으나 일을 통해서는 고통에서 벗어날 수 없다는 걸 깨닫고 책의 세계에 빠져들어 지금에 이르렀다. 그는 초연한 사람처럼 보였으나 실은 책에 집착 수준으로 매달리고 있다고 고백했다. 그리고 차라리 어떤 대상에 집착하는 게 또 다른 고통에서 벗어나는 방법이 아닐까 하는 결론에 다다랐다고 한다.

"실은 앨런 와츠의 그 책을 저는 몇 번이나 다시 읽은 적이 있어요. 사장님이 보여준 수첩을 보니 그때 읽었던 한 문장이 떠오르더군요."

고통에서 벗어나고자 하는 욕구 자체가 또 다른 고통이다.

나는 그 문장을 책을 찾는 손님에게도 똑같이 알려줬다. 그리고 H 씨가 지하철역에서 헤어지며 들려준 말도 함께 전했다.

"진짜로 얽매인 것에서 자유로워지고 싶다면, 손님에게 그 책을 찾지 말라고 하세요. 하지만 자유롭고 싶은 기분에 취해서 살고 싶은 거라면 한 달쯤 있다가 저를 찾아오라고 전해주세요. 이심전심이라고, 저도 여전히 뭔가에 취해서 살아가고 있으니까요. 그 대상이 책이라고 해도 결코 답은 될 수 없겠지만, 서로 얘기는 좀 나눠볼 수 있겠죠."

그 손님에게서는 다시 연락을 받지 못했다. 과연 그가 책 찾는 일을 포기했는지, 혹은 H씨를 만나러 갔지만 아직도 운이 없어 마주치지 못했는지는 알 길이 없다. 내가 짐작할 수 있는 건 두 가지다. 하나는 손님이 H씨의 말을 듣고 정말로 책을 포기한 뒤 진짜 자유를 찾기 위한 여정을 시작했을 가능성이다. 다른 하나는 조금 비관적이다. 그는 앨런 와츠의 말대로, 고통에서 벗어나기 위해 또 다른 고통 속으로 뛰어든 것이다.

그때 손님의 과거를 묻지 않았던 게 아직도 후회된다. 그가 겪는 고통도 분명 과거에서부터 시작됐을 텐데 왜 나는 현재 어떤 책을 찾는지에만 관심이 있었던 걸까? 책 속에 길이 있다고 하는 말이 있다. 보통은 그 길이 미래를 향해 뻗은 것으로 생각한다. 그러나 책 속에 난 길은 미래가 아닌 과거로 통하는 마음의 길이 아닐까. 그 길을 통해 홀로 걷다가 과거의 자신과 만나 화해의 악수를 해본 경험이 있는 사람이라면 책 속에서 길을 발견했다고 말할 수 있다. 묶인 매듭을 풀려면 끈의 앞쪽을 찾을 게 아니라 거꾸로 거슬러 올라가야만 한다.

헌책방 기담 수집가
: 두 번째 상자

1판 1쇄 펴냄 2023년 12월 6일
1판 2쇄 펴냄 2025년 9월 15일

지은이   윤성근
편 집   안민재
디자인   unmoor(표지), 룩앳미(본문)
그 림   남서연(표지), 윤디자인(본문)
제 작   세걸음
인쇄·제책   영신사

펴낸곳   프시케의숲
펴낸이   성기승
출판등록   2017년 4월 5일 제406-2017-000043호
주 소   (우)10885, 경기도 파주시 책향기로 371, 상가 204호
전 화   070-7574-3736
팩 스   0303-3444-3736
이메일   pfbooks@pfbooks.co.kr
SNS   @PsycheForest

ISBN   979-11-89336-67-7   03810